HEYNE

Das Buch

Die nahe Zukunft. Ein neuartiges Virus, das um den Globus rast, löst eine weltweite Pandemie und eine gigantische medizinische Krise aus. Die nach einem der prominentesten Opfer, der Ehefrau des amerikanischen Präsidenten, »Haden-Syndrom« benannte Krankheit hat für die Infizierten höchst unterschiedliche Folgen: Während manche Opfer lediglich unter Fieber und Kopfschmerzen leiden, findet sich eine Vielzahl von Betroffenen in ihrem Körper eingeschlossen, bei vollem Bewusstsein, aber ohne jegliche Kontrolle. Die Pandemie löst in den USA gigantische Anstrengungen aus, den »Hadens« zu helfen. Dank nahezu unbegrenzter staatlicher Mittel haben Hadens schon bald die Möglichkeit, über Roboterkörper und besonders begabte Menschen, sogenannte »Integratoren«, die als Wirtskörper fungieren, mit ihrer Umwelt wieder in Kontakt zu treten. Chris Shane, Sohn eines ehemaligen Basketballstars und angehenden US-Senators aus Virginia, ist auch ein Opfer des Haden-Syndroms, und er ist ein frischgebackener FBI-Agent. Gerade hat er seinen Dienst angetreten, als er und seine Partnerin Vann mit einem mysteriösen Fall konfrontiert werden: Nicolas Bell, ein Integrator, wird völlig verwirrt neben der Leiche eines unbekannten Mannes gefunden. Bell hat keine Ahnung, wie er in diese Situation geraten ist, ob er den Mann umgebracht hat oder nicht. Der Fall scheint deutlich auf eine tragisch fehlgeschlagene Integration hinzuweisen, doch dann ereignen sich mehrere Anschläge, die alle mit Hadens und Integratoren zu tun haben – und für Shane und Vann beginnt eine atemlose Verbrecherjagd quer durch die Vereinigten Staaten und die virtuellen Welten. Irgendjemand mit enorm viel Einfluss und Geld scheint es auf die Hadens abgesehen zu haben …

Der Autor

John Scalzi, Jahrgang 1969, wuchs in Kalifornien auf. Nach dem College arbeitete er zunächst als Filmkritiker und später als Redakteur des Internet-Magazins *America Online*. Sein Debütroman *Krieg der Klone* war so erfolgreich, dass John Scalzi sich von da an hauptberuflich dem Schreiben von Science-Fiction widmete. Nebenbei unterhält er schon seit Jahren seinen viel besuchten Blog *The Whatever*. Der Autor lebt mit seiner Frau und seiner Tochter in Ohio.

Mehr über John Scalzi und seine Romane erfahren Sie auf:

diezukunft.de

JOHN SCALZI

DAS SYNDROM

Roman

Deutsche Erstausgabe

WILHELM HEYNE VERLAG
MÜNCHEN

Titel der amerikanischen Originalausgabe
LOCK IN
Deutsche Übersetzung von Bernhard Kempen

FSC
www.fsc.org
MIX
Papier aus verantwortungsvollen Quellen
FSC® C014496

Verlagsgruppe Random House FSC® N001967
Das für dieses Buch verwendete FSC®-zertifizierte Papier
Holmen Book Cream liefert Holmen Paper, Hallstavik, Schweden.

Deutsche Erstausgabe 08/2015
Redaktion: Ralf Dürr

Printed in Germany 2015
Umschlaggestaltung: Stardust, München
Satz: Greiner & Reichel, Köln
Druck und Bindung: GGP Media GmbH, Pößneck

ISBN 978-3-453-31660-7

www.diezukunft.de

Für Joe Hill –
ich hab dir doch gesagt, dass ich es machen werde.

Und für Daniel Mainz,
meinen sehr lieben Freund.

Das Haden-Syndrom

Als Haden-Syndrom wird ein Komplex dauerhafter körperlicher und geistiger Leiden und Beeinträchtigungen bezeichnet, die ursprünglich durch die »Große Grippe« hervorgerufen wurden, die influenzaähnliche globale Pandemie, die weltweit über 400 Millionen Todesopfer forderte, entweder durch die anfänglichen grippeartigen Symptome, durch das sekundäre Stadium der meningitisähnlichen Hirn- und Rückenmarkentzündung oder durch die Komplikationen während des dritten Stadiums der Erkrankung, das gewöhnlich eine vollständige Lähmung des willkürlichen Nervensystems auslöst und zu einem »Lock-in«, einer geistigen Isolation der Patienten führt. Das Haden-Syndrom ist nach Margaret Haden benannt, der früheren First Lady der Vereinigten Staaten von Amerika, die zum prominentesten Opfer der Erkrankung wurde.

Der biologische Ursprung der Großen Grippe ist unbekannt, doch erstmals wurde sie in London diagnostiziert. Unmittelbar darauf kam es zu weiteren Ausbrüchen in New York, Toronto, Amsterdam, Tokyo und Beijing. Eine lange Inkubationszeit vor dem Auftreten sichtbarer Symptome ermöglichte dem Virus eine weite Verbreitung, bevor es entdeckt werden konnte. Infolgedessen wurden während der ersten Welle der Pandemie weltweit mehr als 2,75 Milliarden Menschen infiziert.

Der Krankheitsverlauf äußerte sich bei jedem Individuum anders und war von verschiedenen Faktoren abhängig, unter anderem von Gesundheitszustand, Alter, Erbgut und den relativen hygienischen Umweltbedingungen. Das erste grippeartige Stadium war am gravierendsten und am weitesten verbreitet und war für über 75 Prozent aller Todesfälle im Zusammenhang mit dem Haden-Syndrom verantwortlich. Doch ein ähnlicher Prozentsatz der Erkrankten wies lediglich das erste Stadium der Symptomatik auf. Das zweite Stadium, von dem die übrigen betroffen waren, hatte oberflächliche Ähnlichkeit mit einer viralen Meningitis und führte außerdem zu tief greifenden und permanenten Veränderungen in der Hirnstruktur einiger Opfer. Dieses zweite Stadium betraf zwar weniger Menschen, führte jedoch zu einer wesentlich höheren prozentualen Sterblichkeitsrate.

Die meisten Erkrankten, die das zweite Stadium des Haden-Syndroms überlebten, wiesen keine langfristigen körperlichen oder geistigen Beeinträchtigungen auf, aber eine beträchtliche Anzahl – mehr als 1 Prozent aller Menschen, die sich ursprünglich mit der Großen Grippe infizierten – litt unter dem Lock-in. Bei weiteren 0,25 Prozent waren aufgrund der Veränderungen in der Hirnstruktur geistige Fähigkeiten geschädigt, aber es gab keinerlei körperliche Auswirkungen. Eine noch kleinere Anzahl – weltweit nicht mehr als 100 000 Menschen – blieben ohne physische oder psychische Beeinträchtigungen, obwohl es zu erheblichen Veränderungen in ihrer Hirnstruktur kam. Einige Personen aus diesem Kreis wurden später zu den »Integratoren«.

In den Vereinigten Staaten waren 4,35 Millionen Staatsbürger und weitere Einwohner vom Lock-in infolge der Großen Grippe betroffen. In anderen Industrieländern war der Prozentsatz ähnlich. Das veranlasste die USA und ihre Verbündeten, 3 Billionen US-Dollar für den Haden Research Initiative Act zur Verfügung zu stellen. Mit diesem Forschungsprogramm sollte das Verständnis der Gehirnfunktionen und die Entwicklung von Prothesen und anderen Maßnahmen gefördert werden, die den Haden-Opfern die Teilnahme am gesellschaftlichen Leben ermöglichen. In den ersten 24 Monaten nach Unterzeichnung des HRIA durch Präsident Benjamin Haden wurden Innovationen wie die ersten eingebetteten neuronalen Netze, Personentransporter und der nur für Haden-Patienten gedachte Online-Raum realisiert, der als »die Agora« bekannt wurde.

Obwohl das Forschungsprogramm wesentliche Erkenntnisse über die Entwicklung und den Aufbau des Gehirns erbrachte und zur Gründung verschiedener neuer Industrien zur Versorgung der von Haden betroffenen Individuen führte, regte sich mit der Zeit heftiger Widerspruch. Nach Ansicht der Kritiker hatte die Haden-Forschung einen zu großen Stellenwert und die intensive Konzentration auf die »Hadens« eine staatlich subventionierte Klasse erschaffen, die trotz ihres Lock-in-Status mehrere Wettbewerbsvorteile gegenüber der allgemeinen Bevölkerung besaß. Das veranlasste die US-amerikanischen Senatoren David Abrams und Vanda Kettering, einen Gesetzentwurf zu unterstützen, der die Kürzung von Subventionen und Programmen für die Hadens zum Ziel hatte, verbunden mit einer bedeutenden Steuersenkung. Die Abrams-Kettering-Bill wurde anfänglich abgelehnt, dann jedoch erneut mit verschiedenen Änderungen vorgelegt und schließlich mit knapper Mehrheit von beiden Häusern des Kongresses angenommen.

Trotz intensiver Erforschung des Virus, das das Haden-Syndrom auslöst, und der Entwicklung sozialer Hygieneprogramme zur Eindämmung der Infektionen gibt es bis heute keinen zuverlässigen Impfstoff gegen die Krankheit. Weltweit werden pro Jahr bis zu 20 Millionen Menschen infiziert, und in den USA kommt es jährlich bei 15 000 bis 45 000 Personen zu einem Lock-in-Syndrom. Dennoch gab es einige Fortschritte bei der Behandlung nach der Infektion, einschließlich vielversprechender neuer Therapien zur »Neuvernetzung« des willkürlichen Nervensystems. Diese Therapien befinden sich derzeit im Tierversuchsstadium.

»Das Haden-Syndrom«,
Artikel auf HighSchoolCheatSheet.com

1

Zufällig fiel mein erster Arbeitstag auf den ersten Tag des Haden-Streiks, und ich gebe ehrlich zu, dass es ein ungünstiges Timing war. Ein Feed, wie ich in das FBI-Gebäude gehe, wurde recht oft auf den Haden-Nachrichtenseiten und -Foren wiederholt. So etwas konnte ich an meinem ersten Tag wirklich nicht gebrauchen.

Zwei Umstände hielten die Agora davon ab, sich wütend auf mich zu stürzen. Der erste war, dass anfangs nicht jeder Haden beim Streik mitmachte. Am ersten Tag war die Teilnahme bestenfalls sporadisch. Die Agora war in zwei Lager gespalten, die sich lautstark bekämpften: auf der einen Seite die Unterstützer des Streiks und auf der anderen die Hadens, die das Ganze für ein sinnloses Manöver hielten, da das Abrams-Kettering-Gesetz bereits verabschiedet war.

Der zweite Punkt hatte damit zu tun, dass das FBI streng genommen eine Strafverfolgungsbehörde ist, was es zu einer unerlässlichen Institution macht. Also war die Anzahl der Hadens, die mich als Streikbrecher bezeichneten, wahrscheinlich nur sehr klein.

Abgesehen vom Aufschrei in der Agora verbrachte ich meinen ersten Tag hauptsächlich in der Personalabteilung, mit dem Ausfüllen von Papierkram und einem todlangweiligen Vortrag über meine Zusatzleistungen und Pensionsansprüche. Dann bekam ich meine Waffe, ein paar Software-Updates und meine Dienstmarke ausgehändigt. Danach machte ich vorzeitig Feierabend, weil meine neue Partnerin als Zeugin bei einem Prozess aussagen musste und an diesem Tag nicht mehr ins Büro kommen würde. Und weil es sonst nichts für mich zu tun gab. Ich ging nach Hause und klinkte mich nicht in die Agora ein. Stattdessen schaute ich mir ein paar Filme an. Sie dürfen mich gern einen Feigling nennen, wenn Sie möchten.

Mein zweiter Arbeitstag begann mit mehr Blut, als ich erwartet hätte.

Ich erkannte meine neue Partnerin, als ich zum Watergate Hotel hinüberging. Sie stand ein Stück vom Eingang zur Lobby entfernt und saugte an einer elektronischen Zigarette. Als ich näher kam, ergoss der Chip in ihrer Dienstmarke Daten zu ihrer Person in mein Blickfeld. Auf diese Weise informierte das FBI seine Agenten darüber, wer sich am Tatort befand. Hätte meine Partnerin ihre Brille getragen, hätte sie einen ähnlichen Sturzbach an Informationen zu meiner Person gesehen, während ich auf sie zukam. Andererseits war es recht wahrscheinlich, dass sie das gar nicht brauchte. Sie erkannte mich auch so. »Agent Shane«, sagte meine neue Partnerin zu mir und streckte die Hand aus.

»Agent Vann«, erwiderte ich und schüttelte ihre Hand.

Dann wartete ich darauf, was als Nächstes aus ihrem Mund kommen würde. Es ist immer wieder ein interessanter Test, was Leute tun, wenn sie mir begegnen, sowohl hinsichtlich meiner Person als auch der Tatsache, dass ich ein Haden bin. Normalerweise kommentieren sie den einen oder anderen Punkt.

Vann sagte nichts weiter. Sie zog ihre Hand zurück und saugte wieder an ihrem Nikotinstäbchen.

Na gut. Also lag es an mir, das Gespräch in Gang zu bringen.

Ich blickte mich zum Wagen um, neben dem wir standen. Das Dach war von einem kleinen Sofa eingedrückt worden.

»Ist das unser Fall?«, fragte ich und deutete auf den Wagen und das Sofa.

»Indirekt schon«, sagte sie. »Zeichnen Sie auf?«

»Ich kann es tun, wenn Sie möchten«, antwortete ich. »Manchen Leuten ist es lieber, wenn ich es nicht tue.«

»Ich möchte es«, sagte Vann. »Sie sind im Dienst. Sie sollten alles aufzeichnen.«

»Wie Sie meinen«, sagte ich und startete die Aufzeichnung. Dann ging ich einmal um den Wagen herum, um ihn aus jeder Perspektive aufzunehmen. Das Sicherheitsglas in den Fenstern war zersplittert, und ein paar Körner waren herausgebrochen. Der Wagen hatte diplomatische Kennzeichen. Ich schaute mich um, und in etwa drei Metern Entfernung stand ein Mann, der in sein Telefon brüllte. Es klang wie Armenisch. Ich war in Versuchung, mir das Gebrüll übersetzen zu lassen.

Vann beobachtete mich dabei und sagte immer noch nichts.

Als ich fertig war, blickte ich auf und erkannte ein Loch in der Fassade des Hotels, im siebten Stock. »Ist das Sofa von dort gekommen?«, fragte ich.

»Mit hoher Wahrscheinlichkeit.« Vann nahm die Zigarette aus dem Mund und steckte sie in ihre Anzugjacke.

»Gehen wir rauf?«

»Ich hatte nur noch auf Sie gewartet.«

»Tut mir leid«, sagte ich und schaute ein weiteres Mal nach oben. »War die Polizei schon dort?«

Vann nickte. »Die Meldung habe ich aus ihrem Netz bekommen. Der mutmaßliche Täter ist ein Integrator, womit die Sache in unseren Zuständigkeitsbereich fällt.«

»Haben Sie das der Polizei schon gesagt?«, fragte ich.

»Ich hatte nur noch auf Sie gewartet«, wiederholte Vann.

»Tut mir leid«, sagte ich ein zweites Mal.

Vann deutete mit einer Kopfbewegung auf die Lobby.

Wir gingen ins Hotel und fuhren mit dem Lift zum siebten Stock hinauf, aus dem das Sofa gekommen war. Vann steckte sich ihre FBI-Dienstmarke ans Revers. Ich schob meine in mein Brust-Display.

Als sich die Lifttür öffnete, stand eine uniformierte Polizistin im Korridor. Sie hob die Hand, als wollte sie uns am Aussteigen hindern. Wir beide zeigten auf unsere Marken. Sie verzog das Gesicht und ließ uns passieren, während sie etwas in ihr Handgerät flüsterte. Wir gingen auf das Zimmer zu, vor dessen Tür sich mehrere Polizisten drängten.

Wir hatten etwa die Hälfte des Weges zurückgelegt, als eine Frau den Kopf aus dem Zimmer streckte, sich umblickte und uns erspähte. Dann stapfte sie zu uns herüber.

Ich warf einen Seitenblick zu Vann, deren Gesicht ein verschmitztes Grinsen zeigte.

»Detective Trinh«, sagte Vann, als die Frau auf uns zukam.

»Nein«, erwiderte Trinh. »Auf gar keinen Fall. Das hat nichts mit Ihnen zu tun, Les.«

»Auch ich freue mich, Sie wiederzusehen«, sagte Vann.

»Und Sie täuschen sich. Der Tatverdächtige ist ein Integrator. Sie wissen, was das bedeutet.«

»›Alle Straftaten, die mit Personentransportern oder Integratoren in Zusammenhang stehen, fallen in die bundespolizeiliche Zuständigkeit‹«, zitierte ich aus dem FBI-Handbuch.

Trinh bedachte mich mit einem säuerlichen Blick, dann ignorierte sie mich bewusst und wandte sich wieder an Vann. Ich speicherte diese persönliche Interaktion, um später noch einmal darauf zurückzukommen. »*Ich* weiß nichts davon, dass mein Tatverdächtiger ein Integrator sein soll«, sagte sie zu Vann.

»Aber ich«, erklärte Vann. »Als Ihr Mitarbeiter vom Tatort Meldung machte, gab er die ID des mutmaßlichen Täters durch. Es ist Nicholas Bell. Und Bell ist ein Integrator. Er steht in Ihrer Datenbank. Er pingte, sobald Ihr Kollege ihm über den Weg lief.«

Ich drehte mich wieder zu Vann um, als sie den Namen erwähnte, aber sie hielt den Blick unverwandt auf Trinh gerichtet.

»Nur weil er den gleichen Namen hat, muss er noch lange kein Integrator sein«, stellte Trinh fest.

»Kommen Sie schon, Trinh«, sagte Vann. »Wollen wir uns wirklich vor den Kindern streiten?« Ich brauchte eine Sekunde, um zu begreifen, dass Vann damit mich und die uniformierten Polizisten meinte. »Sie wissen, dass Sie bei diesem Wettpissen verlieren werden. Lassen Sie uns rein, damit wir unsere Arbeit machen können. Wenn sich herausstellt, dass sich alle Beteiligten zum Tatzeitpunkt in D. C. aufhielten, übergeben wir Ihnen alles, was wir haben, und lassen

Sie in Ruhe. Also wollen wir jetzt nett und freundlich zueinander sein. Ich könnte auch unfreundlich werden. Sie erinnern sich, wie das enden kann.«

Trinh drehte sich um und stapfte ohne ein weiteres Wort ins Hotelzimmer zurück.

»Mir fehlt hier einiges an Kontext«, bemerkte ich.

»Sie haben ungefähr alles, was Sie brauchen«, sagte Vann und setzte den Weg zum Hotelzimmer mit der Nummer 714 fort. Ich folgte ihr.

Im Zimmer lag eine Leiche auf dem Boden, mit dem Gesicht im Teppich und durchschnittener Kehle. Der Teppich war mit Blut getränkt. Blutspritzer waren an den Wänden, auf dem Bett und auf dem noch vorhandenen Sessel. Die Fensterfront nahm die gesamte Wandbreite ein. Der Wind wehte durch das große Loch in der Scheibe, durch das das Sofa nach draußen gelangt war.

Vann betrachtete die Leiche. »Wissen wir schon, wer er ist?«

»Keine ID«, sagte Trinh. »Wir arbeiten daran.«

Vann schaute sich um und suchte nach etwas. »Wo ist Nicholas Bell?«, wollte sie von Trinh wissen.

Trinh lächelte dünn. »Auf der Wache. Der erste Polizist am Tatort konnte ihn überwältigen. Daraufhin brachten wir ihn weg, bevor Sie hier eintrafen.«

»Wer war der Polizist?«, fragte Vann.

»Timmons«, sagte Trinh. »Er ist nicht mehr hier.«

»Ich brauche seinen Feed von der Verhaftung.«

»Ich weiß nicht …«

»*Sofort*, Trinh«, sagte Vann. »Sie kennen meine öffentliche Adresse. Geben sie sie Timmons.«

Trinh wandte sich verärgert ab, aber sie zückte ihr Telefon und sprach hinein.

Vann zeigte auf den uniformierten Polizisten im Zimmer. »Wurde irgendetwas bewegt oder berührt?«

»Nicht von uns«, sagte er.

Vann nickte. »Shane.«

»Ja.«

»Erstellen Sie eine Karte«, sagte Vann. »Mit allen Details. Achten Sie auf das Glas.«

»Schon dabei.« Ich war bereits im Aufzeichnungsmodus. Ich legte ein dreidimensionales Gitter darüber und markierte alles, was ich sehen konnte, um die Dinge leichter identifizieren zu können, wo ich hinter oder unter etwas schauen musste. Vorsichtig ging ich durch den Raum und füllte alle Winkel und Ritzen aus. Ich ging in die Knie, als ich das Bett erreichte, und schaltete meine Scheinwerfer ein, um alle Einzelheiten auszuleuchten. Und unter dem Bett befanden sich in der Tat einige bemerkenswerte Einzelheiten.

»Hier ist ein Glas«, sagte ich zu Vann. »Es ist zerbrochen und blutig.« Ich stand auf und zeigte zum Schreibtisch, auf dem ein Tablett mit Gläsern und ein paar Wasserflaschen standen. »Auch neben dem Schreibtisch liegen Glasscherben auf dem Boden. Ich vermute, wir haben die Mordwaffe gefunden.«

»Sind Sie mit der Kartierung fertig?«, fragte Vann.

»Fast«, sagte ich und ging noch ein paarmal im Zimmer hin und her, um die Stellen aufzunehmen, die mir bislang entgangen waren.

»Ich vermute, Sie haben eine eigene Karte angefertigt«, sagte Vann zu Trinh.

»Unser Techniker ist unterwegs«, sagte Trinh. »Und wir haben die Feeds von allen Polizisten am Tatort.«

»Ich will sie alle haben«, sagte Vann. »Und ich schicke Ihnen Shanes Karte.«

»Gut«, sagte Trinh mürrisch. »Sonst noch etwas?«

»Das wäre vorläufig alles«, sagte Vann.

»Wenn Sie sich dann bitte von meinem Tatort entfernen würden«, sagte Trinh. »Ich habe hier noch einiges zu erledigen.«

Vann lächelte Trinh zu und verließ das Zimmer. Ich folgte ihr.

»Ist die Metropolitan Police immer so?«, fragte ich, als wir in den Lift stiegen.

»Niemand mag es, wenn die Bundespolizei im eigenen Revier herumschnüffelt«, sagte Vann. »Niemand freut sich, uns zu sehen. Die meisten sind allerdings etwas höflicher. Trinh hat ein paar unangenehme Sachen erlebt.«

»Mit uns oder mit Ihnen?«, fragte ich.

Vann lächelte wieder. Die Lifttür öffnete sich zur Lobby im Erdgeschoss.

»Stört es Sie, wenn ich rauche?«, fragte Vann. Sie fuhr manuell zur Polizeiwache und tastete nach einer Packung Zigaretten – in diesem Fall echte. Es war ihr Auto. Hier war es nicht gesetzlich verboten.

»Ich bin gegen Passivrauch immun, falls das Ihre Frage war«, sagte ich.

»Süß.« Sie zog eine Zigarette hervor und drückte auf den Anzünder des Wagens, während ich meinen Geruchssinn herunterregulierte. »Greifen Sie auf meine Box auf dem

FBI-Server zu und sagen Sie mir, ob der Feed von der Verhaftung schon da ist.«

»Wie soll ich das machen?«

»Ich habe Ihnen gestern den Zugriff gewährt«, sagte Vann.

»Wirklich?«

»Sie sind jetzt mein Partner.«

»Vielen Dank«, sagte ich. »Aber was hätten Sie getan, wenn Sie bei unserer ersten Begegnung entschieden hätten, dass ich ein nicht vertrauenswürdiges Arschloch bin?«

Vann zuckte mit den Schultern. »Meine letzte Partnerin war ein nicht vertrauenswürdiges Arschloch. Ich habe ihr den Zugriff auf meine Box erlaubt.«

»Was ist mit ihr geschehen?«, fragte ich.

»Sie hatte eine Schussverletzung.«

»Im Dienst?«

»Nicht direkt«, sagte Vann. »Sie war auf dem Schießplatz und jagte sich selbst eine Kugel in den Bauch. Man ist sich nicht ganz sicher, ob es ein Unfall war oder nicht. Sie beantragte Berufsunfähigkeit und setzte sich zur Ruhe. Kein Problem für mich.«

»Ich verspreche Ihnen, dass ich mir keine Kugel in den Bauch jagen werde.«

»Zwei Witze mit körperlichem Bezug in weniger als einer Minute«, sagte Vann. »Es klingt fast so, als wollten Sie damit irgendetwas beweisen.«

»Ich möchte nur, dass Sie sich in meiner Gegenwart wohlfühlen. Viele sind sich unsicher, wie man mit einem Haden umgehen soll.«

»Sie sind nicht mein erster«, sagte sie. Der Anzünder

klackte, und Vann zog ihn heraus, um sich die Zigarette anzustecken. »Das sollte eigentlich klar sein, wenn man bedenkt, wie wir miteinander zurechtkommen. Haben Sie den Feed schon gefunden?«

»Moment.« Ich klinkte mich in den Beweismittel-Server des FBI ein und öffnete Vanns Box. Die Datei war vor Kurzem eingetroffen. »Da ist er.«

»Spielen Sie ihn ab«, sagte Vann.

»Soll ich ihn an die Wagenkonsole senden?«

»Ich fahre.«

»Es gibt so etwas wie Autodrive.«

Vann schüttelte den Kopf. »Dies ist ein FBI-Fahrzeug. Einem Autodrive vom preisgünstigsten Anbieter würde ich nicht so gern vertrauen.«

»Wohl wahr«, sagte ich und startete den Feed von der Verhaftung. Die Aufnahmen waren verwackelt und in geringer Auflösung. Wahrscheinlich kaufte die Metro Police genauso wie das FBI ihre Technik beim preisgünstigsten Anbieter ein. Die Perspektive war in Ego-Stereo, was vermutlich bedeutete, dass die Kamera an einer Schutzbrille befestigt war.

Die Aufnahme begann damit, wie der Polizist – Timmons – im siebten Stock mit gezogener Betäubungspistole aus dem Lift stieg. Vor der Tür zum Zimmer 714 stand jemand vom Sicherheitsdienst des Watergate in einer prächtigen, schlecht sitzenden, senfgelben Uniform. Während sich der Polizist näherte, kam der Taser des Wachmanns in Sicht. Er erweckte den Eindruck, als würde er sich jeden Moment in die Hosen machen.

Timmons ging um den Wachmann herum, dann zeigte das Bild einen Mann, der mit erhobenen Händen auf dem

Bett saß. Sein Gesicht und sein Hemd waren mit Blut beschmiert. Die Aufnahme ruckelte, dann warf Timmons einen langen Blick auf die Leiche, die auf dem blutgetränkten Teppich lag. Der Blick ging zurück zu dem Mann auf dem Bett, der immer noch die Hände hochhielt.

»Ist er tot?«, fragte eine Stimme, vermutlich die von Timmons.

Der Mann auf dem Bett sah zum Mann auf dem Teppich. »Ja, ich glaube, das ist er«, sagte er.

»Warum zum Teufel haben Sie ihn getötet?«, fragte Timmons.

Der Mann auf dem Bett wandte sich wieder Timmons zu. »Ich glaube nicht, dass ich ihn getötet habe. Hören Sie …«

Dann zappte Timmons den Mann. Er zuckte und wand sich, bis er vom Bett und auf den Teppich fiel, wie ein Spiegelbild des Toten.

»Interessant«, sagte ich.

»Was?«, fragte Vann.

»Timmons hatte kaum das Zimmer betreten, als er auch schon unseren Tatverdächtigen zappte.«

»Bell«, sagte Vann.

»Ja. Apropos, kommt Ihnen dieser Name bekannt vor?«

»Hat Bell irgendetwas gesagt, bevor er gezappt wurde?«, wollte Vann wissen, ohne auf meine Frage einzugehen.

»Timmons fragte ihn, warum er den Kerl getötet hat. Bell antwortete, dass er nicht glaubt, es getan zu haben.«

Vann runzelte die Stirn.

»Was?«, fragte ich.

Vann warf mir einen weiteren Seitenblick zu, und an ihrem Gesichtsausdruck erkannte ich, dass sie nicht mich, sondern meinen PT musterte. »Das ist ein neues Modell«, sagte sie.

»Ja«, bestätigte ich. »Ein Sebring-Warner 660XS.«

»Die 600er-Serie von Sebring-Warner ist nicht billig.«

»Stimmt.«

»Für ein Anfängergehalt beim FBI sind die Leasingraten ziemlich happig.«

»Wollen wir es wirklich auf diese Tour machen?«, fragte ich.

»Es war nur eine Feststellung von mir«, sagte Vann.

»Gut. Ich vermute, man hat Ihnen einiges über mich erzählt, als ich Ihnen als Partner zugewiesen wurde.«

»Ja.«

»Und ich vermute, dass Sie die Haden-Gemeinschaft kennen, da wir ansonsten ganz gut miteinander zurechtkommen.«

»Ja.«

»Dann überspringen wir den Teil, in dem Sie so tun, als wüssten Sie nicht, wer ich bin und wer meine Familie ist und warum ich mir einen Sebring-Warner 660 leisten kann.«

Vann lächelte und drückte ihre Zigarette am Seitenfenster aus. Dann öffnete sie das Fenster einen Spalt und schnippte die Kippe hinaus. »Ich habe gesehen, dass Sie in der Agora Prügel einstecken mussten, weil Sie gestern mit Ihrer neuen Arbeit begonnen haben«, sagte sie.

»Nichts, was ich nicht schon mehrmals erlebt habe, wegen anderer Dinge. Nichts, womit ich nicht zurechtkommen würde. Sehen Sie irgendein Problem?«

»Dass Sie Sie sind?«

»Ja.«

»Warum sollte das ein Problem sein?«, fragte Vann.

»Als ich an die Akademie ging, war mir klar, dass die Leute dort dachten, ich wäre nur eine Vorspiegelung. Dass ich nur herumfurze, bis mir der Treuhandfonds übertragen wird oder so.«

»Und?«, fragte Vann. »Wurde er Ihnen übertragen?«

»Noch bevor ich an die Akademie ging.«

Vann gluckste amüsiert. »Keine Probleme.«

»Sicher?«

»Ja. Außerdem ist es gut, dass Sie einen hochwertigen Threep haben«, sagte sie und benutzte den Slangbegriff für einen Personentransporter. »Das bedeutet, dass die Karte, die Sie erstellt haben, tatsächlich eine brauchbare Auflösung hat. Was gut ist, weil ich nicht glaube, dass Trinh mir etwas schickt, das uns wirklich weiterhilft. Der Feed von der Verhaftung war verwackelt und unscharf, nicht wahr?«

»Ja.«

»Sie verarschen uns«, sagte Vann. »Die Feeds der Metro Police sind autostabilisiert und zeichnen mit einer Auflösung von 4K auf. Trinh hat Timmons wahrscheinlich gesagt, dass er die Aufzeichnung versauen soll, bevor er sie uns schickt. Weil sie ein Arschloch ist, das genau so etwas tut.«

»Also benutzen Sie mich wegen meiner überlegenen technischen Fähigkeiten.«

»Genau«, bestätigte Vann. »Ist das ein Problem für Sie?«

»Nein. Es ist nett, für das wertgeschätzt zu werden, was ich bin.«

»Gut«, sagte Vann und bog auf den Parkplatz der Polizeiwache ab. »Weil ich nämlich eine ganze Menge von Ihnen verlangen werde.«

2

»Wer ist der Klonk?«, wollte der Mann von Vann wissen, als wir in der Wache eintrafen. Meine Gesichtsscan-Software identifizierte ihn als George Davidson, den Captain der Zweiten Polizeiwache der Metro.

»Echt jetzt?«, sagte ich, bevor ich es mir verkneifen konnte.

»Ich habe das falsche Wort benutzt, nicht wahr?«, sagte Davidson und sah mich an. »Ich kann mir nie merken, ob ›Klonk‹ oder ›Threep‹ die Bezeichnung ist, die ich heute nicht benutzen sollte.«

»Ich gebe Ihnen einen Hinweis«, sagte ich. »Die eine Bezeichnung spielt auf einen liebenswürdigen Androiden aus einem der beliebtesten Filme aller Zeiten an. Die andere beschreibt das Geräusch einer kaputten Maschine. Jetzt raten Sie mal, was uns lieber ist.«

»Kapiert«, sagte Davidson. »Ich dachte, Sie alle würden heute streiken.«

»Mann!«, sagte ich verärgert.

»Zickiger Threep«, sagte Davidson zu Vann.

»Blöder Bulle«, sagte Vann zu Davidson, was dieser mit einem Lächeln quittierte. »Das ist Agent Chris Shane. Mein neuer Partner.«

»Echt?« Davidson sah mich wieder an. Offensichtlich kannte er meinen Namen.

»Überraschung«, sagte ich.

Vann winkte Davidson zu, um seine Aufmerksamkeit auf sich zu lenken. »Sie haben hier jemanden, mit dem ich sprechen möchte.«

»Ja, richtig«, sagte Davidson. »Trinh deutete an, dass Sie vielleicht vorbeikommen werden.«

»Sie machen hoffentlich nicht so große Schwierigkeiten wie Trinh.«

»Oh, Sie wissen doch, dass ich schon immer für die Zusammenarbeit der Strafverfolgungsbehörden war«, sagte Davidson. »Und mit Ihnen gab es nie Probleme. Kommen Sie.« Er winkte uns, ihm tiefer in die Polizeiwache zu folgen.

Ein paar Minuten später starrten wir Nicholas Bell durch eine Glasscheibe an. Er saß schweigend und wartend in einem Verhörzimmer.

»Sieht nicht wie jemand aus, der jemanden durch ein Fenster schubsen würde«, stellte Davidson fest.

»Nicht jemanden, sondern ein Sofa«, sagte Vann. »Der Tote befand sich immer noch im Zimmer.«

»Aber er sieht auch nicht wie jemand aus, der ein Sofa durch ein Fenster schubsen würde«, sagte Davidson.

Vann zeigte auf den Mann. »Das ist ein Integrator. In seinem Kopf verbringt er eine Menge Zeit mit anderen Leuten, und diese Leute wollen sehr unterschiedliche Dinge tun. Er ist besser in Form, als Sie glauben.«

»Wenn Sie es sagen«, erwiderte Davidson. »Sie müssen es besser wissen als ich.«

»Haben Sie schon mit ihm gesprochen?«, fragte ich.

»Detective Gonzales hat es versucht«, antwortete Davidson. »Er saß nur da und sagte kein Wort, und das etwa zwanzig Minuten lang.«

»Er hat das Recht, die Aussage zu verweigern«, sagte ich.

»Aber er hat dieses Recht nicht eingefordert«, sagte Davidson. »Und er hat auch nicht nach einem Anwalt verlangt.«

»Und das hat nichts damit zu tun, dass Officer Timmons ihn am Tatort bewusstlos gezappt hat?«, fragte Vann.

»Ich habe den kompletten Bericht von Timmons noch nicht gesehen«, sagte Davidson.

»Sie sind ein Paradebeispiel für die Einhaltung rechtsstaatlicher Grundsätze, Davidson.«

Davidson zuckte mit den Schultern. »Er ist schon eine Weile wach. Wenn er sich erinnert, dass er Rechte hat, in Ordnung. Bis dahin gehört er Ihnen, falls Sie Ihr Glück mit ihm versuchen wollen.«

Ich blickte zu Vann, um zu sehen, was sie tun würde. »Ich glaube, ich muss mal pinkeln«, sagte sie. »Und dann werde ich mir einen Kaffee holen.«

»Beides gibt es den Gang runter«, sagte Davidson. »Sie wissen noch, wo.«

Vann nickte und ging.

»Chris Shane, wie?«, sagte Davidson zu mir, als sie weg war.

»Der bin ich.«

»Ich kann mich an Sie erinnern, als Kind«, sagte Davidson. »Obwohl Sie eigentlich kein Kind mehr waren. Sie wissen schon, was ich meine.«

»Ja.«

»Wie geht es Ihrem Vater? Wird er für den Senat kandidieren oder was?«

»Er hat sich noch nicht entschieden«, sagte ich. »Aber diese Information ist noch nicht offiziell.«

»Ich habe ihn früher spielen gesehen«, sagte Davidson.

»Ich werde es ihm ausrichten.«

»Sind Sie schon lange mit ihr zusammen?«, fragte Davidson mit einem Blick in Vanns Richtung.

»Mein erster Tag als ihr Partner. Mein zweiter Tag im Job.«

»Sie sind Anfänger?«, fragte Davidson.

Ich nickte.

»Das ist schwer zu erkennen, weil …« Er zeigte auf meinen Threep.

»Schon klar«, sagte ich.

»Ist ein netter Threep.«

»Danke.«

»Tut mir leid wegen der ›Klonk‹-Sache.«

»Kein Problem«, sagte ich.

»Ich kann mir gut vorstellen, dass Sie wenig schmeichelhafte Ausdrücke für uns haben«, sagte Davidson.

»›Dodgers‹«, sagte ich.

»Was?«

»›Dodgers‹«, wiederholte ich. »Das ist kurz für ›Dodger Dogs‹, die Hotdogs, die man im Dodger Stadion in L. A. bekommt.«

»Ich weiß, was ein Dodger Dog ist«, sagte Davidson. »Ich verstehe nur nicht, was das mit uns zu tun haben soll.«

»Es gibt da zwei Parallelen. Erstens, Sie bestehen im Prinzip aus Fleisch in einer Hülle. Genauso wie Hotdogs. Zweitens, Hotdogs bestehen hauptsächlich aus Lippen und Ärschen, genauso wie Sie.«

»Nett«, sagte Davidson.

»Sie haben gefragt.«

»Ja, aber warum *Dodger* Dogs?«, wollte Davidson wissen. »Fragt ein lebenslanger Fan der Nationals.«

»Da bin ich überfragt«, sagte ich. »Warum ›Threep‹? Warum ›Klonk‹? Slang kann man nicht immer erklären.«

»Haben Sie auch einen Slang-Begriff für ihn?« Davidson zeigte auf Bell, der immer noch völlig ruhig dasaß.

»Er ist ein ›Maulwurf‹.«

»Passt«, sagte Davidson.

»Ja.«

»Haben Sie jemals einen benutzt?«

»Einen Integrator? Nur einmal. Ich war zwölf, und meine Eltern wollten mit mir zu Disney World fahren. Ich dachte, es wäre besser, es körperlich zu erleben. Also orderten sie mir für den Tag einen Integrator.«

»Wie war es?«

»Ich fand es furchtbar«, sagte ich. »Es war heiß, nach einer Stunde taten mir die Füße weh, und ich hätte mich fast bepisst, weil ich keine Ahnung hatte, wie man so etwas selbst macht. All das wird mir normalerweise abgenommen, und als ich Haden bekam, war ich so jung, dass ich mich nicht mehr erinnern konnte, es anders gemacht zu haben. Der Integrator musste auftauchen, um es zu tun, und das sollte eigentlich nicht passieren, wenn er jemanden mit sich herumträgt. Nach einigen Stunden jammerte ich so laut herum, dass wir ins Hotelzimmer zurückkehrten und ich wieder in den Threep wechselte. Und *dann* hatte ich endlich Spaß. Trotzdem mussten sie den Integrator für den ganzen Tag bezahlen.«

»Und seitdem haben Sie es nie wieder gemacht?«

»Nein«, sagte ich. »Wozu der Stress?«

»Hm«, machte Davidson. Die Tür zum Verhörzimmer ging auf, und Vann betrat den Raum mit zwei Kaffeebechern. Er zeigte auf sie. »Sie ist auch so eine, wissen Sie.«

»Was für eine?«

»Eine Integratorin«, sagte Davidson. »Beziehungsweise war sie es, bevor sie zum FBI kam.«

»Das wusste ich nicht«, sagte ich und blickte zu ihr hinüber. Sie setzte sich und machte es sich bequem.

»Deshalb kommt sie so gut mit Ihnen klar«, sagte Davidson. »Sie versteht Sie viel besser, als wir es jemals können. Nichts für ungut, aber für uns ist es manchmal schwierig zu begreifen, was mit Ihnen los ist.«

»Das verstehe ich«, sagte ich.

»Ja.« Davidson schwieg für einen Moment, und ich wartete auf das, was als Nächstes kommen musste: die persönliche Verbindung zu einem Haden. Ich tippte auf einen Onkel oder eine Cousine.

»Ich hatte eine Cousine, die Haden bekam«, sagte Davidson, und für den Treffer schrieb ich mir mental einen Punkt gut. »Es war während der ersten Infektionswelle, als noch niemand wusste, was eigentlich los war. Noch bevor man überhaupt vom Haden-Syndrom sprach. Sie bekam eine Grippe, dann schien es besser zu werden, und dann …« Er zuckte mit den Schultern.

»Lock-in«, sagte ich.

»Richtig. Ich erinnere mich, wie wir sie im Krankenhaus besucht haben, und da gab es einen ganzen Flügel mit Patienten, die Lock-in hatten. Sie lagen einfach nur da und taten nichts, außer zu atmen. Es waren Dutzende. Und noch wenige Tage zuvor waren sie alle herumgelaufen und hatten ein normales Leben geführt.«

»Was passierte mit Ihrer Cousine?«, fragte ich.

»Sie drehte durch«, sagte Davidson. »Die geistige Isolation machte sie psychotisch oder etwas in der Art.«

Ich nickte. »Leider war das kein Einzelfall.«

»Richtig«, sagte Davidson noch einmal. »Sie vegetierte ein paar Jahre vor sich hin, bis ihr Körper aufgab.«

»Das tut mir leid.«

»Es war schlimm«, sagte Davidson. »Aber es war für alle schlimm. Verdammt, sogar die First Lady hatte es. Deshalb wurde die Krankheit Haden genannt.«

»Trotzdem ist es scheiße.«

»O ja«, stimmte Davidson mir zu und zeigte auf Vann. »Ich meine, auch sie hatte Haden, nicht wahr? Zumindest eine Zeit lang. Deshalb ist sie so, wie sie ist.«

»Sozusagen. Es gab einen kleinen Prozentsatz von Infizierten, deren Hirnstruktur verändert wurde, die aber nicht unter Lock-in litten. Und von diesen Leuten gibt es einen kleinen Prozentsatz, deren Gehirne so weit verändert wurden, dass sie zu Integratoren werden konnten.« Eigentlich war die Sache etwas komplizierter, aber ich dachte mir, dass Davidson es gar nicht so genau wissen wollte. »Auf dem ganzen Planeten gibt es vielleicht zehntausend Integratoren.«

»Hm«, machte Davidson wieder. »Wie auch immer. Sie ist eine Integratorin. Oder war es. Also kann sie vielleicht doch etwas aus diesem Kerl herausholen.« Er schaltete die Lautsprecher ein, damit wir hören konnten, was sie zu Bell sagte.

»Ich habe Ihnen Kaffee mitgebracht«, sagte Vann zu Bell und schob ihm einen Becher zu. »Da ich Sie überhaupt nicht kenne, dachte ich mir, Sie wollen ihn vielleicht mit Milch und Zucker. Tut mir leid, wenn ich falsch getippt habe.«

Bell blickte auf den Kaffee, aber ansonsten zeigte er keinerlei Reaktion.

»Bacon Cheeseburger«, sagte Vann.

»Was?«, sagte Bell. Vanns unerwartete Bemerkung schien ihn aus der Erstarrung gerissen zu haben.

»Bacon Cheeseburger«, wiederholte Vann. »Als ich Integratorin war, habe ich Bacon Cheeseburger regelrecht verschlungen. Vielleicht wissen Sie, warum.«

»Weil jeder, der einmal isoliert war und sich dann integriert, als Erstes einen Bacon Cheeseburger essen möchte«, sagte Bell.

Vann lächelte. »Also ist es nicht nur mir so gegangen.«

»Nein«, bestätigte Bell.

»Es gab ein Five Guys in der Nähe meiner Wohnung«, sagte Vann. »Irgendwann musste ich nur durch die Tür treten, und schon legten sie die Frikadellen auf den Grill. Sie warteten gar nicht auf meine Bestellung. Sie wussten Bescheid.«

»Das kann ich mir gut vorstellen.«

»Nachdem ich aufgehört hatte, als Integratorin zu arbeiten, dauerte es anderthalb Jahre, bis ich überhaupt wieder den Anblick eines Bacon Cheeseburgers ertragen konnte.«

»Auch das kann ich mir vorstellen«, sagte Bell. »Ich würde sie nicht mehr essen, wenn ich es nicht mehr müsste.«

»Seien Sie stark«, sagte Vann.

Bell griff nach dem Kaffee, den Vann ihm gebracht hatte,

roch daran und nahm einen kleinen Schluck. »Sie arbeiten nicht für die Metro«, stellte er fest. »Ich bin noch nie einem Integrator begegnet, der bei der Metropolitan Police ist.«

»Ich bin Agent Leslie Vann«, sagte sie. »Ich arbeite für das FBI. Mein Partner und ich ermitteln in Fällen, bei denen Hadens eine Rolle spielen. Sie sind nicht das, was wir typischerweise als Haden bezeichnen würden, aber Sie sind ein Integrator, was bedeutet, dass ein Haden in diese Sache verwickelt sein könnte. Wenn es so ist, wissen Sie genauso gut wie ich, dass man Sie vielleicht nicht dafür verantwortlich machen kann. Aber Sie müssen es mir sagen, damit ich Ihnen helfen kann.«

»Richtig«, stimmte Bell ihr zu.

»Die Polizisten sagten, dass Sie in dieser Angelegenheit bislang nicht gerade mitteilsam waren.«

»Sie dürfen dreimal raten, warum.«

»Wahrscheinlich weil dieser Polizist Sie sofort gezappt hat, ohne weitere Fragen zu stellen.«

»Volltreffer.«

»Nicht dass es viel zu bedeuten hätte, aber dafür möchte ich Sie um Entschuldigung bitten, Nicholas. Wenn ich dort gewesen wäre, hätte ich es anders gehandhabt.«

»Ich habe auf dem Bett gesessen«, erklärte Bell. »Mit erhobenen Händen. Sonst habe ich nichts getan.«

»Ich weiß«, sagte Vann. »Und wie gesagt, möchte ich mich dafür entschuldigen. Das war nicht richtig. Andererseits – und das soll keine Rechtfertigung sein, sondern nur eine Feststellung – saßen Sie zwar mit erhobenen Händen auf dem Bett und haben nichts getan, aber gleichzeitig lag ein Toter im Zimmer, und Sie waren mit seinem Blut beschmiert.« Sie richtete einen Zeigefinger auf ihn. »Genau genommen sind Sie immer noch mit seinem Blut beschmiert.«

Bell starrte Vann schweigend an.

»Wie gesagt, das soll keine Rechtfertigung sein«, bekräftigte Vann nach fünfzehn Sekunden Stille.

»Bin ich verhaftet?«, fragte Bell.

»Nicholas, Sie wurden zusammen mit einem Ermordeten in einem Zimmer gefunden, mit seinem Blut beschmiert. Sie verstehen sicher, dass wir an den genaueren Umständen interessiert sind. Alles, was Sie uns sagen können, wird uns weiterhelfen. Und wenn irgendetwas Ihre Unschuld beweist, umso besser, nicht wahr?«

»Bin ich verhaftet?«, wiederholte Bell.

»Sie sind in der Lage, mir zu helfen«, sagte Vann. »Ich bin recht spät dazugekommen. Ich habe das Hotelzimmer gesehen, aber erst, nachdem Sie weggebracht wurden. Also sollten Sie mich aufklären, was in diesem Zimmer geschehen ist, soweit es Ihnen möglich ist. Alles, was Sie sagen können, wäre sehr hilfreich. Und wenn Sie mir helfen können, bin ich besser in der Lage, Ihnen zu helfen.«

Bell reagierte darauf mit einem ironischen Grinsen. Dann verschränkte er die Arme und wandte den Blick ab.

»Sind wir jetzt wieder im Schweigemodus?«, fragte Vann.

»Wir können uns wieder über Bacon Cheeseburger unterhalten, wenn Sie möchten.«

»Sie könnten mir zumindest sagen, ob Sie integriert waren.«

»Soll das ein Witz sein?«, fragte Bell.

»Ich frage Sie nicht nach Details, sondern nur, ob Sie gearbeitet haben oder nicht«, sagte Vann. »Oder wollten Sie gerade mit der Arbeit beginnen? Ich kannte Integratoren, die nebenbei freiberufliche Aufträge angenommen haben. Wenn ein Dodger etwas tun möchte, wobei er sich nicht in der Öffentlichkeit zeigen möchte. Auf dem grauen Markt gibt es diese Scanner-Caps, die für so etwas recht gut funktionieren. Und nachdem Abrams-Kettering verabschiedet wurde, hätten Sie einen guten Grund, nach Nebeneinkünften zu suchen. Die staatlichen Aufträge werden versiegen. Und Sie müssen an Ihre Familie denken.«

Bell, der von seinem Kaffee getrunken hatte, stellte den Becher ab und schluckte. »Jetzt reden Sie über Cassandra.«

»Niemand würde es Ihnen verübeln«, sagte Vann. »Der Kongress streicht die Subventionen für die Hadens zusammen, zumindest für die Zeit nach der Infektion und der Reha. Man sagt, die Technik, die ihnen hilft, wieder am Leben teilzunehmen, ist so gut geworden, dass die Sache nicht mehr als Behinderung betrachtet werden sollte.«

»Glauben Sie daran?«, fragte Bell.

»Mein Partner ist ein Haden«, antwortete Vann. »Wenn Sie mich fragen, ist das für mich ein Vorteil, weil Threeps in vielerlei Hinsicht besser als menschliche Körper sind. Aber es gibt viele Hadens, die durch das Raster fallen. Ihre Schwester zum Beispiel. Sie tut nicht das, was der Kongress von ihr erwartet, nämlich sich einen Job besorgen.«

Bell reagierte sichtlich gereizt. »Wenn Sie wissen, wer ich bin, dann wissen Sie auch, wer *sie* ist. Ich würde sagen, dass sie einen Job hat. Es sei denn, Sie glauben, eine treibende Kraft hinter dem Haden-Streik in dieser Woche und dem Demonstrationszug zu sein, der für dieses Wochenende geplant ist, wäre etwas, das sie in ihrer *Freizeit* erledigt.«

»Ich will Ihnen nicht widersprechen, Nicholas«, sagte Vann. »Man kann nicht behaupten, dass sie bei Subway arbeitet und Sandwiches belegt. Aber sie verdient auch kein Geld mit dem, was sie tut.«

»Geld ist für sie nicht so wichtig.«

»Nein, aber es wird für sie wichtiger werden. Abrams-Kettering bedeutet, dass die Hadens auf private Pflege angewiesen sind. Also muss irgendjemand die Kosten für sie übernehmen. Sie sind ihr einziger lebender Verwandter. Deshalb vermute ich, dass Sie für Ihre Schwester verantwortlich sind. Womit wir wieder bei diesem Hotelzimmer und dem Mann wären, der dort mit Ihnen war. Was mich wieder zu der Frage zurückbringt, ob Sie integriert waren oder sich integrieren wollten. Das muss ich wissen, wenn ich Ihnen helfen soll.«

»Ich danke Ihnen für Ihr Bedürfnis, mir helfen zu *wollen*, Agent Vann«, sagte Bell. »Aber ich glaube, im Moment möchte ich eigentlich nur warten, bis mein Anwalt hier ist, damit er alles Weitere übernehmen kann.«

Vann blinzelte. »Mir wurde gesagt, dass Sie nicht nach einem Anwalt verlangt haben.«

»Richtig«, bestätigte Bell. »Ich habe ihn angerufen, als ich noch im Hotelzimmer war. Bevor ich von der Polizei gezappt wurde.« Bell tippte sich gegen die Schläfe, ein Hinweis auf die Hightech, die in seinem Schädel steckte. »Was ich natürlich aufgezeichnet habe, wie ich nahezu alles aufzeichne. Denn in einem Punkt sind Sie und ich uns einig, Agent Vann. Meine Anwesenheit in unmittelbarer Nähe einer Leiche verkompliziert die Sache. Mit einem Stromschlag außer Gefecht gesetzt zu werden, bevor ich meine Rechte in

Anspruch nehmen konnte, verkompliziert sie noch viel mehr.«

Dann lächelte Bell und blickte auf, als würde er sich auf etwas Unsichtbares konzentrieren. »Und das war ein Ping von meinem Anwalt. Er ist hier. Ich denke, Ihr Leben wird von nun an erheblich interessanter werden, Agent Vann.«

»Dann sind wir hier vorläufig wohl fertig«, sagte Vann.

»Das denke ich auch«, sagte Bell. »Aber es war nett, ein kulinarisches Gespräch mit Ihnen zu führen.«

3

»Also rekapitulieren wir«, sagte Samuel Schwartz und hielt eine Hand hoch, um die Punkte an den Fingern abzuzählen. »Illegale Betäubung meines Klienten, während er keinerlei Widerstand leistete, Verwahrung in einer Arrestzelle ohne Grund, dann zwei Strafverfolgungsbehörden, die eine städtisch, die andere bundesstaatlich, die ihn befragen, ohne ihn über seine Rechte zu informieren und ohne dass sein Anwalt zugegen ist. Habe ich irgendetwas übersehen, Captain? Agent Vann?«

Captain Davidson rutschte unbehaglich auf seinem Schreibtischstuhl hin und her. Vann, die hinter ihm stand, sagte nichts. Sie sah Schwartz an, oder genauer gesagt seinen Threep, der vor dem Schreibtisch des Captains stand. Der Threep war ein Sebring-Warner, wie meiner, aber ein Ajax 370, was mich leicht überraschte. Der Ajax 370 war nicht billig, aber er war auch nicht das beste Modell, weder für einen Sebring-Warner noch für die Ajax-Reihe. Anwälte zogen für gewöhnlich die hochwertigen Modelle vor. Entweder hatte Schwartz keine Ahnung von Statussymbolen, oder er hatte es nicht nötig, seinen Status kundzutun. Ich beschloss, in den Datenbanken nachzuschauen, um herauszufinden, welches von beiden zutraf.

»Ihr Klient hat sich nie auf sein Recht auf Aussageverweigerung berufen oder nach einem Anwalt verlangt«, sagte Davidson.

»Ja, es ist schon seltsam, wie ein Stromschlag von fünfzigtausend Volt jemanden davon abhalten kann, solche Dinge in Worte zu fassen, nicht wahr?«, sagte Schwartz.

»Er hat auch keine Rechte beansprucht, nachdem er hierhergebracht wurde«, bemerkte Vann.

Schwartz drehte sich zu ihr um. Der stilisierte Kopf des Ajax 370 hatte eine gewisse Ähnlichkeit mit der Oscar-Statuette, allerdings mit einigen Abweichungen im Bereich der Augen, der Ohren und des Mundes, zum einen, um Urheberrechtsprobleme zu vermeiden, und zum anderen, um Menschen, die mit dem Threep interagierten, etwas zu geben, worauf sie ihre Aufmerksamkeit richten konnten. Die Köpfe ließen sich individuell anpassen, was viele jüngere Hadens nutzten. Doch Erwachsene mit seriösen Jobs hielten das für würdelos, was ein weiterer Hinweis auf Schwartz' mutmaßliche gesellschaftliche Stellung war.

»Das musste er auch gar nicht, Agent Vann«, sagte Schwartz. »Weil er mich anrief, bevor die Polizei ihn betäubte und zum Schweigen brachte. Die Tatsache, dass er einen Anwalt anrief, ist ein klarer Hinweis darauf, dass er seine Rechte kannte und beabsichtigte, sie in dieser Angelegenheit in Anspruch zu nehmen.« Er wandte sich wieder Davidson zu. »Die Tatsache, dass Ihre Polizisten ihm die Fähigkeit nahmen, seine Rechte zu beanspruchen, bedeutet nicht, dass er darauf verzichtete, auch wenn er diesen Umstand hier nicht noch einmal ausdrücklich betonte.«

»Darüber ließe sich streiten«, sagte Davidson.

»Ja, tun wir es«, sagte Schwartz. »Gehen wir jetzt sofort

zum Richter, um genau das zu tun. Aber wenn Sie das nicht tun, müssen Sie meinem Klienten erlauben, nach Hause zu gehen.«

»Soll das ein Witz sein?«, fragte Vann.

»Sie können nicht sehen, ob ich über diese Bemerkung lächle, Agent Vann«, sagte Schwartz. »Aber ich kann Ihnen versichern, dass ich lächle.«

»Ihr Klient befand sich mit einer Leiche in einem Zimmer und war mit dem Blut des Toten beschmiert«, sagte Vann. »Das deutet nicht gerade auf zweifelsfreie Unschuld hin.«

»Aber es ist auch kein Beweis für irgendeine Schuld«, erwiderte Schwartz. »Agent Vann, Sie haben es hier mit einem Mann zu tun, der polizeilich nie zuvor aktenkundig geworden ist. Nicht einmal, weil er bei Rot über die Straße gegangen wäre. Sein Beruf verlangt von ihm, dass er die Kontrolle über seinen Körper an andere Personen abgibt. Infolgedessen trifft er von Zeit zu Zeit Klienten, die er nicht persönlich kennt, die mit anderen Personen in Kontakt treten, die er ebenfalls nicht persönlich kennt. Zum Beispiel den Toten im Watergate Hotel.«

»Wollen Sie damit sagen, dass Ihr Klient zum Zeitpunkt des Mordes integriert war?«, fragte ich.

Schwartz drehte sich um und betrachtete mich vermutlich zum ersten Mal während dieser Unterhaltung. Genauso wie der Threep von Schwartz hatte auch meiner einen starren Kopf ohne Mimik. Aber für mich gab es keinen Zweifel, dass er mein Modell auf die gleiche Weise einzuschätzen versuchte, wie ich es mit seinem gemacht hatte, und dass er nach Hinweisen suchte, wer ich war und welche Rolle ich in dieser Angelegenheit spielte. Und er scannte meine Dienstmarke, die immer noch im Schlitz meines Brust-Displays steckte.

»Ich sage nur, dass mein Klient beruflich in diesem Hotelzimmer zu tun hatte, Agent Shane«, antwortete er nach einer Weile.

»Dann verraten Sie uns, wen er integriert hatte«, sagte Vann. »Wir kümmern uns dann um alles Weitere.«

»Sie wissen, dass ich das nicht tun kann«, sagte Schwartz.

»Vann spürt immer wieder Schurken in Threeps auf«, sagte Davidson und zeigte auf Vann. »Das ist ihre Hauptaufgabe, soweit ich es verstanden habe. Es gibt kein Gesetz, das verbietet, eine Person mithilfe von Informationen aufzuspüren, die von ihrem Threep stammen.«

Reflexartig wollte ich Davidsons unpassenden Vergleich korrigieren, doch ein Blick von Vann ließ mich innehalten.

Schwartz schwieg für einen Moment, dann pingte Davidsons Tablet. Er hob es auf.

»Ich habe Ihnen soeben Präzedenzfälle aus den letzten zehn Jahren geschickt, bei denen es um den Status von Integratoren geht, Captain«, sagte Schwartz. »Das habe ich getan, weil Integratoren relativ selten sind und Sie daher – im Gegensatz zu den Agenten Vann und Shane, die derzeit absolut unaufrichtig sind – möglicherweise aus bloßer Unwissenheit urteilen und nicht Ihre übliche Verschleppungstaktik anwenden.«

»Also gut«, sagte Davidson, ohne auf sein Tablet zu blicken. »Und?«

»Oberflächlich betrachtet erfüllen Integratoren die gleiche Rolle wie Personentransporter«, sagte Schwartz. »Sie erlauben jenen von uns, die durch das Haden-Syndrom isoliert wurden, mobil zu sein, zu arbeiten und am gesellschaftlichen Leben teilzunehmen. Aber das hier …« Schwartz tippte mit den Fingerknöcheln auf die Brust seines Threeps. »… ist eine Maschine. Ohne einen menschlichen Anwender ist sie nur ein Haufen von Bauteilen. Sie hat nicht mehr Rechte als ein Toaster – sie ist Eigentum. Integratoren hingegen sind Menschen. Trotz der oberflächlichen Ähnlichkeit zu dem, was Threeps tun, ist die Tätigkeit der Integratoren eine Profession, die auf Können basiert. Sie durchlaufen eine harte Ausbildung, wie Agent Vann Ihnen zweifellos bestätigen kann.« An dieser Stelle wandte er sich Vann zu. »Und wo wir gerade dabei sind, können Sie Captain Davidson jetzt sagen, worauf ich damit hinauswill.«

»Er beruft sich darauf, dass es ein Rechtsprivileg im Verhältnis zwischen Integratoren und Klienten gibt«, sagte Vann zu Davidson.

»Ähnlich der Schweigepflicht, die für Anwälte, Ärzte oder Beichtväter gilt, wenn es um ihre Klienten, Patienten oder Gemeindemitglieder geht«, sagte Schwartz und zeigte auf Davidsons Tablet. »Und über diesen Punkt müssen wir nicht weiter debattieren, weil es die Gerichte bereits getan und übereinstimmend bestätigt haben, dass die Schweigepflicht für Integratoren in Klientenangelegenheiten ein reales und geschütztes Recht ist.«

»Ohne Entscheidungen des Obersten Gerichtshofs«, sagte Vann.

»Und genau das sollte Ihnen zu denken geben«, sagte Schwartz. »Nämlich dass die Vorstellung einer auch für Integratoren geltenden Schweigepflicht so unumstritten ist, dass sich niemand die Mühe gemacht hat, sie von ganz oben anerkennen zu lassen. In diesem Zusammenhang verweise ich auf den Fall *Wintour gegen Graham*, der vom Berufungsgericht in Washington, D. C. bestätigt wurde. Er ist hier direkt anwendbar.«

»Also wollen Sie damit sagen, dass Ihr Klient niemanden ermordet hat, sondern dass es sein Klient war«, fasste Davidson zusammen. »Und dass Sie uns nicht sagen können, wer dieser Klient ist.«

»Er kann Ihnen nicht sagen, wer der Klient ist, das ist richtig«, sagte Schwartz. »Und wir behaupten nicht, dass es ein Mord war. *Wir* wissen es nicht. Da mein Klient bislang weder von der Polizei noch vom FBI des Mordes angeklagt wurde, vermute ich, dass auch Sie es nicht tun werden, zumindest jetzt noch nicht.«

»Aber Sie wissen es sehr wohl«, wandte Vann ein. »Bell hat gesagt, dass er alles aufgezeichnet hat. Er hat Aufnahmen vom Mord.«

»Erstens, wenn Sie versuchen, irgendetwas, das mein Klient während der illegalen Befragung zu Ihnen gesagt hat, gegen ihn zu verwenden, werde ich Ihnen das Leben schwer machen«, sagte Schwartz. »Zweitens, selbst wenn es eine Aufzeichnung von dem gibt, was in jenem Hotelzimmer geschah, unterliegt sie ebenfalls der Schweigepflicht. Mein Klient wird sie Ihnen nicht aushändigen. Sie können versuchen, sie durch eine richterliche Anordnung zu bekommen, wenn Sie möchten. Und *wir* werden nachweisen, dass mein Klient gearbeitet hat, von dem Augenblick, als er das Zimmer betrat, bis zu dem Moment, als Ihre Schläger ihn brutal angriffen …«, Schwartz zeigte zur Bekräftigung auf Davidson, »… und ihn hinausschleiften. Er ist nicht verantwortlich, und Sie haben nichts gegen ihn in der Hand. Sie können ihn also entweder verhaften, worauf ich meine Arbeit tun werde, um Ihren Fall in der Luft zu zerreißen und eine *sehr* aussichtsreiche Schadenersatzklage wegen polizeilicher Übergriffe anzustreben, oder Sie lassen ihn unverzüglich frei und nach Hause gehen. Sie haben genau diese zwei Optionen, Captain Davidson, Agent Vann.«

»Wie konnte er Sie als Anwalt gewinnen?«, fragte ich.

»Wie bitte?« Schwartz drehte sich wieder zu mir herum.

»Sie sind Justiziar bei Accelerant Investments, Mr. Schwartz«, las ich aus den Daten vor, die ich abgerufen hatte. »Das ist ein Fortune-100-Unternehmen. Sie müssen dort sehr beschäftigt sein. Ich glaube kaum, dass Sie nebenbei eine private Kanzlei betreiben oder dass Mr. Bell sich Ihre Dienste leisten könnte, wenn es so wäre. Also frage ich mich, was Mr. Bell getan hat, dass jemand von Ihrem Kaliber hier auftaucht, um ihn herauszuhauen.«

Wieder schwieg Schwartz eine Sekunde lang, und wieder pingte Davidsons Tablet. Er öffnete den Ping, warf einen Blick darauf, dann drehte er das Gerät herum, um es Vann und mir zu zeigen. Das Tablet zeigte einen farbenfrohen Platz voller Zicklein und Karussells.

»Es heißt ›Ein Tag auf dem Jahrmarkt‹«, erklärte Schwartz. »Nicht jeder mit Lock-in ist ein Anwalt oder Profi, wie Ihnen sicherlich bekannt ist. Einige der Lock-in-Opfer sind in der Entwicklung zurückgeblieben. Für sie ist es sehr schwierig bis unmöglich, einen PT zu bedienen. Sie verbringen ihre Tage mit stark kontrollierten Reizen. Also habe ich dieses Programm initiiert, mit dem sie einen Tag auf dem Jahrmarkt erleben können. Sie gehen in den Streichelzoo, fahren

Karussell, essen Zuckerwatte und genießen auf andere Weise für ein paar Stunden das Leben. Sie müssten es kennen, Agent Shane. Ihr Vater war während der letzten sieben Jahre einer der Sponsoren.«

»Mein Vater erzählt mir nicht von allen seinen Wohltätigkeitsprojekten, Mr. Schwartz«, erwiderte ich.

»In der Tat«, sagte Schwartz. »Wie auch immer. Mr. Bell leistet freiwillige Arbeit für dieses Programm. Er tut mehr dafür als jeder andere Integrator hier in D. C. Zum Dank habe ich ihm gesagt, falls er jemals einen Anwalt benötigen sollte, kann er mich anrufen. Und da bin ich.«

»Eine reizende Geschichte«, sagte Davidson und legte das Tablet weg.

»Genau«, sagte Schwartz. »Vor allem, da ich meinem Klienten nun ein Happy End für dieses spezielle Problem bescheren werde. Das entweder in seiner Freilassung oder einer beträchtlichen Schadenersatzzahlung besteht, die sich die Metro Police und das FBI teilen werden. Ihre Entscheidung, Captain, Agent Vann. Sagen Sie mir, wie diese Geschichte ausgehen wird.«

»Ihre Meinung?«, sagte Vann beim Mittagessen.

»Zu diesem Fall?«, fragte ich. Wir saßen in einem winzigen mexikanischen Restaurant nicht weit von der Zweiten Polizeiwache. Vann pflügte sich durch einen Teller voller Carnitas. Ich nicht, aber ein schneller Statuscheck verriet mir, dass mein Körper zu Hause seine mittägliche Ration an Nährflüssigkeit erhalten hatte. Also war diese Sache für mich erledigt.

»Ganz offensichtlich zu diesem Fall«, sagte Vann. »Es ist

Ihr erster Fall. Ich möchte hören, was Sie aufgeschnappt und was Sie übersehen haben. Oder was *ich* übersehen habe.«

»Der erste Punkt ist, dass dieser Fall nicht allein unserer ist«, sagte ich. »Schwartz hat zugegeben, dass Bell als Integrator gearbeitet hat. Die übliche Prozedur sieht vor, dass der Fall uns übertragen werden muss, wenn Hadens involviert sind.«

»Ja«, sagte Vann.

»Glauben Sie, dass es damit ein Problem geben wird?«

»Nicht mit Davidson. Ich habe ihm ein paarmal geholfen, und wir beide haben keine Probleme miteinander. Trinh wird sauer sein, aber deswegen mache ich mir eigentlich keine Sorgen, und Sie sollten es auch nicht tun.«

»Wenn Sie es sagen.«

»Ich sage es. Was sonst noch?«

»Da es jetzt unser Fall ist, sollten wir die Leiche in unser Labor schicken lassen, damit unsere Leute sie sich ansehen können.«

»Transportbefehl ist übermittelt«, sagte Vann. »Sie ist auf dem Weg.«

»Außerdem sollten wir alle Daten von der Metro anfordern. Diesmal in hoher Auflösung«, sagte ich, als ich mich an den Feed erinnerte, den wir von Trinh bekommen hatten.

»Richtig«, sagte Vann. »Weiter.«

»Wollen wir Bell beschatten lassen?«

»Den Antrag habe ich gestellt. Aber ich würde mich nicht darauf verlassen.«

»Wir wollen einen Mordverdächtigen nicht beobachten lassen?«

»Vielleicht ist Ihnen bekannt, dass an diesem Wochenende ein Demonstrationszug in die Stadt kommt.«

»Das ist das Problem der Metro.«

»Die Logistik des Zuges, ja«, sagte Vann. »Die Beobachtung der Protestanführer und anderer wichtiger Individuen ist jedoch unsere Aufgabe. Was ist mit Schwartz?«

»Ist er ein Idiot?«, spekulierte ich.

»Ich habe einen anderen Menschen erlebt«, sagte Vann. »Glauben Sie seiner Geschichte, wie zufällig er zu Bells Anwalt wurde?«

»Es wäre möglich. Schwartz ist sehr vermögend. Ich habe es überprüft, als ich seine Daten abgerufen habe. Mit Accelerant ist er mindestens zwei- oder dreihundert Millionen wert. Wirklich reiche Leute tun eine Menge für ihren guten Ruf.«

»Ich habe keine Ahnung, was Sie damit sagen wollen.« Vann steckte sich eine weitere Carnita in den Mund.

»Reiche Leute zeigen ihre Anerkennung durch Gefälligkeiten«, erklärte ich. »Wenn alle, die man kennt, mehr Geld haben, als sie ausgeben können, verliert Geld seinen Nutzen für private Transaktionen. Also bietet man stattdessen Gefälligkeiten an. Abmachungen. Leistung und Gegenleistung. Dinge, bei denen es eher um persönliches Engagement geht als um Geld. Denn für reiche Leute ist Zeit der limitierende Faktor.«

»Sie sprechen aus Erfahrung?«

»Ich spreche aus sehr genauer Beobachtung, ja«, sagte ich.

Mit dieser Antwort schien Vann sich zufriedenzugeben. »Also glauben Sie, es könnte ein Fall von *noblesse oblige* sein, wenn Schwartz jemandem wie Bell seine Dienste anbietet.«

»Ich sage, dass es mich nicht überraschen würde. Es sei denn, Sie glauben, es würde etwas anderes dahinterstecken.«

»Ich glaube wirklich, dass etwas anderes dahintersteckt«, sagte Vann. »Oder jemand anderer. Lucas Hubbard.«

Ich dachte einen Moment lang über den Namen nach. Dann traf es mich wie ein Schlag gegen den Kopf. »Oh, Mann!«

»Ja«, sagte Vann. »Der Vorstandschef und Geschäftsführer von Accelerant. Der reichste Haden auf diesem Planeten. Der in Falls Church lebt. Und der mit an Sicherheit grenzender Wahrscheinlichkeit einen Integrator für Vorstandssitzungen und direkte Verhandlungen benutzt. Man braucht ein Gesicht für ein Gespräch von Angesicht zu Angesicht. Eins, das sich bewegt. Nichts für ungut.«

»Kein Problem«, sagte ich. »Wissen wir, ob Nicholas Bell der Integrator ist, den er benutzt?«

»Wir können es herausfinden. Es gibt nicht so viele Integratoren in D.C., und die Hälfte von ihnen sind Frauen, womit wir sie ausschließen können, vor dem Hintergrund dessen, was ich über Hubbard weiß.«

»Ich kenne Leute, die Integratoren durch langfristige Dienstverträge an sich gebunden haben. Sie dürfen von niemandem sonst verpflichtet werden, außer von staatlichen Auftraggebern. Wenn Bell unter Vertrag ist, können wir das herausfinden. Und für wen er arbeitet.«

»Ja«, sagte Vann. »Ich hasse diesen Mist.«

»Abrams-Kettering«, rief ich ihr in Erinnerung. »Sie selbst haben es zu Bell gesagt, Vann. Das Gesetz wurde verabschiedet, und plötzlich müssen sich sehr viele Leute Sorgen um ihr Einkommen machen. Jeder, der mit Hadens zu tun hat, muss sich an neue Geschäftsbedingungen gewöhnen. Reiche Hadens können Integratoren bezahlen. Integratoren müssen essen.«

Vann blickte mürrisch auf ihren Teller.

»Das sollte Sie nicht überraschen …«, sagte ich und wollte dazu übergehen, sie nach ihrer Zeit als Integratorin zu fragen, doch ich empfing einen Ping, bevor ich dazu kam.

»Einen Moment, bitte«, sagte ich zu Vann, die nickte. Ich öffnete ein Fenster in meinem Kopf und sah Miranda, meine Tagespflegerin. Sie stand im Vordergrund. Im Hintergrund war ich in meinem Zimmer.

»Hallo, Miranda«, sagte ich. »Was gibt's?«

»Drei Sachen«, sagte sie. »Erstens, die wund gelegene Stelle an Ihrer Hüfte ist wieder da. Haben Sie sie schon gespürt?«

»Meine sensorische Aufmerksamkeit war heute völlig auf meinen Threep konzentriert. Ich habe nicht darauf geachtet, was mit meinem Körper geschieht.«

»Schon gut«, sagte Miranda. »Ich habe ihn sowieso empfindungslos gemacht. Wir werden den Bewegungsplan für Ihren Körper ein wenig ändern, um die wunde Stelle zu schonen. Also seien Sie nicht überrascht, wenn Sie heute nach Hause kommen und feststellen, dass Sie mit dem Gesicht nach unten auf dem Bett liegen.«

»Verstanden.«

»Zweitens möchte ich Sie daran erinnern, dass Dr. Ahl um vier kommt, um sich mit Ihrem Backenzahn zu beschäftigen. Dazu sollten Sie Ihre körperliche Sensibilität etwas herunterregulieren. Sie hat mir gesagt, dass es unangenehm werden könnte.«

»Irgendwie finde ich es nicht fair, dass ich Löcher in den Zähnen habe, obwohl ich sie gar nicht benutze«, witzelte ich.

»Drittens, Ihre Mutter ist vorbeigekommen und hat gesagt, dass ich Sie daran erinnern soll, dass sie Sie zu Hause um sieben erwartet. Außerdem soll ich Ihnen sagen, dass dieses Treffen Ihnen zu Ehren stattfindet, um Ihre neue Tätigkeit zu feiern. Also sollten Sie ihr die Peinlichkeit ersparen, zu spät zu kommen.«

»Ich werde da sein«, versprach ich.

»Und schließlich möchte ich *Sie* daran erinnern, dass Sie Ihrer Mutter sagen, dass es nicht mein Job ist, Nachrichten an Sie weiterzuleiten«, fügte Miranda hinzu. »Vor allem, da Ihre Mutter durchaus in der Lage ist, Sie persönlich anzupingen.«

»Ich weiß«, sagte ich. »Tut mir leid.«

»Ich mag Ihre Mutter, aber wenn sie mit diesem Getue weitermacht, bin ich vielleicht gezwungen, sie zu chloroformieren.«

»Ich verstehe. Ich werde mit ihr darüber reden, Miranda. Versprochen.«

»Gut«, sagte Miranda. »Geben Sie mir Bescheid, wenn Sie Probleme mit der wund gelegenen Stelle haben. Es gefällt mir nicht, dass sie sich wieder entzündet hat.«

»Das werde ich tun. Vielen Dank, Miranda«, sagte ich. Sie trennte die Verbindung, und ich wandte mich wieder Vann zu. »Entschuldigen Sie.«

»Alles in Ordnung?«, fragte sie.

»Ich habe eine wund gelegene Stelle.«

»Werden Sie damit ein Problem haben?«

»Nein«, sagte ich. »Meine Pflegerin rotiert mich.«

»Eine interessante Vorstellung«, sagte Vann.

»Willkommen im Leben eines Haden.«

»Ich möchte nicht zu privat werden, aber es überrascht mich, dass Sie keine von diesen Wiegen haben, die Wundliegen verhindern sollen und die Muskeln aktiv halten und solche Sachen.«

»Die habe ich«, sagte ich. »Aber ich neige einfach zu Entzündungen. Etwas, das nichts mit Haden zu tun hat. Ich hätte es auch, wenn ich nicht, Sie wissen schon …« Ich zeigte auf meinen Threep. »… *so* wäre.«

»Blöd«, sagte Vann.

»Wir alle haben unsere Probleme.«

»Kommen wir auf Bell zurück«, sagte Vann. »Noch irgendetwas, worüber wir uns Gedanken machen sollten?«

»Müssen wir uns mit seiner Schwester beschäftigen?«

»Was könnte das mit diesem Fall zu tun haben?«

»Ich weiß nicht«, sagte ich. »Aber Cassandra Bell ist die bekannteste Haden-Separatistin in diesem Land und engagiert sich für den Generalstreik und den Demonstrationszug, an den Sie mich erinnert haben.«

»Ich weiß, wer sie ist«, sagte Vann. »Ich möchte nur wissen, warum das relevant sein sollte.«

»Ich weiß nicht, ob es das ist. Aber wenn der bislang unauffällige Bruder einer radikalen Haden-Aktivistin auf irgendeine Weise als Integrator in einen Mordfall verwickelt wird, bei dem offenbar sein Körper als Waffe benutzt wurde, finde ich, dass wir alle Aspekte berücksichtigen sollten.«

»Hmmm«, machte Vann und beschäftigte sich wieder mit ihrem Teller.

»Und?«, sagte ich nach einer Minute. »Habe ich die Prüfung bestanden?«

»Sie reagieren etwas gereizt«, sagte Vann zu mir.

»Ich bin nervös«, gab ich zu. »Es ist mein zweiter Arbeitstag. Und mein erster mit Ihnen. Sie sind meine Seniorpartnerin. Ich möchte wissen, wie Sie mit mir zurechtkommen.«

»Ich werde Ihnen nicht alle paar Stunden ein Zeugnis ausstellen, Shane«, erwiderte Vann. »Ansonsten bin ich nicht besonders schwer zu durchschauen. Wenn ich mich über Sie ärgere, werde ich es Sie wissen lassen.«

»Okay.«

»Also hören Sie auf, sich Sorgen zu machen, und tun Sie einfach Ihren Job. Sagen Sie mir, was Sie denken, und sagen Sie mir, was Sie von meinen Gedanken halten. Sie müssen nicht darauf warten, dass ich danach frage. Ein bisschen Aufmerksamkeit reicht völlig aus.«

»Wie heute, als Sie mir in Davidsons Büro diesen Blick zugeworfen haben?«, fragte ich.

»Als Sie Davidsons Behauptung, Threeps und Integratoren seien mehr oder weniger dasselbe, widersprechen wollten? Ja, das ist ein solches Beispiel. Es freut mich, dass Sie es verstanden haben. Sie müssen Schwartz nicht helfen.«

»Aber er hatte recht. Schwartz, meine ich.«

Vann zuckte nur mit den Schultern.

»Wollen Sie damit sagen, ich sollte einfach die Klappe halten, wenn jemand etwas Dummes oder sachlich Falsches über Hadens sagt?«, fragte ich. »Ich möchte nur klarstellen, was Sie von mir erwarten.«

»Ich erwarte, dass Sie darauf achten, ob es sinnvoll ist, etwas Bestimmtes zu sagen, oder ob es vielleicht besser wäre, sich mit bestimmten anderen Dingen zurückzuhalten. Ich verstehe, dass Sie daran gewöhnt sind, jederzeit alles sagen zu können. Das ist normal, wenn man als privilegiertes reiches Kind aufwächst.«

»Ich bitte Sie!«, sagte ich.

Vann hob eine Hand. »Das war keine Kritik, sondern nur eine Feststellung. Aber darum geht es bei diesem Job nicht, Shane. Hier geht es darum zu beobachten, zu lernen und Antworten zu finden.« Sie warf sich die letzte Carnita in den Mund und griff dann in ihre Anzugjacke, um ihre elektronische Zigarette hervorzuziehen.

»Ich werde mir Mühe geben«, sagte ich. »Aber ich bin nicht so gut darin, den Mund zu halten.«

»Deshalb haben Sie eine Partnerin«, sagte Vann. »Damit Sie bei mir Dampf ablassen können. Anschließend. Jetzt kommen Sie. Wir müssen wieder an die Arbeit.«

»Wohin gehen wir jetzt?«

»Ich will mir dieses Hotelzimmer noch einmal genauer ansehen«, sagte Vann und saugte an ihrer Zigarette. »Trinh hat uns ziemlich schnell hindurchgehetzt. Ich bin bereit für einen langsameren Tanz.«

4

»Hier sieht es gar nicht wie im Watergate aus«, sagte ich, als wir das dritte Untergeschoss des FBI-Gebäudes betraten.

»Wir gehen auch nicht zum Watergate«, sagte Vann, die durch einen Korridor lief.

Ich folgte ihr. »Ich dachte, Sie wollten sich das Zimmer noch einmal ansehen.«

»Richtig«, sagte Vann. »Aber es hat keinen Sinn, deswegen noch einmal ins Hotel zu gehen. Inzwischen war die Metro da. Trinh und ihre Leute dürften bei ihren Untersuchungen alles durcheinandergebracht haben. Und es würde mich nicht überraschen, wenn Trinh den Tatort längst für das Reinigungspersonal des Hotels freigegeben hat.« Sie blieb vor einer Tür stehen. »Deshalb sind wir hier, um uns das Zimmer anzusehen.«

Ich las das Schild neben der Tür. »Imaging-Suite.«

»Kommen Sie«, sagte Vann und öffnete die Tür.

Dahinter befand sich ein Raum mit etwa sechs Metern Seitenlänge und weißen Wänden. Er war leer bis auf Projektoren, die in jeder Ecke standen, und eine Nische, in der ein Techniker hinter Instrumenten und Monitoren stand. Er sah uns an und lächelte. »Agent Vann«, sagte er. »Sie sind zurück.«

»Ich bin zurück«, bestätigte Vann und zeigte auf mich. »Agent Shane, mein neuer Partner.«

Der Techniker winkte mir zu. »Ramon Diaz.«

»Hallo«, begrüßte ich ihn.

»Sind wir bereit?«, fragte Vann.

»Ich muss nur noch den Selbsttest der Projektoren beenden«, sagte Diaz. »Einer von ihnen hat in den letzten Tagen nicht einwandfrei gearbeitet. Aber ich habe alle Daten, die von der Metro rübergeschickt wurden.«

Vann nickte und sah mich an. »Haben Sie Ihren Scan des Zimmers an den Server überspielt?«

»Das hatte ich schon getan, bevor wir das Hotelzimmer verlassen haben.«

Vann wandte sich an Diaz. »Wir werden Shanes Scan als Grundlage benutzen.«

»Okay«, sagte Diaz. »Sagen Sie Bescheid, wenn Sie bereit sind.«

»Legen Sie los«, sagte Vann.

Schlagartig war das Hotelzimmer da. Der Scan war keine bewegte Videoaufzeichnung, sondern bestand aus einer Unmenge von Standfotos, die miteinander verknüpft worden waren, um eine statische Nachbildung des Raums mit hoher Informationsdichte zu erzeugen.

Ich schaute es mir an und lächelte. Das gesamte Zimmer war da. Ich hatte gute Arbeit geleistet, als ich alles aufgezeichnet und gescannt hatte.

»Shane.« Vann zeigte auf einen gekrümmten Gegenstand am Boden, nicht allzu weit von der Leiche entfernt.

»Ein Headset«, sagte ich. »Ein tragbarer Scanner und Sender für neuronale Informationen. Das deutet darauf hin, dass dieser Kerl, wer auch immer er war, als Tourist unterwegs war.« Ich dachte mir, dass Vann es bereits wusste, aber überprüfen wollte, ob ich es ebenfalls erkannt hatte.

»Er wollte sich Bells Körper ausborgen«, sagte Vann.

»Ja.« Ich ging in die Knie, um mir das Headset genauer anzusehen. Wie die meisten dieser Geräte war es ein Unikat. Streng genommen durften Integratoren nur von Hadens benutzt werden. Doch überall, wo es eine weniger legale Nachfrage gab, gab es auch einen Schwarzmarkt.

Das Headset war aus medizinischen Geräten zusammengebastelt worden, die zur Diagnose und Kommunikation mit Hadens im Frühstadium dienten. Primitiv, aber geschickt gemacht. Damit hatte ein Tourist keinesfalls das vollständige Erlebnis wie im Körper eines Integrators, denn dazu brauchte man ein implantiertes Netzwerk im eigenen Kopf, aber es wäre ungefähr wie 3-D in High Definition mit zusätzlichen schwachen, aber realen Sinnesempfindungen. Zumindest wäre es realer als ein Film.

»Das sieht ziemlich hochwertig aus«, sagte ich zu Vann. »Der Scanner ist ein Phaeton, und der Sender sieht nach einem Modell von General Dynamics aus.«

»Seriennummer?«

»Ich kann keine erkennen. Haben wir das Gerät als Beweismittel gesichert?«

Vann warf einen Blick zu Diaz, der aufschaute und nickte. »Ich kann es mir genauer ansehen, wenn Sie möchten«, sagte Diaz.

»Wenn Sie an der Außenseite nichts finden, versuchen Sie das Innere zu scannen«, sagte ich. »Wahrscheinlich sind die Prozessoren mit Seriennummern versehen. Dann können wir überprüfen, wohin sie geliefert wurden, und nachverfolgen, wer der Eigentümer des Scanners und des Senders sein müsste.«

»Es wäre einen Versuch wert«, sagte Vann.

Ich stand auf und blickte zu der Leiche, die mit dem Gesicht nach unten auf dem Teppich lag. »Was ist mit ihm?«

Vann drehte sich wieder zu Diaz um.

»Noch nichts«, sagte er.

»Wie kann das sein?«, fragte ich Diaz. »Man muss seine Fingerabdrücke hinterlassen, wenn man einen Führerschein beantragt.«

»Er ist eben erst in unserem Labor eingetroffen«, sagte Diaz. »Die Metro hat die Fingerabdrücke und das Gesicht gescannt. Aber manchmal dauert es, bis sie Informationen weiterleiten, falls Sie verstehen, was ich meine. Also gleichen wir jetzt alles mit unseren eigenen Datenbanken ab. Wir überprüfen auch die DNS. Wahrscheinlich haben wir ihn identifiziert, wenn Sie hier fertig sind.«

»Lassen Sie mich den Gesichtsscan sehen«, sagte Vann.

»Wollen Sie nur das Gesicht oder die Weitwinkelaufnahme, als sie ihn umgedreht haben?«

»Weitwinkel«, sagte Vann.

Der Mann auf dem Boden wurde herumgedreht. Er hatte olivfarbene Haut und schien Mitte oder Ende dreißig zu sein. Aus dieser Perspektive sah die durchschnittene Kehle erheblich dramatischer aus. Die Wunde zog sich von der linken Seite des Halses knapp unter dem Kiefer schräg nach unten bis zur Halsgrube auf der rechten Seite.

»Was meinen Sie?«, wollte Vann von mir wissen.

»Ich glaube, wir haben eine Erklärung für das verspritzte

Arterienblut«, sagte ich. »Das ist ein verdammt tiefer Schnitt.«

Vann nickte, sagte aber nichts.

»Was ist?«, fragte ich.

»Ich denke nach«, antwortete Vann. »Geben Sie mir eine Minute.«

Während sie überlegte, sah ich mir das Gesicht der Leiche an. »Ist er Hispano?«, fragte ich. Vann dachte immer noch nach und ging nicht darauf ein. Ich drehte mich zu Diaz um, der das Gesicht auf einem Monitor vergrößerte.

»Vielleicht«, sagte er nach einer Weile. »Vielleicht aus Mexiko oder Mittelamerika, aber nicht aus Puerto Rico oder Kuba, würde ich tippen. Er scheint Mestize zu sein, mehr oder weniger indianisch.«

»Von welchem Stamm?«

»Keine Ahnung«, sagte Diaz. »Ethnische Typisierung ist nicht so mein Ding.«

Inzwischen war Vann zum Bild der Leiche hinübergegangen und sah sich die Hände an. »Diaz, haben wir Glasscherben als Beweismittel gesichert?«

»Ja«, bestätigte Diaz, nachdem er es überprüft hatte.

»Shane hat sie auch unter dem Bett aufgenommen. Zoomen Sie das Bild für mich heran, bitte.«

Das Zimmer drehte sich schwindelerregend, als Diaz die Perspektive veränderte, bis wir alle unter dem Bett standen und vor uns das Bild des zersplitterten, blutigen Glases vor uns aufragte.

»Fingerabdrücke«, sagte Vann und zeigte darauf. »Wissen wir, von wem sie stammen?«

»Noch nicht«, sagte Diaz.

»Was glauben Sie?«, fragte ich Vann.

Wieder ging sie nicht auf mich ein. »Haben Sie den Feed von Timmons?«, fragte sie Diaz.

»Ja, aber die Aufnahmen sind ziemlich verwackelt und schlecht aufgelöst.«

»Verdammt, ich habe Trinh gesagt, dass ich die ganzen Daten haben will.«

»Das muss nicht heißen, dass sie Ihnen etwas vorenthält«, erwiderte Diaz. »Heutzutage lassen die Polizisten der Metro ihren Feed manchmal während der ganzen Schicht laufen. Wenn sie das tun, machen sie es mit niedriger Auflösung, weil sie dann länger aufzeichnen können.«

»Wie auch immer«, sagte Vann, die immer noch sichtlich verärgert war. »Rufen Sie die Daten ab und legen Sie den Feed über Shanes Aufnahmen.«

Das Zimmer drehte sich erneut und nahm wieder reale Ausmaße an. »Der Feed kommt jetzt«, sagte Diaz. »Er wird als Flachbild dargestellt, weil Timmons eine mehr oder weniger starre Perspektive hatte. Das Geruckel habe ich rausgerechnet.«

Auf dem Bett tauchte Bell mit erhobenen Händen auf. Der Feed wurde in Echtzeit abgespielt.

»Moment«, sagte Vann. »Anhalten.«

»Okay«, sagte Diaz.

»Können Sie Bells Hände deutlicher darstellen?«

»Eigentlich nicht«, sagte Diaz. »Ich kann sie vergrößern, aber die Auflösung bleibt schlecht. Da lässt sich kaum etwas machen.«

»Vergrößern Sie sie«, sagte Vann.

Bell ruckte und wurde größer. Sein Hände rasten auf uns

zu wie die eines Riesen, der »Backe, backe Kuchen« spielen wollte.

»Shane«, sagte Vann. »Sagen Sie mir, was Sie sehen.«

Ich schaute mir die Hände eine Weile an, ohne zu sehen, was ich offenbar sehen sollte. Dann wurde mir klar, dass ich das, was Vann meinte, eben *nicht* sah.

»Kein Blut«, sagte ich.

»Richtig«, bestätigte Vann und zeigte auf Bell. »Er hat Blut auf dem Hemd und im Gesicht, aber nicht an den Händen. Das zerbrochene Glas ist mit blutigen Fingerabdrücken übersät. Diaz, zurück zur Normalansicht.« Bell nahm wieder normale Größe an, während Vann zur Leiche hinüberging. »Dieser Kerl jedoch hat jede Menge Blut an den Händen.«

»Hat sich der Idiot selbst die Kehle durchgeschnitten?«, fragte ich.

»Möglich«, sagte Vann.

»Das wäre wirklich ungewöhnlich. Dann wäre es kein Mord, sondern Selbstmord. Womit Bell aus dem Schneider wäre.«

»Vielleicht«, sagte Vann. »Welche anderen Möglichkeiten wären denkbar?«

»Bell könnte es getan und sich die Hände gewaschen haben, bevor der Wachschutz des Hotels eintraf.«

»Aber da ist immer noch das blutige Glas«, sagte Vann. »Wir haben Bells Fingerabdrücke in der Datenbank. Er musste sie hinterlassen, als er seine Zulassung als Integrator bekam.«

»Vielleicht wurde er gestört.«

»Vielleicht«, sagte Vann, aber es klang nicht sehr überzeugt.

Mir kam eine Idee. Ich wandte mich an Diaz. »Ich schicke Ihnen eine Datei. Projizieren Sie sie bitte, sobald Sie sie haben.«

»Hab sie«, sagte Diaz ein paar Sekunden später. Nach weiteren zwei Sekunden wechselte die Szene und zeigte die Straße vor dem Watergate mit dem Zweisitzersofa auf dem Auto.

»Was sehen Sie hier?«, fragte Vann.

»Es geht um das, was wir *nicht* sehen«, erwiderte ich. »Dasselbe, was wir an Bells Händen nicht gesehen haben.«

»Blut.« Vann schaute sich das Sofa genauer an. »Auf dem Ding ist kein Blut.«

»Zumindest kann ich keins erkennen. Also sieht es ganz danach aus, dass das Sofa durch das Fenster flog, bevor der Hotelgast aus Zimmer 714 sich selbst die Kehle durchgeschnitten hat.«

»Das wäre eine Theorie«, sagte Vann. »Aber warum?« Sie zeigte auf die Leiche. »Dieser Kerl beauftragt Bell als Integrator, und als Bell da ist, wirft er ein Sofa aus dem Fenster und begeht dann vor seinen Augen auf blutigste Weise Selbstmord? Warum?«

»Ein Sofa durch ein Fenster im siebten Stock zu werfen ist eine ziemlich sichere Methode, die Aufmerksamkeit der Hotelsicherheit zu wecken«, sagte ich. »Er wollte Bell den Mord an ihm anhängen, und so sorgte er dafür, dass der Wachschutz bereits auf dem Weg war, noch bevor er sich selbst umbrachte.«

»Das beantwortet immer noch nicht die Frage, warum er vor Bell Selbstmord begangen hat«, sagte Vann und musterte wieder die Leiche am Boden.

»Immerhin wissen wir etwas«, fasste ich zusammen. »Vielleicht hat Bell die Wahrheit gesagt, als er behauptete, es nicht getan zu haben.«

»So hat er es nicht gesagt«, wandte Vann ein.

»Ich glaube doch. Ich habe den Feed gesehen.«

»Nein«, sagte Vann und drehte sich zu Diaz um. »Lassen Sie noch einmal den Feed von Timmons ablaufen.«

Wieder wechselte die Darstellung zum Hotelzimmer und zum Flachbild von Bell. Diaz startete das Video. Timmons fragte Bell, warum er den Mann im Zimmer getötet hatte. Bell antwortete, dass er nicht glaubte, es getan zu haben. »Anhalten«, sagte Vann. Die Aufnahme stoppte genau in dem Moment, als Bell von Timmons gezappt wurde. Er war mitten in einer Verkrampfung erstarrt.

»Er hat nicht gesagt, dass er ihn nicht getötet hat«, erklärte Vann. »Er sagte, dass er nicht *glaubt*, ihn getötet zu haben. Das heißt, dass er es nicht *weiß*.«

Mir ging ein Licht auf, und ich erinnerte mich an meine einzige persönliche Erfahrung mit einem Integrator. »Das stimmt nicht.«

»Integratoren sind während einer Session bei Bewusstsein«, sagte Vann nickend. »Sie ziehen sich zurück und bleiben im Verlauf der Integration im Hintergrund, aber sie dürfen wieder die Kontrolle übernehmen, wenn der Klient Hilfe braucht oder etwas tun will, das außerhalb des Rahmens der vereinbarten Session steht.«

»Oder wenn er etwas Dummes oder Illegales tun will«, fügte ich hinzu.

»Was für gewöhnlich außerhalb des vereinbarten Rahmens steht«, gab Vann zu bedenken.

»Okay.« Ich zeigte erneut auf die Leiche. »Aber was bedeutet das? Wenn wir es hier mit einem Selbstmord zu tun haben und Bell uns sagt, dass er nicht glaubt, es getan zu haben, verrät er uns damit nichts, was wir nicht bereits wissen. Weil wir jetzt ebenfalls glauben, dass er es vielleicht nicht getan hat.«

Vann schüttelte den Kopf. »Es geht nicht darum, ob es ein Mord oder ein Selbstmord ist. Es geht darum, dass Bell sagt, er könne sich nicht erinnern. Aber eigentlich *sollte* er sich erinnern können.«

»Aber nur, wenn er integriert war«, warf ich ein. »Wir glauben jedoch, dass er wegen eines vereinbarten Nebenjobs ins Hotelzimmer kam, nicht wahr? In diesem Fall wäre sonst niemand in seinem Gehirn gewesen, als er angeblich ohnmächtig wurde.«

»Warum sollte er ohnmächtig werden?«, fragte Vann.

»Keine Ahnung. Vielleicht ist er ein Trinker.«

»Im Feed sah er nicht betrunken aus«, stellte Vann fest. »Er hat auch nicht danach gerochen oder sich so verhalten, als wäre er betrunken, als ich ihn befragt habe. Außerdem …« Wieder verstummte sie.

»Wollen Sie das öfter machen?«, fragte ich sie. »Weil ich Ihnen schon jetzt sagen kann, dass es mich nervt.«

»Schwartz hat behauptet, Bell hätte gearbeitet«, sagte Vann. »Dass die Schweigepflicht für Integratoren gilt.«

»Richtig.« Ich deutete auf die Leiche. »Und das war sein Klient.«

»Genau darum geht es«, sagte Vann. »Er ist *kein* Klient.«

»Ich kann Ihnen nicht mehr folgen.«

»Die Integration ist eine genehmigungspflichtige und

streng regulierte Angelegenheit. Man nimmt Klienten an, und man hat bestimmte professionelle Verpflichtungen ihnen gegenüber, aber nur einer genau definierten Gruppe von Personen ist es erlaubt, diese Dienste in Anspruch zu nehmen. Integratoren dürfen nur Hadens als Klienten annehmen. Und dieser Mann …« Sie zeigte auf den Toten. »… war ein Tourist. Er war körperlich nicht beeinträchtigt.«

»Ich bin kein Jurist, aber ich kann diese Theorie nicht hundertprozentig unterstützen«, sagte ich. »Ein Priester kann jedem die Beichte abnehmen, nicht nur Katholiken, und ein Arzt kann sich auf seine Schweigepflicht berufen, sobald jemand durch seine Tür tritt. Ich vermute, dass Schwartz sich genau darauf beruft. Nur weil der Idiot ein Tourist war, bedeutet das noch lange nicht, dass er kein Klient war. Er war einer. Genauso wie jemand ein Beichtender ist, der nicht katholisch ist und trotzdem die Beichte ablegt.«

»Oder Schwartz hat sich vertan und unbeabsichtigt zugegeben, dass jemand Bell benutzt hat.«

»Das wäre unsinnig«, erwiderte ich. »Wenn Bell bereits integriert war, warum sollte er sich dann mit einem Touristen treffen?«

»Vielleicht fand dieses Treffen aus einem anderen Grund statt.«

»Und warum hat er dann das hier mitgebracht?« Ich zeigte auf das Headset.

Vann schwieg eine Minute lang. »Nicht alle meine Theorien sind Gold wert«, sagte sie schließlich.

»Schon klar«, sagte ich ironisch. »Aber ich glaube nicht, dass es an Ihnen liegt. Das alles ergibt einfach keinen Sinn. Wir haben hier einen Mord, der wahrscheinlich keiner ist, an einem Mann, den wir noch nicht identifizieren konnten, der sich mit einem Integrator getroffen hat, der vielleicht schon integriert war und der sagt, er könne sich nicht an Dinge erinnern, an die er sich eigentlich erinnern müsste. Ein großes Durcheinander.«

»Ihre Meinung?«, fragte Vann.

»Scheiße, ich weiß es nicht. Es ist mein zweiter Arbeitstag, und schon jetzt wächst mir die Sache über den Kopf.«

»Sie müssen hier langsam einpacken«, warf Diaz ein. »Ich habe einen anderen Agenten, der den Raum in fünf Minuten braucht.«

Vann nickte und wandte sich wieder mir zu. »Lassen Sie es mich anders formulieren. Welche Handlungsmöglichkeiten haben wir?«

Ich warf einen Blick zu Diaz. »Wie sieht es mit der Identifikation der Leiche aus?«

»Noch nichts«, sagte Diaz nach einer Sekunde. »Das ist seltsam. Normalerweise dauert das nicht so lange.«

»Als Erstes sollten wir herausfinden, wer der Tote ist«, sagte ich zu Vann. »Und wie der Mann es geschafft hat, keine Spuren in unseren nationalen Datenbanken zu hinterlassen.«

»Was noch?«

»Ermitteln, was Bell in letzter Zeit getan hat und wer auf seiner Klientenliste steht. Vielleicht taucht dabei irgendetwas Interessantes auf.«

»Gut«, sagte Vann. »Ich übernehme die Leiche.«

»Na klar«, sagte ich. »Sie machen den spaßigen Job.«

Darüber musste Vann lächeln. »Ich bin mir sicher, dass auch Bell jede Menge Spaß machen wird.«

»Muss ich hier sein, während ich das tue?«

»Warum?«, fragte Vann zurück. »Haben Sie eine Verabredung?«

»Ja, mit einem Immobilienmakler. Ich suche eine Wohnung. Von oben genehmigt. Dafür darf ich mir heute einen halben Tag Zeit nehmen.«

»Erwarten Sie sich nicht zu viel davon. Von solchen halben Tagen, meine ich.«

»Ja«, sagte ich. »Irgendwie habe ich mir das auch schon gedacht.«

5

Der Makler war eine kleine, elegant gekleidete Frau namens LaTasha Robinson, die genau vor dem FBI-Gebäude auf mich wartete. Sie hatte sich unter anderem auf den Haden-Immobilienmarkt spezialisiert, weshalb das FBI den Kontakt zwischen ihr und mir hergestellt hatte, damit sie mir helfen konnte, eine Wohnung zu finden.

In Anbetracht ihrer Klientel standen die Chancen, dass sie noch nie von mir gehört hatte, praktisch bei null, ein Verdacht, der sich bestätigte, als ich mich ihr näherte. Sie zeigte ein Lächeln, das ich aus den vielen Jahren kannte, in denen ich ein offizielles Aushängeschild gewesen war, das Kind der offiziellen Haden-Vorzeigefamilie. Ich konnte es ihr nicht zum Vorwurf machen.

»Agent Shane«, sagte sie und streckte die Hand aus. »Ich bin sehr erfreut, Sie kennenzulernen.«

Ich nahm die Hand an und schüttelte sie. »Ms. Robinson. Mir geht es genauso.«

»Tut mir leid, das ist alles etwas aufregend«, sagte sie. »Ich treffe nicht allzu viele berühmte Personen. Ich meine, zumindest solche, die keine Politiker sind.«

»Nicht in dieser Stadt, nein«, pflichtete ich ihr bei.

»Und irgendwie finde ich, dass Politiker nicht unbedingt *berühmt* sind, nicht wahr? Sie sind einfach nur … Politiker.«

»Da bin ich ganz Ihrer Meinung.«

»Mein Wagen steht da drüben«, sagte sie und zeigte auf einen relativ unauffälligen Cadillac, der an einer Stelle parkte, wo es einen Strafzettel geben würde. »Wollen wir loslegen?«

Ich stieg auf der Beifahrerseite ein. Robinson nahm auf dem Fahrersitz Platz und zog ihr Tablet hervor. »Flaniermodus«, sagte sie, und der Wagen setzte sich in Bewegung, genau vor einem Verkehrspolizisten, wie ich bemerkte, als ich in den Rückspiegel blickte. Wir fuhren in östlicher Richtung über die Pennsylvania Avenue.

»Der Wagen wird ein paar Minuten lang nur herumfahren, während wir hier einiges vorbereiten«, sagte Robinson und tippte auf ihr Tablet. Nach ihrem anfänglichen Wortschwall kam sie nun erstaunlich schnell aufs Geschäft zu sprechen. »Ich habe Ihre allgemeinen Anforderungen und persönlichen Informationen.« Sie blickte kurz auf, als wollte sie sich vergewissern, dass ich tatsächlich ein Haden war. »Also sollten wir zunächst ein paar Punkte eingrenzen, bevor wir anfangen.«

»Gut«, sagte ich.

»Wie nahe möchten Sie Ihrem Arbeitsplatz sein?«

»Näher wäre besser.«

»Näher zu Fuß oder näher mit der Metro Line?«

»Mit der Metro Line wäre okay«, sagte ich.

»Bevorzugen Sie ein hippes oder ein ruhiges Wohnviertel?«

»Das ist mir ziemlich egal.«

»Das sagen Sie jetzt, aber wenn Sie eine Wohnung über einer Bar in Adams Morgan haben und Sie sich ärgern, werden Sie mir die Schuld geben«, sagte Robinson mit einem ernsten Blick.

»Ich kann Ihnen versprechen, dass ich kein Problem mit Lärm habe. Ich kann mein Gehör ausschalten.«

»Haben Sie vor, in Ihrer Wohnung Besucher zu empfangen?«

»Eigentlich nicht«, sagte ich. »Gesellschaftliche Kontakte pflege ich an anderen Orten. Aber vielleicht kommt gelegentlich ein Freund zu Besuch.«

Robinson blickte wieder zu mir auf und schien zu überlegen, ob sie weitere Punkte klären wollte, entschied sich aber dagegen. Mir war es recht. Da draußen gab es Threep-Fetischisten, die überhaupt nicht mein Ding waren.

»Wird Ihr Körper physisch präsent sein, und wenn ja, brauchen Sie ein Zimmer für einen Pfleger?«, fragte sie.

»Mein Körper ist anderswo versorgt. Weitere Zimmer brauche ich nicht. Zumindest vorläufig nicht.«

»In diesem Fall hätte ich einige Haden-Effizienzapartments auf meiner Verfügbarkeitsliste«, sagte sie. »Möchten Sie sie sehen?«

»Lohnt es sich für mich?«

Robinson zuckte mit den Schultern. »Manche Hadens mögen sie. Ich finde sie ein wenig klein, aber sie sind auch nicht auf Nicht-Hadens ausgerichtet.«

»Sind sie in der Nähe?«

»Ich habe hier ein ganzes Gebäude an der D Avenue in Southwest, gleich neben der Metro-Station Federal Center«, sagte Robinson. »Das Ministerium für Gesundheitspflege und Soziale Dienste engagiert sehr viele Hadens, und es ist praktisch, sie dort unterzubringen.«

»Also gut. Dann können wir sie uns gern mal ansehen.«

»Wir werden sie zuerst besichtigen«, sagte Robinson und nannte dem Cadillac die Adresse.

Fünf Minuten später standen wir vor einem deprimierenden anonymen Klotz brutalistischer Architektur.

»Hübsch«, sagte ich in ironischem Tonfall.

»Ich glaube, es war früher ein Bürogebäude der Regierung«, sagte Robinson. »Vor etwa zwanzig Jahren wurde es umgebaut. Es war eins der ersten Gebäude, die speziell für Hadens saniert wurden.« Sie führte mich in die Lobby, die sauber und schlicht war.

Am Empfangstresen saß ein Threep, der ID-Daten über den allgemeinen Kanal sendete. In meinem Blickfeld erschienen die Personendaten über dem Kopf des Threeps: Genevieve Tourneaux. Siebenundzwanzig Jahre alt. Gebürtig aus Rockville, Maryland. Ihre öffentliche Adresse für direkte Nachrichten.

»Hallo«, sagte Robinson zu Genevieve und zeigte ihren Maklerausweis vor. »Wir sind hier, um uns die leer stehende Wohnung im fünften Stock anzusehen.«

Genevieve wandte sich mir zu, und erst jetzt wurde mir klar, dass ich meine persönlichen Daten nicht auf dem allgemeinen Kanal verfügbar machte. Manche Hadens empfanden so etwas als unhöflich. Hastig rief ich sie auf.

Daraufhin nickte Genevieve knapp, warf mir einen leicht verwunderten zweiten Blick zu, bis sie sich gefangen hatte und ihre Aufmerksamkeit wieder Robinson zuwandte. »Einheit 503 ist für die folgenden fünfzehn Minuten zugänglich.«

»Danke«, sagte Robinson und nickte mir zu.

»Einen Moment«, sagte ich und sah wieder Genevieve an. »Könnten Sie mir Zugang zum Gebäudekanal geben, bitte?«

Genevieve nickte, dann sah ich, wie der Marker für den Kanal in meinem Blickfeld erschien. Ich verband mich damit.

Die Wände der Lobby wurden explosionsartig beschildert.

Einige der Nachrichten waren die üblichen Sachen, die man an jedem Schwarzen Brett findet: Leute, die nach Mitbewohnern oder Untermietern suchten oder nach verlorenen Haustieren fragten. Im Moment dominierten jedoch Hinweise auf den Streik und die Demonstration. Die Mieter wurden gebeten, zu Hause zu bleiben, es gab Pläne für Streikaktionen, Anfragen von Hadens, die zur Demonstration in die Stadt kamen und irgendwo unterkommen wollten, mit der sarkastischen Anmerkung, dass sie nicht viel Platz brauchen würden.

»Alles in Ordnung?«, fragte Robinson.

»Alles gut. Ich habe mir nur die Poster an den Wänden angesehen.« Ich las noch einige weitere, dann gingen wir zu den Aufzügen hinüber und fuhren mit dem nächsten Lift in den fünften Stock.

»Extragroße Liftkabinen«, bemerkte Robinson unterwegs. »Hydrauliklifte. So ist es einfacher, Körper in die Zimmer zu befördern.«

»Ich dachte, das alles wären Effizienzapartments«, sagte ich.

»Nicht alle«, erwiderte Robinson. »Manche haben Normalgröße und sind mit speziellen medizinischen Einrichtungen und Zimmern für Pfleger ausgestattet. Und selbst die Effizienzapartments haben Anschlüsse für Wiegen. Eigentlich sollten sie nur zeitweise benutzt werden, aber wie ich höre, verwenden manche Hadens sie jetzt dauerhaft.«

»Wieso das?«, fragte ich. Der Lift hielt an, und die Türen öffneten sich.

»Abrams-Kettering«, sagte Robinson. Sie trat hinaus und lief durch den Korridor. Ich folgte ihr. »Die Unterstützung wird reduziert, sodass viele Hadens sich verkleinern. Wer ein Haus in der Stadt hat, zieht in eine kleinere Wohnung. Wer eine Wohnung hat, sucht sich ein Effizienzapartment. Und wer ein Effizienzapartment gemietet hat, sucht sich Mitbewohner. Sie benutzen abwechselnd die Aufladestationen.« Sie blickte sich zu mir um und musterte meinen blitzblanken kostspieligen Threep, als wollte sie sagen: *Nicht dass Sie sich deswegen Sorgen machen müssten.* »Das ist schlecht für den Markt, um ehrlich zu sein, aber für Sie als potenziellen Mieter ist es gut. Sie haben jetzt viel mehr Möglichkeiten, die wesentlich kostengünstiger sind.« Sie blieb vor dem Apartment 503 stehen. »Das heißt, falls *diese* hier Sie nicht total umhaut.« Sie öffnete die Tür und trat zur Seite, um mich vorbeizulassen.

Das Haden-Effizienzapartment war zwei mal drei Meter groß und völlig leer, abgesehen von einer kleinen eingebauten Küchenarbeitsplatte. Ich trat ein und hatte im nächsten Moment einen Klaustrophobieanfall.

»Das ist kein Apartment, sondern ein Schrank«, sagte ich und ging weiter, um Platz für Robinson zu machen.

»Ich stelle es mir meistens als Badezimmer vor«, sagte Robinson und zeigte auf eine kleine gekachelte Stelle, wo es elektrische Steckdosen und versenkte Abflüsse im Boden gab. »Das sind übrigens die Anschlüsse für die medizinische Versorgung. Genau da, wo sonst die Toilette wäre.«

»Sie geben sich nicht gerade Mühe, mir dieses Apartment schmackhaft zu machen, Ms. Robinson.«

»Wenn Sie nicht mehr wollen, als jede Nacht irgendwo Ihren Threep abzustellen, wäre dies gar keine schlechte Wahl.« Robinson zeigte in die hintere rechte Ecke, wo sich Rillen und Hochspannungsanschlüsse in der Wand befanden, bereit zur Aufladung induktiver Batterien. »Das Ganze ist auf die üblichen Threep-Wiegen ausgelegt, mit einem schnellen und hohen Durchsatz der festen sowie drahtlosen Versorgungsnetze. Alles wurde speziell für Threeps konstruiert, ohne dass unwesentliche Dinge wie Schränke und Spülen Platz wegnehmen. Hier gibt es alles, was Sie brauchen, und absolut nichts, was Sie nicht brauchen.«

»Es gefällt mir überhaupt nicht.«

»Das hatte ich mir fast gedacht«, sagte Robinson. »Deshalb habe ich Ihnen dieses Apartment zuerst gezeigt. Nachdem wir diese Hürde genommen haben, können wir uns etwas anschauen, das Sie tatsächlich interessieren dürfte.«

Ich starrte noch einmal auf die gekachelte Ecke und stellte mir vor, dort mehr oder weniger dauerhaft einen menschlichen Körper unterzubringen. »Sind solche Apartments im Moment sehr gefragt?«

»O ja«, antwortete Robinson. »Normalerweise habe ich so etwas gar nicht im Angebot. Bringt zu wenig Provision. Meistens werden sie über Online-Anzeigen weitervermietet. Aber generell gehen solche Apartments derzeit weg wie warme Semmeln.«

»Jetzt fühle ich mich ein bisschen deprimiert.«

»*Sie* müssen sich nicht deprimiert fühlen. Sie werden hier schließlich nicht wohnen. Sie müssen Ihren Körper hier nicht unterbringen.«

»Aber offenbar jemand anders.«

»Ja«, bestätigte Robinson. »Vielleicht ist es ganz gut so, dass die Körper es nicht bemerken.«

»Aber das stimmt nicht«, sagte ich. »Wir sind isoliert, aber nicht bewusstlos. Glauben Sie mir, Ms. Robinson, wir bemerken sehr wohl, wo sich unsere Körper befinden. Es ist uns in jeder wachen Sekunde bewusst.«

Bei den nächsten Besichtigungen kam ich mir wie Goldlöckchen vor. Die Wohnungen waren entweder zu klein – wir schauten uns keine offiziellen Effizienzapartments mehr an, aber einige hatten zumindest eine ähnliche Quadratmeterzahl – oder zu groß, zu unbequem oder zu weit weg. In meiner Verzweiflung malte ich mir bereits aus, wie ich dazu verdammt war, meinen Threep an meinem Schreibtisch im FBI-Gebäude abzustellen.

»Letzte Station für heute«, sagte Robinson schließlich. Inzwischen war sogar ihre professionelle Fröhlichkeit etwas abgenutzt. Wir waren in Capitol Hill an der Fifth Street und standen vor einem roten Stadthaus.

»Was ist das?«, fragte ich.

»Es gehört nicht zum üblichen Angebot«, sagte Robinson. »Aber es könnte zu Ihnen passen. Wissen Sie, was eine Zweckwohngemeinschaft ist?«

»Zweckwohngemeinschaft?«, wiederholte ich. »Ist das eine andere Bezeichnung für ›Kommune‹?« Ich blickte zum

Gebäude auf. »Das ist ein merkwürdiges Haus für eine Kommune.«

»Es ist nicht unbedingt eine Kommune«, sagte Robinson. »Dieses Stadthaus wurde von einer Gruppe Hadens gemietet, die zusammenleben und sich die Gemeinschaftsräume teilen. Sie bezeichnen es als Zweckwohngemeinschaft, weil sie gegenseitig Verantwortung übernehmen, auch die Überwachung der Körper ihrer Mitbewohner.«

»Das ist nicht immer eine gute Idee.«

»Ein Bewohner ist Mediziner am Howard University Hospital«, erklärte Robinson. »Wenn es ernsthafte Probleme gibt, ist immer jemand da, der helfen kann. Mir ist natürlich klar, dass Sie das eigentlich nicht brauchen. Aber es gibt ein paar andere Vorteile, und ich weiß, dass es hier einen freien Platz gibt.«

»Woher kennen Sie diese Leute?«, fragte ich.

Robinson lächelte. »Der beste Freund meines Sohnes wohnt hier.«

»Aha«, sagte ich. »Hat auch Ihr Sohn hier gewohnt?«

»Sie fragen, ob mein Sohn ein Haden ist«, sagte Robinson. »Nein, Damien ist kein Betroffener. Tony, Damiens Freund, bekam Haden, als er elf war. Ich habe Tony sein ganzes Leben lang gekannt, vor und nach seiner Erkrankung. Er sagt mir Bescheid, wenn bei ihnen etwas frei wird. Er weiß, dass ich niemanden anschleppen werde, von dem ich nicht glaube, dass er in die Gemeinschaft passen würde.«

»Und Sie glauben, ich würde passen.«

»Ich halte es für möglich. Natürlich habe ich mich schon einige Male geirrt, aber ich glaube, Sie sind ein besonderer Fall. Ich hoffe, Sie nehmen mir meine Offenheit nicht übel,

Agent Shane, aber ich denke, Sie suchen keine Wohnung, weil Sie eine Wohnung *brauchen*. Sie suchen eine, weil sie eine *wollen*.«

»So in etwa.«

Robinson nickte. »Also dachte ich mir, dass ich es Ihnen einfach mal zeige und wir schauen, ob es das ist, was Sie wollen.«

»Gut«, sagte ich. »Schauen wir es uns an.«

Robinson ging zur Tür und klingelte. Ein Threep machte auf und schloss die Maklerin sofort in die Arme.

»Mama Robinson!«, sagte er und drückte sie herzlich an sich. Robinson gab dem Threep ein Küsschen auf die Wange. »Hallo, Tony! Ich habe hier einen Kandidaten für euch.«

»Tatsächlich?« Tony wandte sich mir zu und musterte mich. »Chris Shane.«

Für einen Moment war ich überrascht, weil ich nicht glaubte, dass mein neuer Threep schon so bekannt war, doch dann erinnerte ich mich, dass ich vor einer Weile meine öffentliche ID aktiviert hatte. Eine Sekunde später wurde Tonys ID für mich sichtbar: Tony Wilton, einunddreißig Jahre alt, ursprünglich aus Washington, D. C.

»Hallo«, sagte ich.

Er winkte uns herein. »Steht nicht da draußen herum. Komm rein, Chris, dann zeige ich dir das Zimmer. Es ist oben im zweiten Stock.« Er führte uns hinein und die Treppe hinauf. Als wir durch den Korridor im zweiten Stock liefen, warf ich einen Blick in eins der Zimmer. Ein Körper lag in einer Wiege neben den Monitoren.

Ich warf einen Blick zu Tony, der es bemerkte. »Ja, das bin ich«, sagte er.

»'tschuldigung«, sagte ich. »Ist so ein Reflex.«

»Kein Problem.« Tony öffnete die Tür zu einem anderen Zimmer. »Wenn du hier wohnst, solltest du dir die Zeit nehmen, bei allen vorbeizuschauen und dich zu vergewissern, dass wir noch atmen. Man gewöhnt sich schnell daran. Hier ist das Zimmer.« Er trat zur Seite, um Robinson und mich hineinzulassen.

Das Zimmer war groß und schlicht, aber bequem eingerichtet. Ein Fenster ging auf die Straße hinaus. »Das ist wirklich nett«, sagte ich und blickte mich um.

»Freut mich, dass es dir gefällt.« Tony zeigte auf das Interieur. »Das Zimmer ist möbliert, wie du siehst, aber wenn es dir so nicht gefällt, können wir die Sachen im Keller einlagern.«

»Nein, alles bestens«, sagte ich. »Und die Größe gefällt mir sehr.«

»Genau genommen ist es das größte Schlafzimmer im ganzen Haus.«

»Und keiner von euch wollte es haben?«

»Es ist keine Frage des *Wollens*«, sagte Tony, »sondern ob man es sich *leisten* kann.«

»Verstehe«, sagte ich und kam auf einen weiteren Grund, warum Robinson glaubte, ich würde gut in diese Gemeinschaft passen.

»Dir ist klar, wie es hier abläuft?«, fragte Tony. »Hat Mama Robinson es dir erklärt?«

»In den Grundzügen«, sagte ich.

»Eigentlich ist es gar nicht so kompliziert. Wir teilen uns die Aufgaben, schauen nach, ob die Drähte und Schläuche bei allen in Ordnung sind, und legen zusammen, wenn am

Haus etwas ausgebessert werden muss. Gelegentlich unternehmen wir etwas als Gruppe. Wir bezeichnen es als Zweckwohngemeinschaft, aber es ist mehr wie ein Schlafsaal im College. Nur dass wir nicht so viel saufen und kiffen. Nicht dass wir das jemals getan haben. Es gibt auch weniger Stress zwischen Mitbewohnern, was wir durchaus erlebt haben, falls du dich noch an deine College-Zeit erinnerst.«

»Bist du der Arzt?«, fragte ich. »Ms. Robinson sagte, einer von euch wäre Mediziner.«

»Das ist Tayla«, erwiderte Tony. »Sie ist bei der Arbeit. Alle sind bei der Arbeit, außer mir. Ich bin freiberuflicher Programmierer. Heute arbeite ich für Genoble Systems an einer Hirn-Interface-Software. Morgen mache ich etwas für jemand anderen. Ich arbeite meistens von hier aus. Nur gelegentlich braucht ein Kunde mich vor Ort.«

»Also ist immer jemand hier.«

»Normalerweise ja«, sagte Tony. »Äh, sollte ich so tun, als wüsste ich nicht, wer du bist, oder darf ich zugeben, dass ich gestern in der Agora über dich gelesen habe?«

»Ach, wie nett!«, rief ich.

»Dir dürfte aufgefallen sein, dass ich sagte, dass alle bei der Arbeit sind«, fuhr Tony fort. »Also wird es dir wahrscheinlich niemand zur Last legen. Wir haben hier im Haus eine große Spannbreite von politischen Ansichten.«

»Also weißt du, dass ich FBI-Agent bin.«

»Ja«, bestätigte Tony. »Hast du mit Verschwörungen und Mordfällen zu tun?«

»Du wärst überrascht.«

»Das kann ich mir vorstellen«, sagte Tony. »Also, ich kenne dich erst seit ein paar Minuten, aber ich mag dich. Allerdings müsstest du dich noch mit den anderen treffen und ihre Zustimmung bekommen.«

»Wie viele seid ihr insgesamt?«

»Fünf. Da wären noch Tayla, Sam Richards und Justin und Justine Cho. Die beiden sind Zwillinge.«

»Interessant.«

»Glaub mir, alles nette Leute. Kannst du heute Abend vorbeikommen, um sie kennenzulernen?«

»Äh, nein«, sagte ich. »Heute Abend muss ich zu einem Familientreffen. Es ist mein zweiter Arbeitstag. Ein großes Abendessen zu Hause und das offizielle ›Hurra, unser Junge hat Arbeit‹!«

»Das darfst du auf keinen Fall verpassen. Was glaubst du, wann bist du damit fertig?«

»Keine Ahnung. Vielleicht um halb zehn, spätestens um zehn.«

»Hier.« Tony pingte mir eine Einladung über den allgemeinen Kanal. »Dienstags ist unser Gruppenabend in der Agora. Wir treffen uns und schießen uns meistens bei einem Ballerspiel gegenseitig die Köpfe weg. Komm vorbei. Du kannst die Bande kennenlernen und dir vielleicht ein paar Kopfschüsse einfangen.«

»Klingt toll«, sagte ich.

»Großartig. Ich werde dir die Bewerbung für das Zimmer schicken, die wir dann offiziell durchgehen können. Wir brauchen die erste Monatsmiete und eine Kaution.«

»Das lässt sich machen.«

»Umso besser. Wenn heute Abend alle einverstanden sind, kannst du einziehen, sobald die Zahlung bei uns eingegangen ist.«

»Ihr wollt keine weiteren offiziellen Bescheinigungen?«, witzelte ich.

»Ich glaube, dein ganzes Leben war eine einzige offizielle Bescheinigung, Chris«, sagte Tony.

6

»Ach du Scheiße«, sagte ich in dem Moment, als ich den Diener an der Tür meines Hauses sah.

Die Wirkung des Schmerzmittels von meiner Zahnbehandlung um vier Uhr ließ allmählich nach, während ich nach Hause ging, und deshalb war ich ohnehin schon schlecht gelaunt. Aber der Diener konnte nur eins bedeuten: Sponsorendinner. Die meisten Autos waren in der Lage, selbst zu parken, aber es gab immer noch Leute, die darauf bestanden, hinter dem Lenkrad zu sitzen. Einige von ihnen waren schrullige alte Leute, die vielleicht die Kandidatur meines Vaters für den Senat unterstützen würden. Das machte mir noch schlechtere Laune als der gezogene Zahn.

Meine Mutter hatte anscheinend erraten, in welcher Stimmung ich war, denn als ich auf sie zustapfte, hob sie beschwichtigend die Hände. »Gib mir nicht die Schuld, Chris«, sagte sie. »Ich dachte, es wäre nur ein Familienabendessen. Ich hatte keine Ahnung, dass dein Vater eine Sponsorenwerbeaktion daraus machen würde.«

»Ich bin skeptisch«, sagte ich.

»Das kann ich dir nicht verübeln. Aber es ist die Wahrheit.« Hinter ihr deckte das Cateringpersonal den Tisch im offiziellen Esszimmer, angeleitet von Lisle, unserem Haushaltsleiter. Ich zählte die Plätze.

»*Sechzehn* Plätze, Mutter!«

»Ich weiß«, sagte sie. »Tut mir leid.«

»Wo sind sie alle?«

»Es sind noch nicht alle da. Ansonsten sind sie unten in der Tierarztpraxis.«

»Mutter!«, warnte ich sie.

»Ich weiß, ich sollte das eigentlich nicht laut sagen. Ich korrigiere mich. Sie sind im *Trophäenzimmer.*«

»Also ist es nicht nur der übliche Haufen Idioten.«

»Du kennst deinen Vater«, sagte Mom. »Man muss das neue Geld mit der Hardware blenden. Eigentlich ist es vulgär, nur dass es tatsächlich funktioniert.«

»Trotzdem bleibt es vulgär.«

»Stimmt«, sagte sie. »Und trotzdem funktioniert es.«

»Dad braucht ihr Geld nicht, um für den Senat zu kandidieren«, gab ich zu bedenken.

»Dein Vater braucht ihre Überzeugung, dass er ihre Interessen vertritt«, sagte Mom. »Deshalb nimmt er ihr Geld an.«

»Ja, aber das ist kein bisschen machiavellistisch.«

»Ach ja«, seufzte sie. »Was wir nicht alles tun, damit dein Vater gewählt wird.« Sie griff nach meiner Schulter. »Und wie war dein Tag?«

»Interessant. Ich arbeite an einem Mordfall. Und ich glaube, ich habe eine passende Wohnung gefunden.«

»Trotzdem ist mir nicht klar, wozu du eine Wohnung brauchst«, sagte meine Mutter mit spürbarer Verärgerung.

»Mutter, du bist die einzige Person auf der Welt, die als Gesprächsthema lieber meine Wohnungssuche als einen Mordfall wählen würde.«

»Ich stelle fest, dass du nicht auf meine Frage eingegangen bist.«

Ich stöhnte und hob eine Hand, um die einzelnen Punkte abzuzählen. »Erstens, weil es ziemlich nervig wäre, jeden Tag von Potomac Falls nach Washington zu pendeln, und das weißt du genauso gut wie ich. Zweitens, weil ich siebenundzwanzig bin und es mir peinlich ist, immer noch bei meinen Eltern zu wohnen. Drittens, weil meine Toleranz als Werkzeug für Dads politische Ambitionen von Tag zu Tag geringer wird.«

»Das ist nicht fair, Chris!«

»Komm schon, Mom«, sagte ich. »Du weißt, dass er es heute Abend tun wird. Ich bin nicht mehr das fünfjährige Kind, das er bei Kongresssitzungen und Haden-Benefizveranstaltungen vorführen kann. Ich bin jetzt ein FBI-Agent, verdammt! Ich glaube nicht einmal, dass es *legal* wäre, mich jetzt für irgendetwas vorzuführen.« Ich zuckte zusammen, als die Wirkung des Schmerzmittels weiter nachließ, und legte eine Hand an meinen Unterkiefer.

Sie bemerkte es. »Dein Backenzahn«, stellte sie fest.

»Genauer gesagt mein nicht mehr vorhandener Backenzahn.« Ich ließ die Hand sinken, als mir bewusst wurde, wie idiotisch es war, wenn mein Threep auf Schmerzen reagierte. »Ich werde mal nach mir sehen«, sagte ich und machte mich auf den Weg zu meinem Zimmer.

»Wenn du umziehst, wirst du aber nicht mit deinem Körper umziehen, oder?«, fragte Mutter mit hörbarer Besorgnis.

»Im Moment habe ich es nicht vor«, antwortete ich und drehte mich noch einmal zu ihr um. »Schauen wir mal, wie es läuft. Heute habe ich keine Verzögerungen bemerkt, und wenn es dabei bleibt, gibt es keinen Grund zum Umziehen.«

»Gut«, sagte Mutter, obwohl sie immer noch nicht zufrieden war.

Ich ging zu ihr, um sie zu umarmen. »Entspann dich, Mom. Es ist keine große Sache. Ich werde meinen Ersatz-Threep hierlassen. Ich werde zu Besuch kommen. Oft. Du wirst dich fragen, ob ich tatsächlich ausgezogen bin.«

Sie lächelte und tätschelte meinen Rücken. »Normalerweise mag ich diese gönnerhafte Art gar nicht, aber diesmal lasse ich es dir durchgehen. Jetzt schau nach dir. Nimm dir nicht zu viel Zeit. Dein Vater möchte, dass du anwesend bist, bevor wir alle unsere Plätze am Tisch einnehmen.«

»Natürlich möchte er das«, sagte ich und drückte Moms Arm, bevor ich ging.

Jerry Riggs, mein neuer Abendpfleger, winkte mir zu, als ich in mein Zimmer trat. Er las in einem gebundenen Buch. »Wie geht es dir, Chris?«

»Ich habe leichte Schmerzen, um ehrlich zu sein«, sagte ich.

Jerry nickte. »Die wund gelegene Stelle?«

»Der gezogene Backenzahn.«

»Richtig.« Jerry legte das Buch weg und trat an meine Wiege, die sich verformt hatte, damit ich auf der linken Seite lag, weil ich die wunde Stelle an der rechten Hüfte hatte. Er kramte im Nachtschränkchen.

»Ich habe hier noch etwas Tylenol mit Kodein«, sagte Jerry. »Deine Zahnärztin hat es für dich dagelassen.«

»Heute Abend muss ich topfit sein. Es gibt nichts Gefährlicheres als einen bedröhnten Threep bei einem politischen Sponsorendinner.«

»Gut«, sagte Jerry. »Mal schauen, was wir hier sonst noch haben.«

Ich nickte und ging zu meinem Körper hinüber – zu mir. Wie immer sah ich wie jemand aus, der schlief. Mein Körper war gepflegt und sauber, was bei einem Haden nicht unbedingt selbstverständlich war. Einige Hadens machten sich nicht die Mühe, sich die Haare schneiden zu lassen, denn, mal ehrlich, wen interessierte es schon? Meine Mutter jedoch hatte in diesem Punkt ganz andere Ansichten. Je älter ich wurde, desto mehr näherte ich mich ihrer Position an.

Die Reinlichkeit war eine andere und wesentlich kompliziertere Angelegenheit. Schließlich handelte es sich um einen Körper, dessen Öffnungen und sonstige Systeme mit Schläuchen, Beuteln und Kathetern versehen waren. Die Sorgen meiner Mutter wegen meines Umzugs hatten nicht nur damit zu tun, dass ich ihr fehlen würde. Sie befürchtete, dass ich, wenn ich selbst für mich verantwortlich war, mich tagelang in meinem eigenen Dreck liegen lassen würde. Doch diese Sorge erschien mir völlig unbegründet.

Ich beugte mich vor, um mir die wunde Stelle anzusehen. Wie in der Anzeige angekündigt war es ein böses rotes Druckgeschwür, das sich über meine Hüfte zog. Ich berührte es und spürte gleichzeitig den dumpfen Schmerz und die Berührung der Hand meines Threeps.

Diese Empfindung kennen nur Hadens, die schwindelerregende Wahrnehmung, sich gleichzeitig an zwei Orten zu befinden. Es fällt viel mehr auf, wenn der eigene Körper und der Threep zum gleichen Zeitpunkt am gleichen Ort sind. Der Fachbegriff dafür lautet »Polypropriozeption«. Menschen, die normalerweise mit nur einem Körper zurechtkommen müssen, sind von Natur aus nicht auf so etwas vorbereitet. Es verändert buchstäblich das Gehirn. Man kann die Unterschiede zwischen einem Haden-Gehirn und einem normalen Gehirn im MRT erkennen.

Das Schwindelgefühl stellt sich ein, wenn sich das Gehirn daran erinnert, dass es eigentlich keinen Input von zwei verschiedenen Körpern empfangen sollte. Wenn das geschieht, besteht die einfachste Lösung darin, einfach woanders hinzuschauen.

Ich drehte mich um und konzentrierte mich auf das *andere* Ich im Zimmer, meinen bisherigen Threep, der mein Hauptaktionskörper gewesen war, bis ich den 660 bekam. Es war ein Kamen Zephyr, der nun auf einem induktiven Ladestuhl saß. Ein sehr nettes Modell. Der Körper war elfenbeinfarben mit blauen und grauen Akzenten an den Gliedmaßen. Ich hatte an der Georgetown studiert und meinen Master gemacht, und damals schien so etwas einfach schick zu sein. Mein derzeitiger Threep war in wesentlich dezenterem Elfenbeinmatt gehalten, mit subtilen kastanienbraunen Schattierungen der Gliedmaßen. Für einen Moment fragte ich mich, ob ich meiner Alma Mater untreu wurde.

»Das ist es«, sagte Jerry und hielt ein Fläschchen hoch. »Lidocain. Das müsste für die nächsten paar Stunden reichen. Nach dem Abendessen werde ich dir noch etwas extrastarkes Ibuprofen verpassen. Solange du dich sensorisch auf deinen Threep konzentrierst, müsste es dir gut gehen.«

»Danke.«

»Interessant, dass deine Sinneswahrnehmung nicht ständig auf deinen Threep konzentriert ist«, sagte Jerry, als er das Lidocain vorbereitete.

»Ich mag dieses Gefühl nicht. Wenn ich meinen Körper nicht mehr spüre, fühle ich mich irgendwie … entrückt. Haltlos. Verquer.«

Jerry nickte. »Das merke ich. Aber nicht jedem geht es so. Meine letzte Klientin war die ganze Zeit voll auf ihren Threep konzentriert. Es gefiel ihr gar nicht, was mit ihrem Körper vor sich ging. Verdammt, sie gestand sich nur sehr ungern ein, dass sie überhaupt einen Körper hatte. Sie empfand diese Tatsache als *störend*. Ich glaube, so lässt es sich am besten formulieren. Was letztlich das Ironische an der Sache war.«

»Wie das?«

»Sie hatte einen Herzanfall und bemerkte es nicht einmal«, sagte Jerry. »Sie bekam es nur mit, weil ihr Threep automatisch Alarm gab. Wir machten uns an die Arbeit, um sie zu retten, und sie rief mit ihrem Threep an und sagte uns in ziemlich angepisstem Tonfall, dass wir sie unbedingt wieder in Ordnung bringen müssen, weil sie um drei Uhr eine Sitzung bei ihrem Therapeuten hat, die sie auf keinen Fall verpassen darf.«

»Hat sie den Termin verpasst?«

»Ja«, sagte Jerry und zog sich Handschuhe an. »Mitten im Satz fiel sie tot um, immer noch angepisst. Einerseits spürte sie es gar nicht richtig, was vielleicht keine schlechte Sache ist. Andererseits … nun ja. Ich glaube, es hat sie sehr überrascht, dass sie sterben kann. Sie hat so viel Zeit in ihrem Threep verbracht, dass sie vermutlich glaubte, das wäre ihr wahrer Körper.« Er öffnete meinen Mund, und ich konnte spüren, wie sich mein Kiefer streckte. »Okay. Wahrscheinlich wirst du hier noch eine Minute oder so einen Pikser spüren.«

Vaters Trophäenzimmer ist beeindruckend, aber schließlich geht es genau darum. Marcus Shane ist keiner von den Leuten, die einem sagen, dass er bedeutender als man selbst ist. Er begnügt sich damit, diesen Punkt von seiner Hardware klarstellen zu lassen.

Die Westseite des Zimmers dokumentiert seine frühe Basketball-Karriere. Dazu gehören seine Trikots von der Junior High und der Highschool, die vier DCIAA-Pokale, die er für die Cardozo High gewonnen hat, und das Annahmeschreiben, das er von der Georgetown University erhielt, mitsamt Vollstipendium. Darauf folgt eine absurde Menge an Fotos, die ihn in Aktion mit den Hoyas zeigen, mit denen er dreimal die Final Four erreicht und in seinem Junior-Jahr die Meisterschaft gewonnen hat. Da oben hängt das Bild, wie er weint, während er das Netz abschneidet, und ein Stück dieses Netzes ist tatsächlich mit eingerahmt. Das Foto ist von den Wooden-, Naismith-und Robinson-Pokalen umgeben, die er im selben Jahr gewann, und sein Meisterschaftsring liegt auf einem Kissen. Die Schmach, dass sie bei den NCAA-Finals im Halbfinale rausflogen, wird durch die Auszeichnung mit der olympischen Goldmedaille gemindert. Bislang hat jeder bestätigt, dass die Medaillen dieser Olympiade sogar noch hässlicher als sonst waren. Andererseits ist es eine Goldmedaille, sodass jeder einfach mal die Klappe halten sollte.

Weiter geht es zur Südseite des Zimmers, womit wir zu Vaters professioneller Karriere kommen, die ganze Zeit mit den Washington Wizards, in die er aufgenommen wurde, nachdem sie eine ausgesprochen miserable Saison hinter sich hatten. Viele Leute dachten, das Team hätte die Spiele absichtlich verpatzt, um meinen Vater in die Mannschaft holen zu können. Insgeheim traute mein Vater weder dem Trainer noch dem Manager allzu viele strategische Fähigkeiten zu. Nach der ersten Saison mit meinem Vater war dieser Trainer gegangen, der Manager nach der zweiten Saison, und zwei Jahre später trieb mein Vater das Team in die Playoffs. Wieder zwei Jahre später gewann Washington die erste von drei aufeinanderfolgenden Meisterschaften.

An dieser Wand hängen viele Fotos von Vater, wie er in der Luft schwebt, seine Auszeichnungen als bester Spieler der Liga und der Spielrunde, ein paar Kultobjekte seiner professionellen Werbekarriere, eine kleine Vitrine mit seinen vier Meisterschaftsringen (von denen der letzte aus seinem letzten aktiven Jahr stammt), gekrönt vom langen, schmalen Pokal, den man bekommt, wenn man in die Naismith Hall of Fame aufgenommen wird, eine Ehre, die ihm zuteilwurde, sobald er dafür qualifiziert war.

Die Ostseite des Zimmers beginnt mit einem Zeitschriftencover, während Dad noch bei den Wizards war – nicht von *Sports Illustrated*, sondern von einem Wirtschaftsmagazin aus D. C., das als Erstes bemerkte, dass Amerikas heißester Rookie kein idiotisch großes Haus kaufte oder sein Geld anderweitig zum Fenster hinauswarf, sondern stattdessen in einem bescheidenen Stadthaus in Alexandria lebte und im District und drum herum in Immobilien investierte. Als Dad sich aus dem Basketball zurückzog, verdiente er mit seiner Immobilienfirma mehr Geld, als er mit Sport und Werbung eingenommen hatte. Im selben Jahr, als er in die Hall aufgenommen wurde, war er bereits offiziell zum Milliardär geworden. Diese Wand des Zimmers präsentiert verschiedene Auszeichnungen und Erwähnungen als Geschäftsmann und Immobilienmakler. Davon sind mehr vorhanden als von allen anderen Sachen. Es gibt keinen Zweifel, dass Geschäftsleute gern Auszeichnungen vergeben.

Die Nordseite des Zimmers ist Dads wohltätiger Arbeit gewidmet, insbesondere seiner Unterstützung der Haden-Forschung. Für ihn war das selbstverständlich, nachdem sein einziges Kind (ich) in der ersten schrecklichen Welle am Syndrom erkrankte, zusammen mit Millionen anderen, darunter auch Margaret Haden, die First Lady der USA. Obwohl die Krankheit nach der First Lady benannt wurde, waren es mein Vater und meine Mutter (die als Jacqueline Oxford geboren wurde, Sprössling einer der ältesten Politikerfamilien von Virginia), die zum öffentlichen Gesicht der Haden-Aufklärung wurden – natürlich gemeinsam mit mir.

Also zeigten die Bilder an dieser Wand, wie mein Vater vor dem Kongress sprach, um sich für die enorme Forschungs- und Entwicklungsleistung einzusetzen, die nötig war, um den viereinhalb Millionen US-Bürgern zu helfen, deren Geist plötzlich von ihrem Körper abgeschnitten war, wie er anwesend war, als Präsident Benjamin Haden das Gesetz zur Förderung der Haden-Forschung unterzeichnete, wie er an der Vorstandssitzung des Haden Institute teilnahm, desgleichen bei Sebring-Warner Industries, die die ersten Threeps entwickelten, und wie er virtuell anwesend war, als die Agora, die virtuelle Umgebung, die man speziell für Hadens entwickelt hatte, für uns geöffnet wurde, damit wir unseren eigenen Raum in der Welt bevölkern konnten.

Dazwischen waren Fotos von uns eingestreut, von mir, von Mutter und Vater, an verschiedenen Orten, wie wir uns mit führenden Politikern, Prominenten und anderen Haden-Familien trafen. Ich gehörte zu den ersten Haden-Kindern, die einen eigenen Threep benutzten, und meine Eltern legten großen Wert darauf, mich überall in meinem Threep mitzunehmen – nicht nur, damit ich eine Kindheit voller beneidenswerter persönlicher Erfahrungen erleben konnte, obwohl das ein angenehmer Nebeneffekt war. Es ging darum, die anderen Menschen zu ermutigen, Threeps als Personen zu sehen, nicht als unheimliche Androiden, die plötzlich in der Öffentlichkeit auftauchten. Und wer war besser dazu geeignet als das Kind eines Mannes, der auf der ganzen Welt bekannt war und gefeiert wurde?

Also war ich bis zu meinem achtzehnten Lebensjahr einer der berühmtesten und meistfotografierten Hadens der Welt. Die Aufnahme, die zeigt, wie ich dem Papst im Petersdom eine Blume überreiche, wird regelmäßig als eines der berühmtesten Fotos aus dem letzten halben Jahrhundert angeführt. Das Bild von einem kindergroßen Threep, der dem Bischof von Rom eine Osterlilie übergibt, gilt als Symbol der Verbindung von moderner Technologie und traditioneller Theologie – jene bietet dieser Frieden an, die ihn lächelnd entgegennimmt.

Als ich am College war, hatte ich einen Professor, der mir sagte, dass dieses eine Foto mehr dafür getan hat, die Hadens als Menschen und nicht als Opfer anzuerkennen, als tausend Reden im Kongress oder wissenschaftliche Entdeckungen hätten leisten können. Ich erzählte ihm, dass ich mich hauptsächlich daran erinnerte, dass der Papst üblen Mundgeruch hatte. Ich ging nach Georgetown. Mein Professor war ein Priester. Ich glaube, dass er nicht sehr glücklich mit mir war.

Mein Vater hatte das Foto geschossen. Es hängt genau im Zentrum der Nordwand. Links davon befindet sich seine Urkunde als Finalist für den Pulitzer-Preis in der Kategorie Aktuelle Fotoberichterstattung. Man muss ihm zugutehalten, dass er selbst diese Auszeichnung etwas absurd findet. Rechts davon ist die Freiheitsmedaille des Präsidenten ausgestellt, die er vor ein paar Jahren für seinen Einsatz zum Wohle der Hadens erhielt. Darunter hängt ein Bild, das zeigt, wie ihm der Orden von Präsident Gilchrist um den Hals gelegt wird, wobei er sich lachend tief genug herabbeugt, damit der für seine Kleinheit berühmte Gilchrist an ihn herankommt.

Drei Monate später wurde Willard Hill zum Präsidenten gewählt. Hill unterschrieb das Abrams-Kettering-Gesetz. In der Familie Shane hielt man nicht allzu viel von Präsident Hill.

Seit frühester Kindheit habe ich mit dem Trophäenzimmer gelebt, sodass es für mich nie etwas Besonderes war. Es war einfach nur ein weiteres Zimmer im Haus, das obendrein langweilig war, weil ich nicht darin spielen durfte. Und ich weiß, dass mein Vater inzwischen eine recht blasierte Einstellung zu Auszeichnungen hat. Abgesehen vom Nobelpreis hat er so ziemlich alles abgeräumt. Außer zur Unterhaltung von Besuchern oder bei häuslichen Empfängen habe ich nie gesehen, dass er von sich aus einen Fuß in das Trophäenzimmer setzt. Er stattet es nicht einmal selbst aus, sondern überlässt diese Aufgabe meiner Mutter.

Andererseits ist das Trophäenzimmer nicht für uns da, sondern für alle anderen. Mein Vater hat täglich mit Millionären und Milliardären zu tun, Leuten, deren Egos fast soziopathische Ausmaße haben (und manchmal weit darüber hinausgehen). Die Art von Leuten, die sich für Raubtiere an der Spitze der Nahrungskette halten und durch ein Universum voller Schafe waten. Wenn Vater sie ins Trophäenzimmer bringt, werden ihre Augen groß wie Servierteller, und sie erkennen, dass die Scheiße, die sie bislang produziert haben, im Vergleich zu meinem Vater nur Kinderkacke ist. Auf der Welt gibt es vielleicht drei Menschen, die interessanter sind als Marcus Shane. Aber diese Leute gehören nicht dazu.

Was der Grund ist, warum meine Mutter das Trophäenzimmer, wenn sie indiskret ist, als »Tierarztpraxis« bezeichnet. Weil mein Vater manche Leute dorthin bringt, um ihnen die Eier abzunehmen.

Nun spazierte ich in die Tierarztpraxis, mit einem tauben Gefühl im Unterkiefer, um zu sehen, wer die Geld- und Hodenspender des heutigen Abends waren. Dad bemerkte ich natürlich sofort. Immerhin ist er zwei Meter groß. Kaum zu übersehen.

Doch ich war nicht auf die andere Person vorbereitet, die neben meinem Vater stand und mit einem Drink in der Hand lächelnd zu ihm aufblickte.

Es war Nicholas Bell.

7

»Chris!«, sagte mein Vater, dann ragte er unvermittelt über mir auf und schloss mich stürmisch in die Arme. »Wie geht es dir, Junge?«

»Ich werde gerade von dir zerquetscht, Dad«, sagte ich, worüber er lachte. Das war ein Standarddialog zwischen uns beiden.

»Danke, dass du gekommen bist, um ein paar Leute zu treffen.«

»Darüber müssen wir sprechen. Irgendwann sehr bald.«

»Ich weiß, ich weiß«, sagte er, doch dann winkte er Bell trotzdem herüber. Bell kam zu uns, immer noch den Drink in der Hand, immer noch lächelnd. »Das ist Lucas Hubbard, Geschäftsführer und Vorstandschef von Accelerant Investments.«

»Hallo, Chris«, sagte Hubbard/Bell und streckte mir die Hand hin. »Freut mich, Sie kennenzulernen.«

Ich schüttelte seine Hand. »Mich ebenso. Tut mir leid, ich habe im Moment ein kleines Déjà-vu.«

Hubbard/Bell lächelte. »Das passiert mir des Öfteren.« Er nippte vom Glas: Scotch auf Eis.

»Entschuldigung, ich war nur etwas überrascht.«

»Also weißt du, wer Lucas ist«, stellte mein Vater fest, während er unseren kryptischen Wortwechsel verfolgte.

»Nein, nicht so«, sagte ich. »Das heißt, ja. Ich weiß natürlich, wer Lucas Hubbard ist. Aber ich kenne auch …« Ich verstummte, weil es als unhöflich betrachtet wurde, darauf anzuspielen, dass ein integrierter Haden den Körper einer anderen Person benutzte.

»Sie kennen meinen Integrator«, half Hubbard mir aus der Klemme.

»Ja, genau. Wir sind uns schon einmal begegnet.«

»Privat?«, fragte Hubbard.

»Beruflich«, antwortete ich. »Kurz.«

»Interessant«, sagte Hubbard. Eine recht gut aussehende Frau kam herein und trat neben ihn. Er zeigte auf sie. »Und das ist der Justiziar von Accelerant Investments, Samuel Schwartz.«

»Wir kennen uns bereits«, sagte Schwartz und sah mich an.

»Tatsächlich?«, bemerkte Hubbard.

»Ebenfalls beruflich«, sagte ich. »Und ebenso kurz.«

»In der Tat«, bestätigte Schwartz und lächelte. »Als wir uns zuerst begegneten, Agent Shane, war mir nicht klar, wer Sie sind. Ich kam erst im weiteren Verlauf des Gesprächs dazu, Ihre Daten abzurufen. Dafür möchte ich mich entschuldigen.«

»Dazu besteht keine Veranlassung«, sagte ich. »Es war ein ganz anderer Kontext. Apropos, Sie sehen etwas anders aus als bei unserer letzten Begegnung, Mr. Schwartz. Ein recht unerwarteter Anblick, wenn Sie mir diese Bemerkung gestatten.«

Schwartz blickte an seinem Körper herab. »Das glaube ich«, sagte er. »Ich weiß, dass manche Hadens Spaß an

Cross-Gender-Integrationen haben, aber ich gehöre eigentlich nicht dazu. Mein gewohnter Integrator ist an diesem Abend anderweitig beschäftigt, und ich wurde quasi in letzter Minute zu dieser Party eingeladen. Also musste ich mich mit dem begnügen, was verfügbar war.«

»Es hätte schlimmer kommen können«, versicherte ich ihm, worauf er erneut lächelte.

»Ich weiß nicht, was ich davon halten soll, dass du meine beiden Besucher besser kennst als ich«, sagte Dad in charmantem und freundlichem Tonfall.

»Ich selbst finde es ein wenig überraschend«, stellte ich fest.

»Mir geht es genauso«, sagte Hubbard. »In Anbetracht der Umstände ist es recht unwahrscheinlich, dass Ihr Vater und ich uns schon einmal über den Weg gelaufen sind. Abgesehen von unseren unterschiedlichen Funktionen ist Accelerant Investments nicht sehr aktiv auf dem Gebiet der Grundstücksgeschäfte.«

»Wieso das, Lucas?«, fragte Dad.

»Ich denke, als Haden beschäftige ich mich weniger mit der physischen Welt«, sagte Hubbard. »Sie steht für mich einfach nicht an erster Stelle.« Er deutete mit seinem Scotch auf meinen Vater. »Ich glaube kaum, dass es Sie stört, dass ich kein Konkurrent auf Ihrem Geschäftsgebiet bin.«

»Nein«, sagte mein Vater. »Obwohl ich nichts gegen Konkurrenz habe.«

»Aber nur, weil Sie sehr gut darin sind, die Konkurrenz aus dem Feld zu schlagen.«

Dad lachte. »Da könnte etwas dran sein.«

»Natürlich«, sagte Hubbard und sah mich mit einem

Lächeln an. »Das ist etwas, was wir beide gemeinsam haben.«

Als wir uns zum Abendessen an den Tisch setzten, rief ich Vann an und benutzte meine innere Stimme, damit niemand am Tisch bemerkte, dass meine Aufmerksamkeit auf etwas ganz anderes gerichtet war.

Vann nahm den Anruf an. »Ich bin beschäftigt«, sagte sie. Ich konnte sie vor dem Hintergrundlärm kaum verstehen.

»Wo sind Sie?«, fragte ich.

»In einer Bar, um etwas zu trinken und mich abschleppen zu lassen. Was bedeutet, dass ich beschäftigt bin.«

»Ich weiß, dass Lucas Hubbard Nicholas Bell als Integrator verpflichtet hat.«

»Woher wissen Sie das?«

»Weil Hubbard mir genau in diesem Moment am Esstisch gegenübersitzt und Bell benutzt.«

»Verdammt«, sagte Vann. »Das war ja einfach.«

»Was soll ich tun?«

»Sie sind außer Dienst, Shane«, sagte Vann. »Tun Sie, was Ihnen Spaß macht.«

»Ich dachte, Sie würden etwas begeisterter reagieren.«

»Wenn Sie mich morgen im Büro wiedersehen, werde ich begeistert reagieren«, versprach Vann. »Aber im Moment bin ich anderweitig beschäftigt.«

»Verstanden. Tut mir leid, dass ich Sie gestört habe.«

»Mir ebenfalls«, sagte Vann. »Aber wenn wir schon mal dabei sind, kann ich Ihnen sagen, dass wir mit unserer Leiche Fortschritte gemacht haben. Die DNS wurde analysiert.«

»Wer ist er?«

»Das wissen wir noch nicht.«

»Ich hatte Sie so verstanden, dass Sie Fortschritte gemacht haben«, sagte ich.

»So habe ich es auch gemeint. Der DNS-Abgleich ergab keinen Treffer, aber vieles spricht dafür, dass er Navajo als Vorfahren hat. Was eine Erklärung wäre, warum wir ihn in unserer Datenbank nicht finden können. Wenn er ein Navajo ist und in einem Reservat gelebt hat, liegen alle seine Daten in den Datenbanken des Reservats. Sie werden nicht automatisch mit den US-amerikanischen Datenbanken verknüpft, weil die Navajo-Nation autonom ist. Und erstaunlich misstrauisch gegenüber der US-Regierung!« Vanns letzter Satz ging fast in ihrem amüsierten Glucksen unter.

»Wie oft passiert so etwas?«, fragte ich. »Selbst wenn jemand in einem Reservat lebt, wird er es gelegentlich verlassen und mit hoher Wahrscheinlichkeit irgendetwas tun, das von unseren Datenbanken registriert wird.«

»Vielleicht hat unser Mann es nie verlassen«, sagte Vann. »Bis er es verlassen hat.«

»Haben wir eine Anfrage gestellt?«, erkundigte ich mich. »An die Navajo-Nation, meine ich.«

»Unsere Forensik hat es getan, ja«, sagte Vann. »DNS, Fingerabdrücke und Gesichtsscan. Die Navajo werden sich darum kümmern, wenn sie bereit sind, sich darum zu kümmern. Unsere Anfragen haben für sie nicht immer höchste Priorität.«

Am Kopfende des Tisches schlug Vater gegen sein Weinglas und erhob sich von seinem Platz.

»Ich muss jetzt aufhören«, sagte ich. »Mein Vater wird gleich eine Rede halten.«

»Gut«, sagte Vann. »Ich wollte das Gespräch sowieso beenden.« Dann tat sie es.

Dads Rede fiel in die übliche Kategorie »zu Hause mit Sponsoren, und wir alle tun so, als wären wir Freunde«, was bedeutet, dass sie locker, vertraulich und auf entspannte Weise innig war, obwohl sie gleichzeitig auf Themen einging, die für die Nation wichtig waren und seine noch nicht ganz offiziell verkündete Kandidatur für den Senat betrafen. Sie lief so, wie solche Reden meistens liefen, also sehr gut, weil Dad nun einmal Dad ist und er sich seit der Highschool in der Öffentlichkeitsarbeit engagiert hat. Wer sich nicht von Marcus Shane betören lässt, kann eigentlich nur ein Soziopath sein.

Doch am Ende der Rede gab es eine Änderung des üblichen Texts. Dad erwähnte die »Herausforderungen und Gelegenheiten, die Abrams-Kettering jedem von uns bietet«, was meinen Argwohn erweckte, da nur Hubbard, Schwartz und ich Hadens waren. Also schummelte ich und machte schnell Gesichtsscans von den anderen Leuten am Tisch. Fünf von ihnen waren Geschäftsführer und/oder Vorstandschefs von Unternehmen, die auf die eine oder andere Weise den Haden-Markt belieferten, und alle Firmen hatten ihren Hauptsitz in Virginia.

Das war also die Erklärung. Und deshalb war Dad so sehr darauf erpicht gewesen, mich am Tisch zu haben.

Was natürlich bedeutete, dass er mich in Zugzwang bringen würde.

»Und was halten Sie von Abrams-Kettering, Chris?«, wollte einer der Gäste von mir wissen. Der Gesichtsscan identifizierte ihn als Rick Wisson, den Ehemann von Jim Buchold, dem Geschäftsführer von Loudoun Pharma. Buchold, der neben seinem Mann saß, warf ihm einen Blick zu, den Wisson entweder nicht bemerkte oder bewusst ignorierte. Ich konnte mir vorstellen, dass ihre gemeinsame Heimfahrt in dieser Nacht nicht besonders angenehm verlaufen würde.

»Ich glaube, es dürfte Sie nicht allzu sehr überraschen, dass meine Meinung ziemlich genau der meines Vaters entspricht«, sagte ich und spielte damit Dad den Ball zu.

Der ihn natürlich mühelos auffing. »Womit Chris sagen will, dass wir als Familie sehr viel darüber reden, wie bei allen Themen, die einen Haden-Bezug haben«, erklärte er. »Was ich letztlich dazu sagen werde, ist also das Ergebnis langer Diskussionen zwischen uns dreien. Ich denke, jeder hier weiß, dass ich öffentlich gegen Abrams-Kettering Stellung bezogen habe. Ich finde immer noch, dass es die falsche Lösung für etwas darstellt, das gar kein Problem war. Wir als Gruppe wissen, dass die Hadens mehr Kapital in die Wirtschaft pumpen, als sie herausziehen. Aber jetzt ist Abrams-Kettering Gesetz, ob es uns gefällt oder nicht, und wir müssen nun schauen, wie wir diese neuen Bedingungen für uns nutzen können.«

»Genau das«, sagte ich und zeigte über den Tisch auf meinen Vater.

»Was halten Sie vom Streik? Und der Demonstration?«, fragte Wisson.

»Rick«, sagte Jim Buchold mit einem Knurren, das gerade noch als freundlich durchgehen mochte.

»Das ist keine ungehörige Frage für ein Abendessen«, sagte Wisson zu seinem Mann. »Zumindest nicht für dieses Abendessen. Schließlich ist Chris tatsächlich ein Haden.«

»Genauer gesagt sitzen drei von uns am Tisch«, sagte ich und nickte zu Hubbard und Schwartz hinüber.

»Mit allem gebotenen Respekt gegenüber Lucas und Mr. Schwartz, aber sie sind von der Gesetzesänderung kaum betroffen«, sagte Wisson. Sowohl Hubbard als auch Schwartz lächelten matt dazu. »Sie hingegen haben einen Job und sind draußen auf der Straße unterwegs. Sie müssen sich Ihre Gedanken dazu gemacht haben.«

»Ich finde, jeder hat das Recht auf eine eigene Meinung und auf friedliche Versammlungen.« Im Zweifelsfall kann man sich immer auf den ersten Zusatzartikel der Verfassung zurückziehen.

»Es ist die Bezeichnung ›friedlich‹, weswegen ich mir Sorgen mache«, sagte Carole Lamb. Sie war eine der Personen, für die der Diener engagiert worden war. Sie war alt und auf mürrische Weise konservativ, wie es nur in die Jahre gekommene Liberale sein konnten. »Meine Tochter sagte mir, dass die Polizei von D. C. an diesem Wochenende sämtliche Reserven mobilisiert. Man befürchtet, dass es zu Unruhen kommt.«

»Und warum sollte das passieren, Ms. Lamb?«, fragte Sam Schwartz.

»Sie sagte, man befürchtet, dass die marschierenden Hadens keine Angst vor der Polizei haben werden. Threeps sind nicht dasselbe wie menschliche Körper.«

»Ihre Tochter sorgt sich, dass es zu einem Roboteraufstand kommen könnte«, brachte ich es auf den Punkt.

Lamb sah mich an und errötete im nächsten Moment. »Das ist es nicht«, sagte sie hastig. »Es ist nur so, dass es der erste Massenprotest von Hadens ist. Es ist anders als jeder andere Protest.«

»Ein Roboteraufstand«, wiederholte ich und hob eine Hand, bevor Lamb noch nervöser werden konnte. »Threeps sind keine menschlichen Körper, das ist richtig. Aber sie sind auch keine Terminatoren. Die Threeps, die wir im Alltag benutzen, sind absichtlich so konstruiert, dass sie dem menschlichen Körper so ähnlich wie möglich sind, was Stärke, Beweglichkeit und andere Eigenschaften betrifft.«

»Weil es immer noch ein Mensch ist, der einen Threep steuert«, sagte Dad.

»Richtig. Und ein Mensch kann eine Maschine mit annähernd menschlichen Eigenschaften besser benutzen als eine, für die das nicht gilt.« Ich hob eine Hand. »Dies ist eine Maschinenhand an einem Maschinenarm. Aber sie ist nicht kräftiger als eine Menschenhand. Ich bin nicht in der Lage, in einem Wutanfall diesen Tisch umzuwerfen. Diese Demonstranten werden nicht über die Mall stapfen und Autos durch die Luft schleudern.«

»Trotzdem sind Threeps widerstandsfähiger als menschliche Körper«, stellte Wisson fest. »Sie halten eine Menge aus.«

»Dazu werde ich Ihnen eine Geschichte erzählen«, sagte ich. »Meine Eltern werden sich an die Sache erinnern. Als ich acht Jahre alt wurde, bekam ich zum Geburtstag ein neues Fahrrad …«

»O Gott, diese Geschichte …«, seufzte Mom.

»… und damals hatte ich zum ersten Mal BMX-Stunts gesehen«, fuhr ich fort. »Also machte ich eines Morgens eine Rampe aus unserer Auffahrt. Ich raste hinunter und sammelte den Mut, einen Überschlag oder irgendetwas in der Art zu machen. Schließlich putschte ich mich selbst auf, radelte, so schnell ich konnte, sauste die Rampe hinauf, versuchte einen Überschlag und flog mit dem Arsch über die Lenkstange des Fahrrads und auf die Straße, genau vor einen Lieferwagen, der mit fünfzig angerollt kam. Er überfuhr mich …«

»Ich hasse diese Geschichte«, sagte Mom. Dad grinste nur.

»… und ich wurde zerrissen. Die Kollision zerfetzte meinen Threep. Beim Aufprall verlor ich buchstäblich den Kopf, der in den Büschen auf dem Nachbargrundstück landete. Ich hatte keine Ahnung, was geschehen war. Ich hatte das Gefühl, einen heftigen Stoß bekommen zu haben, alles drehte sich um mich, und plötzlich wurde ich in meinen eigenen Körper zurückgeworfen, wo ich mich fragte, was zum Teufel gerade passiert war.«

»Wenn das mit deinem menschlichen Körper geschehen wäre, wärst du tot gewesen«, bemerkte Dad.

»Ja, ich weiß«, sagte ich. »Was du oder Mom jedes Mal erwähnen, wenn diese Geschichte zur Sprache kommt. Die Pointe ist …« Ich wandte mich wieder Wisson zu. »… dass Threeps widerstandsfähiger als menschliche Körper sein mögen, aber sie können trotzdem beschädigt werden. Und Threeps sind nicht billig. Sie kosten genauso viel wie ein Auto. Die meisten Leute sind nicht bereit, ihren Threep von einem Polizisten mit dem Schlagstock verprügeln zu lassen, genauso wenig, wie sie möchten, dass ein Polizist auf die Motorhaube ihres Autos schlägt. Also glaube ich nicht, dass wir einen Roboteraufstand befürchten müssen. Dazu sind diese Roboter viel zu kostspielig.«

»Was passierte, nachdem Sie überfahren wurden?«, erkundigte sich Schwartz.

»Zunächst einmal war ich eine Weile ohne Threep«, sagte ich, worüber gelacht wurde. »Und ich glaube, der Fahrer des Lieferwagens drohte damit, meinen Vater zu verklagen.«

Wieder fing mein Vater den Ball auf, den ich ihm zuspielte. »Er sagte, es wäre meine Schuld, weil ich der Eigentümer des Threeps war und weil ihm der Threep entgegenkam, während er Vorfahrt hatte.«

»Damit wäre er vor Gericht nicht durchgekommen«, sagte ich. »Personentransporter sind laut Gesetz eine besondere Kategorie von Maschinen. Wenn ein Threep von einem Fahrzeug überfahren wird, ist das genauso strafbar wie ein Unfall mit einem menschlichen Körper. Das ist fast dasselbe wie Totschlag.«

»Richtig, aber ich wollte nicht, dass deswegen mein Name in den Nachrichten auftaucht«, sagte Dad. »Also bin ich für den Schaden an dem Lieferwagen aufgekommen und habe ihm Karten für die Wizards in der ersten Reihe gegeben.«

»*Mir* haben Sie noch nie Karten in der ersten Reihe gegeben«, sagte Buchold.

»Kommen Sie nicht auf dumme Gedanken«, sagte mein Vater, und wieder lachten alle. »Außerdem ist Chris nun ein FBI-Agent. Jetzt würden Sie Schwierigkeiten bekommen, wenn Sie meinen Jungen überfahren.«

»Außerdem erinnere ich mich daran, dass mein nächster Threep ein absoluter Schrotthaufen war«, sagte ich und wandte mich Dad zu. »Was für ein Modell war es noch gleich?«

»Ein Metro Junior Courier«, sagte Dad. »Ein richtig miserables Modell.«

»Oje«, sagte Hubbard. »Metro gehört zu Accelerant.«

»Dann gebe ich Ihnen die Schuld«, sagte ich.

»Okay«, sagte Hubbard. »Obwohl das etwa zwanzig Jahre her sein dürfte, oder?«

»Ungefähr.«

»Damals hat mir die Firma noch nicht gehört«, sagte Hubbard. »Wir haben sie vor achtzehn Jahren gekauft. Nein, vor siebzehn. Siebzehn?« Er sah Schwartz an, der überrascht reagierte. Hubbard warf seinem Berater einen verärgerten Blick zu, doch dann tätschelte er beruhigend seine Hand. »Siebzehn«, bekräftigte er. »Wir haben den Laden gekauft, weil die Aktie wegen einiger schlechter Modelle gefallen war, darunter der Courier und der Junior Courier.«

»Das kann ich mir vorstellen«, sagte ich. »Es war das letzte Metro-Modell, das wir jemals gekauft haben.«

»Sie sind besser geworden«, versicherte Hubbard. »Ich kann Ihnen eins von unseren neuesten Exemplaren rüberschicken, wenn Sie eine Probefahrt machen möchten.«

»Danke, aber ich habe gerade erst diesen hier bekommen.« Ich zeigte auf meinen 660XS. »Im Moment habe ich keinen Bedarf.«

Hubbard lächelte. »Das ist komisch, weil wir gerade die ersten Gespräche mit Sebring-Warner wegen einer Fusionierung führen.«

»Darüber habe ich heute früh in der *Post* gelesen«, sagte Dad.

»Dieser Artikel war nur zu etwa sechzig Prozent zutreffend«, sagte Hubbard.

»Aha!«, sagte ich und sah Schwartz an.

»Was?«, fragte er.

»Deshalb benutzen Sie einen Ajax 370«, sagte ich. »Marktforschung.«

Schwartz starrte mich verständnislos an.

»Gut beobachtet«, sagte Hubbard. »Ja, Sam hat einige der Modelle ausprobiert, genauso wie einige andere Leute aus meinem Stab. Erfahrungen aus erster Hand haben durchaus etwas für sich.«

»Hat das etwas mit Abrams-Kettering zu tun?«, fragte mein Vater. »Die Fusionsverhandlungen?«

»Irgendwie schon«, sagte Hubbard. »Die staatlichen Subventionen für Threeps laufen zum Jahresende aus, also verkaufen wir im Moment jeden Threep, den wir auf den Markt bringen können. Aber wenn der Januar beginnt, läuft alles nur noch unter Vertrag. Eine Fusion soll uns dagegen absichern. Aber ich bin auch sehr an ihrem Forschungs- und Entwicklungsprogramm interessiert, in dem ein paar spannende Dinge passieren.« Er wandte sich an mich. »Im Moment machen sie große Fortschritte mit dem Geschmack.«

»Meinen Sie ästhetischen Geschmack oder das Schmecken von Sachen?«, fragte ich.

»Das Schmecken von Sachen«, sagte Hubbard. »Das ist der einzige Sinn, der bei Threeps nie besonders gut entwickelt war, weil es dafür keinen praktischen Nutzen gibt.

Threeps müssen nicht essen. Aber es gibt keinen Grund, warum sie es nicht doch tun sollten.« Er zeigte auf mein Gedeck, auf dem kein Essen serviert worden war. »Wenn Sie an diesem Abendessen teilnehmen, wäre es natürlicher, wenn Sie tatsächlich etwas essen würden, statt einfach nur dazusitzen.«

»Fairerweise muss ich sagen, dass ich tatsächlich esse. Allerdings in einem anderen Zimmer.« *Und zwar durch einen Schlauch*, dachte ich, sagte es aber nicht, weil das nicht so gut zur geselligen Runde gepasst hätte. »Und mein Sitzkissen ist mit einem induktiven Ladegerät ausgestattet. Also könnte man sagen, dass auch mein Threep beim Abendessen ist.«

»Trotzdem«, sagte Hubbard. »Chris, eins der großen Ziele, die Sie und Ihre Familie zu verwirklichen versucht haben, ist die Botschaft, dass Threeps als Menschen betrachtet werden sollten. Sie haben eine Menge erreicht, aber es gibt immer noch einiges zu tun.« Er zeigte auf Carole Lamb, die über die plötzliche Aufmerksamkeit überrascht zu sein schien. »Die Tochter unseres Kollegen hat uns diesen Punkt gerade erst heute Abend klargemacht. Wenn ein Threep in der Lage wäre, sich an einen Tisch zu setzen und tatsächlich zu essen, wäre das ein weiterer Fortschritt auf dem Weg zur Humanisierung.«

»Vielleicht«, sagte ich. »Aber ich frage mich, was mit dem Essen passieren soll, nachdem ich es geschmacklich gekostet habe.«

»Es gibt bessere Möglichkeiten, Hadens zu humanisieren«, sagte Buchold. »Man könnte ihnen zum Beispiel ihre Körper wiedergeben.«

Hubbard drehte sich zu Buchold um. »Aha. Richtig. Jim Buchold. Die einzige Person an diesem Tisch, dessen Geschäfte *nicht* von Abrams-Kettering betroffen sind.«

»Ich glaube nicht, dass Sie den Kongress dafür kritisieren können, dass die medizinische Haden-Forschung weiterhin mit hundert Prozent unterstützt wird«, sagte Buchold. »Wir versuchen, das Problem zu lösen und daraus keinen Profit zu schlagen.«

»Das ist sehr ehrenwert von Ihnen«, sagte Hubbard. »Obwohl ich die letzten Quartalszahlen von Loudoun gesehen habe. Sie machen guten Profit.«

Buchold wandte sich mir zu. »Chris, ich möchte Ihnen eine Frage stellen.« Er zeigte auf meinen leeren Teller. »Wie würden Sie lieber Ihr Essen kosten? Durch einen Threep oder mit Ihrer eigenen Zunge?«

Jetzt war es Wisson, der seinem Ehemann einen strengen Blick zuwarf, und das zu Recht. Dieses Thema musste zwangsläufig sehr schnell unangenehm werden.

Doch bevor ich antworten konnte, sprach Buchold bereits weiter. »Wir forschen daran, Hadens aus der Isolation zurückzuholen. Wir wollen das Essen nicht nur simulieren, sondern die körperliche Integrität der Hadens wiederherstellen, damit sie Dinge tun können wie kauen und schlucken. Wir wollen ihre Körper befreien und sie wieder zurückholen …«

»Von wo genau wollen Sie uns zurückholen?«, fragte Hubbard. »Aus einer Gemeinschaft von fünf Millionen Menschen in den USA und vierzig Millionen auf der ganzen Welt? Aus einer sich entwickelnden Kultur, die mit der physischen Welt interagiert, aber ansonsten unabhängig von ihr ist? Die ihre eigenen Probleme und Interessen, ihre eigene Ökonomie hat? Ihnen dürfte bekannt sein, dass eine große Anzahl von Hadens überhaupt keine Erinnerung an die physische Welt haben.« Hubbard zeigte auf mich. »Chris bekam Lock-in, als er zwei Jahre alt war. Wie viele Erinnerungen haben Sie an Ihre ersten zwei Jahre, Jim?«

Ich warf einen Blick zu Dad, der allerdings ein Nebengespräch mit Carole Lamb und meiner Mutter begonnen hatte. Er würde mir hierbei keine Hilfe sein.

»Darum geht es gar nicht«, sagte Buchold. »Wir wollen lediglich Optionen anbieten. Die Fähigkeit, sich von den körperlichen Einschränkungen zu lösen, mit denen Hadens im Alltag leben müssen.«

»Wirke ich irgendwie eingeschränkt auf Sie?«, fragte Hubbard. »Macht Chris diesen Eindruck?«

»Ich kann Ihnen versichern, dass ich voll und ganz hier bin«, sagte ich.

»Dann sagen Sie mir, ob Sie sich eingeschränkt fühlen«, forderte Hubbard mich auf.

»Eigentlich nicht«, räumte ich ein. »Aber wie Sie bereits sagten, habe ich keine gute Vergleichsbasis.«

»Aber ich«, sagte Hubbard. »Ich war fünfundzwanzig, als ich Lock-in bekam. Was ich seitdem getan habe, sind Dinge, die jeder Mensch tun kann. Die jeder Mensch würde tun wollen.«

»Dazu müssen Sie sich nur den Körper von jemand anderem ausborgen«, sagte Buchold.

Hubbard lächelte und zeigte seine Zähne. »Ich borge mir nicht den Körper von jemand anderem aus, um so tun zu können, als wäre ich kein Haden, Jim. Ich tue es, weil es andernfalls einen gewissen Prozentsatz von Leuten gibt, die vergessen, dass ich ein Mensch bin.«

»Das ist erst recht ein Grund für eine Therapie«, sagte Buchold.

»Nein«, widersprach Hubbard. »Bestimmte Leute zu verändern, weil man nicht damit klarkommt, wie sie sind, ist nicht der richtige Weg. Wir dürfen nicht zulassen, dass nicht wenige in unserer Gesellschaft die Augen verschließen. Sie sprechen von ›Therapie‹. Ich höre ›Sie sind nicht menschlich genug‹.«

»Ich bitte Sie!«, sagte Buchold. »Kommen Sie mir nicht mit so etwas, Hubbard. Niemand sagt das, und das wissen Sie ganz genau.«

»Wirklich? Ich werde Ihnen etwas zum Nachdenken geben, Jim. Bis jetzt sind neuronale Netzwerke und Threeps und alle anderen Innovationen, die durch den Haden Research Initiative Act gefördert wurden, ausschließlich Hadens zugutegekommen. Bislang hat die Gesundheitsbehörde sie nur für Hadens zugelassen. Aber auch Querschnittsgelähmte und andere Personen mit Bewegungsstörungen könnten von Threeps profitieren. Oder auch ältere Mitbürger mit den unterschiedlichsten körperlichen Schwächen.«

»Die Gesundheitsbehörde lässt Threeps nur für Hadens zu, weil es nicht ungefährlich ist, Leuten ein zweites Gehirn in den Kopf zu stopfen«, sagte Buchold. »Das macht man nur, wenn man keine andere Wahl mehr hat.«

»Aber auch alle anderen sollten diese Wahl haben«, sagte Hubbard. »Und jetzt bekommen sie endlich Zugang zu diesen Technologien. In erster Linie sorgt Abrams-Kettering dafür, dass diese Innovationen auch für andere Menschen zugänglich werden. In der Zukunft werden viele Amerikaner diese Technologien nutzen. Viele Millionen. Und wenn sie das tun, wollen Sie sie dann ebenfalls ausschließen und herabsetzen, Jim?«

»Ich glaube, Sie haben nicht gehört, was ich gesagt habe«, erwiderte Buchold.

»Ich habe Ihnen sehr genau zugehört«, sagte Hubbard. »Jetzt sollen Sie hören, dass das, was *ich* höre, bigott klingt.«

»Gütiger Himmel«, sagte Buchold. »Jetzt reden Sie schon wie diese gottverdammte Cassandra Bell.«

»Oh, Mann!«, sagte ich.

»Was?«, fragte Buchold mich.

»Äh«, sagte ich.

»Chris möchte Ihnen nicht sagen, dass mein Integrator für diesen Abend Nicholas Bell ist, der ältere Bruder von Cassandra Bell«, erklärte Hubbard. »Ich dagegen habe kein Problem damit, es Ihnen zu sagen.«

Buchold starrte Hubbard eine Weile schweigend an. Dann: »Sie müssen ein gottverdammter …«

»Jim!«, unterbrach Wisson ihn.

»Alles in Ordnung?«, fragte mein Vater. Jetzt hatte er seine Aufmerksamkeit wieder unserem Ende des Tisches zugewandt.

»Alles bestens, Dad«, sagte ich. »Aber ich glaube, Jim hat ein paar Fragen, die er lieber direkt an dich richten sollte. Falls Carole kein Problem damit hat, für eine Weile den Platz mit ihm zu tauschen, wäre das sehr nett.«

»Natürlich nicht«, sagte Lamb.

»Ausgezeichnet«, sagte ich und blickte zu Buchold, in der Hoffnung, dass er den Wink mit dem Zaunpfahl verstand oder mir zumindest dankbar war, dass ich ihm ein persönliches Gespräch mit meinem Vater ermöglichte. Er nickte knapp, stand auf und übernahm Lambs Platz.

Hubbard beugte sich vor. »Geschickter Schachzug«, flüsterte er.

Ich nickte, dann rieb ich mir das Kinn. Der Schmerz kehrte zurück. Doch ich war mir ziemlich sicher, dass es nicht an meinem Backenzahn lag.

Mein internes Telefon klingelte. Ich antwortete mit meiner inneren Stimme. »Ja?«

»Shane«, sagte Vann. »Wie weit sind Sie gerade von Leesburg entfernt?«

»Etwa zehn Meilen. Warum?«

»Ist Ihnen Loudoun Pharma ein Begriff?«

»O ja. Ich sitze gerade bei einem Abendessen mit dem Geschäftsführer von Loudoun und seinem Ehemann. Warum?«

»Der Laden ist gerade in die Luft geflogen«, sagte Vann.

»Was?« Ich schaute zu Buchold, der sich angeregt mit meinem Vater unterhielt.

»Die Firma ist in die Luft geflogen«, wiederholte Vann. »Und wie es aussieht, ist ein Haden darin verwickelt.«

»Soll das ein Witz sein?«

»Ich wünschte, es wäre einer, weil ich mich dann hätte abschleppen lassen können, statt in Ihre Richtung zu fahren. Machen Sie sich auf den Weg. Kartieren Sie den Tatort und sammeln Sie Daten. Ich werde in etwa vierzig Minuten da sein.«

»Was soll ich Jim Buchold sagen?«, fragte ich.

»Ist er der Geschäftsführer?«

»Ja.« Dann sah ich, wie Buchold in seine Jackentasche griff und sein Telefon herauszog. »Moment. Ich glaube, er wird es gleich selbst erfahren.«

Buchold sprang auf und rannte aus dem Zimmer, mit dem Telefon am Ohr. Rick Wisson blickte ihm verwirrt hinterher.

»Ja«, sagte ich. »Er weiß Bescheid.«

8

Auf dem Firmengelände von Loudoun Pharma standen zwei Hauptgebäude. In dem einen waren die Büros der Vorstandsebene, das mittlere Management und deren Mitarbeiter, die regionalen Vertreter und die Firmenlobbyisten für D.C. und Richmond untergebracht. Im anderen befanden sich die Labors, in denen die Wissenschaftler, die IT-Leute und ihre jeweiligen Mitarbeiter tätig waren.

Das Bürogebäude war eine Ruine. Sämtliche Fenster auf der Ostseite waren zertrümmert und aus den Wänden gerissen. Die übrigen Fenster waren mehr oder weniger stark beschädigt. Papiere wehten durch die Löcher heraus, flatterten durch die Luft und landeten schließlich auf der dunklen Straße, die zwischen den beiden Gebäuden verlief.

Von den Labors war fast nichts mehr übrig.

Feuerlöschfahrzeuge aus jedem Winkel von Loudoun County umringten den Trümmerhaufen, und Feuerwehrleute suchten nach etwas, das sie löschen konnten. Doch es gab nur wenig zu löschen. Die Explosion hatte das Gebäude zum Einsturz gebracht und jeden Ansatz eines Brandes erstickt, bevor er sich ausbreiten konnte. Rettungssanitäter liefen umher und benutzten Scanner, um mit RFID ausgestattete Ausweise zu orten, die vom Loudoun-Personal getragen wurden.

Man hatte sechs Ausweise lokalisiert, die allesamt zum Haustechnikerteam gehörten. Die Sanitäter schickten Schaben- und Schlangenbots los, damit sie durch die Trümmer zu den Ausweisen krochen, um zu sehen, ob sie zu Überlebenden gehörten.

Fehlanzeige.

»Das hier haben die Wachleute gesehen«, sagte ich zu Vann. Wir saßen in ihrem Auto, und ich überspielte die Daten an ihre Konsole. Sie saugte wie ein Dämon an einer Zigarette. Vielleicht war es eine Nebenwirkung ihrer unbefriedigten sexuellen Bedürfnisse, aber jetzt war nicht der richtige Moment, sie danach zu fragen. Ich ließ die Tür auf meiner Seite offen, damit der Rauch abziehen konnte.

Die Fahrzeugkonsole zeigte uns die Kameraaufnahme eines Wachmanns. Ein SUV raste auf den Parkplatz, fuhr durch das Tor und riss es dabei aus der Verankerung.

»Noch einmal zurück und kurz vor dem Durchbruch anhalten«, sagte Vann. Ich tat es. Sie zeigte auf das Bild. »Autokennzeichen und Gesicht.«

»Genau«, sagte ich. »Aber weder das eine noch das andere passt zum RFID-Ausweis, der registriert wurde, als der SUV das Tor rammte.«

»Zu wem gehört der Ausweis?«

»Karl Baer. Ein Genetiker. Arbeitet im Labor. Auch er ist ein Haden. Deshalb wurden wir angepingt.«

»Das ist kein Threep hinter dem Lenkrad des SUV«, sagte Vann. »Also hat dieser Unbekannte den Ausweis von Baer gestohlen. Aber warum sollte man so etwas tun, um das verdammte Tor dann einfach zu durchbrechen?«

»Sie brauchten den Ausweis, um in die Tiefgarage unter

den Labors zu gelangen. Die Mitarbeiter parken in der Garage, Besucher draußen vor dem Gebäude.«

»Und ein SUV voller Sprengstoff ist unter dem Gebäude wesentlich effektiver als daneben.«

»Das dürfte der Plan gewesen sein.«

»Wenn es also ein gestohlener Ausweis ist, müssen wir dann hier sein?«, fragte Vann. »Trotzdem?«

Für einen Moment hielt ich inne und wunderte mich, warum sie mich das fragte, bis ich mich erinnerte, dass es immer noch mein erster Tag mit ihr war, so unvorstellbar das auch sein mochte. Sie war immer noch dabei, mich zu testen.

»Ja, das müssen wir«, antwortete ich. »Erstens, weil wir Baer überprüfen sollten, um uns zu vergewissern, dass der Ausweis gestohlen wurde. Zweitens …« Ich zeigte auf das Bild des SUV, kurz bevor er ins Tor raste. »… wäre da der Punkt, dass dieses Fahrzeug auf Jay Kearney gemeldet ist.«

»Und ich sollte wissen, wer Jay Kearney ist?«

»Vielleicht. Er ist ein Integrator. Beziehungsweise war er es.«

Vann saugte ein letztes Mal an ihrer Zigarette und drückte sie an der Fensterscheibe aus. »Zeigen Sie mir ein gutes Bild von Kearney.«

Ich rief das Foto von seiner Lizenz als Integrator auf und ließ es in der Konsole gleich neben der Person erscheinen, die den SUV fuhr. Vann beugte sich vor.

»Was glauben Sie?«, fragte ich.

»Er könnte es sein.« Dann blickte sie über die Konsole auf das eingestürzte Gebäude und die blinkenden Lichter der Polizei, der Feuerwehr und der Sanitäter. »Hat man ihn schon gefunden?«

»Ich glaube nicht, dass sie nach ihm suchen«, sagte ich. »Zuerst kümmern sie sich um die Haustechniker. Und falls er im SUV saß, als die Bombe hochging, dürfte von ihm nicht mehr übrig sein als ein dünner Aschefilm in der Tiefgarage.«

»Haben Sie schon mit sonst jemandem darüber gesprochen?«

»Hier ist niemand daran interessiert, sich mit mir zu unterhalten. Ich bin für Hadens zuständig, nicht für Terrorismus.« Während ich das sagte, wurde das ferne Geräusch eines Helikopters immer lauter.

»Das dürften die Leute von der Terrorismusabteilung sein«, sagte Vann. »Sie lieben große Auftritte.«

Ich zeigte noch einmal auf das Bild. »Der Wachschutz hat diese Aufnahmen nicht nur mir geschickt, sondern gleichzeitig auch der Polizei von Leesburg und den Sheriffs von Loudoun, aber ich glaube, sie haben es sich noch nicht angesehen.«

»Okay.« Vann wischte die Bilder von ihrem Monitor. »Wo haben Sie geparkt?«

»Gar nicht. Jim Buchold hat mich mitgenommen, der Geschäftsführer. Er ist da drüben und brüllt die Polizisten von Leesburg an.«

»Gut«, sagte Vann und startete ihren Wagen.

»Wohin fahren wir?« Ich schloss die Tür auf meiner Seite.

»Wir werden Karl Baer einen Besuch abstatten«, sagte Vann. »Suchen Sie bitte seine Adresse heraus.«

»Brauchen wir eine richterliche Anordnung?«, fragte ich, während ich es tat.

»Ich will ihn nicht verhaften, sondern mit ihm reden«,

sagte Vann. »Aber Sie könnten versuchen, eine Anordnung für Kearneys Daten zu bekommen. Ich will wissen, mit wem er integriert war. Versuchen Sie auch, an Nicholas Bells Daten zu kommen. An nur einem Tag zwei Integratoren, die möglicherweise in einen Mord verwickelt sind, ist etwas zu viel für mich.«

Karl Baers Wohnung befand sich in einem kleinen grauen Apartmentkomplex in Leesburg, gleich neben einem Supermarkt und einem International House of Pancakes. Er lebte in einem Winkel unter einer Treppe. Als wir anklopften, kam keine Reaktion.

»Er ist ein Haden«, gab ich zu bedenken.

»Wenn er hier wohnt, hat er einen Threep«, sagte Vann. »Wenn er einen verdammten Angestelltenausweis von Loudoun Pharma hat, hat er einen Threep. Er ist in der Lage, die Tür zu öffnen.« Sie klopfte noch einmal an.

»Ich gehe herum und schaue nach, ob ich durch ein Fenster etwas sehen kann«, sagte ich nach einer Minute.

»Ja, gut. Nein, warten Sie.« Vann griff nach dem Türknauf. Er ließ sich ganz herumdrehen.

»Wollen Sie das wirklich tun?«, fragte ich und blickte auf den Türknauf.

»Die Tür war offen«, sagte Vann.

»Die Tür war geschlossen«, sagte ich. »Nur nicht verriegelt.«

»Zeichnen Sie auf?«

»Jetzt? Nein.«

Vann drückte die Tür auf. »Schauen Sie, die Tür ist offen.«

»Sie sind ein Paradebeispiel für die Einhaltung rechtsstaatlicher Grundsätze, Vann«, wiederholte ich die Worte, die sie früher an diesem Tag gesagt hatte.

Sie grinste. »Kommen Sie.«

Wir fanden Karl Baer in seinem Schlafzimmer, mit einem Messer im Gehirn. Neben seiner Wiege stand ein Threep, mit dem Messergriff in der Hand, gleich neben Baers Schläfe.

»Heiliger Strohsack!«, sagte ich.

»Öffnen Sie die Jalousien am Fenster«, sagte Vann. Ich tat es. »Wenn irgendjemand fragt, sind Sie auf die Rückseite gegangen und haben die Bescherung durch das Fenster gesehen, worauf wir dann in die Wohnung gegangen sind.«

»Ich habe dabei kein gutes Gefühl.«

»Was sollte sich hier gut anfühlen?«, fragte Vann. »Zeichnen Sie jetzt auf?«

»Nein.«

»Dann fangen Sie an.«

»Okay.«

Vann ging zum Lichtschalter und betätigte ihn mit dem Ellbogen. »Kartieren Sie«, sagte sie. Während ich es tat, zog sie sich Handschuhe an. Nachdem ich alles aufgezeichnet hatte, ging sie zum Nachttisch neben Baers Wiege und hob das Tablet auf, das darauf stand. Sie schaltete den Bildschirm ein.

»Shane«, sagte sie und drehte das Tablet herum, sodass ich den Bildschirm sehen konnte. Er zeigte Jay Kearney.

»Ist das ein Video?«, fragte ich.

»Ja.« Vann drehte das Tablet wieder zu sich herum. Ich ging zu ihr, und sie drückte auf »Play«.

Auf dem Bildschirm wurde Jay Kearney zum Leben erweckt. Er hielt das Tablet so, dass er und Karl Baer von der Kamera erfasst wurden.

»Hier ist Karl Baer«, sagte Kearney. »Ich spreche für mich und für meinen guten Freund Jay Kearney, mit dem ich jetzt integriert bin. In den vergangenen acht Jahren war ich für Loudoun Pharma als Genetiker tätig, in einem Team, das daran arbeitet, die Auswirkungen des Haden-Syndroms rückgängig zu machen.

Als ich zu Loudoun kam, glaubte ich daran, dass ich etwas Gutes für die Hadens tue. Niemand von uns hat darum gebeten, in unserem Körper gefangen zu sein. Zumindest weiß ich, dass es bei mir so war. Ich war ein Teenager, als ich krank wurde und mir alles genommen wurde, was ich gern tat. Zu versuchen, die Veränderungen umzukehren, die Haden in mein Leben gebracht hat, kam mir sehr sinnvoll vor. Ich freute mich auf die Chance, bald ein neues Leben führen zu können.

Doch im Laufe der Zeit erkannte ich allmählich, dass Haden keineswegs ein Todesurteil ist. Es ist einfach nur eine andere Lebensweise. Ich erkannte die Schönheit der Welt, die wir Hadens erschufen, Millionen von uns, in unseren eigenen Räumen und auf unsere eigene Art. Und ich beschäftigte mich mit den Worten von Cassandra Bell, die sagte, dass Leute wie ich, die daran arbeiteten, Zitat, Haden zu heilen, Zitat Ende, in Wirklichkeit die erste neue Nation der Menschheit, die seit vielen Jahrhunderten entstanden war, töten würden.

Sie hat recht. Das tun wir. Das tue *ich*. Deshalb ist es an der Zeit, diese Entwicklung zu stoppen.

So etwas hätte ich niemals allein bewerkstelligen können.

Zum Glück ist mein Freund Jay der gleichen Meinung wie ich und bereit, mir zu helfen. Andere, die namenlos bleiben sollen, haben ebenfalls mitgeholfen und uns Material und Informationen beschafft. Und jetzt muss das alles nur noch umgesetzt werden. Jay und ich werden es zusammen durchführen. Und wenn seine Aufgabe erfüllt ist, werde ich hierher zurückkommen, damit wir den nächsten Teil unserer Reise gemeinsam unternehmen können. Ich denke, wenn Sie dies sehen, wissen Sie bereits, wie ich es gemacht habe.

Meiner Familie und meinen Freunden möchte ich sagen, dass ich weiß, dass meine Handlungen – *unsere* Handlungen – unbegreiflich erscheinen mögen. Mir ist das Risiko bewusst, dass ein paar Unbeteiligte verletzt oder gar getötet werden könnten. Das bedauere ich und bitte jene um Verzeihung, die heute Nacht Angehörige verlieren werden. Aber ich bitte sie zu verstehen, dass diese Aktion jetzt nötig ist, um zu verhindern, dass Loudoun Pharma für die Auslöschung eines ganzen Volkes verantwortlich ist. Ein, Zitat, gut gemeinter Genozid.

Meinen Kollegen bei Loudoun Pharma möchte ich Folgendes sagen: Ich weiß, viele von Ihnen werden wütend auf mich sein, nachdem meine Aktion Ihre Arbeit und Forschung um Jahre zurückgeworfen hat. Aber ich bitte Sie, in der nächsten Zeit darüber nachzudenken, welche Konsequenzen Ihre Arbeit hätte. Lesen und hören Sie die Worte von Cassandra Bell, wie ich es getan habe. Ich glaube an das, was sie uns sagt. Ich glaube an sie. Ich folge ihrer Philosophie mit dem, was ich heute tun werde. Ich glaube daran, dass Sie mit der Zeit vielleicht das Gleiche tun werden.

Damit verabschiede ich mich und wünsche den Hadens

auf der ganzen Welt alles Gute. Ich werde immer bei euch sein.«

»Das alles ergibt überhaupt keinen gottverdammten Sinn!«, regte sich Jim Buchold auf. Wir saßen im Wohnzimmer des Hauses von Buchold und Wisson außerhalb von Leesburg. Die Polizei von Leesburg, die Sheriffs von Loudoun County und das FBI hatten Buchold anscheinend gewaltsam vom Loudoun-Firmengelände fortschaffen müssen, damit er sie nicht bei der Arbeit behinderte. Infolgedessen ging Buchold in seinem Wohnzimmer auf und ab, weil er zum Nichtstun gezwungen war. Wisson hatte seinem Ehemann einen Drink zubereitet, damit er sich beruhigte. Er stand unbeachtet auf dem Tisch. Schließlich nippte Wisson selbst davon.

»Warum ergibt es keinen gottverdammten Sinn?«, fragte Vann.

»Weil Karl einer der wichtigsten Forscher für Neurostim war.«

»Und das ist?«, hakte Vann nach.

»Das ist das Medikament, das wir entwickelt haben, um bei Haden-Opfern das willkürliche Nervensystem zu stimulieren«, sagte Buchold. Ich ärgerte mich ein wenig darüber, dass er von »Opfern« sprach. »Haden unterdrückt die Fähigkeit des Gehirns, mit dem willkürlichen Nervensystem zu kommunizieren. Neurostim regt das Gehirn an, neue Nervenbahnen zu diesem System auszubilden. Wir haben Tests an Chips durchgeführt, wo es funktioniert hat, und wir haben an genetisch modifizierten Mäusen gearbeitet. Der Fortschritt ist langsam, aber unverkennbar.«

»Ist ›Neurostim‹ die Bezeichnung der chemischen Substanz?«, fragte ich.

»Es ist der Markenname, den wir dafür benutzen wollen«, erklärte Buchold. »Der tatsächliche Name der chemischen Verbindung ist etwa einhundertzwanzig Buchstaben lang. Die neueste Version der Substanz – die, an der Karl gearbeitet hat – lautet LPNX-211, aber nur für die interne Dokumentation.«

»Und Dr. Baer hat zuvor nie erkennen lassen, dass er moralische Bedenken hinsichtlich seiner Forschungsarbeit hat?«, fragte Vann.

»Natürlich nicht«, sagte Buchold. »Ich habe nicht allzu viel Zeit mit ihm verbracht, aber soweit ich weiß, waren die einzigen Dinge, für die sich Karl interessierte, seine Arbeit und das Footballteam von Notre Dame. Dort hat er sein Grundstudium absolviert. Wenn er eine Präsentation hatte, ist es ihm immer irgendwie gelungen, ein Bild des Teams einzuschmuggeln. Ich hatte damit kein Problem, weil er wirklich gute Arbeit geleistet hat.«

»In welcher Beziehung stand er zu Jay Kearney?«, fragte ich.

»Wer ist das?«

»Der Integrator, dessen Körper Baer vermutlich benutzte, um mit dem Fahrzeug in die Tiefgarage zu gelangen«, sagte Vann.

»Hab nie von ihm gehört«, sagte Buchold. »Bei der Arbeit hat Karl nur seinen Threep benutzt.«

»Haben Sie gesehen, dass sich Kearney außerhalb der Arbeitszeit mit Baer integriert hat?«, fragte ich.

Buchold blickte sich zu seinem Mann um.

»Wir verkehren nicht gerade in denselben gesellschaftlichen Kreisen«, sagte Wisson. »Ich rate Jim immer wieder, nicht übermäßig freundlich mit seinem Personal umzugehen. Es ist besser, wenn die Leute ihn als Chef und nicht als Freund sehen.«

»Das wäre also ein Nein«, sagte Vann.

»Nicht, weil er ein Haden ist – oder ein Haden war«, sagte Buchold und wandte sich wieder mir zu. »Ich behandle alle meine Angestellten gleich. In der Personalabteilung haben wir einen Beauftragten, der die Gleichbehandlung überwacht.«

»Das glaube ich Ihnen«, sagte ich.

»Ja, aber Sie haben auch gehört, wie dieser Drecksack Hubbard mich heute Abend zusammengestaucht hat«, sagte Buchold. »In meinem Team habe ich fünfzehn Hadens, die als Forscher arbeiten. Keiner von ihnen wäre in der Firma, wenn sie der Meinung wären, ich würde sie als Untermenschen behandeln. Oder wenn unsere Arbeit schlecht für die Hadens wäre.«

»Mr. Buchold«, sagte ich und hob eine Hand. »Ich bin nicht hier, um über Sie zu urteilen. Und auch nicht, um anschließend zu meinem Vater zu rennen und ihm zuzuflüstern, was Sie gesagt haben. In bin nur hier, um den Sprengstoffanschlag auf Ihre Firma zu untersuchen. Unser Hauptverdächtiger ist im Moment einer Ihrer Angestellten. Wir sind nur daran interessiert herauszufinden, ob er wirklich der Attentäter ist und warum er es getan hat.«

Daraufhin schien sich Buchold ein wenig zu entspannen.

Dann machte Vann ihn schlagartig wieder nervös. »Hat Dr. Baer jemals über Cassandra Bell gesprochen?«, fragte sie.

»Warum zum Teufel hätte er das tun sollen?«

»Jim«, sagte Wisson.

»Nein«, sagte Buchold mit einem Seitenblick auf seinen Mann. »Ich habe nie gehört, wie er über Cassandra Bell gesprochen hat.«

»Und die Forscher, mit denen er zusammengearbeitet hat?«, fragte Vann weiter.

»Gelegentlich dürfte über sie gesprochen worden sein, weil sie dafür bekannt ist, dass sie sich gegen unsere Forschung engagiert«, sagte Buchold. »Wir haben stets befürchtet, dass es wegen unserer Tierversuche zu Demonstrationen vor unserem Unternehmen kommen könnte, wie es häufig passiert. Aber niemand kam, und ich glaube auch nicht, dass sich die Leute allzu sehr mit ihr beschäftigt haben. Warum?«

Ich warf einen Blick zu Vann, um zu sehen, was sie dachte. Sie nickte mir zu. »Dr. Baer hat eine Abschiedsnachricht hinterlassen«, sagte ich. »Darin erwähnte er Cassandra Bell.«

»Wie? Ist sie irgendwie in diese Sache verwickelt?«, fragte Buchold.

»Wir haben keinen Grund, von dieser Annahme auszugehen«, sagte Vann. »Aber wir müssen natürlich allen Hinweisen folgen.«

»Ich wusste, dass so etwas passieren würde«, sagte Buchold.

»Dass was passieren würde?«, fragte ich.

»Gewalt«, sagte Buchold. »Rick kann es Ihnen erklären. Diese Vollidioten haben für Abrams-Kettering gestimmt, und ich habe zu ihm gesagt, dass es früher oder später eine Menge Ärger geben wird. Wenn man fünf Millionen Leute hat, die an den Zitzen der Regierung nuckeln und sie einfach so auf die Straße schubst, kann man nicht erwarten, dass sie es kampflos hinnehmen.« Er sah mich an. »Das war nicht gegen Sie gerichtet.«

»Kein Problem«, sagte ich, was nicht ganz stimmte, aber ich war bereit, es ihm durchgehen zu lassen. »Wie weit wirft der Anschlag Sie zurück?«

»Sie meinen unsere Forschung?«

»Ja.«

»Mindestens um Jahre«, sagte Buchold. »Im Labor lagerten Daten, die nirgendwo anders verfügbar sind.«

»Sie fertigen keine Kopien von Ihren Daten an?«, fragte Vann.

»Natürlich tun wir das«, sagte Buchold.

»Und Sie können sie nicht mehr aus Ihren Netzwerken herunterladen?«

»Sie verstehen es nicht«, sagte Buchold. »Wichtige Daten stellen wir niemals online. Sobald wir das tun, würden die Hackerangriffe losgehen. Wir richten Scheinserver ein, auf denen ausschließlich verschlüsselte Fotos von *Katzen* liegen, verdammt noch mal, und wir sagen niemandem, dass es unsere Server sind. Vier Stunden später haben Hacker aus China und Syrien sie geknackt. Es wäre ziemlich dumm von uns, wenn wir tatsächlich vertrauliche Daten auf einem Server hätten, der von außen zugänglich wäre.«

»Also waren alle Ihre Daten lokal gespeichert«, sagte ich.

»Genau«, bestätigte Buchold. »Lokal auf internen Servern.«

»Wie sieht es mit Archiven aus?«, fragte Vann. »Daten, die außerhalb aller Netzwerke gespeichert sind.«

»Auch das hatten wir natürlich. Sie liegen in einem gesicherten Raum auf dem Firmengelände.«

»Also sind alle Daten – die lokalen *und* die archivierten – mit dem Laborgebäude in die Luft geflogen.« Vann sah mich mit einem Ausdruck an, der vermutlich bedeutete: *Diese Leute waren ganz schön nachlässig.*

»Richtig«, sagte Buchold. »Es ist möglich, dass wir einige neuere Daten aus E-Mails und den Computern im Bürogebäude rekonstruieren können. Falls sie nicht entweder durch die Explosion oder die Feuerlöschanlage zerstört wurden. Aber realistisch betrachtet, dürfte es um Jahre gehen. Vernichtet. Gestorben. Futsch.«

»Oh, schauen Sie mal, es ist Mitternacht«, sagte ich zu Vann, als sie mich nach Hause fuhr. »Jetzt ist mein erster Arbeitstag endgültig vorbei.«

Vann lächelte darüber, und die Zigarette in ihrem Mund wippte auf und ab. »Ich will ehrlich zu Ihnen sein. Er war ein wenig hektischer als die meisten ersten Arbeitstage.«

»Ich kann den morgigen Tag kaum erwarten.«

»Das bezweifle ich.« Vann ließ Rauch zwischen den Lippen hervorquellen.

»Sie wissen, dass dieser Dreck Sie umbringen wird, oder?«, fragte ich. »Das Rauchen. Es gibt einen guten Grund, warum es niemand mehr tut.«

»Es gibt einen guten Grund, warum ich es tue«, sagte sie.

»Aha? Und welchen?«

»Sagen wir einfach, dass es in unserer Beziehung ein paar Geheimnisse geben darf.«

»Wie Sie meinen.« Ich hoffte, dass ich genau den richtigen

lockeren Tonfall getroffen hatte. Vann lächelte wieder. Eins zu null für mich.

Mein Telefon signalisierte einen Anruf. Es war Tony. »Ach du Scheiße«, sagte ich.

»Was ist los?«

»Heute Abend sollte ich mich mit den Leuten treffen, die vielleicht meine neuen Mitbewohner sein werden.«

»Soll ich Ihnen eine Entschuldigung schreiben?«, fragte Vann.

»Danke für das Angebot. Einen Moment.« Ich öffnete den Kanal und sprach mit meiner inneren Stimme. »Hallo, Tony.«

»Tja, wir alle hatten gehofft, dass du heute Abend vorbeischaust«, sagte Tony.

»Das kann ich mir denken.«

»Aber dann haben wir gesehen, dass es bei Loudoun Pharma eine Explosion gab und man von einem terroristischen Anschlag ausgeht, und da dachte ich mir, dass Chris heute Abend vielleicht zu tun hat.«

»Danke für dein Verständnis«, sagte ich.

»Wie es scheint, hattest du einen aufregenden Tag.«

»Du hast keine Ahnung.«

»Nun gut, dann will ich ihn mit einer guten Nachricht beenden«, sagte Tony. »Die Gruppe hat deinen Fall in Abwesenheit verhandelt und dich für schuldig befunden, ein voraussichtlich gut geeigneter Mitbewohner zu sein. Du wurdest dazu verurteilt, das schönste Zimmer im Stadthaus zu bewohnen. Möge Gott deiner Seele gnädig sein.«

»Das ist großartig, Tony! Nein, wirklich. Vielen Dank!«

»Das freut mich zu hören. Und wir alle sind dir sehr

dankbar, dass du die Miete bezahlst, damit wir nicht auf der Straße landen, womit wir quitt wären. Ich schicke dir jetzt den Hauscode. Sobald du hier bist, solltest du ihn ändern, damit niemand außer dir ihn kennt. Ich habe deine erste Miete und die Kaution erhalten, also kannst du loslegen. Komm, wann du magst.«

»Wahrscheinlich morgen. Inzwischen habe ich mein Elternhaus fast erreicht. Dort werde ich heute Nacht bleiben.«

»Sehr vernünftig«, sagte Tony. »Jetzt ruh dich aus. Du klingst ziemlich fertig. Gute Nacht.«

»Gute Nacht«, antwortete ich, dann schaltete ich wieder auf meine externe Stimme. »Ich habe das Apartment.«

»Das freut mich«, sagte Vann.

»Eigentlich ist es ein Zimmer in einer Zweckwohngemeinschaft.«

»Komisch, Sie sehen gar nicht wie ein Hippie aus.«

»Ich werde daran arbeiten«, versprach ich.

»Bitte nicht«, sagte sie.

9

Am nächsten Morgen war jede Straße in D.C. ab 5.30 Uhr verstopft. Mehr als hundert Haden-Lastwagenfahrer fuhren auf den Interstate-Ring um die Stadt und ordneten ihre Trucks in geometrischen Mustern an, die die automatischen Fahrsysteme möglichst effektiv behindern sollten, während sie mit fünfundzwanzig Meilen pro Stunde vorankrochen. Pendler, die sich darüber ärgerten, dass der Verkehr auf dem Ring noch zähflüssiger war als sonst, schalteten auf manuelle Steuerung um und versuchten, den Staus auszuweichen, was alles nur noch schlimmer machte. Um sieben Uhr ging es auf dem Ring überhaupt nicht mehr voran.

Und als Zugabe blockierten die Haden-Trucker dann auch noch die Interstate 66 und die Mautstraße nach Virginia.

»Sie kommen schon an Ihrem dritten Arbeitstag zu spät«, sagte Vann zu mir, als ich ihr Büro betrat. Sie saß an ihrem Schreibtisch und zeigte auf den zweiten Schreibtisch im Büro, was vermutlich bedeutete, dass dies nun mein Arbeitsplatz war.

»Heute kommt jeder zu spät zur Arbeit«, sagte ich. »Daran sollte ich gemessen werden.«

»Wie haben Sie es überhaupt von Potomac Falls in die Innenstadt geschafft?«, fragte Vann. »Haben Sie sich den Helikopter Ihres Vaters ausgeborgt? Das wäre doch mal was.«

»Zufällig hat mein Vater wirklich einen Helikopter. Beziehungsweise seine Firma hat einen. Aber er hat keine Genehmigung, in unserem Stadtviertel zu landen. Also nein. Ich wurde am U-Bahnhof Sterling abgesetzt und bin mit der Metro gefahren.«

»Und wie war es?«

»Unangenehm«, sagte ich. »Es war rappelvoll, und ich erntete viele böse Blicke. Als wäre es meine Schuld, dass die Straßen verstopft sind. Ich hätte fast gesagt: Hört mal, Leute, wenn es meine Schuld wäre, würde ich nicht zusammen mit euch in dieser verdammten U-Bahn fahren, oder?«

»Dieser Mist wird uns eine harte Woche bereiten«, sagte Vann.

»Es wäre kein wirksamer Protest, wenn sich die Leute nicht darüber ärgern würden.«

»Ich habe nicht gesagt, dass er nicht wirksam ist«, erwiderte Vann. »Ich habe nicht einmal gesagt, dass ich nicht damit sympathisiere. Ich meinte nur, dass es eine harte Woche wird. Jetzt kommen Sie. Die Forensik hat Neuigkeiten für uns.«

»Welcher Art?«, fragte ich.

»Über unsere Leiche«, sagte Vann. »Wir wissen jetzt, wer er ist. Und wie es scheint, gibt es da noch ein paar andere interessante Dinge.«

»Zunächst einmal«, sagte Ramon Diaz, »darf ich Ihnen John Sani vorstellen, Ihren großen Unbekannten, der nun keiner mehr ist.«

Wir waren wieder in der Imaging-Suite und betrachteten ein sehr detailliertes, überlebensgroßes Bild von Sani auf dem Seziertisch. Es war sauberer und weniger stressig für die Gerichtsmediziner, wenn Agenten ihnen auf diese Weise bei der Arbeit zuschauten. Das Modell, das Diaz projizierte, konnte verändert werden, um jeden Teil des Körpers zu zeigen, den die Mediziner scannten oder öffneten. Im Augenblick sah die Leiche nicht so aus, als wären ihr außer der tödlichen Wunde am Hals weitere Schnitte zugefügt worden. Dies war der »verdeckte« Scan.

»Also haben die Navajo uns weitergeholfen«, sagte Vann.

»Ja«, bestätigte Diaz. »Anscheinend haben sie uns gestern gegen Mitternacht die Informationen über ihn geschickt.«

»Wer ist er?«, fragte ich.

»Soweit aus den verfügbaren Informationen ersichtlich wird, ist er niemand Besonderes«, sagte Diaz. »Bei der Navajo-Nation wurde er ein einziges Mal wegen Trunkenheit und Ruhestörung aktenkundig, als er neunzehn war. Er wurde zu gemeinnütziger Arbeit verdonnert, keine Vorstrafe. Außerdem haben wir noch seine Geburtsurkunde, seinen Sozialversicherungsnachweis, eine Patientenakte und seine Zeugnisse von der Highschool, die er bis zur zehnten Klasse besuchte.«

»Wie war er in der Schule?«, fragte Vann.

»Die Tatsache, dass er es nur bis zur zehnten Klasse geschafft hat, sagt bereits einiges über ihn.«

»Kein Führerschein oder sonstige Ausweise?«, fragte ich.

»Nein.«

»Was sonst noch?«, fragte Vann.

»Er war einunddreißig Jahre alt und nicht gerade bei bester Gesundheit«, sagte Diaz. »Leberschäden, Herzleiden und Anzeichen für eine beginnende Diabetes, was bei jemandem von indianischer Abstammung nicht überraschend ist. Ihm fehlen ein paar Backenzähne. Und der Schnitt im Hals passt zu einer selbst verursachten Verletzung. Er hat sich selbst getötet, und er hat es mit dem zerbrochenen Glas getan, das Sie gefunden haben.«

»Ist das alles?«, fragte ich.

Diaz lächelte. »Nein, keineswegs. Ich habe hier noch etwas für Sie, das Sie äußerst interessant finden werden.«

»Machen Sie es nicht so spannend«, sagte Vann. »Kommen Sie auf den Punkt.«

»Die Gerichtsmediziner haben seinen Schädel geröntgt, bevor sie sein Gehirn herausnahmen.« Diaz rief den dreidimensionalen Scan von Sanis Kopf auf. »Sagen Sie mir, was Sie sehen.«

»Heiliger Strohsack!«, sagte ich im nächsten Moment.

»Hm«, machte Vann eine Sekunde später.

Das Bild zeigte ein Netzwerk aus dünnen Drähten und Spulen, die sich durch das Gehirn und drum herum wanden. Sie liefen an fünf Knotenpunkten zusammen, die radial um die Innenfläche des Schädels verteilt und untereinander durch ein dichtes Geflecht miteinander verbunden waren.

Es war ein künstliches neuronales Netzwerk, das Informationen ans Gehirn weitergeben und empfangen konnte, und alles war sehr detailliert dargestellt.

Zwei Personengruppen verfügten über solche Strukturen. Ich gehörte zu der einen Gruppe, Vann zu der anderen.

»Der Kerl ist ein Integrator«, sagte ich.

»Wie sieht seine Hirnstruktur aus?«, wollte Vann von Diaz wissen.

»Im Bericht heißt es, sie entspricht jemandem, der an Haden erkrankt ist«, sagte Diaz. »Und das passt zu seinen Patientenakten. Demnach hatte er als Kind eine Meningitis, was die Haden-Variante gewesen sein könnte. Er hat die Hirnstruktur, die ein Integrator braucht.«

»Shane«, sagte Vann, während sie weiter auf den Scan blickte.

»Ja?«

»Was halten Sie davon?«, fragte Vann.

Ich dachte etwa eine Minute lang darüber nach. »Dieser Kerl hat die Highschool nicht geschafft«, sagte ich dann.

»Und?«, hakte Vann nach.

»Und eine Ausbildung als Integrator baut auf einem Studium auf. Man macht sie erst, wenn man einen passenden Abschluss hat, zum Beispiel in Psychologie. Was haben Sie studiert?«

»Biologie«, sagte Vann. »An der American University.«

»Genau«, sagte ich. »Außerdem gibt es jede Menge psychologischer Eignungstests, die man bestehen muss, bevor man zum Programm zugelassen wird. Das ist einer der Gründe, warum es so wenige Integratoren gibt.«

»Ja.«

»Und die Ausbildung ist recht kostspielig.«

»Nicht für die Studenten«, sagte Vann. »Die Gesundheitsbehörde übernimmt die Kosten.«

»Dort muss man ziemlich sauer gewesen sein, als Sie aufgehört haben.«

»Sie sind mit mir auf ihre Kosten gekommen«, sagte Vann. »Zurück zum Thema.«

»Gut. Es geht darum, dass wir hier einen Kerl haben, der die Highschool nicht beendet hat und von dem wir außerhalb der Navajo-Nation keine Daten haben, was bedeutet, dass er nie eine Ausbildung als Integrator gemacht hat.« Ich zeigte auf die Röntgenaufnahme. »Wie kann es also sein, dass dieser Kerl dieses ganze Zeug im Kopf hat?«

»Das ist eine gute Frage«, sagte Vann. »Und es ist nicht die einzige Frage. Was ist an diesem Bild sonst noch falsch?«

»Was ist an diesen Bild *nicht* falsch?«, fragte ich zurück.

»Ich meinte, konkret.«

»Warum sollte sich ein Integrator mit einem anderen Integrator integrieren?«

»Noch konkreter.«

»Ich weiß nicht, wie man es noch konkreter formulieren könnte.«

»Warum sollte sich ein Integrator mit einem anderen Integrator integrieren und ein Headset mitbringen?«

Ich starrte sie verständnislos an. Dann wurde es mir schlagartig klar. »Ach du Scheiße, das *Headset.*«

»Genau«, sagte Vann.

»Apropos«, sagte Diaz zu mir. »Ich habe dieses Headset untersucht, um zu sehen, ob irgendwelche nützlichen Informationen in den Prozessoren stecken.«

»Und?«, fragte ich.

»Nichts«, sagte Diaz. »Es gab überhaupt keine Prozessoren in diesem Headset.«

»Ohne Chips würde das Ding gar nicht funktionieren. Es ist nur eine Attrappe«, sagte ich.

»Das war auch mein Gedanke, ja«, sagte Diaz.

Ich drehte mich zu Vann um. »Mal im Ernst, was zum Teufel geht hier eigentlich vor sich?«

»Wie meinen Sie das?«, fragte Vann.

»Ich meine, was zum Teufel geht hier eigentlich vor sich? Da sind zwei Integratoren, von denen einer gar kein Integrator sein sollte, und eine Headset-Attrappe. Das ergibt einfach keinen Sinn.«

Vann sah Diaz an. »Sind Fingerabdrücke auf dem Headset?«

»Ja«, sagte er. »Sie passen zu Sani und nicht zu Bell.«

»Also hat Sani das Headset zur Party mitgebracht und nicht Bell.« Vann wandte sich wieder mir zu. »Was schließen Sie daraus?«

»Vielleicht wusste Bell nicht, dass Sani ein Integrator war. Und Sani wollte vielleicht nicht, dass er weiß, dass er einer ist.«

»Richtig.«

»Gut, aber das erklärt immer noch nicht, warum. Was könnte Sani damit bezweckt haben, Bell davon zu überzeugen, dass er lediglich ein Tourist ist? Ohne das Headset kann er nicht einmal das sein. Es sei denn, zwischen zwei Integratoren entwickeln sich irgendwelche Fähigkeiten, von denen ich nichts weiß.«

»Nein«, sagte Vann. »Es kommt zu einer Art neuronaler Feedback-Schleife, wenn man versucht, einen Integrator in den Kopf eines anderen einzuschleusen. Dabei kann das Gehirn durchbrennen.«

»Wie in *Scanners*?«

»Was ist das?«

»Ein alter Film – über Telepathen. Sie konnten die Köpfe anderer Leute explodieren lassen.«

Vann lächelte. »So dramatisch läuft es nicht ab. Nur innerlich. Aber es ist angeblich keine angenehme Erfahrung. Auf jeden Fall wird so etwas automatisch vom Netzwerk blockiert.«

»Also kann es das nicht gewesen sein«, sagte ich. »Und dazu kommt noch die Selbstmordgeschichte.«

Vann schwieg wieder.

»Wie spät ist es in Arizona?«, fragte sie unvermittelt.

»Zwei Stunden früher als hier, also etwa halb neun«, antwortete ich. »Vielleicht. In Arizona ist das etwas seltsam geregelt.«

»Noch heute müssen Sie dort mit ein paar Leuten reden. Persönlich«, sagte Vann.

»Ich?«

»Ja, Sie«, sagte Vann. »Sie können problemlos in zehn Sekunden dort sein.«

»Da wäre nur das kleine Problem, dass ich keinen Körper hätte.«

»Sie sind nicht der einzige Haden unter den FBI-Mitarbeitern«, sagte Vann. »In allen größeren Niederlassungen haben wir Ersatz-Threeps auf Lager. In Phoenix wird es einen für Sie geben. Es dürfte nicht das beste Modell sein …« Sie zeigte auf meinen Threep. »… aber Sie können damit arbeiten.«

»Werden die Navajo mit uns kooperieren?«, fragte ich.

»Wenn wir Ihnen sagen, dass wir den Tod eines Stammesangehörigen aufzuklären versuchen, dürften sie uns entgegenkommen. Ich habe einen guten Bekannten in der

Phoenix-Niederlassung. Ich werde mal sehen, ob er die Sache vereinfachen kann. Sehen wir zu, dass wir Sie um zehn Uhr Arizona-Zeit rüberschicken können.«

»Kann ich nicht einfach anrufen?«, fragte ich.

»Sie müssen einer Familie erklären, dass ihr Sohn oder Vater verstorben ist, und dann einen Haufen persönlicher Fragen stellen. Also nein, Sie können nicht einfach anrufen.«

»Es wäre meine erste Reise nach Arizona«, sagte ich.

»Ich hoffe, Sie mögen es heiß«, sagte Vann.

Um 10.05 Uhr fand ich mich in der FBI-Dienststelle von Phoenix wieder und sah einen kahlköpfigen Mann vor mir.

»Agent Beresford?«, fragte ich.

»Verdammt, das ist ganz schön unheimlich«, sagte der Mann. »Dieser Threep stand drei Jahre lang in der Ecke herum, ohne sich zu rühren, und plötzlich erhebt er sich. Als würde eine Statue zum Leben erweckt werden.«

»Überraschung«, sagte ich.

»Ich meine, wir haben ihn die ganze Zeit als Hutständer benutzt.«

»Tut mir leid, dass Sie auf einen Teil Ihres Büromobiliars verzichten müssen.«

»Es ist ja nur für einen Tag. Sie sind Shane?«

»Richtig.«

»Tom Beresford.« Er hielt mir die Hand hin, und ich schüttelte sie. »Ich muss Ihnen ganz ehrlich sagen, dass ich Ihrem Vater nie verziehen habe, dass er die Suns fertiggemacht hat.«

»Ach, das«, sagte ich. Er spielte auf Dads zweiten NBA-Titel an. »Falls es Ihnen etwas bedeutet: Er hat immer gesagt, dass dieser Sieg knapper war, als es den Anschein hatte.«

»Es ist nett von ihm, dass er auf diese Weise lügt«, sagte Beresford. »Kommen Sie jetzt. Ich werde Sie zu Klah bringen.«

Ich setzte mich in Bewegung und hielt inne. »Mann«, sagte ich und ließ das Bein des Threeps zucken.

»Stimmt etwas nicht?« Beresford blieb stehen und wartete auf mich.

»Es war kein Witz, als Sie sagten, dieses Ding hätte sich nicht gerührt. Ich glaube, da ist irgendwas eingerostet.«

»Ich kann Ihnen eine Dose Kontaktspray holen, wenn Sie möchten.«

»Nett von Ihnen«, sagte ich. »Geben Sie mir einfach einen Moment.« Ich startete das Diagnoseprogramm des Threeps, um zu sehen, was los war. »Toll, ein Metro Courier.«

»Ist das ein Problem?«, fragte Beresford.

»Der Metro Courier ist der Ford Pinto unter den Threeps.«

»Wir könnten versuchen, einen anderen Threep für Sie zu mieten«, sagte Beresford. »Ich glaube, Enterprise hat einige am Flughafen. Aber es würde ewig dauern, und Sie würden den ganzen Tag damit verbringen, Bestellformulare auszufüllen.«

»Es wird schon gehen«, sagte ich. Laut Selbstdiagnose war mit dem Threep alles in Ordnung, was vielleicht bedeutete, dass mit dem Diagnoseprogramm etwas nicht stimmte. »Vielleicht gibt es sich mit der Zeit.«

»Dann kommen Sie jetzt.« Beresford lief weiter. Humpelnd folgte ich ihm.

»Agent Chris Shane, Officer Klah Redhouse«, sagte Beresford, als wir die Lobby erreicht hatten, wo er mich einem jungen Mann in Uniform vorstellte. »Klah war mit meinem Sohn in Nord-Arizona. Zufällig war er wegen Stammesangelegenheiten in Phoenix, also haben Sie Glück gehabt. Andernfalls wäre es ein 285-Meilen-Fußmarsch bis nach Window Rock.«

»Officer Redhouse«, sagte ich und streckte ihm die Hand hin.

Er schüttelte sie und lächelte. »Man trifft nicht allzu viele Hadens«, sagte er. »Und ich habe noch nie einen getroffen, der FBI-Agent ist.«

»Für alles gibt es ein erstes Mal.«

»Sie humpeln.«

»Ein Unfall in meiner Kindheit«, sagte ich. Dann fügte ich hinzu: »Das war ein Witz.«

»Hab ich schon verstanden«, sagte er. »Kommen Sie. Mein Wagen steht genau vor der Tür.«

»Sofort«, sagte ich und wandte mich an Beresford. »Es besteht die Möglichkeit, dass ich diesen Threep eine Weile brauchen werde.«

»Bisher hat er nur Staub angesetzt«, sagte Beresford.

»Also wäre es kein Problem, wenn ich damit eine Zeit lang in Window Rock herumlaufe?«

»Das bleibt den Leuten da oben überlassen«, antwortete Beresford. »Offiziell halten wir es so, dass wir ihre Souveränität anerkennen. Wenn man also möchte, dass Sie verschwinden, nachdem Ihre Arbeit getan ist, gehen Sie zu unserer Dienststelle in Flagstaff. Ich werde dort Bescheid sagen, dass man mit Ihnen rechnen soll. Oder nehmen Sie sich ein Hotelzimmer. Vielleicht wird Ihnen jemand einen Besenschrank mit Steckdose vermieten.«

»Ist das ein Problem?«, fragte ich. »Ich kenne mich nicht besonders gut mit den Beziehungen zwischen dem FBI und den Navajo aus.«

»Im Moment haben wir keine Probleme miteinander«, sagte Beresford. »In letzter Zeit haben wir wunderbar zusammengearbeitet, und man lässt Sie von Klah abholen, was heißt, dass sie kein Problem mit Ihnen haben. Doch ansonsten – wer weiß? Die US-Regierung hat den Navajo und vielen anderen indianischen Nationen vor einigen Jahrzehnten viel mehr Autonomie gegeben, als man das Bureau of Indian Affairs und den Indian Health Service verkleinerte. Aber das gibt uns auch einen guten Vorwand, sie und ihre Probleme einfach zu ignorieren.«

»Aha«, sagte ich.

»Verdammt, Shane, Sie könnten sich dort gut solidarisieren. Die US-Regierung hat gerade die Zuwendungen für Hadens gekürzt, nicht wahr? Man könnte sagen, dass Sie einiges mit den Navajo gemeinsam haben.«

»Ich bin mir nicht ganz sicher, ob ich auf diesen Umstand hinweisen sollte.«

»Wahrscheinlich wäre es klüger, es nicht zu tun«, sagte Beresford. »Die Navajo haben einen Vorsprung von zweihundert Jahren in der Kategorie ›von der Regierung im Stich gelassen werden‹. Es könnte ihnen nicht gefallen, wenn Sie auf diesen Zug aufspringen. Aber jetzt verstehen Sie vielleicht, warum einige etwas empfindlich reagieren könnten, wenn Sie auftauchen und Fragen stellen. Also seien Sie höflich und respektvoll und gehen Sie, wenn man Ihnen sagt, dass Sie gehen sollen.«

»Alles klar.«

»Gut«, sagte Beresford. »Jetzt gehen Sie. Klah ist in Ordnung. Lassen Sie ihn nicht warten.«

10

Die Fahrt nach Window Rock dauerte viereinhalb Stunden, die Redhouse und ich mit unverfänglicher Konversation und längeren Schweigepausen verbrachten. Redhouse schienen meine Geschichten zu gefallen, wie ich mit meinem Vater die Welt bereiste, und merkte an, dass er auf seinen Reisen nicht so weit herumgekommen war.

»Ich war in den vier Staaten, über die sich die Navajo-Nation erstreckt«, sagte er. »Und die längste Zeit war ich fort, als ich in Flagstaff am College war. Ansonsten war ich nirgendwo außer hier.«

»Wollten Sie jemals gern anderswohin reisen?«, fragte ich.

»Klar. Wenn man jung ist, will man auf jeden Fall woanders sein.«

»Das scheint ziemlich universell zu sein.«

»Ich weiß«, sagte Redhouse und lächelte. »Aber jetzt ist es mir nicht mehr so wichtig. Seit ich älter bin, komme ich viel besser mit meiner Familie zurecht. Ich habe eine Verlobte. Ich habe einen Job.«

»Wollten Sie schon immer Polizist werden?«

»Nein.« Wieder lächelte er. »Am College habe ich Informatik studiert.«

»Dann haben Sie eine große Kursänderung hinter sich.«

»Kurz bevor ich zum College ging, beschloss der Rat, in einen großen Serverpark außerhalb von Window Rock zu investieren. Er sollte für die Navajo und die anderen Nationen da sein, aber auch von den umliegenden Bundesstaaten und sogar von der Bundesregierung benutzt werden, um Daten zu verarbeiten und zu speichern. Solarbetrieben und emissionsfrei. Dort sollten Hunderte von Navajo arbeiten, was Window Rock viele Millionen Dollar einbringen würde. Also studierte ich Informatik am College, damit ich später einen Job bekomme. Die Nachrichtenseite von Flagstaff brachte sogar einen Bericht über mich und einige meiner Mitschüler in Nord-Arizona. Sie nannten uns die ›Silicon Navajo‹, was mir nicht besonders gefiel.«

»Und was ist dann passiert?«

»Wir bauten die Anlage, und dann kamen keine der versprochenen staatlichen oder bundesstaatlichen Verträge. Man erzählte uns etwas von Budgetkürzungen und Umstrukturierungen und Planänderungen und neuen Gouverneuren und Präsidenten. Jetzt haben wir diesen hochmodernen Serverpark, und er ist nur zu drei Prozent ausgelastet. Es wurden nicht so viele Leute eingestellt, um diese drei Prozent betreiben zu können. Also ging ich an die Polizeiakademie und wurde Polizist.«

»Tut mir leid, dass die Versprechen nicht eingehalten wurden.«

»So schlimm ist es gar nicht«, sagte Redhouse. »In meiner Familie gab es bereits mehrere Polizisten, also könnte man sagen, dass es eine gewisse Tradition hat. Und ich tue etwas Gutes, was mich beruhigt. Aber wenn ich gewusst hätte, dass mein Abschluss wertlos sein würde, hätte ich nicht so viele Kurse um acht Uhr früh belegt. Wollten Sie schon immer FBI-Agent werden?«

»Ich wollte einer von diesen CSI-Agenten werden«, sagte ich. »Aber dann hatte ich das Problem, dass ich meinen Abschluss in Englisch gemacht hatte.«

»Uff«, sagte Redhouse. »Wir werden den Serverpark sehen, wenn wir in die Stadt fahren. Dann können Sie sich einen Eindruck verschaffen, wie vergeudetes Potenzial aussieht.«

Eine Stunde später rollten wir am südlichen Stadtrand von Window Rock an einem großen, schmucklosen Gebäude vorbei, das auf drei Seiten von Sonnenkollektoren umgeben war.

»Ich vermute, das ist es«, sagte ich.

»Das ist es«, bestätigte Redhouse. »Das einzig Gute daran ist, dass wir mehr Sonnenenergie gewinnen, als wir brauchen, und den Überschuss an Arizona und New Mexico verkaufen können.«

»Also machen Sie doch etwas Profit.«

»Ich würde es nicht als Profit bezeichnen. Es bedeutet nur, dass die Computeranlage uns etwas langsamer ausblutet. Meine Mutter arbeitet für den Rat. Sie sagt, dass sie dem Projekt höchstens noch ein paar Jahre geben.«

»Was wird man mit der Anlage machen?«, fragte ich.

»Das ist die Frage, nicht wahr, Agent Shane?« Redhouse setzte sich auf, drückte einen Knopf in der Konsole und übernahm die manuelle Steuerung des Streifenwagens. »Jetzt wollen wir Sie in der Polizeiwache einchecken, und dann können wir Sie zu Johnny Sanis Familie bringen. Mein Captain möchte wahrscheinlich, dass Sie von einem Officer begleitet werden. Wäre das ein Problem für Sie?«

»Ich glaube nicht.«

»Okay, gut«, sagte Redhouse.

»Werden Sie mich begleiten?«

Redhouse lächelte wieder. »Wahrscheinlich.«

Sanis Familie lebte in einem gepflegten Wohnmobil auf einem ansonsten nicht so schicken Wohnwagenplatz außerhalb von Sawmill. Die Familie bestand aus einer Großmutter und einer Schwester. Beide saßen auf einer Couch und sahen mich benommen an.

»Warum könnte er sich umgebracht haben?«, fragte seine Schwester Janis.

»Ich weiß es nicht«, antwortete ich. »Eigentlich hatte ich gehofft, dass Sie es mir sagen können.«

»Wie hat er es gemacht?«, fragte May, die Großmutter.

»*Shimasani*, das willst du nicht wissen«, sagte Janis.

»Doch, ich will es wissen«, bekräftigte May.

Ich blickte zu Redhouse, der neben dem Stuhl stand, auf dem ich saß, in der Hand ein Glas Tee, das man ihm gereicht hatte. Auch ich hatte eins bekommen. Mein Glas stand auf dem Tisch vor mir, zwischen mir und Sanis Verwandten.

Redhouse nickte mir zu.

»Er hat sich die Kehle aufgeschnitten«, sagte ich.

May starrte mich bestürzt an, sagte aber nichts mehr. Janis hielt ihre Großmutter und sah mich ausdruckslos an. Ich wartete ein paar Minuten, dann sprach ich weiter.

»Unsere Daten besagen …«, begann ich und hielt inne. »Das heißt, eigentlich haben wir gar keine Daten über John.«

»Johnny«, sagte Janis.

»Entschuldigung«, sagte ich. »Johnny. Alle Daten, die wir bislang haben, sind von hier. Aus der Navajo-Nation. Also wäre unsere erste Frage, warum das so ist.«

»Bis letztes Jahr ist Johnny nie von hier weggegangen«, sagte Janis.

»Ich verstehe. Und warum?«

»Johnny war langsam«, sagte Janis. »Wir ließen ihn von einem Arzt testen, als er dreizehn war. Er sagte, sein IQ liegt bei neunundsiebzig oder achtzig. Johnny konnte sehr vieles verstehen, wenn er sich bemühte, aber er brauchte viel Zeit. Wir ließen ihn so lange wie möglich zur Schule gehen, damit er andere Kinder kennenlernte und Freundschaften schloss, aber er konnte nicht mehr mithalten. Er ging nicht mehr hin, und wir ermutigten ihn nicht mehr dazu.«

»Er war nicht immer so«, sagte May. »Er war ein kluges Baby. Ein schlauer kleiner Junge. Mit fünf Jahren wurde er krank. Danach war er nicht mehr derselbe.«

»Hatte er Haden?«, fragte ich.

»Nein!«, sagte May. »Er war kein Krüppel.« Sie stutzte und dachte über das nach, was sie gesagt hatte. »Entschuldigung.«

Ich hob eine Hand. »Überhaupt kein Problem. Manchmal erkranken Leute an Haden und bekommen kein Lock-in. Aber das Syndrom kann trotzdem Schaden anrichten. Sie sagten, dass er krank wurde. Hatte er Fieber? Und dann eine Meningitis?«

»Sein Gehirn ist angeschwollen«, sagte May.

»Das ist Meningitis«, sagte ich. »Bei der Obduktion haben wir sein Gehirn gescannt und gesehen, dass es wie bei einem Haden verändert war. Aber wir fanden noch etwas anderes.

Wir stellten fest, dass er außerdem etwas im Kopf hatte, das wir als neuronales Netzwerk bezeichnen.«

Janis blickte zu Redhouse auf. »Es ist wie eine Maschine in seinem Kopf, Janis«, sagte der Polizist. »Damit konnte er Daten senden und empfangen.«

»Auch ich habe zu Hause so etwas in meinem Kopf.« Ich tippte gegen meinen Schädel. »Damit kann ich diese Maschine hier steuern, sodass ich hier sitzen und mit Ihnen reden kann.«

Janis und May reagierten verwirrt. »Johnny hatte nichts in seinem Kopf«, sagte May schließlich.

»Verzeihen Sie, dass ich frage, aber sind Sie sich ganz sicher? Es kann kein Versehen sein, wenn jemandem ein neuronales Netzwerk eingepflanzt wird. Es dient dazu, Gehirnwellen zu senden oder zu empfangen.«

»Er hat sein gesamtes Leben bei mir verbracht«, sagte May. »Er lebte hier mit seiner Mutter und Janis, und nachdem seine Mutter starb, habe ich mich um ihn gekümmert. So etwas kann unmöglich hier mit ihm passiert sein.«

»Also wurde es ihm eingesetzt, nachdem er von hier fortging«, sagte Redhouse.

»Warum hat Johnny beschlossen, von hier wegzugehen, wenn er sein ganzes Leben hier verbracht hat?«, fragte ich.

»Er bekam einen Job«, sagte Janis.

»Was für einen Job?«

»Er sagte, er würde als Chefassistent arbeiten«, antwortete Janis.

»Für wen?«

»Das weiß ich nicht«, sagte Janis.

»Johnny hatte einen Freund, der ihn oft zu diesem Computergebäude in Window Rock mitgenommen hat«, sagte May. »Er hatte gehört, dass dort eine Stelle als Hausmeister frei geworden war, was genau der richtige Job für ihn war. Er wollte mich finanziell unterstützen. Er ging hin und bewarb sich um den Job, und am nächsten Tag baten sie ihn, noch einmal zu kommen. Und als er abends zurückkam, gab er mir tausend Dollar und sagte mir, es wäre die Hälfte seines ersten Gehalts.«

»Als Hausmeister«, sagte Redhouse.

»Nein, für den anderen Job«, sagte May. »Er erzählte, dass sie ihn gefragt hätten, ob er einen anderen Job machen würde, der viel besser bezahlt wird und bei dem er viel reisen kann. Dazu müsste er nur seinem Chef bei ein paar Sachen helfen. Er sagte, er wäre so etwas wie ein Butler.«

»Also ging er«, sagte ich. »Was passierte dann?«

»Jede Woche bekam ich eine Geldanweisung von Johnny, und manchmal rief er an«, berichtete May. »Er sagte mir, dass ich mir eine bessere Unterkunft suchen und ein paar neue Sachen kaufen soll. Also bin ich hierhergezogen. Vor ein paar Monaten hörte er dann auf, mich anzurufen, aber es kam immer noch Geld. Also machte ich mir keine allzu großen Sorgen.«

»Wann kam die letzte Anweisung?«

»Vor zwei Tagen«, sagte Janis. »Ich habe für meine Großmutter die Post abgeholt.«

»Dürfte ich sie mir mal ansehen?«, fragte ich.

Beide musterten mich skeptisch.

»Agent Shane wird es nicht als Beweis verwenden«, sagte Redhouse. »Aber vielleicht gibt uns der Beleg einen wichtigen Hinweis.«

Janis stand auf, um die Geldanweisung zu holen.

»Und Johnny hat nie erwähnt, für wen er arbeitet?«, fragte ich May.

»Er sagte, dass sein Chef großen Wert auf Vertraulichkeit legt. Ich wollte nicht, dass Johnny seinen Job verliert, also habe ich nie mehr danach gefragt.«

»Mochte er seinen Job?«, fragte ich. Inzwischen war Janis mit der Geldanweisung zurückgekommen. Ich scannte schnell die Vorderseite des Blatts, drehte es um, machte das Gleiche mit der Rückseite und gab es ihr dann zurück. »Vielen Dank.«

»Anscheinend ja«, antwortete May. »Er hat nie irgendetwas Schlechtes erzählt.«

»Er war ganz aufgeregt wegen der Reisen«, sagte Janis und setzte sich wieder auf die Couch. »Als er die ersten Male anrief, erwähnte er, dass er in Kalifornien und in Washington war.«

»Im Staat oder im District?«, fragte Redhouse.

»Im District«, sagte Janis. »Glaube ich.«

»Aber dann sagte er, dass sein Chef nicht wollte, dass er erzählt, wo er war, also tat er es nicht mehr.«

»Als er das letzte Mal anrief, hat er irgendetwas Ungewöhnliches gesagt?«, fragte ich.

»Nun ja«, antwortete May. »Er sagte, dass es ihm nicht gut ging … nein. Er sagte, er würde sich wegen irgendetwas Sorgen machen.«

»Weswegen?«

»Ich glaube, es war ein Test«, sagte May vorsichtig. »Etwas, das er tun sollte, und deswegen war er nervös. Ich weiß es nicht mehr genau.«

»Gut«, sagte ich.

»Wann bekommen wir ihn zurück?«, fragte Janis. »Ich meine, wann wird er nach Hause geschickt?«

»Ich weiß es nicht. Aber ich kann nachfragen.«

»Er muss hier begraben werden«, sagte May.

»Ich werde sehen, was ich machen kann«, sagte ich. »Das ist ein Versprechen.«

May und Janis sahen mich ausdruckslos an.

»Sie haben es gut verkraftet«, sagte ich, nachdem Redhouse und ich das Wohnmobil verlassen hatten und zum Auto gingen.

»Einige von uns versuchen, nicht zu viel Emotion zu zeigen, wenn es um den Tod geht«, sagte Redhouse. »Sie glauben, wenn man sich zu sehr damit beschäftigt, hält man den Geist davon ab, in die nächste Welt weiterzuziehen.«

»Glauben Sie daran?«

»Es spielt keine Rolle, ob ich daran glaube oder nicht.«

»Wohl wahr.«

»War etwas Interessantes auf der Geldanweisung zu sehen?«

»Eine Seriennummer und Transaktionsdaten. Wollen Sie sie haben?«

»Sehr gern«, sagte Redhouse. »Aber ich weiß nicht, ob das FBI begeistert ist, wenn Sie Informationen weitergeben.«

»Ich glaube, meine Partnerin würde mir sagen, dass es nur höflich ist, mit der örtlichen Polizei Informationen auszutauschen, es sei denn, man mag den betreffenden Polizisten nicht.«

»Sie scheinen eine interessante Partnerin zu haben.«

»O ja«, sagte ich und stieg in den Wagen. »Lassen Sie uns jetzt zum Serverpark fahren.«

»Johnny Sani«, sagte Loren Begay. Er war der Leiter der Personalabteilung des Computerzentrums von Window Rock und von mehreren anderen Abteilungen, darunter auch Vertrieb und Haustechnik. Der Serverpark wurde mit einem Minimum an Personal betrieben, wie Redhouse berichtet hatte. »Ich ging mit ihm zur Schule. Eine Zeit lang.«

»Ich interessiere mich eher für die jüngere Vergangenheit«, sagte ich. »Von seiner Familie habe ich erfahren, dass er sich hier letztes Jahr um einen Job beworben hatte. Ist das richtig?«

»Ja«, sagte Begay. »Ich musste einen Hausmeister feuern, weil er während der Arbeitszeit geschlafen hat. Ich brauchte jemanden, der die Nachtschicht übernehmen kann. Er hat sich beworben. Genauso wie sechzig weitere Leute. Ich habe mich für die Schwester eines anderen Hausmeisters entschieden.«

»Johnny Sanis Familie sagt, Sie hatten ihn wegen eines weiteren Gesprächs zurückgerufen, worauf man ihm einen anderen Job anbot«, sagte Redhouse.

»Ich habe ihn nie zurückgerufen«, sagte Begay.

»Nein?«

»Warum hätte ich ihn zurückrufen sollen?«, fragte Begay verdutzt. »Der Kerl ist unglaublich langsam. Er war kaum in der Lage, das Bewerbungsformular auszufüllen.«

»Man braucht keine höhere Bildung, um einen Besen zu schwingen«, sagte Redhouse.

»Richtig, aber ich brauche jemanden mit genug Verstand,

um nicht auf irgendwelche Knöpfe zu drücken, auf die er nicht drücken sollte. Der Laden ist zwar nicht ausgelastet, aber wir haben trotzdem ein paar Kunden.«

»Wer sind Ihre Kunden, Mr. Begay?«, fragte ich.

Begay sah Redhouse an.

»Das geht in Ordnung«, sagte Redhouse.

Begay schien nicht ganz überzeugt zu sein, aber er antwortete trotzdem. »Hier sind alle Regierungsbehörden der Nation vertreten sowie ein paar andere von Nationen im ganzen Land. Dann haben wir noch ein paar private Kunden, hauptsächlich Firmen aus dieser Gegend oder solche, die hier geschäftlich aktiv sind. Die größte von ihnen wäre Medichord.«

»Was ist Medichord?«, fragte ich.

»Ein medizinischer Dienstleister«, sagte Begay. »Sie betreiben die medizinischen Einrichtungen der Nation. Schon seit sechs oder sieben Jahren.«

»Ich erinnere mich daran, als der Vertrag mit ihnen ausgehandelt wurde«, sagte Redhouse. »Sie versprachen, als Gegenleistung für einen exklusiven Vertrag medizinisches Personal der Navajo auszubilden und zu fördern.«

»Und? Haben sie es getan?«, fragte ich.

Redhouse zuckte nur mit den Schultern.

»Es sind behördliche und vertrauliche medizinische Informationen. Deshalb speichert Medichord alle Navajo-Daten hier, statt sie mit dem Rest ihres Netzwerks zu verlinken«, erklärte Begay.

»Niemand sonst nutzt diese Einrichtung zur Jobsuche?«, fragte ich.

»Ich wünschte, die Leute würden es tun. Wir haben genug Büroräume, und wir könnten mehr Geschäftskunden gebrauchen. Aber nein.«

»Schicken die privaten Firmen Vertreter oder IT-Leute hierher?«

»Wenn die Firmen, die wir als Kunden haben, eigene IT-Abteilungen hätten, wären sie wahrscheinlich gar nicht auf uns angewiesen. Aber sie müssen gar nicht hierherkommen. Sie können mit Standard-Software auf ihre Server und ihre Daten zugreifen. Unsere Aufgabe besteht in erster Linie darin, die Daten zu hosten und Back-ups zu speichern, falls ihre eigenen IT-Leute etwas vermasseln. Was immer wieder passiert.«

»Könnte sich jemand in ihre Server hacken?«, fragte ich.

»Eigentlich sollte ich mit ›nein‹ antworten, aber Sie sind ein Haden, also vermute ich, dass Sie ein bisschen mehr Ahnung von der Sache haben«, erwiderte Begay. »Deshalb sage ich Ihnen, dass sich alles, was mit der Außenwelt verbunden ist, hacken lässt. Allerdings liegen alle Daten der Nation auf Servern, die nur über Computer der Nation zugänglich sind, die entweder eine GPS-Kennzeichnung oder eine zweifache Autorisierung benötigen oder beides.«

»Und das gilt auch für dieses Medichord-Unternehmen«, sagte ich.

»Ja«, bestätigte Begay. »Warum fragen Sie nach Johnny Sani?«

»Er ist gestorben.«

»Das ist schade«, sagte Begay. »Er war ein netter Kerl.«

»Ich dachte, Sie hätten gesagt, er wäre langsam.«

»Er war langsam«, bestätigte Begay. »Aber das heißt nicht, dass er nicht nett war.«

»Die Sache wird immer verrückter, je mehr wir herausfinden, nicht wahr?«, sagte Vann zu mir. Es war abends um halb acht in D. C., und wenn ich nach den Hintergrundgeräuschen ging, war sie vermutlich wieder in einer Bar, um mit ihrem gestrigen Versuch weiterzumachen, sich abschleppen zu lassen. Ich saß in der Polizeiwache von Window Rock an einem freien Schreibtisch und sprach mit meiner inneren Stimme.

»An diesem Punkt gibt es zwei Möglichkeiten«, sagte ich. »Wir müssen entweder glauben, dass ein Typ, der nicht für einen Job als Besenschwinger geeignet war, gleichzeitig ein inselbegabter Integrator war, der Nicholas Bell irgendwie in das Hotelzimmer gelockt hat, unter dem Vorwand, er wäre ein Tourist auf der Suche nach einem Abenteuer. Oder wir müssen glauben, dass jemand diesen armen Kerl von zu Hause weggelockt hat, um ihm ein neuronales Netzwerk zu implantieren und ihn dann zu überreden, bei einem Plan mitzumachen, wie auch immer er ausgesehen haben mag und bei dem es irgendwie um Bell ging.«

»Und um schließlich Selbstmord zu begehen«, sagte Vann. »Vergessen Sie das nicht.«

»Wie könnte ich das vergessen? Ich habe heute mit seiner Familie gesprochen.«

»Es gibt auch einen kleinen Lichtblick«, sagte Vann. »Ich habe einen Richter gefunden, der uns den Zugriff auf Bells und Kearneys Daten genehmigt hat.«

»Und?«

»In den Sachen von Bell gibt es nichts, was wir nicht schon wissen. Bell hat soeben einen Langzeitvertrag mit Lucas Hubbard unterschrieben. *Heute*, um genau zu sein. Außerdem ist er die erste Wahl für mehrere gut situierte Hadens, wenn er nicht gerade von Hubbard beansprucht wird. Und er übernimmt Einzelaufträge für die Gesundheitsbehörde, wie es auch jeder andere Integrator tut. Zumindest bis nächsten Montag, wenn Abrams-Kettering dem einen Riegel vorschiebt.«

»Was ist mit Kearney?«

»Auch er hat einen Langzeitvertrag«, sagte Vann. »Und zwar zufällig mit Samuel Schwartz, dem Justiziar von Accelerant.«

»Das erklärt den gestrigen Abend.«

»Ich kann Ihnen nicht mehr folgen.«

»Auch Hubbard und Schwartz waren gestern zu Gast bei der kleinen Soiree meines Vaters. Hubbard benutzte Bell, aber Schwartz hatte sich in eine Frau integriert. Er sagte, sein üblicher Integrator war nicht verfügbar.«

»Ja, er war damit beschäftigt, Loudoun Pharma in die Luft zu jagen«, sagte Vann. »Wer war die Integratorin?«

»Keine Ahnung. Sie wissen, dass es unhöflich ist, danach zu fragen.«

»Gehen Sie die in D.C. registrierten Integratoren durch. Dann werden Sie sie finden.«

»Also Bell mit Hubbard und Kearney mit Schwartz«, sagte ich.

»Worauf wollen Sie hinaus?«

»Das kann doch kein Zufall sein«, sagte ich.

»Dass zwei Integratoren, die am gleichen Tag in kriminelle Machenschaften verwickelt sind, für die zwei maßgeblichen Entscheidungsträger eines Unternehmens arbeiten?«

»Ja.«

»Meine ehrliche Meinung?«, fragte Vann. »Ja. Andererseits gibt es etwa zehntausend Integratoren, die auf der Welt arbeiten und vielleicht zweitausend in den USA. Also sind es gar nicht so viele, zwischen denen man wählen könnte. Im District of Columbia gibt es vielleicht zwanzig. Dagegen stehen etwa einhunderttausend Hadens, weil sie sich gern in städtischen Bereichen konzentrieren, wo sie besser versorgt werden können. Auf einen Integrator kommen also fünftausend Hadens. Da wird es eine Menge Überschneidungen geben.«

»Vielleicht«, sagte ich.

»Eindeutig«, sagte Vann. »Wenn Sie Verbindungen nachweisen wollen, müssen wir noch etwas mehr auf den Tisch legen.«

»Gut, ich hätte da noch etwas, das ich Ihnen hinwerfen kann«, sagte ich. »Medichord.«

»Was ist damit?«

»Ein medizinisches Dienstleistungsunternehmen. Es hat Exklusivverträge mit der Navajo-Nation abgeschlossen.«

»Gut«, sagte Vann. »Und?«

»Medichord ist ein Teil von Four Corners Blue Cross. Und jetzt raten Sie mal, wem Four Corners Blue Cross gehört.«

»Wenn Sie jetzt ›Accelerant‹ sagen, werden Sie mich sehr unglücklich machen.«

»Dann bestellen Sie sich noch einen Drink«, schlug ich vor.

»Damit halte ich mich etwas zurück«, sagte Vann. »Ich möchte am späteren Abend noch in der Lage sein, etwas zu fühlen.«

»Viele Spuren führen zu Hubbard und Schwartz und Accelerant. Die Häufung ist zu groß, um bloßer Zufall sein zu können. Ich meine, verdammt, Schwartz ist sogar Bells Anwalt.«

»Also gut«, sagte Vann. »Aber lassen Sie es mich noch einmal wiederholen: Wenn Sie behaupten wollen, Schwartz wäre irgendwie in den Bombenanschlag auf Loudoun Pharma verwickelt, brauchen Sie mehr Beweise als nur einen Vertrag mit einem Integrator. Und Sie vergessen, dass Schwartz zum Zeitpunkt des Anschlags zu Gast bei einem der berühmtesten Männer auf diesem Planeten und einem FBI-Agenten war, der vor Gericht zugeben müsste, ihn dort gesehen zu haben. *Sie* sind sein Alibi, Shane.«

»Wohl wahr.«

»Außerdem war Baer eigentlich Kearneys Klient. In den vergangenen zwei Jahren hat er nachweislich dreimal seine Dienste in Anspruch genommen. Das deutet auf eine enge geschäftliche Beziehung hin.«

»Nicht alle meine Ideen sind Gold wert«, sagte ich.

»Hören Sie für diesen Abend mit dem Nachdenken auf«, sagte Vann. »Sie haben heute genug gearbeitet. Wann kommen Sie zurück?«

»Ich bin hier fast fertig. Meinen gemieteten Threep kann ich für ein paar Tage bei der Polizei von Window Rock parken, falls ich noch einmal zurückkommen muss. Sobald das erledigt ist, wollte ich eigentlich versuchen, mal in dem Haus vorbeizuschauen, wo ich ein Zimmer gemietet habe.«

»Verrückte Idee«, sagte Vann. »Machen Sie das. Gute Nacht, Shane.«

»Warten Sie.«

»Das Gespräch mit Ihnen wird meine geplanten abendlichen Lustbarkeiten erheblich einschränken.«

»Johnny Sani«, sagte ich.

»Was ist mit ihm?«

»Die Familie möchte seine Leiche haben.«

»Wenn wir mit ihm fertig sind, kein Problem. Das FBI wird sich mit ihnen in Verbindung setzen, damit sie jemanden schicken können, der die Leiche abholt.«

»Ich glaube nicht, dass seine Großmutter und Schwester das nötige Geld dazu haben.«

»Ich weiß nicht, was ich Ihnen sagen soll, Shane.«

»Also gut. Ich gebe den beiden Bescheid.« Ich trennte die Verbindung und schaltete wieder auf meine externe Stimme um. »Ich bin hier fast fertig«, sagte ich zu Redhouse.

»Niemand benutzt diesen Schreibtisch«, sagte er und zeigte auf meinen Platz. »Wenn sie sich einfach dort einstöpseln wollen, im Boden gibt es eine Steckdose. Der Captain sagte mir, ich soll Sie bitten, uns Bescheid zu geben, wenn Sie noch einmal vorbeischauen wollen. Aber ansonsten können Sie gern ein paar Tage lang bleiben.«

»Vielen Dank.«

»Haben Sie Ihre Leute auf Sanis Leiche angesprochen?«, fragte Redhouse.

»Ja. Wenn wir mit ihm fertig sind, gebe ich Ihnen eine Adresse in D. C., um die Überführung zu regeln.«

»Das dürfte nicht gerade billig sein.«

»Wenn klar ist, wie viel es kostet, lassen Sie es mich wissen«, sagte ich. »Dann werde ich mich darum kümmern.«

»Was soll ich sagen, wenn ich gefragt werde, wer sich darum kümmert?«, fragte Redhouse.

»Sagen wir, ein Freund, der anonym bleiben möchte.«

11

Ich war an der Ecke Pennsylvania und Sixth Avenue und entfernte mich von der Metro-Station Eastern Market, als ich sie auf dem Seward Square hörte: einen Haufen junger Leute, wahrscheinlich betrunken und mit Sicherheit saudumm, die sich gegenseitig wegen irgendetwas anbrüllten.

Diese Tatsache an sich interessierte mich gar nicht. Dumme betrunkene junge Männer gehören zum Inventar einer städtischen Umgebung, vor allem in den Abendstunden. Was meine Aufmerksamkeit erregte, war die nächste Stimme, die ich hörte. Es war die Stimme einer Frau, die nicht gerade glücklich klang. Das Zahlenverhältnis zwischen vielen jungen betrunkenen Männern und einer einzigen Frau konnte nichts Gutes bedeuten. Also lief ich die Pennsylvania weiter bis zum Seward Square.

Ich holte die Gruppe ein, wo der kleine Gehweg von der Pennsylvania und der Fifth über die Grasfläche verläuft. Es waren vier Kerle, die jemanden umzingelt hatten, vermutlich die Frau, die ich gehört hatte. Als ich näher kam, sah ich, dass die Frau ebenfalls eine Haden war.

Das änderte einiges an meiner Einschätzung des Geschehens. Außerdem bedeutete es, dass diese Kerle noch viel betrunkener oder dümmer waren, als ich anfangs angenommen hatte. Auch eine Kombination von beidem war denkbar.

Die Frau zwischen den Kerlen versuchte sich durch die Gruppe nach draußen zu drängen. Wenn es ihr gelang, schlossen die vier Männer sie erneut ein. Es war nicht ganz klar, was sie beabsichtigten, aber es war offensichtlich, dass sie nicht daran interessiert waren, sie einfach gehen zu lassen.

Die Frau veränderte wieder ihre Position, und die vier Männer taten es ebenfalls, und dabei sah ich zum ersten Mal den Aluminiumschlagstock, den einer von ihnen bei sich trug.

Das war gar nicht gut.

Also ging ich zu ihnen und machte dabei so viel Lärm, wie es einem Threep möglich war.

Einer der Männer bemerkte meine Annäherung und lenkte die Aufmerksamkeit der anderen auf mich. Im nächsten Moment blickten alle vier zu mir, während die Frau immer noch in ihrem Kreis stand. Der Kerl mit dem Schlagstock wog ihn in der Hand.

»Hallo zusammen«, sagte ich. »So spät noch beim Softball-Training?«

»Sie sollten einfach weitergehen«, sagte einer von ihnen zu mir. Mir war klar, dass es eine Drohung sein sollte, aber er war ziemlich betrunken, sodass es nur wie die betrunkene Version einer Drohung klang, was letztlich gar nicht bedrohlich wirkte.

»Ich möchte aber gern nach Ihrer Freundin sehen«, sagte ich und zeigte auf die Haden in ihrer Mitte. »Alles in Ordnung mit Ihnen?«, fragte ich sie.

»Nicht unbedingt«, antwortete sie.

»Also gut.« Ich sah die Männer nacheinander an, wobei

ich den sekundenlangen Blickkontakt mit jedem nutzte, um ihre Gesichter zu scannen und zur Identifikation an die FBI-Datenbank zu schicken. »Ich hätte folgenden Vorschlag. Wie wäre es, wenn Sie diese Frau einfach weitergehen lassen? Dann können wir hier zusammen über das sprechen, was Sie mit ihr besprechen wollten. Das wird bestimmt nett. Ich könnte auch eine Runde für Sie alle ausgeben.« *Denn was ihr braucht, ist noch ein Drink*, dachte ich, sagte es aber nicht. Ich versuchte es möglichst nett und freundlich rüberzubringen. Ich war mir ziemlich sicher, dass es nicht funktionieren würde, aber einen Versuch war es wert.

Es funktionierte nicht. »Wie wäre es, wenn Sie sich einfach verpissen, Sie beschissener Klonk«, sagte ein anderer von ihnen. Er war genauso betrunken wie der Erste, sodass es genauso wenig überzeugend wie die vorherige Drohung klang.

Also beschloss ich, es mit einem ganz anderen Ansatz zu versuchen. »Terry Olson«, sagte ich.

»Was?«, sagte der Kerl.

»Ihr Name ist Terry Olson.« Ich zeigte auf den nächsten. »Bernie Clay. Wayne Glover. Und Daniel Lynch.« Ich zeigte auf den Mann mit dem Schlagstock. »Obwohl ich zwanzig Bucks darauf wette, dass man Sie normalerweise Danny nennt. Und Ihr Nachname hat in dieser Situation eine gewisse Ironie.«

»Woher wissen Sie, wie wir …?«, begann Olson.

»Halt die Klappe, Terry«, sagte Lynch, womit er unbeabsichtigt die Identität wenigstens eines seiner Freunde bestätigte. Diese Kerle waren die absoluten Genies.

»Er hat recht, Terry«, sagte ich. »Sie haben tatsächlich das

Recht zu schweigen. Und das sollten Sie vielleicht auch tun. Aber um Ihre Frage zu beantworten: Ich weiß, wer Sie sind, weil ich soeben Ihre Gesichter gescannt habe, worauf die Datenbank, in die ich mich eingeklinkt habe, alle Informationen über Sie ausgespuckt hat. Es ist die FBI-Datenbank. Ich habe Zugriff auf diese Datenbank, weil ich FBI-Agent bin. Mein Name ist Chris Shane.«

»Blödsinn«, sagte Lynch.

Ich ging nicht darauf ein. »Ich habe versucht, nett zu Ihnen zu sein, aber das hat Ihnen nicht gefallen. Also könnten wir es auf andere Weise versuchen. Während wir hier stehen und miteinander plaudern, habe ich bereits die Metro Police alarmiert. Die nächste Wache ist nur zwei Blocks entfernt, was Sie vermutlich nicht wissen, weil Sie andernfalls bestimmt nicht so dumm gewesen wären, ausgerechnet hier zu versuchen, jemandem Ärger zu machen. Also lassen Sie sie …« Ich zeigte auf die Frau. »… zu mir herüberkommen, und dann gehen Sie vier nach Hause. Denn falls Sie immer noch hier sind, wenn die Polizei aufkreuzt, bekommt mindestens einer von Ihnen Ärger wegen Alkoholkonsums eines Minderjährigen, *Bernie*, und mindestens einer von Ihnen hat bereits eine Anzeige wegen Körperverletzung auf dem Kerbholz, *Danny*. Von beidem wird die Polizei nicht gerade begeistert sein.«

Drei der vier sahen mich verunsichert an. Der vierte, Lynch, war offenbar dabei, das Risiko abzuschätzen.

»Ich denke, mindestens einer von Ihnen überlegt, dass es sich nicht lohnt, sich *so viel* Ärger einzuhandeln, nur um einen Threep zu verprügeln«, fuhr ich fort. »Also möchte ich Sie an dieser Stelle daran erinnern, dass in D.C. Verbrechen an Threeps genauso behandelt werden wie gegen menschliche Körper. Also würden Sie *alle* wegen Körperverletzung drankommen. Und da es ziemlich klar ist, dass Sie diese Person ins Visier genommen haben, weil sie eine Haden ist, würde man Sie zusätzlich wegen eines Hassverbrechens anklagen. Also sollten Sie noch einmal gründlich darüber nachdenken. Und während Sie das tun, möchte ich erwähnen, dass ich den gesamten Vorfall seit meinem Eintreffen aufgezeichnet habe. Die Aufnahmen liegen bereits auf den Servern des FBI. Bis jetzt hatte ich es lediglich mit vier Kerlen zu tun, die betrunken und dumm waren. Es wäre für uns alle das Beste, wenn es dabei bleiben würde.«

Terry Olson und Bernie Clay traten zur Seite. Die Frau setzte sich in Bewegung und lief zu mir. Als sie aus dem Kreis der Männer trat, stieß Lynch ein Grunzen aus, holte mit dem Schlagstock aus und zielte auf ihren Kopf.

Das war der Moment, in dem ich ihn zappte, da ich meinen Dienststunner die ganze Zeit hinter meinem Rücken gehalten und ihn als Ziel anvisiert hatte. Eigentlich musste ich nur noch abdrücken, als das Fadenkreuz vor meinem inneren Auge rot wurde. Ich hatte ihn in die Kategorie »kann langfristige Konsequenzen nicht so gut einschätzen« gesteckt, sobald ich näher gekommen war, da er der einzige anwesende Idiot mit einem Schlagstock war. Er war losgezogen, um zu tanzen. Die anderen waren nur betrunkene Mitläufer.

Lynch erstarrte und stürzte dann zu Boden. Er zuckte und erbrach sich. Die anderen drei Männer ergriffen die Flucht. Die Frau ging neben Lynch in die Knie und untersuchte ihn.

»Was tun Sie da?«, fragte ich, während ich zu den beiden ging.

»Ich passe auf, dass er nicht an seinem eigenen Erbrochenen erstickt«, sagte sie.

»Was sind Sie? Eine Ärztin?«

»Zufällig ja.«

»Können Sie das auch tun, während ich ihm Handschellen anlege?«, fragte ich. Sie nickte. Also legte ich ihm Handschellen an.

»Großartig«, sagte ich und stand wieder auf. »Jetzt muss ich wirklich die Polizei rufen.«

Sie blickte zu mir auf. »Haben Sie es noch nicht getan?«

»Ich habe ihre Daten aus der Datenbank abgerufen und hatte dieses Arschloch im Visier. Das heißt, ich war ziemlich beschäftigt. Warum haben Sie es nicht getan, falls Sie mir die Frage gestatten?«

»Ich dachte, es wären nur harmlose Betrunkene«, sagte die Frau. »Sie kamen von hinten auf mich zu, und ich habe mir nichts dabei gedacht, bis sie mich ansprachen. Dass ich in Schwierigkeiten geraten könnte, wurde mir erst klar, als *dieses* Arschloch mich fragte, was ich glaube, wie weit mein Kopf fliegen würde, wenn er mit seinem Knüppel zum Schlag ausholt.«

»Sagen Sie mir wenigstens, dass Sie diesen Teil aufgezeichnet haben.«

»Das habe ich. Und ich habe ihm gesagt, dass ich alles aufzeichne. Aber er hat nur gelacht.«

»Meiner Einschätzung nach hat Mr. Lynch nicht allzu viel Hirn im Schädel. Entweder das, oder er dachte sich, dass es keine Aufzeichnung mehr geben würde, wenn er mit Ihrem

Kopf die Babe-Ruth-Nummer durchgezogen hätte. Sind Sie jetzt mit ihm fertig, Doktor?«

»Ja«, sagte sie. »Er wird es überleben. Und vielen Dank übrigens.«

»Keine Ursache.« Ich streckte ihr meine Hand hin. »Chris Shane.«

»Ich weiß, wer Sie sind«, sagte sie und erwiderte den Händedruck.

»Das bekomme ich oft zu hören.«

Die Ärztin schüttelte den Kopf. »Nicht deswegen. Ich bin Tayla Givens. Ich bin Ihre künftige Mitbewohnerin.«

Die eingetroffenen Polizisten waren gerade damit fertig geworden, die Aussagen von Tayla und mir aufzunehmen, als ich bemerkte, wie jemand zu uns kam. Es war Detective Trinh.

»Detective Trinh«, sagte ich zu ihr. »Mit Ihnen hatte ich nicht gerechnet.«

»Agent Shane«, sagte sie. »Anscheinend hatten Sie einen langen und ereignisreichen Tag.«

»Ich wollte gerade Feierabend machen.«

»Haben Sie vor, auch aus dieser Sache einen Fall für das FBI zu machen?«

»Eigentlich nicht. Die betreffende Haden lebt in D.C. Also dürfte die Metro für den Fall zuständig sein.«

»Das ist wahrscheinlich eine kluge Entscheidung.«

»Haben Sie vor, sich um diesen Fall zu kümmern?«, fragte ich. »Wir befinden uns hier im ersten Polizeidistrikt. Ich dachte, dass Sie im zweiten arbeiten.«

»Völlig richtig«, sagte Trinh. »Aber ich wohne hier. Ich

wollte gerade bei *Henry's* etwas trinken, als der Bericht über Funk hereinkam. Also dachte ich mir, dass ich einfach mal vorbeikomme und schaue, wie es Ihnen geht.«

»Jetzt ist wieder alles in Ordnung.«

»Und um vielleicht ein bisschen mit Ihnen zu plaudern.«

»Gut.«

»Unter vier Augen«, sagte sie mit einem Seitenblick zu Tayla.

Ich drehte mich zu Tayla um. »Möchten Sie von den Polizisten nach Hause gebracht werden?«

»Es sind weniger als hundert Meter bis zu unserem Haus«, sagte Tayla. »Ich glaube, ich werde es auch allein schaffen.«

»Na gut.«

»Wir sehen uns dann«, sagte sie und machte sich auf den Heimweg.

»Haben Sie heute noch ein Date mit ihr?«, fragte Trinh, als Tayla sich entfernte.

»Sie ist meine neue Mitbewohnerin«, sagte ich. »Zufällig bin ich ihr bei dieser Gelegenheit zum ersten Mal begegnet.«

»Eine interessante Methode, sich miteinander bekannt zu machen«, sagte Trinh. »Sie hatte Glück, dass Sie in der Nähe waren. Wir hatten heute eine Zunahme von Gewaltakten gegen Hadens.«

»Warum?«

»Wegen des Streiks und der Aktion mit den Trucks auf dem Ring, aber davon haben Sie zweifellos gehört. Wenn man sich Mühe gibt, anderen Leuten das Leben schwer zu machen, ärgern sie sich darüber. Und da so viele von Ihnen in die Stadt strömen, um an der Demonstration teilzunehmen, bieten sich zahlreiche Gelegenheiten für Racheaktionen. Die Jagdsaison auf Threeps ist eröffnet. Im zweiten Distrikt hatten wir heute zwei Übergriffe.«

»Machen Sie sich deswegen größere Sorgen?«

»Ich werde erleichtert sein, wenn die Demonstration vorbei ist und ich wieder College-Studenten verhaften kann, die auf den Gehweg pinkeln.«

»Hm«, machte ich. »Wie kann ich Ihnen behilflich sein, Detective Trinh?«

»Ich bin neugierig, was Sie von Ihrer neuen Partnerin halten«, sagte Trinh.

»Bis jetzt sind wir gut miteinander klargekommen.«

»Haben Sie von ihrer vorherigen Partnerin gehört?«

»Was ist mit ihr?«

»Hat Vann Ihnen erzählt, was mit ihr passiert ist?«

»Ich hörte, es hätte ein Missgeschick mit einer Schusswaffe gegeben«, sagte ich.

»So könnte man es formulieren«, erwiderte Trinh. »Aber es ließe sich auch anders interpretieren.«

»Zum Beispiel?«

»Zum Beispiel, dass Vanns Partnerin beschloss, sich lieber eine Kugel in den Bauch zu jagen, als Vann weiterhin ertragen zu müssen.«

»Klingt recht drastisch.«

»Verzweifelte Zeiten, verzweifelte Maßnahmen.«

»Darüber weiß ich gar nichts.«

»Das dachte ich mir«, sagte Trinh. »Aber Sie wissen, dass Vann früher als Integratorin gearbeitet hat.«

»Davon habe ich gehört.«

»Und haben Sie sich schon gefragt, warum sie damit aufgehört hat?«

»Ich kenne sie jetzt seit zwei Tagen, von denen ich einen hauptsächlich in Arizona verbracht habe. Also hatten wir noch nicht allzu viel Zeit, uns gegenseitig unsere Lebensgeschichten zu erzählen.«

»Ich bin mir ziemlich sicher, dass sie Ihre kennt.«

»Jeder kennt meine Lebensgeschichte«, sagte ich. »Das ist keine große Kunst.«

»Dann lassen Sie mich etwas mehr über ihre erzählen«, sagte Trinh. »Sie hat aufgehört, weil sie es nicht gepackt hat. Die Regierung hat viel Geld ausgegeben, um sie zur Integratorin auszubilden, und am Ende bekam sie Phobien, wenn andere Leute ihren Körper benutzt haben. Sie sollten sie bei Gelegenheit nach ihren letzten Integrationen fragen. Die Gerüchte darüber klingen ziemlich dramatisch.«

»Auch davon ist mir nichts bekannt.«

»Das erklärt die ganze Selbstmedikation«, sagte Trinh. »Falls Ihnen das Rauchen und Trinken und das Abhängen in Bars entgangen ist, wo sie nach Fickpartnern sucht.«

»Das habe ich bemerkt.«

»In dieser Hinsicht ist sie nicht besonders wählerisch.«

»Tatsächlich?«, sagte ich. »Erklärt das auch die Sache mit Ihnen?«

Trinh sah mich lächelnd an. »Ich habe nie mit Vann gefickt, falls Sie das meinen. Aber ich bin mir nicht ganz sicher, was sie und ihre ehemalige Partnerin betrifft. Ich vermute, mit Ihnen wird das kein Thema sein.«

»Haben Sie ein Problem mit Hadens, Trinh?«, fragte ich. »Weil man eine Bemerkung wie Ihre letzte nicht einfach so fallen lässt.«

»Ich glaube, Sie haben mich nicht richtig verstanden«,

sagte Trinh. »Ich finde es *gut*, dass sie keine Gelegenheit haben wird, mit Ihnen auf diese Weise Sex zu haben. Aber es würde mich nicht überraschen, wenn sie eine andere Möglichkeit findet, es zu tun.«

»Okay«, sagte ich. »Hören Sie, Trinh. Es ist spät, und ich hatte wirklich einen langen Tag. Also wäre ich Ihnen sehr dankbar, wenn Sie jetzt auf den Punkt kommen könnten. Ich meine, abgesehen von dem Dreck, den Sie über meine neue Partnerin ausschütten.«

»Der Punkt ist, dass Sie sich ein paar Gedanken über Ihre Partnerin machen sollten, Agent Shane. Sie ist intelligent, aber nicht so intelligent, wie sie selbst glaubt. Sie ist gut, aber auch nicht so gut, wie sie denkt. Sie redet viel darüber, was andere Leute tun sollten, aber wenn es um ihre eigene Scheiße geht, schludert sie. Vielleicht haben Sie das bereits bemerkt, oder Sie haben es nicht. Aber ich spreche aus einiger Erfahrung, wenn ich Ihnen sage, dass Sie es bald bemerken werden, falls Sie es noch nicht bemerkt haben.«

»Also ist sie eine tickende Zeitbombe, die jederzeit explodieren kann, und ich sollte lieber nicht in ihrer Nähe sein, wenn sie hochgeht«, fasste ich zusammen. »Wie es auf der Klischee-Checkliste steht. Verstanden.«

Trinh hob die Hände zu einer Geste, die gelangweilten Gleichmut ausdrückte. »Vielleicht irre ich mich, Shane. Vielleicht bin ich nur ein Arschloch, das eine schlechte Erfahrung mit ihr gemacht hat, als ich mit ihr zu tun hatte. Und vielleicht kommen Sie beide wunderbar miteinander zurecht, und Sie werden nie das Bedürfnis haben, sich eine Kugel in den Bauch zu jagen oder etwas in der Art. Wenn das so ist, großartig. Ich hoffe, Sie beide werden miteinander glücklich. Aber vielleicht irre ich mich nicht. Wenn das so ist, behalten Sie Ihre Partnerin gut im Auge, Shane.«

»Das werde ich tun«, sagte ich.

»Es sind ein paar ziemlich merkwürdige Sachen mit Hadens passiert«, sagte Trinh. »Der Vorfall im Watergate. Und ich weiß, dass Sie mit dem zu tun haben, was auch immer bei Loudoun Pharma geschehen ist. Wenn Sie beide an einer großen Sache dran sind, wäre es gar nicht gut, wenn Ihre Partnerin plötzlich zusammenbricht. Wenn sie untergeht, möchten Sie nicht, dass sie Sie mitreißt.«

»Noch mehr Klischees«, sagte ich.

Trinh nickte. »Es ist ein Klischee. Andererseits sind Sie einer der berühmtesten Hadens da draußen, nicht wahr? Oder Sie waren es zumindest. Immer noch berühmt genug, dass Leute Sie als Streikbrecher beschimpft haben, weil Sie kürzlich Ihre Arbeit angetreten haben. Welchen Eindruck wird es machen, wenn Sie es wegen Vann vermasseln, Shane? Wie wird es für Ihren Vater aussehen, den nächsten Senator aus Virginia?«

Ich wusste nicht, was ich dazu sagen sollte.

»Es sind nur ein paar Dinge, über die Sie bei Gelegenheit nachdenken sollten«, sagte Trinh. »Machen Sie daraus, was Sie wollen. Ich wünsche Ihnen eine gute Nacht, Shane. Ich hoffe, Sie müssen nicht noch jemanden retten, bevor Sie zu Hause angekommen sind.«

Ein Empfangskomitee aus Threeps erwartete mich im Stadthaus. Sie warfen Konfetti auf mich, als ich durch die Tür trat.

»Mann!«, sagte ich und wehrte die kleinen Papierschnipsel ab.

»Wir wollten, dass du dich an deinem ersten Abend wie zu Hause fühlst«, sagte Tony.

»Normalerweise werde ich nicht mit Konfetti beworfen, wenn ich nach Hause komme.«

»Vielleicht solltest du diese Tradition einführen.«

»Woher habt ihr das Konfetti überhaupt?«, fragte ich.

»Es war noch von der Neujahrsparty übrig«, sagte Tony. »Aber egal. Außerdem wollten wir uns bedanken, weil du Tayla bei ihrem kleinen Problem geholfen hast. Sie hat uns davon erzählt, als sie nach Hause kam.«

»Es ist nicht die übliche Art und Weise, sich mit seinen neuen Mitbewohnern bekannt zu machen«, sagte Tayla.

»Wir sollten es nicht zur Gewohnheit werden lassen.«

»Das wäre mir nur recht«, sagte Tayla.

»Und das sind deine anderen Mitbewohner«, sagte Tony und zeigte auf die zwei weiteren Threeps. »Das da ist Sam …«

»Hallo«, sagte Sam und hob eine Hand.

»Hallo«, sagte ich.

»… und das sind die Zwillinge Justin und Justine.« Tony zeigte auf den letzten Threep. Ich wollte gerade um eine genauere Erklärung bitten, als ein Text in meinem Sichtfeld erschien. *Nimm es einfach so hin. Ich erkläre es dir später*, stand da.

»Hallo«, sagte ich zum Threep der Zwillinge.

»Hallo«, antwortete mindestens einer der Zwillinge.

»Können wir dir irgendetwas Gutes tun?«, fragte Tony. »Ich weiß, dass du in den letzten paar Tagen jede Menge Spaß hattest.«

»Eigentlich wollte ich sofort schlafen gehen«, sagte ich.

»Mir ist klar, dass das nicht besonders aufregend klingt, aber es war wirklich ein langer Tag.«

»Kein Problem«, sagte Tony. »Dein Zimmer ist noch genauso, wie du es beim letzten Mal gesehen hast. Der Schreibtischstuhl ist mit einem Induktionskissen ausgestattet. Das müsste eigentlich reichen, bis du dir etwas Besseres besorgt hast.«

»Perfekt«, sagte ich. »In diesem Fall wünsche ich euch allen eine gute Nacht.«

»Moment«, sagten die Zwillinge und gaben mir dann einen Ballon. »Wir haben vergessen, ihn auf dich zu werfen, als du hereinkamst.«

»Vielen Dank«, sagte ich und nahm ihn an.

»Wir haben ihn selbst aufgepustet«, sagten die Zwillinge.

Ich dachte darüber nach, was diese Offenbarung bedeutete. »Wie?«, fragte ich schließlich.

»Frag nicht«, sagten sie.

12

Natürlich konnte ich nicht schlafen. Nachdem ich es drei Stunden lang versucht hatte, gab ich es schließlich auf und ging zu meiner Höhle.

Für einen Haden ist der private Wohnraum eine heikle Angelegenheit. In der physischen Welt wurde von Anfang an debattiert, wie viel Platz ein Haden eigentlich braucht. Unsere Körper bewegen sich nicht, und die meisten liegen in spezialisierten medizinischen Wiegen, die mehr oder weniger komplex ausgestattet sind. Ein Haden braucht Platz für seine Wiege und die medizinischen Geräte, die daran angeschlossen sind, und streng genommen ist das alles, was wir brauchen.

Genauso sollte die Platzfrage für unsere Threeps kein Problem sein. Threeps sind Maschinen, und Maschinen brauchen keinen privaten Wohnraum. Einem Auto ist es egal, wie viele andere Autos in der Garage stehen. Es braucht nur genug Freiraum, um hinein- und hinausfahren zu können. Wenn man beides zusammennimmt, kommt das heraus, was die ersten Designer für die Hadens und ihre Threeps entworfen haben, genau die Art von Effizienzapartments, die LaTasha Robinson mir gezeigt hat: klein, klinisch, ohne Schnickschnack.

Dann fiel den Leuten auf, dass Hadens immer häufiger

Depressionen entwickelten, die nichts mit den üblichen Ursachen zu tun hatten. Der Grund ist offensichtlich, wenn man sich die Zeit nimmt, einmal darüber nachzudenken. Der Körper eines Haden mag an seine Wiege gefesselt sein, und Threeps mögen nicht mehr als Maschinen sein, aber wenn ein Haden einen Threep benutzt, ist er trotz allem ein menschliches Wesen – und die meisten menschlichen Wesen fühlen sich nicht glücklich, wenn sie in einem Schrank leben müssen. Vielleicht brauchen Hadens nicht so viel Wohnraum wie rundum bewegliche Menschen, aber sie brauchen wenigstens *etwas* Raum. Weshalb diese Effizienzapartments für einen Haden immer nur der letzte Ausweg sind.

In der nichtphysischen Welt (nicht der *virtuellen* Welt, weil die nichtphysische Welt für einen Haden genauso real ist wie die physische) gibt es die Agora, den großen globalen Treffpunkt der Hadens. Die Dodgers – die Leute, die keine Hadens sind – stellen es sich meistens wie ein dreidimensionales soziales Netzwerk vor, ein riesiges Multiplayer-Online-Spiel, in dem es keine Aufgaben zu erfüllen gibt, außer einfach herumzustehen und sich mit anderen zu unterhalten. Ein Grund für dieses Missverständnis ist der, dass die öffentlichen Bereiche, die für die Dodgers zugänglich sind (und ja, wir nennen sie Dodger-Stadions) ungefähr so funktionieren.

Jemandem, der kein Haden ist, erklären zu wollen, wie die Agora funktioniert, ist genauso, als würde man einem Farbenblinden erklären wollen, was Grün ist. Man kann einen gewissen Eindruck vermitteln, aber die Reichhaltigkeit und Komplexität wird diesen Leuten niemals klar, weil ihre Gehirne buchstäblich nicht so funktionieren. Es ist unmöglich, unsere großen Treffpunkte zu beschreiben, unsere Debatten und Spiele, oder wie wir miteinander intim werden, ob sexuell oder auf andere Weise, ohne dass es merkwürdig oder gar abstoßend klingt. Es geht um das ultimative »Man muss da gewesen sein«.

Trotz alldem gibt es in der eigentlichen Agora keine wirkliche Privatsphäre. Man kann sich zeitweise von der Agora abschotten oder vorübergehende Strukturen und exklusive Räume schaffen – Menschen sind und bleiben Menschen, die sich in Cliquen und Gruppen organisieren. Doch die Agora wurde dazu konstruiert, einen gemeinschaftlichen Raum für Menschen zu bieten, die dauerhaft und unausweichlich in ihren Köpfen isoliert sind. Sie wurde mit Absicht offen angelegt, und in den zwei Jahrzehnten ihrer Existenz hat sie sich zu etwas entwickelt, das keine direkte Entsprechung in der physischen Welt mehr hat. Es ist eine Offenheit, die auch darauf abfärbt, wie Hadens in der physischen Welt miteinander umgehen. Sie tragen sichtbare IDs, benutzen allgemeine Kanäle und tauschen Informationen auf eine Weise aus, die den Dodgers promiskuitiv und vielleicht sogar verrückt vorkommen würde.

Allerdings nicht alle Hadens. Solche, die bereits älter waren, als sie sich infizierten, waren viel tiefer in der physischen Welt verwurzelt, wo sie fast ihr ganzes Leben verbracht hatten. Nach der Erkrankung lebten sie die meiste Zeit in ihren Threeps und benutzten die Agora – sofern sie sie überhaupt benutzten – wie ein besseres E-Mail-Programm.

Die Kehrseite dessen waren die Hadens, die der Krankheit in jungen Jahren zum Opfer fielen und weniger Bindungen an die physische Welt hatten. Ihnen war die Agora und ihre Lebensweise lieber als die Umstände, ihr Bewusstsein in einen Threep zu zwängen und sich durch die physische Welt zu schleppen. Die meisten Hadens existierten in beiden Räumen, sowohl in der Agora als auch in der physischen Welt, je nach Lebenslage.

Doch am Ende des Tages konnten weder die physische Welt noch die Agora das bieten, was die meisten Hadens wirklich brauchten: einen Ort, an dem sie allein waren. Nicht *isoliert* – nicht im Lock-in, das ihnen durch das Haden-Syndrom aufgezwungen wurde –, sondern für sich, an einem Ort ihrer Wahl, um sich zu entspannen und in Ruhe nachzudenken. In einem Bereich zwischen den Welten, nur für sie selbst und die wenigen Auserwählten, die sie hineinlassen wollten.

Wie diese Zwischenwelt aussieht, hängt davon ab, wer man ist, und von der Rechnerkapazität, die man nutzen kann. Es kann etwas Simples wie ein »Musterhaus« sein, das auf einem gemeinsam genutzten Server gespeichert ist – eine Art Reihenhauswohnung, die durch Werbung finanziert wird, die in Bilderrahmen erscheint, solange sich der Haden dort aufhält –, bis hin zu riesigen dauerhaften Welten, die wachsen und sich entwickeln, während die sehr reichen Besitzer dieser Welten ihre Schöpfungen von schwebenden Palästen aus beobachten.

Meine Zwischenwelt war eine Mischung aus diesen zwei Möglichkeiten. Sie war eine große und dunkle Höhle mit einer Decke, an der Glühwürmchen hingen und einen nächtlichen Himmel simulierten. Es war eine Nachbildung der Waitomo-Höhlen in Neuseeland, auch wenn meine

Höhlen etwa zehnmal größere Ausmaße hatten und nichts darauf hinwies, dass sie in der Wirklichkeit eine Touristenattraktion waren.

In dieser Höhle hing über einem dunklen, rauschenden unterirdischen Fluss eine Plattform, auf der ich stehen oder sitzen konnte, auf dem einzigen schlichten Stuhl, den es dort gab.

Ich ließ fast nie andere Leute in meine Höhle. Bei einer der wenigen Gelegenheiten, wo ich es doch getan hatte, war es um eine Haden gegangen, die ich am College kennengelernt hatte. Sie blickte sich um und rief: »Das ist die Batcave!« Dann lachte sie laut. Die Beziehung, die ohnehin etwas schwierig gewesen war, hielt dann nicht mehr lange.

Heute denke ich, dass die Bemerkung zutreffender war, als ich damals zugeben wollte. Bis dahin hatte ich einen großen Teil meiner Zeit als öffentliche Person verbracht, deren Bewegungen ständig verfolgt wurden, ganz gleich, wo ich war. Mein privater Raum war dunkel und still, ein Ort, wo ich ein Alter Ego sein konnte, wo ich konzentriert meine Hausaufgaben machen oder nachdenken konnte, was auch immer mir zur jeweiligen Zeit an tiefgründigen Gedanken durch den Kopf ging.

Oder wo ich in diesem speziellen Fall versuchen konnte, das Verbrechen zu bekämpfen.

Während der vergangenen zwei Tage war zu viel geschehen, sodass ich bislang keine Gelegenheit gehabt hatte, all die Verbindungen zwischen den Ereignissen zu ergründen, die Daten zu verarbeiten und vielleicht etwas Nützliches herauszufiltern. Jetzt hatte ich endlich Zeit dazu. Ich war ohnehin wach.

Ich begann damit, Bilder aus meinem Gedächtnis abzurufen und sie in die Dunkelheit zu werfen. Zuerst das Bild von Johnny Sani, wie er tot auf dem Teppich im Watergate Hotel lag. Darauf folgte das Bild von Nicholas Bell, mit erhobenen Händen auf dem Bett des Hotelzimmers. Es folgten Samuel Schwartz und Lucas Hubbard, in diesem Fall nicht durch Threeps oder Integratoren verkörpert, sondern durch Archivfotos ihrer offiziellen Medienicons. Sie basierten auf den tatsächlichen Gesichtszügen ihres physischen Körpers, waren aber dahin gehend verändert worden, dass sie den Anschein von Mobilität und Vitalität vermittelten. Es waren künstliche Darstellungen, aber das konnte ich ihnen nicht zum Vorwurf machen. Sie waren nicht die einzigen Hadens mit offiziellen Medienicons. Auch ich hatte eins. Oder benutzte es jedenfalls.

Als Nächstes kamen Karl Baer, ein Bild von seinem Loudoun-Pharma-Ausweis, und Jay Kearney, von seiner Lizenz als Integrator. Für einen Moment hielt ich inne, um auf die Integratoren-Datenbank zuzugreifen, um nach der Frau zu suchen, mit der sich Schwartz am Vorabend integriert hatte.

Ihr Name war Brenda Rees. Und da kam auch schon ihr Bild.

Nach kurzer Überlegung warf ich auch Bilder von Jim Buchold und meinem Vater hinauf, Letzteres hauptsächlich, damit ich einen besseren Sinn für die interne Navigation hatte. Schließlich kam noch ein Platzhalter für Cassandra Bell hinzu, die kein offizielles Medienicon hatte.

Jetzt zu den Verbindungen. Sani war mit Nicholas Bell verbunden. Nicholas Bell mit Hubbard, Schwartz und seiner Schwester Cassandra. Hubbard mit Schwartz und meinem

Vater. Schwarz mit Hubbard, meinem Vater, Brenda Rees und Jay Kearney. Kearney mit Schwartz und Baer. Baer mit Kearney und Buchold. Buchold wieder mit Dad. Eine nette kleine Strickgruppe.

Nun zum Hintergrund. Neben Sani setzte ich seine letzte Geldanweisung an seine Großmutter, nahm mir einen Moment Zeit, um auf den FBI-Server zuzugreifen und nach der Seriennummer und den Transaktionsdaten suchen zu lassen. Danach blendete ich das Computerzentrum von Window Rock ein und zog eine Verbindung zu Medichord und eine weitere zu Lucas Hubbard.

Buchold verband ich mit Loudoun Pharma. Dann durchsuchte ich die Nachrichten des Tages nach dem Bombenanschlag. Baers Bekennervideo war zunächst geleakt und dann offiziell freigegeben worden, sodass es nun zu intensiven Spekulationen kam, inwiefern Cassandra Bell direkt oder indirekt in den Anschlag verwickelt war. Ich zog eine Linie von ihr zu Loudoun Pharma.

Von Cassandra Bell ausgehend suchte ich nach Berichten über den Haden-Streik und den geplanten Demonstrationszug auf der Mall. Trinh hatte nicht gelogen – während des vergangenen Tages hatte es allein in Washington, D. C. zwanzig Übergriffe auf Hadens gegeben. Bei den meisten waren Threeps die Opfer gewesen. Es gab einige Handgreiflichkeiten wie den Vorfall, bei dem ich eingeschritten war, aber einige Leute hatten auch die manuelle Steuerung ihrer Autos übernommen und Threeps überfahren. Außerdem war ein Threep vor einen Bus geschubst worden, wobei sowohl der Threep als auch der Bus zu Schaden gekommen waren.

Ich fragte mich, welche Motive hinter diesen Vorfällen

standen. Wenn man einen Threep »tötete«, bewirkte das nicht mehr als die Zerstörung der Hardware, die sich ersetzen ließ, während der Täter trotzdem wegen Körperverletzung angezeigt wurde. Dann rief ich mir Danny Lynch ins Gedächtnis und machte mir klar, dass logisches Denken bei vielen dieser Begegnungen offenbar keine so große Rolle spielte.

Bei einigen dieser Angriffe waren es die Hadens, die siegreich aus der Auseinandersetzung hervorgegangen waren, was wiederum andere Probleme aufwarf. Videos von androidenartigen Maschinen, die auf Menschen herumtrampeln, wecken etwas Atavistisches in den dümmeren, für gewöhnlich männlichen und jüngeren Vertretern der Menschheit. Ich beneidete die Metro Police nicht um ihre Arbeit in den nächsten Tagen.

Ein Ping vom FBI-Server. Die Geldanweisung war von der Post in Duarte in Kalifornien gekommen. Ich öffnete einen Lexikonartikel über die Stadt und erfuhr, dass ihr Motto »Stadt der Gesundheit« lautete, was mir recht willkürlich erschien, bis ich sah, dass dort das City of Hope National Medical Center angesiedelt war. City of Hope half bei der Entwicklung von synthetischem Insulin und war vom National Cancer Institute als »Bedeutendes Krebszentrum« eingestuft worden. Außerdem, und dieser Punkt war für meine Belange viel relevanter, war es eine der fünf wichtigsten medizinischen Einrichtungen des Landes für die Erforschung und Behandlung des Haden-Syndroms.

Wenn Johnny Sani ein neuronales Netzwerk eingepflanzt werden sollte, war dieses Zentrum vermutlich eine gute Wahl.

Doch wenn ihm dort tatsächlich ein neuronales Netzwerk eingepflanzt worden war, hätte er eigentlich in unseren Datenbanken verzeichnet sein müssen.

Ich ging noch einmal zurück zu Cassandra Bell und startete eine Suche über sie, rief eine Biografie und neuere Artikel auf, die nichts mit Loudoun Pharma zu tun hatten.

Cassandra Bell war eine der sehr wenigen Hadens, die nie etwas anderes als den Lock-in-Zustand erlebt hatten. Ihre Mutter erkrankte am Syndrom, während sie mit Cassandra schwanger war, und infizierte sie in der Gebärmutter.

Normalerweise hätte so etwas fatale Konsequenzen gehabt. In den allermeisten Fällen, bei denen eine Schwangere Haden bekam und das Virus die Plazentabarriere durchstieß, als wäre sie gar nicht vorhanden, hatte das tödliche Folgen für das ungeborene Kind.

Nur etwa fünf Prozent der Embryos, die mit Haden infiziert wurden, überlebten bis zur Geburt. Und fast alle waren isoliert. Die Hälfte von diesen starben noch im ersten Lebensjahr, weil das Virus ihr Immunsystem unterdrückte oder wegen anderer Komplikationen im Zusammenhang mit dem Syndrom. Fast alle, die trotzdem überlebten, litten unter schweren Beeinträchtigungen, weil das Virus die frühe Gehirnentwicklung des Kindes schädigte, und die psychische Isolation behinderte ihre frühe emotionale und soziale Entwicklung.

Dass Cassandra Bell am Leben, intelligent und geistig gesund war, grenzte an ein kleines Wunder.

Dennoch ließ sie sich kaum als »normal« bezeichnen. Sie war fast ausschließlich in der Agora aufgewachsen, zuerst unter Aufsicht ihrer Mutter, die nach der Erkrankung ebenfalls Lock-in hatte. Als sie wegen anderer Komplikationen starb, nachdem Cassandra gerade zehn geworden war, wurde die Erziehung des Mädchens von Haden-Pflegeeltern und ihrem älteren Bruder Nicholas übernommen, der zum gleichen Zeitpunkt wie ihre Mutter infiziert worden war und danach die Fähigkeiten entwickelte, um als Integrator arbeiten zu können.

Auf ihre eigene Art war Cassandra genauso berühmt wie ich in jungen Jahren, eine öffentliche Kuriosität unter den Hadens. Cassandra war intellektuell keineswegs träge, sondern hatte einen erstaunlich wachen Geist. Sie bestand die Entsprechung eines Highschool-Examens mit zehn Jahren und lehnte danach die Studienzulassungen zum MIT und zur CalTech ab, weil sie dort einen Threep hätte benutzen müssen, was sie strikt verweigerte.

Stattdessen wurde sie zur Aktivistin des Haden-Separatismus und setzte sich dafür ein, dass Hadens die Einschränkungen der physischen Welt hinter sich lassen sollten, die ihnen durch die Benutzung von Threeps auferlegt wurden, um die Lebensmetapher der Agora anzunehmen und zu erweitern. Sie sagte nicht, dass die Hadens nicht mit Dodgern interagieren sollten – sie sollten es nur unter ihren eigenen Bedingungen und nicht unter denen der Dodgers tun.

Wie empfänglich jemand für Cassandra Bells Argumente war, hing entscheidend davon ab, wie viel Zeit man jeweils in der physischen Welt und der Agora verbrachte. Doch die Anzahl der Hadens, die ein offenes Ohr für sie hatten, war signifikant angestiegen, seit Abrams-Kettering Gesetzeskraft erlangt hatte. Sie war es gewesen, die den Streik vorgeschlagen und initiiert hatte. Außerdem ging das Gerücht, dass sie schließlich doch in die physische Welt eindringen wollte, um am kommenden Wochenende bei der Demonstration auf der Mall zu sprechen.

Im zarten Alter von zwanzig wurde Cassandra Bell von ihren Anhängern bereits mit Gandhi und Martin Luther King verglichen – und von ihren Kritikern mit verschiedenen Terroristen und Sektenführern.

Baers und Kearneys Anschlag auf Loudoun Pharma wirkte sich im Moment nicht sehr förderlich auf ihr Image aus, und wegen des Streiks schlugen etliche Leute bereits auf sie und die Hadens ein. Ich scrollte durch ihre jüngsten Kommentare und Erklärungen, um zu sehen, was sie zu dem Anschlag zu sagen hatte.

Zu diesem Thema schwieg sie vorläufig, was bei den Medien keinen guten Eindruck machte. Trotzdem war es vermutlich besser, den Mund zu halten, als etwas Dummes zu sagen.

Im Nachhinein betrachtet kam es mir seltsam vor, dass ich Cassandra Bell nie zuvor begegnet war. Wir beide waren die zwei bekanntesten Hadens, die es gab. Andererseits nahm ihre zweifelhafte Berühmtheit ungefähr zu dem Zeitpunkt zu, als ich dabei war, mich aus dem Rampenlicht zurückzuziehen, um so etwas wie ein Privatleben führen zu können.

Und sei ehrlich, sagte ich mir. *Du bist das Establishment, und sie ist radikal.*

Besser konnte man es kaum formulieren. Durch meinen Vater und seine Aktivitäten hielt ich mich viel mehr in der physischen Welt auf als die meisten jungen Hadens. Cassandra Bell hingegen war dort gar nicht präsent, abgesehen von ihrem Ruf.

Für den Moment schob ich Cassandra Bell zur Seite und wandte mich wieder Jay Kearney zu, der sich im Namen von Karl Baer in die Luft gejagt hatte. Ein Blick in seine Klientenliste bestätigte, dass er, wie Vann gesagt hatte, tatsächlich zu Kearneys Auftraggebern gehörte. Sie hatten in einundzwanzig Monaten dreimal zusammengearbeitet. Das letzte Mal lag elf Monate zurück. Laut Kearneys Notizen waren sie beim Parasailing gewesen.

Doch abgesehen von den kurzen Notizen zu ihren Integrationen gab es sonst nichts, was die beiden miteinander verband, soweit ich erkennen konnte. Drei Aufträge in zwei Jahren bewiesen, dass sie sich von früher kannten, doch es war nicht gerade ein enges Verhältnis.

Das FBI hatte die richterliche Anordnung erhalten, jedes Detail aus Baers und Kearneys Leben zu sichern, sobald klar geworden war, dass sie für den Bombenanschlag verantwortlich waren. Ich griff in diese Datenschatzkiste und zog Nachrichten und Zahlungsbelege hervor. Ich wollte sehen, worüber sie sonst noch gesprochen hatten, seien es Privatnachrichten oder finanzielle Spuren, die darauf hindeuteten, dass die beiden auf irgendeine Weise miteinander zu tun gehabt hatten.

Es gab nur sehr wenig. Die Nachrichten drehten sich hauptsächlich um Integrationstermine und mögliche Aktivitäten, wie viel Kearney für seine Dienste berechnen würde und andere langweilige Details. Desgleichen überschnitten sich ihre finanziellen Transaktionen ausschließlich mit den Integrationsaufträgen, wenn Baer dafür Geld an Kearney überwies.

Die fehlenden Spuren bedeuteten nicht, dass die beiden

sich nicht getroffen oder den Anschlag geplant hatten. Es hieß nur, dass sie keine Idioten gewesen waren, falls sie es wirklich getan hatten. Aber es waren nicht viele Informationen, mit denen wir etwas anfangen konnten.

Ich hielt inne und blickte auf, dann trat ich von der Wand aus Bildern und Suchergebnissen zurück, die ich aufgebaut hatte, um darin nach einer Struktur zu suchen. Ich konnte mir vorstellen, dass es für viele Leute einfach nur chaotisch aussah, ein Durcheinander aus Bildern und Nachrichtenschnipseln.

Ich fand es beruhigend. Hier stand alles vor mir, was ich bislang wusste. Und alles war irgendwie miteinander verbunden. So konnte ich die Verbindungen auf eine Weise betrachten, wie es mir in meinem Gehirn nicht möglich war.

Die nächsten Schritte?, hörte ich Vann in meinem Kopf sagen. Darüber musste ich lächeln.

Erstens: Es gab zwei Knotenpunkte in den Interaktionen. Der eine war Lucas Hubbard, der mit Nicholas Bell, Sam Schwartz und meinem Vater verbunden war und der mit Jim Buchold eine Meinungsverschiedenheit hatte, die sich auf ihr gemeinsames Geschäftsgebiet bezog.

Der andere war Cassandra Bell, die mit Nicholas Bell, Baer und Kearney verbunden war und der Buchold feindselig gegenüberstand, während Hubbard ihr möglicherweise Sympathien entgegenbrachte, wenn ich nach seinem Streit mit Buchold ging.

Also sollte ich mir beide etwas genauer anschauen, vor allem Cassandra Bell. Sie war die einzige Person in diesem Netzwerk, der ich noch nie physisch begegnet war. Ich sollte ein Gespräch vereinbaren, sofern das möglich war.

Zweitens: Baer und Kearney. Ich war mir immer noch nicht sicher, in welchem Verhältnis sie zueinander standen. Also tiefer graben.

Drittens: Johnny Sani. Herausfinden, was er in Duarte gemacht hatte und ob ihn dort irgendjemand kannte. Überprüfen, ob es eine Verbindung zwischen ihm und der City of Hope gab.

Viertens: Es gab zwei Ausreißer in diesem Gewirr – meinen Vater und Brenda Rees. Ich war mir ziemlich sicher, dass mein Vater nichts Böses im Schilde führte, trotz seiner Kandidatur für den Senat. Jedenfalls würde ich in einen mächtigen Interessenkonflikt geraten, wenn ich gegen ihn ermitteln musste.

Und was Brenda Rees betraf, konnte es bestimmt nicht schaden, mich auch mit ihr zu unterhalten und zu sehen, ob sie etwas Brauchbares beizutragen hatte.

Fünftens: Nicholas Bell. Der sagte, er hätte gearbeitet, als er sich mit Sani traf, der aber gleichzeitig dort gewesen zu sein schien, um sich mit Sani zu integrieren, obwohl das eigentlich unmöglich war, weil sie beide Integratoren waren und das Headset nur eine Attrappe gewesen war.

Also was zum Teufel ging hier wirklich vor sich?

Und warum beging Johnny Sani Selbstmord?

Das waren die zwei Fragen, die kein bisschen klarer geworden waren, nachdem ich all diese Daten aus meinem Gehirn geholt und im Raum ausgebreitet hatte.

13

Ein leiser Ping hallte durch meine Höhle. Es war der Ton für einen nichtinvasiven Anruf, der nur durchgestellt wurde, wenn der Empfänger bei Bewusstsein war, und wenn nicht, dann nicht. Hadens mochten es genauso wenig wie alle anderen, mitten in der Nacht durch irgendwelche Anrufe geweckt zu werden. Ich öffnete ein Fenster, um zu sehen, wer es war. Es war Tony.

Ich nahm den Anruf an, nur Audio. »So spät noch wach?«

»Abgabetermin für einen Auftrag«, antwortete Tony. »Ich hatte das Gefühl, du könntest gelogen haben, als du sagtest, du willst schlafen gehen.«

»Ich habe nicht gelogen«, erwiderte ich. »Ich konnte nur nicht schlafen.«

»Was machst du stattdessen?«

»Ich versuche, Ordnung in einen großen Haufen Scheiße zu bringen, über den ich dir leider nicht mehr erzählen darf. Und du?«

»Im Moment kompiliere ich. Worüber ich dir mehr erzählen könnte, was dich aber wahrscheinlich überhaupt nicht interessiert.«

»Unsinn«, sagte ich. »Meine Begeisterungsfähigkeit ist grenzenlos.«

»Das nehme ich als Herausforderung«, sagte Tony, dann

erschien ein Symbol im Datenraum. »Das ist ein Türcode. Komm einfach rüber.«

Tony lud mich in seine Zwischenwelt ein, zumindest in einen öffentlichen Teil davon.

Ich zögerte eine Sekunde lang. Die meisten Hadens sind sehr zurückhaltend, wenn es um ihren privaten Raum geht. Tony bot mir sozusagen etwas sehr Intimes an. Dabei kannte ich ihn noch gar nicht so lange.

Doch dann beschloss ich, dass ich mir nicht unnötig den Kopf zerbrechen sollte, und berührte das Symbol. Es erweiterte sich zu einem Türrahmen, und ich trat hindurch.

Tonys Werkstatt sah aus wie ein Retro-Videospiel-Raum mit hohen Wänden, alles in Schwarz, während die Wände durch neonblaue Linien angedeutet wurden, von denen geometrische Muster abzweigten.

»Sag nichts, lass mich raten«, rief ich. »Du bist ein *Tron*-Fan.«

»Volltreffer«, sagte Tony. Er stand an einem Pult, über dem ein Keyboard mit Neonlinien in der Luft hing. Daneben schwebte ein Bildschirm voller Daten. Die Funktionsleiste pulsierte leicht und zeigte den zeitlichen Fortschritt bei der Kompilierung von Tonys Daten an. Über ihm rotierte langsam ein Gewirr aus Linien, die scheinbar wahllos miteinander verknüpft waren.

Ich erkannte das Muster sofort. »Ein neuronales Netzwerk.«

»Wieder ein Volltreffer«, sagte Tony. Sein Selbstbild war – wie das der meisten Leute – eine fittere Version seines Körpers, sehr stylish gekleidet. »Wenn du mich wirklich beeindrucken willst, nenn mir die Marke und das Modell.«

»Ich habe nicht den leisesten Schimmer«, gab ich zu.

»Amateur«, sagte Tony augenzwinkernd. »Es ist ein DaVinci von Santa Ana Systems, Modell Sieben. Die neueste Version, die sie auf den Markt gebracht haben. Dafür codiere ich gerade einen Software-Patch.«

»Darf ich das überhaupt sehen?«, fragte ich und zeigte auf die codierten Daten im Display. »Ich kann mir vorstellen, dass das alles streng geheim ist.«

»Das ist es auch«, sagte Tony. »Aber du scheinst mir kein allzu begabter Programmierer zu sein – nichts für ungut –, und ich wette, dass der DaVinci da oben für dich eher wie ein kunstvoll arrangierter Haufen Spaghetti aussieht.«

»Genau.«

»Dann ist alles bestens«, sagte Tony. »Außerdem kannst du hier drinnen nichts aufzeichnen.« Und so war es. In privaten Räumen wurde die Aufzeichnungsfunktion für Besucher automatisch abgeschaltet.

Ich blickte zum Modell des neuronalen Netzwerks auf, das über Tonys Kopf schwebte. »Schon seltsam, nicht wahr?«

»Neuronale Netzwerke im Allgemeinen oder der DaVinci Sieben im Besonderen? Denn unter uns gesagt, sind die D-Siebener ziemlicher Schrott. Ihre Architektur ist ein bisschen grotesk.«

»Ich meinte im Allgemeinen«, sagte ich und blickte wieder auf. »Die Tatsache, dass wir so etwas in unserem Schädel haben.«

»Nicht nur in unserem Schädel«, sagte Tony. »Auch in unseren Gehirnen. Tatsächlich *in* den Gehirnen. Dort samplen sie neuronale Aktivitäten, mehrere Tausend Prozesse pro Sekunde. Sobald sie drin sind, bekommt man sie nicht mehr raus. Dein Gehirn passt sich schließlich daran an, wie du weißt. Wenn man versuchen würde, es zu entfernen, würde man dich damit zum Krüppel machen. Noch mehr, als wir es bereits sind.«

»Eine deprimierende Vorstellung.«

»Wenn du etwas wirklich Deprimierendes hören willst, solltest du dir wegen der Software Sorgen machen. Sie steuert das Netzwerk, und im Grunde ist das Ganze nur eine Aneinanderreihung von programmiertem Murks.« Er zeigte auf seine Daten. »Das letzte Software-Update, das Santa Ana herausgebracht hat, führt versehentlich dazu, das bei etwa einem halben Prozent der Anwender die Gallenblase überstimuliert wird.«

»Wie konnte es dazu kommen?«

»Eine unerwartete Interferenz zwischen dem D-Sieben und den neuronalen Signalen des Gehirns«, erklärte Tony. »Was häufiger passiert, als es sollte. Sie testen ihre Software jedes Mal auf Gehirnsimulatoren, bevor sie an die Kunden ausgeliefert wird, aber wirkliche Gehirne sind einzigartige Konstruktionen, was erst recht für Haden-Gehirne gilt, weil die Krankheit die Strukturen durcheinanderbringt. Also passiert ständig etwas Unerwartetes. Dieser Patch müsste das Problem beheben, bevor sich Gallensteine bilden können. Oder zumindest lässt es sich dann nicht mehr auf das neuronale Netzwerk zurückführen, wenn sich Gallensteine bilden.«

»Wunderbar«, sagte ich. »Jetzt bin ich froh, dass ich kein Netzwerk von Santa Ana im Kopf habe.«

»Fairerweise muss man sagen, dass es nicht nur bei Santa Ana so ist«, erwiderte Tony und nickte mir zu. »Was hast du im Kopf?«

»Einen Raytheon.«

»Wow!«, rief Tony. »Ein Oldtimer. Das Unternehmen ist vor zehn Jahren aus dem Netzwerk-Geschäft ausgestiegen.«

»Das muss ich jetzt nicht unbedingt hören.«

Tony winkte ab. »Ihre Wartung wurde von Hubbard übernommen.«

»Wie bitte?« Ich war für einen Moment schockiert.

»Hubbard Technologies«, sagte Tony. »Lucas Hubbards erste Firma, bevor er Accelerant gründete. Hubbard produziert keine Netzwerke – das tut eine andere Accelerant-Tochterfirma –, aber Hubbard macht eine Menge Geld mit der Wartung der Systeme all jener Firmen, die nach dem ersten Goldrausch ausgestiegen sind. Viele der frühen Programme und Patches hat er selbst geschrieben, falls man seinem offiziellen Lebenslauf glauben darf.«

»Okay«, sagte ich. Dass Hubbard plötzlich in meinen Kopf eingedrungen war, sowohl buchstäblich als auch im übertragenen Sinne, hatte mich etwas aus dem Gleichgewicht gebracht.

»Auch ich habe schon für Hubbard gearbeitet«, sagte Tony. »Erst vor ein paar Monaten. Glaub mir, auch mit seinen Modellen gibt es Probleme.«

»Möchte ich das genauer wissen?«

»Hattest du in letzter Zeit manchmal Darmkrämpfe?«

»Äh«, sagte ich. »Nein.«

»Dann musst du dir keine Sorgen machen.«

»Nett.«

»Ich habe schon für alle gearbeitet«, sagte Tony. »Für alle Netzwerke. Das größte Problem sind allerdings gar nicht die neuronalen Interferenzen. Es ist die Sicherheit.«

»Du meinst, dass sich Leute in die neuronalen Netzwerke hacken?«

»Ja.«

»Davon habe ich noch nie gehört.«

»Dafür gibt es einen Grund. Erstens ist die Architektur der neuronalen Netzwerke sehr komplex angelegt, um eine Umprogrammierung und den Zugang von außen zu erschweren. Dass der D-Sieben ziemlicher Schrott ist, ist kein Fehler, sondern gewollt. Jedes andere Netzwerk wurde nach der ersten Version auf die gleiche Weise konstruiert. Und zweitens engagieren sie Leute wie mich, die dafür sorgen sollen, dass so etwas nicht passiert. Die Hälfte meine Aufträge sind White-Hat-Aktionen, bei denen ich versuchen soll, mich in die Netzwerke zu hacken.«

»Und was tust du, wenn du drin bist?«

»Ich? Einen Bericht schreiben«, sagte Tony. »Bei den ersten Netzwerk-Versionen haben es die Hacker noch mit Erpressung versucht. Sie schmuggelten Splatterfotos ein oder ließen die Botschaft ›Die Welt ist klein‹ auf Wiederholungsschleifen laufen, bis das Opfer bezahlte, damit es aufhörte.«

»Ziemlich beschissen.«

Tony zuckte mit den Schultern. »Sie waren Dummköpfe. Mal ehrlich. Sie pflanzen Leuten Computer in die Köpfe ein. Was zum Teufel haben sie sich gedacht, was dann passieren wird? Sie machten Ernst mit den Patches, als irgendein Hacker aus der Ukraine dafür sorgte, dass die Leute Herzrhythmusstörungen bekamen, nur zum Spaß. So etwas ist versuchter Mord.«

»Ich bin froh, dass dieses Problem behoben wurde.«

»Zumindest vorläufig«, sagte Tony. Die Daten waren jetzt

kompiliert, und mit einem Wink gab er den Befehl zur Ausführung. Oben pulsierte das Netzwerk. Es war nicht nur ein hübsches Bild. Es war eine realistische Simulation des Netzwerks.

»Was meinst du mit ›vorläufig‹?«

»Denk einfach mal nach.« Tony zeigte auf meinen Kopf. »Was du da drinnen hast, ist im Grunde ein veraltetes System. Die Wartung wird derzeit noch aus dem Budget der Gesundheitsbehörde bezahlt. Wenn Abrams-Kettering am nächsten Montag Gesetzeskraft erlangt, wird die Gesundheitsbehörde diese Zahlungen einstellen, sobald die jeweiligen Verträge auslaufen. Santa Ana und Hubbard bringen die Updates und Patches nicht heraus, weil die Unternehmen ein so gutes Herz haben, weißt du. Sie werden dafür bezahlt. Wenn das aufhört, wird entweder jemand anderer dafür bezahlen müssen, oder es kommen keine Updates mehr.«

»Und dann haben wir alle ein großes Problem.«

»*Einige* Leute werden ein großes Problem haben«, sagte Tony. »Ich nicht, weil dieser Mist mein Job ist und ich mich selbst in mein Netzwerk hacken kann. Du auch nicht, weil du es dir leisten kannst, jemanden wie mich zu engagieren, der sich um dein Netzwerk kümmert. Auch unsere Mitbewohner werden kein Problem haben, weil ich sie mag und nicht möchte, dass ihnen gegen ihren Willen irgendwelcher Spam ins Gehirn gepumpt wird. Und die Hadens der Mittelklasse werden vermutlich für ein monatliches Update-Abo bezahlen können, ein Angebot, das zumindest Santa Ana bereits in Planung hat, wie ich weiß. Für die armen Hadens sieht es allerdings nicht gut aus. Entweder bekommen sie keine Updates mehr, was bedeutet, dass sie mit Softwarezerfall oder Hackerangriffen zurechtkommen müssen, oder sie müssen sich auf Update-Programme einlassen, die – keine Ahnung – mit Werbung ausgeliefert wird. Also müssen sie sich jeden Morgen, bevor sie irgendetwas anderes tun können, sechs verdammte Werbespots ansehen, die neue Threeps oder Nährpulver oder Scheißbeutel anpreisen.«

»Also Spam«, sagte ich.

»Es ist kein Spam, wenn man sich damit einverstanden erklärt. Allerdings bleibt ihnen kaum eine andere Wahl.«

»Toll.«

»Und es geht nicht nur um die Updates«, sagte Tony. »Denk an die Agora. Die meisten von uns stellen sich das Ganze wie einen magischen, freischwebenden Raum irgendwo da draußen vor.« Er gestikulierte mit den Händen. »Aber in Wirklichkeit läuft das Programm auf einem Serverpark der Gesundheitsbehörde außerhalb von Gaithersburg.«

»Aber das steht nicht auf der Abschussliste. Wenn doch, würde es zu einer Panik kommen.«

»Die Agora wird bleiben«, sagte Tony. »Aber ich weiß, dass die Gesundheitsbehörde Gespräche mit potenziellen Käufern führt.« Er zeigte auf das neuronale Netzwerk über ihm. »Santa Ana wird ein Angebot einreichen, Accelerant auch, GM ist dabei, genauso wie fast jede Holdinggesellschaft in Silicon Valley.«

Er zuckte mit den Schultern, bevor er fortfuhr. »Wer auch immer den Serverpark kaufen wird, muss vermutlich versprechen, den Charakter der Agora mindestens zehn Jahre oder so unverändert zu lassen, aber wir werden sehen, wie viel dieses Versprechen wert sein wird. Auf jeden Fall wird es dann monatliche Zugangsgebühren geben. Ich weiß nicht, wie man Werbetafeln in der Agora unterbringen könnte, aber man wird früher oder später eine Möglichkeit finden.«

»Du hast sehr gründlich über das alles nachgedacht«, sagte ich nach einer Weile.

Tony lächelte, wandte den Blick ab und machte eine wegwerfende Geste. »Tut mir leid. Ist ein Hobby von mir, ich weiß. Ansonsten bin ich gar nicht so humorlos.«

»Kein Problem«, sagte ich. »Und es ist gut, dass du dir Gedanken darüber machst.«

»Und da wäre noch der Nebeneffekt, dass meine Arbeit schwieriger wird, wenn all diese staatlichen Verträge vor die Hunde gehen. Also bin ich nicht allein aus Herzensgüte sozial aktiv. Ich muss auch in Zukunft essen. Beziehungsweise durch Flüssigkeiten mit ausgewogenen Nährstoffen gefüttert werden. Die Hadens, die in dieser Woche auf die Straße gehen, wollen darauf hinweisen, dass unsere Welt heftig durchgerüttelt wird, und dem Rest von Amerika scheint es ziemlich egal zu sein.«

»Aber du nimmst nicht am Streik teil.«

»Ich bin unschlüssig«, sagte Tony. »Oder vielleicht bin ich auch nur ein Feigling. Oder einfach jemand, der jetzt so viel Geld wie möglich anhäufen will, weil er damit rechnet, dass harte Zeiten kommen werden. Ich halte den Streik für wichtig. Aber für mich ist es etwas, bei dem ich im Moment nicht mitmachen kann.«

»Was ist mit der Demonstration auf der Mall?«, fragte ich.

»Oh, da werde ich definitiv hingehen.« Tony grinste. »Ich denke, wir alle werden hingehen. Wie sieht es mit dir aus?«

»Ich bin mir ziemlich sicher, dass ich deswegen im Dienst sein werde.«

»Richtig«, sagte Tony. »Wahrscheinlich ist es eine hektische Woche für dich.«

»Es geht so.«

»Wie es scheint, bist du sofort ins kalte Wasser geworfen worden.« Tony sah sich noch einmal seinen Code an. »Du hast dir eine krasse Woche ausgesucht, um mit deinem Job loszulegen.«

Darüber musste ich lächeln, dann blickte ich nachdenklich zum pulsierenden neuronalen Netzwerk hinauf. »Tony …?«

»Ja?«

»Du hast gesagt, ein Hacker hätte bei einigen Leuten Herzinfarkte ausgelöst.«

»Eigentlich Herzrhythmusstörungen, aber für einen Beamten ziemlich nah dran«, erwiderte Tony. »Warum?«

»Wäre es möglich, dass ein Hacker jemandem Selbstmordgedanken in den Kopf schmuggelt?«

Tony runzelte die Stirn und dachte eine Weile darüber nach. »Reden wir hier von allgemeiner Depression, die zu Selbstmordgedanken führt, oder ganz konkreten Gedanken wie ›Heute sollte ich mir eine Kugel in den Kopf jagen‹?«

»Beides«, antwortete ich.

»Über ein neuronales Netzwerk könnte man vermutlich Depressionen auslösen. Dabei ginge es um eine Veränderung der Gehirnchemie, was die Netzwerke sowieso schon machen.« Er zeigte auf seinen Netzwerksimulator. »Wenn auch für gewöhnlich unbeabsichtigt. Der Patch, an dem ich hier arbeite, soll genau diese Art von Veränderung verhindern.«

»Und was ist mit konkreten Gedanken?«

»Eher nicht«, sagte Tony. »Sofern wir über Gedanken reden, die sich anfühlen, als würden sie im eigenen Gehirn entstehen. Bilder und Geräusche zu erzeugen, die von außen kommen, ist einfach – wir beide tun das zum Beispiel jetzt. Dieser Raum ist eine von uns beiden akzeptierte Illusion. Aber eine direkte Manipulation des Bewusstseins, bei der man jemandem vorgaukelt, er würde etwas denken, was man ihm eingeflößt hat, um dann entsprechend zu handeln – das ist schwierig.«

»Schwierig oder unmöglich?«

»Ich sage nie, dass irgendetwas unmöglich ist«, erwiderte Tony. »Aber wenn ich in diesem Fall von ›schwierig‹ spreche, meine ich, dass es meines Wissens noch nie gemacht wurde. Und ich weiß nicht, wie man es machen könnte, selbst wenn ich es wollte, was nicht der Fall ist.«

»Weil es unethisch wäre«, hakte ich nach.

»Verdammt, *ja*«, sagte Tony. »Aber auch, weil ich weiß, wenn ich eine Möglichkeit gefunden habe, kann es auch jemand anderer tun, weil es da draußen immer jemanden gibt, der schlauer ist und der keine ethischen Bedenken hat. Dann wäre die Kacke wirklich am Dampfen. Es ist auch so schon schwer genug, an den freien Willen zu glauben.«

»Also«, fasste ich zusammen, »sehr schwierig, aber nicht unbedingt unmöglich.«

»Sehr sehr sehr schwierig«, stellte Tony richtig. »Aber theoretisch möglich, weil … verdammt, wir leben in einem

Quantenuniversum. Warum fragst du, Chris? Ich habe das Gefühl, dass es nicht nur bloße Neugier ist.«

»Wie sieht dein Arbeitsplan aus?«

Tony nickte nach oben. »Wie es scheint, tut mein Patch genau das, was er tun sollte. Sobald ich im Code noch ein bisschen aufgeräumt habe, was weniger als eine Stunde dauern dürfte, werde ich das Ganze abschicken, und dann habe ich frei.«

»Hast du jemals für die Bundesregierung gearbeitet?«

»Ich lebe in Washington, D. C., Chris. Natürlich habe ich schon für die Bundesregierung gearbeitet. Ich bin als offizieller Lieferant registriert und so.«

»Hast du eine Unbedenklichkeitsbescheinigung?«

»Ich habe schon an vertraulichen Projekten gearbeitet, ja«, sagte Tony. »Ob es für die Sicherheitsstufe ausreicht, die du im Sinn hast, müssten wir dann mal schauen.«

»Dann hätte ich vielleicht einen Job für dich.«

»Geht es dabei um neuronale Netzwerke?«

»Ja«, sagte ich. »Hardware und Software.«

»Wann soll ich damit loslegen?«

»Wahrscheinlich morgen«, sagte ich. »Wahrscheinlich so gegen neun Uhr früh.«

Tony lächelte. »Also gut. Dann sollte ich hier langsam zum Ende kommen, damit ich wenigstens versuchen kann, noch ein wenig zu schlafen.«

»Danke.«

»Nein«, sagte Tony. »Ich danke dir. Es passiert nicht jeden Tag, dass ein neuer Mitbewohner mir einen Auftrag verschafft. Damit bist du jetzt offiziell mein Lieblingsmitbewohner.«

»Ich werde es nicht weitererzählen.«

»Doch, zieh los und erzähl es jedem!«, sagte Tony. »Vielleicht spornt es die anderen zu einem Wettbewerb an. Damit hätte ich gar kein Problem. Ich kann solche Jobs gut gebrauchen.«

14

»Verraten Sie Trinh nicht, dass ich das gesagt habe.« Captain Davidson zeigte auf die fünf Hadens in seiner Arrestzelle. »Aber ich wäre *begeistert*, wenn das FBI mir die Verantwortung für diese Idioten abnehmen würde.«

Die fünf Hadens, genauer gesagt ihre Threeps, starrten mich, Vann und Davidson von der anderen Seite des Zellengitters finster an. Wir konnten erkennen, dass sie finster starrten, weil ihre Threep-Modelle mit individuellen Köpfen ausgestattet waren, die Gesichter und Mimik hatten. Die Konterfeis dieser Threeps waren nicht die tatsächlichen Gesichter ihrer Besitzer, es sei denn, diese Besitzer sahen George Washington, Thomas Jefferson, Patrick Henry, Thomas Paine und Alexander Hamilton zum Verwechseln ähnlich. Außerdem trugen die Threeps Uniformen aus der Kolonialzeit, die vielleicht sogar historisch korrekt waren. Es war wie ein Diorama des Kontinentalkongresses, das im Museum zum Leben erwacht war.

Die Threeps waren natürlich nur Threeps. Die Hadens, die sie steuerten, befanden sich irgendwo anders im Land. Aber wenn ein Haden in seinem Threep verhaftet wird und er sich ausklinkt, wird das als Widerstand gegen die Staatsgewalt und unerlaubtes Entfernen vom Tatort geahndet. Dieses Gesetz ging auf einen Präzedenzfall zurück, bei dem eine junge reiche Haden in den Anfangsjahren der Threeps fahrlässig eine ältere Dame umwarf, sich in Panik aus ihrem Threep verabschiedete und dann drei Jahre und mehrere Hunderttausend Dollar von Mamis Geld in den Versuch investierte, aus einer Sache herauszukommen, die ansonsten lediglich ein Verkehrsdelikt gewesen wäre. Am Ende wurde sie außerdem wegen Meineid und Bestechung verurteilt. Sie hätte einfach die gemeinnützige Arbeit verrichten sollen.

Deshalb warteten die historischen Gestalten geduldig ab und starrten uns finster an.

»Weshalb wurden Sie festgenommen?«, fragte ich Washington. Davidson hatte uns angerufen, damit wir uns um mehrere Hadens kümmerten, die in seinen Arrestzellen hockten. Dies war nur die erste Gruppe.

»Weil wir unsere verfassungsgemäßen Rechte in Anspruch genommen haben«, sagte Washington. Sein richtiger Name war Wade Swope, und er wohnte ihn Milltown, Montana. Seine Daten wurden in meinem Blickfeld eingeblendet. »Hier unter der Diktatur des District of Columbia scheint den Menschen das Recht abgesprochen zu werden, Waffen zu tragen.«

Vann wandte sich an Davidson. »Ich bin zutiefst schockiert, dass Menschen, die Waffen tragen, im Gefängnis gelandet sind.«

»Nun ja«, sagte Davidson. »Unser Gründungsvater hier beruft sich zu Recht darauf, Waffen tragen zu dürfen, was in diesem Fall langläufige Gewehre waren. Was er unerwähnt gelassen hat, ist die Tatsache, dass er mit seiner kleinen Gruppe aus kolonialen Freiheitskämpfern ein Café betrat –

also Privatgelände – und dort eine Szene machte. Und als man ihnen sagte, dass sie sich entfernen sollten, fuchtelten sie mit ihren Gewehren herum. Der Vorfall wurde von der Kamera im Café aufgezeichnet, ganz zu schweigen von den Telefonen sämtlicher anwesender Gäste.«

»Wir sind als Sicherheitsgarde für den Demonstrationszug hier«, sagte Thomas Jefferson alias Gary Height aus Arlington, Virginia. »Wir sind eine Bürgerwehr im Sinne der Verfassung. Wir sind hier, um unsere Leute zu beschützen.«

»Selbst wenn Sie tatsächlich eine Bürgerwehr sind«, sagte ich, »glaube ich nicht, dass sich das Herumfuchteln mit Schusswaffen in einem Café als ›wohlgeordnet‹ beschreiben lässt.«

»Wen interessiert es, was Sie glauben?«, erwiderte Patrick Henry alias Albert Box aus Ukiah, Kalifornien. »Sie stehen auf ihrer Seite. Auf der Seite jener, die uns unterdrücken.« Er zeigte auf mich. »*Sie* sind ein Verräter und ein Kollaborateur.«

Mir kam in den Sinn, dass Henry/Box tatsächlich keine Ahnung hatte, wer ich war, wobei ich nicht sagen konnte, ob das irgendeinen Einfluss auf seine Meinung gehabt hätte. Ich warf einen Blick zu Vann und Davidson. »Geht es darum, dass *wir* unterdrückt werden, wie in ›wir Hadens‹, oder dass *Sie* unterdrückt werden, weil Sie auf Privatgelände mit Schusswaffen herumfuchteln? Helfen Sie mir bitte, das Ausmaß meines Verrats genauer einzuschätzen.«

»Wissen Sie, was mich verwirrt, Shane?«, sagte Davidson, bevor einer der Männer antworten konnte.

»Verraten Sie es mir.«

Davidson zeigte auf die historischen Hadens. »Einerseits wirken diese Kerle wie die üblichen verrückten Konservativen, die mit der Verfassung der Vereinigten Staaten und ihren Yankee-Doodle-Hüten herumwedeln. Andererseits sagen sie, dass sie für die Sicherheit bei einer Demonstration gegen die Kürzung staatlicher Zuwendungen sorgen wollen. Was mir wiederum sehr *liberal* erscheint.«

»Eine schwierige Frage«, pflichtete ich ihm bei.

»Ich weiß nicht«, sagte Davidson. »Vielleicht geht es ja gar nicht um Politik. Vielleicht sind diese Typen einfach nur Arschlöcher.«

»Das wäre zumindest eine plausible Erklärung«, sagte ich.

»Wir haben das Recht, uns zu versammeln …«, begann Washington/Swope, der nun offensichtlich in Fahrt kam.

»O Gott, bitte nicht!«, rief Vann. »Es ist noch zu früh am Morgen für Ihre Art von armseligem patriotischem Blödsinn.«

Washington/Swope machte verdutzt den Mund zu.

»Schon besser«, sagte Vann und beugte sich zu den Männern vor. »Also, Ihre Threeps sind hier, aber Ihre tatsächlichen Körper befinden sich in verschiedenen Bundesstaaten. Das macht Sie zu einem Problem des FBI. Was bedeutet, dass Sie *mein* Problem sind. Und *ich* sage, fünf Idioten, die sich wie die Rückseite einer Zweidollarnote verkleiden und behaupten, eine Bürgerwehr zu sein, und in einem gottverdammten Café in Georgetown mit Gewehren herumfuchteln, verstoßen gegen Titel achtzehn des U.S. Criminal Code, Kapitel sechsundzwanzig, dreiundvierzig und einhundertzwei.«

Rasch rief ich die betreffenden Abschnitte aus dem Gesetzbuch auf und sah, dass es in Kapitel 43 um »Vortäuschung einer falschen Identität« ging. Ich konnte mir nicht vorstellen, dass irgendjemand Swope mit dem echten George Washington verwechseln würde. Aber ich wusste auch, wann ich lieber den Mund halten sollte.

»Also mache ich Ihnen folgendes Angebot«, fuhr Vann fort. »Sie haben zwei Optionen. Die erste sieht so aus, dass ich beschließe, aus der Sache keinen Fall für das FBI zu machen, worauf Sie dann in Ihren Threeps zum Lagerraum der Polizeiwache hinübergehen und sie herunterfahren, damit wir die Batterien entfernen können. Sie haben dann drei Tage Zeit, sich die Threeps und Ihre kostbaren Gewehre nach Hause liefern zu lassen. Andernfalls gehen wir davon aus, dass Sie alles der Metro Police spenden.

Die zweite Option sieht so aus, dass ich einen Fall für das FBI daraus mache. Das bedeutet, dass wir Ihre Threeps und Waffen konfiszieren. Anschließend besucht ein Polizist Sie in Ihren Häusern, um Sie zur nächsten für Hadens geeigneten Strafanstalt zu rollen, die sich möglicherweise nicht unbedingt in der Nähe Ihrer Wohnorte befindet. Dann dürfen Sie sich den Spaß gönnen, sämtliches Geld, das jedes Mitglied Ihrer Familie jemals verdienen wird, für Rechtsanwälte auszugeben, weil ich Ihnen zusätzlich zu den drei Kapiteln von Titel achtzehn jeden weiteren Anklagepunkt, der mir einfällt, an den Kopf werfen werde.«

»Das ist doch Schwachsinn«, sagte Thomas Paine alias Norm Montgomery aus York, Pennsylvania.

»Gut möglich«, sagte Vann. »Aber ich werde es trotzdem machen, bis Sie unter den Anklagepunkten ersticken. Und es wird mir Spaß machen, weil Sie beschlossen haben, mit Ihrem Mist meine Zeit zu vergeuden. Damit ist der Moment der Entscheidung gekommen. Tür eins oder Tür zwei. Überlegen Sie es sich gut. Und wenn Sie sich innerhalb der nächsten zehn Sekunden nicht entscheiden können, geht es für Sie mit Tür Nummer zwei weiter. Ich warte.«

Sieben Sekunden später hatten sich die fünf Gründungsväter für Tür Nummer eins entschieden, und Davidson brüllte nach einer Eskorte, die sie einen nach dem anderen zur Beweissicherung und danach zum Lagerraum bringen sollte.

Danach gingen wir zur nächsten Zelle hinüber. Darin saß eine Haden, die irgendeine Frau geschlagen hatte, weil sie von ihr als »Klonk« bezeichnet worden war.

»Herzlich willkommen zu den nächsten vier Tagen«, sagte Vann zu mir, als wir die Polizeiwache des zweiten Distrikts verließen. »Wir haben auch im ersten, dritten und sechsten Distrikt mehrere inhaftierte Threeps, um die wir uns kümmern müssen. Und wenn wir mit denen fertig sind, können wir noch einmal hierher zurückkommen und von vorn anfangen. Und so weiter und so fort, bis die Demonstration vorbei ist und alle Hadens wieder zu Hause sind. Vielleicht sollten Sie Ihren Pfleger bitten, Ihnen etwas Koffein zu verabreichen.«

»Was ist mit Johnny Sani und Loudoun Pharma?«, fragte ich.

»Die Terrorismus-Abteilung hat Loudoun Pharma übernommen. Damit haben wir nur noch am Rande zu tun. Sani liegt in unserer Leichenhalle und wird uns nicht weglaufen.

Beide Fälle können wahrscheinlich noch bis Montag warten. Es sei denn, Sie haben etwas Neues.«

»Ich glaube, ich habe etwas Neues«, sagte ich. »Vielleicht.«

»Vielleicht?«, wiederholte Vann. »Im Moment haben wir keine Zeit für ein ›Vielleicht‹. Wir haben eine lange Reihe von Threeps vor uns, über deren weiteres Schicksal wir entscheiden müssen.«

»Ich möchte, dass sich jemand Sanis neuronales Netzwerk ansieht.«

»Wir haben bereits unsere Gerichtsmediziner, die das tun.«

»Ich möchte, dass es jemand tut, der sich richtig gut damit auskennt. Jemand, der jeden Tag damit arbeitet.«

»Haben Sie eine bestimmte Person im Sinn?«, fragte Vann.

»Meinen neuen Mitbewohner.«

Vann griff in ihre Jackentasche, um ihre E-Zigarette herauszuholen. »Sie fangen ziemlich früh mit der Vetternwirtschaft an.«

»Das ist es nicht«, sagte ich leicht verärgert. »Johnny Sani hatte einen IQ von achtzig. Es gab keinen Grund, warum er das neuronale Netzwerk eines Integrators im Kopf haben sollte. Jemand hat es ihm eingepflanzt, und jemand hat ihn benutzt, und als sie mit ihm fertig waren, haben sie ihn irgendwie dazu gebracht, sich die Kehle aufzuschlitzen. Ich glaube, da ist etwas in der Software dieses Netzwerks.«

»Etwas, das ihn gezwungen hat, Selbstmord zu begehen?«

»Vielleicht.«

»Da ist schon wieder ein ›Vielleicht‹«, sagte Vann und saugte an ihrer Zigarette.

»Tony arbeitet ständig an Software für neuronale Netzwerke«, sagte ich. »Und er übernimmt Aufträge für die Firmen, die sie herstellen, damit er die Sicherheit testet und Probleme löst. Er würde genau wissen, wonach er zu suchen hätte. Oder zumindest wäre er in der Lage zu erkennen, ob irgendetwas verändert wurde.«

»Und ›Tony‹ ist in diesem Fall Ihr neuer Mitbewohner.«

»Ja. Er hat schon vertrauliche Aufträge für die Regierung übernommen. Er ist registriert und so weiter.«

»Ist er teuer?«, fragte Vann.

»Spielt das eine Rolle?«

»Natürlich spielt das eine Rolle.« Nun war es Vann, die mich verärgert ansah. »Einer von uns beiden wird die Ausgaben rechtfertigen müssen, die über das Übliche hinausgehen. Und wenn es der Finanzabteilung nicht passt, wird man mich anbrüllen, dass ich Sie anbrüllen soll.«

»Ich denke, die Ausgabe wird sich lohnen.«

Vann saugte wieder an ihrer Zigarette. »Gut«, sagte sie dann. »Holen wir ihn ins Boot. Ich werde der Finanzabteilung sagen, dass es mit der Loudoun-Sache zu tun hat, wenn sie deswegen rumzicken.«

»Und das werden sie schlucken?«

»Vielleicht«, sagte Vann.

»Weil ich wirklich glaube, dass da etwas im Busch ist.« Dann berichtete ich Vann von meiner Brainstorming-Session in der vergangenen Nacht.

»Machen Sie das oft?«, fragte Vann anschließend. »Dinge in den Raum werfen und sie mit Linien verbinden?«

»Wenn ich nicht schlafen kann? Ja.«

»Sie sollten sich andere abendliche Aktivitäten suchen.«

»Das kommt nicht einmal ansatzweise infrage«, sagte ich.

Vann lächelte darüber, zog noch einmal an ihrer Zigarette und steckte sie dann wieder ein. »Ich möchte jedenfalls nicht gegen Lucas Hubbard vorgehen, wenn wir nichts haben, womit wir gegen ihn vorgehen können. Wenn wir es tun, soll er unvorbereitet sein. Wir können uns nach Cassandra Bell erkundigen, aber ich garantiere Ihnen, dass die Terrorismus-Leute ihr nach der Loudoun-Sache längst ein Mikroskop in den Enddarm geschoben haben. Also könnte es sein, dass sie gar nicht mit uns reden will, und die Terrorismus-Leute wollen vermutlich nicht, dass wir ihnen auf den Schwanz treten, selbst wenn sie dazu bereit ist. Wie war noch gleich der Name dieser Integratorin, die Schwartz benutzt hat?«

»Brenda Rees.«

»Ich werde heute an ihre Tür klopfen. Mal sehen, ob sich dabei irgendetwas Neues ergibt.«

»Ich werde Sie nicht begleiten?«, fragte ich.

»Nein«, sagte Vann. »Da Sie zu glauben scheinen, dass das alles nach irgendeinem Zeitplan abläuft, werden Sie nach Kalifornien gehen, um diese Geldanweisung zurückzuverfolgen. Anschließend schauen Sie sich bei dieser City of Hope um. Damit dürften Sie bestens ausgelastet sein.«

»Was ist mit Tony?«

»Geben Sie mir seine Kontaktdaten, und ich werde alles arrangieren und ihn heute noch in die Leichenhalle schicken. Wenn er ein Versager ist, mache ich Sie dafür verantwortlich.«

»Er ist kein Versager, das verspreche ich Ihnen.«

»Das will ich hoffen. Es würde mir gar nicht gefallen, ihn

töten zu müssen und Ihnen die Schuld in die Schuhe zu schieben.«

»Apropos, da fällt mir etwas ein …«

»Wenn ich eine Morddrohung ausspreche, fällt Ihnen etwas dazu ein?«, fragte Vann überrascht nach. »So lange kennen wir uns noch gar nicht, Shane.«

»Gestern Nacht ist mir Detective Trinh über den Weg gelaufen.«

»Tatsächlich?«

»Ja. Unter anderem deutete sie an, Sie hätten Ihre frühere Partnerin in den Selbstmord getrieben.«

»Uff«, sagte Vann. »Was hat sie Ihnen sonst noch erzählt?«

»Dass Sie bei der Arbeit hohe Maßstäbe für andere anlegen, aber nicht bei Ihnen selbst, dass Sie schludern, etwas gefährlich sind, wenn es um Methoden geht, und dass Sie verschiedene Abhängigkeiten entwickelt haben, die entweder die Folge oder mitwirkende Faktoren sind, dass Sie aus dem Integratorenkorps geflogen sind.«

»Hat Sie Ihnen auch erzählt, dass ich Hundewelpen massakriere?«, fragte Vann.

»Nein, das hat sie nicht«, sagte ich. »Vielleicht hat sie das als bekannt vorausgesetzt.«

»Was meinen Sie?«

»Ich glaube nicht, dass Sie Hundewelpen massakrieren.«

Vann lächelte. »Ich meinte die Sachen, die Trinh tatsächlich gesagt hat.«

»Heute ist mein dritter Tag mit Ihnen. Sie nehmen mich hart ran – womit ich überhaupt kein Problem habe –, aber dann tun Sie so etwas wie da drinnen. Sie lassen ein paar Idioten mit Schusswaffen laufen, statt sie vor Gericht zu schleifen. Wenn sie sich einen Anwalt genommen hätten, wären Sie mit Ihrem Vorwurf der ›Vortäuschung einer falschen Identität‹ nicht weit gekommen.«

»Das ist Ihnen aufgefallen.«

»Ja«, sagte ich. »Das könnte man also als schludrig bezeichnen. Natürlich ist mir auch aufgefallen, dass Sie viel rauchen, und wenn wir nach sechs Uhr abends telefonieren, scheinen Sie immer in irgendeiner Bar zu hocken und nach einem schnellen Fick Ausschau zu halten. Soweit ich es beurteilen kann, beeinträchtigt das Ihre Arbeit in keiner Weise, und es ist Ihre Sache, was Sie in Ihrer Freizeit machen. Also ist mir das alles im Grunde ziemlich egal, abgesehen von der Überlegung, dass es ganz allgemein eine schlechte Idee ist, Ihre Lungen mit Insektengift zu tränken.«

»Glauben Sie, dass das alles etwas mit meiner Zeit als Integratorin zu tun hat?«

»Keine Ahnung. Ich habe nicht den Eindruck, dass Sie es eilig damit haben, mir von dieser Zeit zu erzählen, was für mich darauf hindeutet, dass damals wahrscheinlich etwas ziemlich Beschissenes passiert ist. Aber Sie werden es mir entweder erzählen, wenn Sie möchten, oder Sie werden es nicht tun. Das Gleiche gilt für das, was auch immer zwischen Ihnen und Trinh vorgefallen ist, weil sie ganz offensichtlich wegen etwas angepisst ist, das mit Ihnen zu tun hat.«

»Interessant, wie Sie das formulieren«, bemerkte Vann.

»Und nun zu der einzigen Sache, die Trinh gesagt hat, weswegen ich mir wirklich Sorgen mache. Sie glaubt, dass Sie irgendwann zusammenbrechen, und wenn Sie das tun, werden Sie mich mitreißen.«

»Und was denken Sie über diese Einschätzung?«

»Fragen Sie mich noch einmal, wenn die Demonstration vorbei ist. Vielleicht kann ich Ihnen dann eine Antwort geben.«

Vann lächelte wieder.

»Hören Sie, Vann«, sagte ich. »Wenn Sie mir versprechen, dass Sie nicht zusammenbrechen und mich mitreißen, werde ich Ihnen glauben. Aber versprechen Sie es mir nicht, wenn Sie es nicht einhalten können. Wenn Sie es mir nicht versprechen können, ist das in Ordnung. Aber das ist etwas, das ich vorher wissen möchte.«

Vann hielt einen Moment inne und sah mich an. »Ich mache Ihnen einen Vorschlag«, sagte sie schließlich. »Wenn dieses Wochenende vorbei ist, werden wir beide uns irgendwo zusammen hinsetzen, und dann trinke ich ein Bier, und Sie machen, worauf Sie Lust haben, und dann erzähle ich Ihnen, warum ich aufgehört habe, als Integratorin zu arbeiten und warum meine letzte Partnerin sich in den Bauch geschossen hat und warum dieses Arschloch Trinh stinkig auf mich ist.«

»Ich kann es kaum erwarten.«

»In der Zwischenzeit werde ich nicht zusammenbrechen und Sie in nichts hineinziehen, Shane. Ich verspreche es.«

»Ich glaube Ihnen.«

»Gut«, sagte Vann und zog ihr Telefon hervor, um nach der Uhrzeit zu sehen. »Damit wäre das geklärt. Jetzt kommen Sie. Wir müssen noch zwei Distriktwachen besuchen.«

»Ich dachte, ich soll mich in Kalifornien umsehen.«

»Dort wird niemand vor neun Uhr auf den Beinen sein«, sagte Vann. »Uns bleiben also noch ein paar Stunden. Schauen wir mal, ob wir bis dahin ein paar weitere Unruhestifter nach Hause schicken können. Einer der Threeps, die im ersten Distrikt verhaftet wurden, ist wegen Trunkenheit und Ruhestörung aufgefallen. Ich möchte gern hören, wie so etwas passieren konnte.«

15

Ich blickte mich um und fand mich in der Asservatenkammer der FBI-Niederlassung in Los Angeles wieder. Eine Agentin musterte mich. »Agent Shane?«, fragte sie.

»Der bin ich«, sagte ich und wollte aufstehen. Wobei ich ein kleines Problem bemerkte. »Ich kann mich nicht bewegen«, sagte ich nach einer Weile.

»Ja, richtig«, bestätigte die Agentin. »Unser eigentlicher Ersatz-Threep wird gerade von einer Agentin benutzt. Sie musste ihren vorübergehend wegen irgendwelcher Wartungsarbeiten abgeben. Der einzige Threep, den wir verfügbar haben, ist dieser. Er ist hier schon seit einiger Zeit eingelagert.«

»Wie lange ist *einige Zeit*?« Ich fand das Diagnoseprogramm und ließ es laufen.

»Ich glaube, etwa vier Jahre«, sagte die Agentin. »Oder fünf. Es könnten auch fünf sein.«

»Sie lassen mich einen Threep benutzen, der im Zusammenhang mit einem Verbrechen sichergestellt wurde?«, fragte ich. »Ist das nicht so etwas wie eine Zweckentfremdung von Beweismitteln?«

»Ach, der Fall ist abgeschlossen«, sagte die Agentin. »Der Besitzer dieses Threeps ist in unserer Haftanstalt gestorben.«

»Wie ist das passiert?«

»Er wurde abgestochen.«

»Jemand hat einen Haden abgestochen? Das ist ziemlich heftig.«

»Er war ein übler Zeitgenosse«, sagte die Agentin.

»Hören Sie, äh …« Mir wurde bewusst, dass ich den Namen der Agentin noch nicht wusste.

»Agentin Isabel Ibanez.«

»Hören Sie, Agentin Ibanez«, sagte ich. »Ich möchte nicht undankbar erscheinen, aber ich habe eine Selbstdiagnose dieses Threeps durchgeführt und festgestellt, dass die Beine überhaupt nicht funktionieren. Sie scheinen erheblich beschädigt worden zu sein.«

»Das liegt wahrscheinlich daran, dass mit einer Schrotflinte auf diesen Threep geschossen wurde.«

»Mit einer Schrotflinte«, wiederholte ich.

»Während eines Schusswechsels mit FBI-Agenten, ja«, bestätigte Ibanez.

»Der Besitzer muss wirklich ein übler Zeitgenosse gewesen sein.«

»Das kann man wohl sagen.«

»Ihnen ist klar, dass ein Threep, dessen Beine sich nicht bewegen lassen, recht hinderlich bei der Arbeit sein dürfte, die ich heute erledigen muss.«

Ibanez trat zur Seite und zeigte dann auf den Rollstuhl, vor dem sie bis eben gestanden hatte.

»Ein Rollstuhl«, sagte ich.

»Ja«, sagte Ibanez.

»Ein Threep in einem Rollstuhl.«

»Ja«, wiederholte Ibanez.

»Ihnen ist die Ironie bewusst?«

»Diese Dienststelle ist behindertengerecht«, erklärte Ibanez. »Und wie ich es verstanden habe, werden Sie eine Postfiliale aufsuchen, die laut Gesetz ebenfalls behindertengerecht eingerichtet sein muss. Also dürfte es keine Probleme geben.«

»Sie meinen das wirklich ernst, oder?«

»Etwas anderes haben wir im Moment nicht zur Verfügung«, sagte Ibanez. »Wir könnten einen Threep für Sie mieten, aber dazu wäre eine entsprechende Genehmigung und viel Papierkram nötig. Damit würden Sie den ganzen Tag zubringen.«

»Richtig«, sagte ich. »Würden Sie mich für einen Moment entschuldigen, Agentin Ibanez?« Ich klinkte mich aus dem beschädigten Threep aus, bevor sie die Gelegenheit erhielt, noch etwas zu sagen.

Zwanzig Minuten später verließ ich eine Avis-Niederlassung in Pasadena in einem nagelneuen kastanienbraunen Threep von Kamen Zephyr, den ich aus eigener Tasche angemietet hatte, und stieg in den ebenfalls kastanienbraunen Ford, den ich ebenfalls gemietet hatte. Dann machte ich mich auf den Weg zur Postfiliale von Duarte. So viel zum Thema Papierkram.

Die Postfiliale von Duarte war ein unscheinbarer Kasten aus beigen Ziegeln mit Bogenfenstern, um dem Ganzen ein gewisses spanisches Flair zu geben. Ich ging hinein und stellte mich artig in die Schlange, während drei ältere Damen Briefmarken kauften und Pakete verschickten. Als ich an der Reihe war, projizierte ich meine Dienstmarke auf dem Brustmonitor meines Threeps und sagte der Postangestellten, dass ich mit dem Filialleiter sprechen wollte.

Ein kleiner, älterer Mann kam in den Raum. »Ich bin Roberto Juarez«, sagte er. »Der Leiter dieser Postfiliale.«

»Hallo«, sagte ich. »Agent Chris Shane.«

»Komisch«, sagte Juarez. »Sie haben den gleichen Namen wie dieser berühmte Junge.«

»Scheint so.«

»Er war doch einer von Ihnen«, sagte er. »Ein Haden, meine ich.«

»Ich erinnere mich.«

»Muss manchmal recht nervig für Sie sein«, bemerkte Juarez.

»Manchmal«, sagte ich. »Mr. Juarez, vor etwa einer Woche kam ein Mann in Ihre Postfiliale, um eine Geldanweisung in Auftrag zu geben. Es wäre sehr hilfreich, wenn Sie mir etwas mehr über ihn erzählen könnten.«

»Wir haben hier sehr viele Leute, die wegen Geldanweisungen zu uns kommen. In dieser Gegend leben viele Einwanderer, die Geld nach Hause schicken. Handelte es sich um eine internationale oder eine nationale Geldanweisung?«

»National.«

»Gut, dann können wir die Suche ein wenig eingrenzen. Damit haben wir seltener zu tun. Haben Sie ein Foto von diesem Mann?«

»Haben Sie ein Tablet, das ich mir für einen Moment ausborgen könnte?« Ich hätte das Foto auf meinem Brustmonitor darstellen können, aber wie ich immer wieder feststelle, irritiert es viele Leute, wenn sie mir auf die Brust starren sollen. Die Postangestellte, deren Namensschild sie als Maria Willis auswies, gab mir ihr Gerät. Ich loggte mich ein, rief die Aufnahme von Sani ab – gereinigt und mit geschlossenen Augen – und zeigte sie ihnen. »Es ist nicht das beste Foto.«

Juarez betrachtete das Bild ausdruckslos.

Willis dagegen schlug überrascht die Hand vor den Mund. »O Gott!«, rief sie. »Das ist Ollie Green.«

»Ollie Green?«, wiederholte ich den Namen. »Wie in Oliver Green und wie die Farbe?«

Willis nickte und schaute sich das Foto noch einmal an. »Er ist tot, nicht wahr?«

»Ja«, sagte ich. »Es tut mir leid. Sie kannten ihn?«

»Er kam etwa jede Woche vorbei und holte sich ein Formular, einen Umschlag und eine Briefmarke. Er war nett. Man merkte, dass er etwas *langsam* war …« Sie sah mich an, um sich zu vergewissern, dass ich die Andeutung verstanden hatte. »… aber er war ein netter Kerl. Machte gern noch etwas Small Talk, wenn es keine Schlange gab.«

»Worüber hat er gesprochen?«, fragte ich.

»Die üblichen Dinge«, sagte Willis. »Das Wetter. Irgendeinen Film oder eine Serie, die er gesehen hatte. Manchmal erzählte er mir von den Eichhörnchen, die er auf dem Weg hierher bemerkt hatte. Er mochte sie sehr. Einmal sagte er, dass er gern einen kleinen Hund hätte, der sie jagt. Ich sagte zu ihm, wenn er das tut, würden das Eichhörnchen und der Hund bestimmt von einem Auto überfahren werden.«

»Also wohnte er in der Nähe«, sagte ich. »Wenn er zu Fuß zur Postfiliale kam.«

»Ich glaube, er sagte, dass er in den Bradbury Park Apartments wohnt. Bradbury Park oder Bradbury Villa. Etwas in der Art.«

Ich gab sofort den Suchbegriff ein und fand die Bradbury Park Apartment Homes, die nur etwa eine halbe Meile entfernt waren. Also meine nächste Station. »Hat er jemals über seine Arbeit gesprochen?«, fragte ich.

»Eigentlich nicht«, sagte Willis. »Er erwähnte sie einmal, meinte aber, dass es etwas Vertrauliches ist und er nicht darüber sprechen kann. Damals habe ich mir nichts dabei gedacht. Ich hatte es eher als Witz verstanden.«

»Gut.«

»Aber ich glaube nicht, dass ihm seine Arbeit gefallen hat«, fügte Willis hinzu.

»Wie kommen Sie darauf?«

»Die letzten paar Male, die ich ihn gesehen habe, wirkte er gar nicht glücklich. Er war still, was sehr ungewöhnlich für ihn war. Also fragte ich ihn, ob alles in Ordnung war. Er sagte, dass sein Job ihn fertigmacht. Aber mehr hat er dazu nicht gesagt.«

»Ich verstehe.«

»Und jetzt ist er tot«, sagte Willis. »Hatte das etwas mit seinem Job zu tun?«

»Das kann ich zum jetzigen Zeitpunkt noch nicht sagen. Wir stecken noch mitten in den Ermittlungen.«

Juarez räusperte sich. Ich blickte mich um und sah zwei ältere Damen, die warteten.

Ich nickte ihm zu. »Wie es scheint, sollten wir langsam zum Schluss kommen. Gibt es noch irgendetwas, das Ihnen im Zusammenhang mit Oliver Green im Gedächtnis geblieben ist?«

»Bei einem seiner letzten Besuche fragte er nach einem Postfach«, sagte Willis. »Er wollte wissen, wie viel so etwas kostet und was er tun muss, um eins zu bekommen. Ich habe ihm den Preis genannt und gesagt, dass er zwei verschiedene Ausweise vorlegen muss. Danach schien er das Interesse zu verlieren. Ich sagte ihm, dass er mit einem Bankschließfach vielleicht besser bedient wäre.«

»Warum?«

»Weil er sagte, er hätte etwas, das er an einem sicheren Ort aufbewahren wollte.«

»Oliver Green«, sagte Rachel Stern, die Verwalterin von Bradbury Park. »Netter Kerl. Hat eine Zweizimmerwohnung im Erdgeschoss gemietet, in der Nähe des Gartens und des Wäscheraums. Das heißt, er hat sie nicht direkt gemietet, sondern seine Firma.«

Ich blickte auf. »Seine Firma?«

»Ja«, sagte Stern. »Filament Digital.«

»Ich wüsste nicht, dass ich diesen Namen schon einmal gehört hätte.«

»Irgendwas mit Computern und medizinischen Dienstleistungen, glaube ich«, sagte Stern. »Ich bin mir nicht ganz sicher. Ich weiß nur, dass sie sehr viel für die City of Hope machen, weshalb sie das Apartment bei uns gemietet haben. Damit die Leute, die für sie arbeiten, hier in der Nähe wohnen können.«

»Also war Mr. Green nicht der erste Mieter.«

»Nein, vor ihm gab es ein paar andere. Die meisten waren in Ordnung. Einem mussten wir mal sagen, dass er nach zweiundzwanzig Uhr leiser sein sollte. Er hat gern sehr laute Musik gehört.«

»Aber nicht Green.«

»Nein. Ein vorbildlicher Mieter. Ist viel gereist, vor allem in letzter Zeit. Ich habe ihn hier kaum noch gesehen.« Sie sah mich für einen Moment verdutzt an. »Hat Mr. Green wegen irgendwas Schwierigkeiten mit dem FBI?«

»Nicht direkt«, sagte ich. »Er ist tot.«

»O Gott«, sagte Stern. »Was ist passiert?«

»Ms. Stern, wäre es in Ordnung, wenn ich mich in Mr. Greens Wohnung umschaue?«, wechselte ich das Thema.

»Sicher. Ich meine, wenn er noch leben würde, müssten Sie sich wohl einen Durchsuchungsbefehl besorgen, aber wenn er gestorben ist …« Sie verstummte und schien zu überlegen, wie es weitergehen sollte. Dann nickte sie und sah mich wieder an. »Natürlich, Agent Shane. Folgen Sie mir.« Sie winkte mir, ihr durch die Tür ihres Büros zu folgen.

»Ein wirklich schöner Komplex«, sagte ich zu ihr, während wir unterwegs waren. Hauptsächlich, um zu plaudern, aber gleichzeitig wollte ich sie davon abhalten, noch einmal darüber nachzudenken, ob tatsächlich eine richterliche Anordnung nötig wäre.

»Hier ist es ganz nett«, sagte sie. »Anderswo haben wir noch schönere Anlagen. Diese liegt im Mittelfeld unserer Angebote. Aber Duarte ist eine schöne kleine Stadt, muss ich sagen. Agent Shane, würde es Ihnen etwas ausmachen, wenn ich Ihnen eine Frage stelle?«

»Fragen Sie einfach.«

»Sind Sie irgendwie mit Sienna Shane verwandt?«

»Ich glaube nicht. Ist sie eine berühmte Persönlichkeit?«

»Was? O nein«, sagte Stern. »Ich bin in Glendora mit ihr auf die Highschool gegangen, und als wir uns zum Klassentreffen nach zehn Jahren wiedergesehen haben, sagte sie, ein

Cousin von ihr hätte Haden. Ich dachte nur, dass Sie vielleicht dieser Cousin sind.«

»Nein. Ich bin nicht einmal von hier. Ich wurde in Virginia geboren.«

»Warum haben Sie mich gefragt, ob sie berühmt ist?«, wollte sie von mir wissen.

»Wenn Leute einen fragen, ob man jemanden kennt, geht es meistens um Prominente. Deshalb.«

»Ich kenne keinen Prominenten namens Shane«, sagte Stern und zeigte dann auf eine Wohnung. »Da wären wir.«

Ich blickte auf und griff dann nach ihrem Arm. »Einen Moment, bitte.«

»Was ist los?«, fragte Stern.

Ich zeigte auf die Veranda des Apartments. Das meiste war hinter einer Mauer versteckt, aber ganz oben war die gläserne Schiebetür zur Veranda zu sehen. Sie stand einen Spaltbreit offen.

»Hat Green Mitbewohner?«, fragte ich leise.

»Nicht laut Mietvertrag«, sagte Stern.

»Stand die Verandatür schon vorher offen?«

»Ich glaube nicht.«

Ich wollte nach dem Holster mit meinem Stunner greifen, doch dann wurde mir bewusst, dass ich mich in einem gemieteten Threep befand. »Verdammt«, sagte ich und blickte auf die Stelle, wo mein Stunner nicht war.

»Was ist los?«, fragte Stern.

»Haben Sie Ihr Telefon dabei?«

»Ja.«

»Bleiben Sie hier«, sagte ich und zeigte auf die Verandatür. »Wenn ich nicht in genau einer Minute durch diese Tür komme, rufen Sie die Polizei. Dann gehen Sie zurück in Ihr Büro und bleiben dort. Verstanden?«

Stern starrte mich an, als hätte ich mich plötzlich in einen Oktopus oder etwas in der Art verwandelt. Ich ließ sie stehen, ging zur Verandamauer, zog mich hinüber und sprang so leise wie möglich auf den Boden. Geduckt ging ich zur Verandatür weiter, schaltete meinen Aufzeichnungsmodus ein, schob die Tür weit genug auf, um hindurchschlüpfen zu können, und betrat die Wohnung. Dann richtete ich mich wieder auf.

Ein mattschwarzer Threep stand in der Küchennische, etwas mehr als fünf Meter entfernt, mit einem Umschlag in der Hand.

Wir beide starrten uns gute fünf Sekunden lang an. Dann schloss ich die Verandatür hinter mir und verriegelte sie. Danach wandte ich mich wieder dem Threep zu.

»FBI«, sagte ich. »Keine Bewegung.«

Der andere Threep rannte in Richtung Wohnungstür los.

Ich rannte hinterher, sprang dabei über ein Sofa und rammte den Threep etwa einen Meter vor der Eingangstür. Er krachte gegen die Wand. Der Gipskarton riss auf, hielt aber stand.

Der Threep versuchte mir gegen den Kopf zu schlagen, konnte aber nicht genug Hebelkraft ansetzen. Ich packte ihn, hob ihn an und schleuderte ihn zurück ins Wohnzimmer. Der Umschlag fiel ihm aus der Hand.

»Sie sind wegen Einbruchdiebstahls verhaftet«, sagte ich und ging in einem Bogen auf den Threep zu, um ihn davon abzuhalten, zur Verandatür auszubrechen. »Zusätzlich haben Sie sich wegen Angriffs auf einen Bundespolizisten strafbar gemacht. Geben Sie auf. Machen Sie es nicht schlimmer, als es bereits ist.«

Der Threep täuschte eine Bewegung in Richtung Tür vor, dann lief er in die Küche, was dumm war, weil er jetzt auf drei Seiten von Wänden eingeschlossen war. Ich näherte mich von der offenen Seite. Der Threep blickte sich um, sah verschiedene Messer in einem Messerblock, griff sich eins und richtete es auf mich.

Ich schaute es an, dann den Threep. »Wollen Sie mich verarschen?« Der Körper meines Threeps bestand aus Carbonfaser und Graphen. Mit einem Messer konnte man ihm gar nichts anhaben.

Der Threep warf das Messer nach mir, und ich zuckte unwillkürlich zusammen. Es prallte von meinem Kopf ab und fiel auf den Küchenfußboden. Als ich mich wieder aufrichtete, hatte der Threep einen großen Topf von dem Haufen schmutzigen Geschirrs in der Spüle genommen und zielte damit genau auf meinen Kopf. Er traf mich mit einem tönenden Knall, riss meinen Kopf zur Seite und dellte ihn leicht ein.

Erst dann bemerkte ich, dass die Schmerzrezeptoren meines Miet-Threeps auf sehr empfindlich eingestellt waren. Irgendein Teil meines Bewusstseins erkannte, dass eine hohe Schmerzempfindlichkeit durchaus sinnvoll war, wenn die Threep-Vermietung ihre Kunden daran hindern wollte, etwas Dummes mit ihrem Eigentum anzustellen.

Der Rest meines Bewusstseins dachte nur: *Autsch, meine Fresse, tut das weh!*

Der Threep holte mit dem Arm zu einem neuen Schlag

aus. Ich machte eine Faust und schlug gegen den Topf, als er herunterkam, dann warf ich mich auf den Threep und drückte ihm dabei den Ellbogen gegen den Hals.

Zumindest hatte ich es mir so vorgestellt. Was ich tatsächlich tat, sah weniger nach Kung Fu, sondern eher nach einer betrunkenen Rauferei aus. Andererseits schaffte ich es, den Threep zurückzudrängen und zum Straucheln zu bringen. Was der eigentliche Zweck der Übung war.

Auf dem Herd stand eine Bratpfanne mit Rühreiresten. Ich griff danach und sah den Threep an, der wieder aufgestanden war und den Topf erhoben hatte.

»Kommen Sie«, sagte ich. »Wollen wir das wirklich durchziehen?«

Der Threep wog den Topf in der Hand und wartete.

»Hören Sie«, sagte ich. »Die Polizei wurde verständigt und ist auf dem Weg hierher. Sie sollten lieber …«

Der Threep holte weit aus und ließ den Topf heruntersausen. Ich wich zur Seite aus, sodass der Topf mich verfehlte. Als die Arme des Threeps unten waren, lagen seine Hände frei. Ich schlug mit der Pfanne dagegen, als wäre ich ein Tennisspieler, der einen Flugball annahm. Der Threep wurde rückwärts auf den Hintern geworfen.

Ich nutzte meinen Vorteil aus und trat gegen seine Seite, als er sich wieder aufrappeln wollte, wodurch er weiter zurück und nach rechts in die Küche rutschte. Der rechte Arm mit dem Topf war lang ausgestreckt. Ich schlug mit den Beinen dagegen, machte ihn bewegungsunfähig, warf den Körper gegen den Herd und drückte den anderen Arm unter den Rücken. Dann hob ich die Bratpfanne.

Der Threep blickte auf die Pfanne und dann auf mich.

»Ja, ich weiß, es ist eine gottverdammte Bratpfanne«, sagte ich.

Dann rammte ich sie in den Hals des Threeps, seitlich, wie eine Axt, sieben- oder achtmal, bis die Carbonfaserverkleidung aufriss. Anschließend nahm ich das Messer vom Küchenboden und schob es in den Riss, bis ich spürte, wie die Spitze das Kabelbündel berührte, das den Prozessor des Threeps mit den verschiedenen Körpersystemen verband.

»Sehen Sie, *so* benutzt man ein Messer im Kampf gegen einen Threep!« Dann hämmerte ich mit der Pfanne auf den Messergriff.

Das Messer zerschnitt die Kabel. Der Threep hörte auf, sich gegen mich zu wehren.

Ich verkeilte das Messer und weitete den Riss im Hals ein wenig, bis ich das Kabel erkennen konnte, das von der Batterie kam und den Prozessor im Kopf mit Strom versorgte. Ich griff in den Hals und legte einen Finger darum. Dann sah ich den Threep an.

»Ich weiß, dass Sie noch da drin sind und mich hören können. Und ich weiß, dass dieser Threep immer noch sprechen kann. Warum machen wir es also nicht auf die einfache Weise?« Ich blickte mich im Chaos um. »Zumindest auf die *einfachere* Weise. Sagen Sie mir, wer Sie sind und warum Sie hier sind. Ich habe Ihren Threep. Ich habe den Datenspeicher. Früher oder später werde ich sowieso alles erfahren.«

Der Threep sagte immer noch nichts. Aber wer auch immer ihn steuerte, war immer noch da und sah mich immer noch an.

»Wie Sie meinen«, sagte ich und zog am Stromkabel. Ich

spürte, wie es sich vom Anschluss löste. Nun war der Threep offiziell tot.

Ich stand auf und blickte mich im Apartment um. Es sah aus, als wäre es von einem Haufen Vandalen verwüstet worden. Ich ging zur Tür, öffnete sie und sah Rachel Stern draußen stehen. Sie hatte ihr Telefon am Ohr und starrte mich an.

»Ich habe Lärm gehört«, sagte sie. »Da habe ich die Polizei gerufen.«

»Ausgezeichnete Idee«, sagte ich. »Rufen Sie auch gleich die FBI-Niederlassung in L. A. an, wenn Sie schon mal dabei sind. Sagen Sie, dass ich eine komplette Spurensicherungseinheit brauche und möglichst auch einen technischen Gerichtsmediziner. Sagen Sie, je schneller sie hier sind, desto besser.«

»Alles in Ordnung mit Ihnen?«, fragte Stern und musterte den Kopf meines Threeps.

»Nun, wie soll ich es formulieren? Ich glaube kaum, dass ich für diesen Threep die Kaution zurückbekomme.« Ich wandte mich von ihr ab und ging zurück in die Wohnung.

Auf dem Boden lag der Umschlag, der dem Threep aus der Hand gefallen war.

Ich hob ihn auf. Es war ein schlichter weißer Umschlag, auf dem die Worte »Für Oma und Janis« in sehr großer, nicht allzu erwachsen wirkender Handschrift geschrieben standen. Der Umschlag war versiegelt. Ich überlegte einen Moment, dann öffnete ich ihn. Er enthielt eine Datenkarte.

»Sieh mal einer an!«, sagte ich.

Ein Anruf wurde in meinem Sichtfeld angezeigt. Er kam von Klah Redhouse.

»Hier Agent Shane.«

»Äh, Chris, hier spricht Officer Redhouse«, sagte er.

»Ich weiß.«

»Wegen dieser Sache, in der Sie ermitteln …«

»Ja?«

»Nun, ich habe hier ein paar Leute, die mit Ihnen darüber reden möchten.«

»Wichtige Leute, würde ich raten.«

»Das ist ziemlich gut geraten«, sagte Redhouse.

»Sie sitzen nicht zufällig in diesem Moment bei Ihnen in Ihrem Büro, oder?«, fragte ich.

»Ja, genau«, bestätigte Redhouse. »Wie haben Sie das erraten?«

»Hauptsächlich an Ihrem nervösen Gestammel«, sagte ich.

Am anderen Ende der Leitung wurde leise gelacht. »Sie haben mich durchschaut«, sagte er dann. »Jedenfalls hoffen diese Leute, dass sie noch heute mit Ihnen reden können.«

Ich hielt die Datenkarte hoch, um sie mir genauer anzusehen. »Ich denke, das lässt sich arrangieren«, sagte ich. »Auch ich hoffe, mit ein paar Leuten in Ihrer Nähe reden zu können.«

16

»Sagen Sie mir bitte, dass Sie eine Aufzeichnung von Ihrer Rauferei haben«, wurde ich von Vann begrüßt, als ich in ihr Büro zurückkehrte.

»Mir geht es gut«, erwiderte ich und ging zu ihrem Schreibtisch hinüber. »Danke, dass Sie sich nach meinem Befinden erkundigt haben.«

»Ich habe nicht danach gefragt, weil ich weiß, dass es Ihnen gut geht«, erklärte Vann. »Sie waren in einem Threep. Das Schlimmste, was Ihnen hätte passieren können, wäre eine Beule gewesen.«

»Das ist nicht das Schlimmste, was hätte passieren können«, sagte ich. Die letzte halbe Stunde meines Aufenthalts in Kalifornien hatte ich damit zugebracht, dem sehr verärgerten Manager von Avis in Pasadena meine Versicherungsdaten zu geben, damit ihm der Threep ersetzt wurde, den ich mit einem aufgerissenen und eingedellten Kopf zurückgebracht hatte.

»Sie haben überlebt.«

»Den anderen Threep hat es schlimmer getroffen«, räumte ich ein.

»Und wissen wir schon, wer dieser andere Threep war?«, fragte Vann.

»Nein«, sagte ich. »Die Spurensicherung von L. A. sieht

ihn sich gerade an. Aber als ich ihn untersucht habe, konnte ich nirgendwo eine Angabe zu Hersteller oder Modell finden.«

»Das ist seltsam.«

»Das ist *sehr* seltsam«, sagte ich. »Jeder kommerzielle Threep muss per Gesetz mit diesen Angaben und einer Seriennummer versehen sein.« Ich hob den Arm, um ihr zu zeigen, wo die Nummer meines Threeps knapp unter der Achselhöhle eingraviert war. »Doch bei ihm – Fehlanzeige.«

»Mögliche Erklärungen?«, fragte Vann.

»Erstens, es könnte ein Prototyp sein. Ein Modell, das noch nicht auf dem Markt ist. Zweitens, es ist ein Marktmodell, das nachträglich modifiziert wurde, einschließlich Entfernung von Herstellerangaben und Seriennummer. Drittens, es ist ein Ninja.«

»Ein Ninja-Threep«, sagte Vann. »Witzig.«

»Es war nicht besonders witzig, als er versucht hat, mir mit einem Topf den Schädel einzuschlagen. Die Spurensicherung in L. A. hat mir versprochen, mich zu informieren, wenn sie irgendetwas herausfinden. Ich habe ihnen gesagt, dass sie den Prozessor und den Speicher sehr genau untersuchen sollen. Sie haben mich angesehen, als wäre ich ein Arschloch.«

»Niemand mag es, wenn einem jemand erklärt, wie man seinen Job machen soll, Shane.«

»Ich bin nicht allzu sehr von der Niederlassung in L. A. beeindruckt, muss ich Ihnen gestehen«, sagte ich. »Aber vielleicht bin ich etwas voreingenommen, weil sie meinen Threep in einem Rollstuhl durch die Gegend schieben wollten.« In meinem Gedächtnis tauchte die flüchtige Erinnerung an einen äußerst ungehaltenen Anruf von Agentin Ibanez auf, die zehn Minuten lang auf meine Rückkehr gewartet hatte, bis sie darauf kam, dass ich mich vollends aus dem Staub gemacht hatte. Ich gewann den Streit, als ich darauf hinwies, was geschehen wäre, wenn ich mich im Rollstuhl zum Bradbury Park begeben hätte. Dann wäre uns der geheimnisvolle Threep mitsamt wichtiger Beweismittel entwischt.

Was mich an den Beweis erinnerte. »Ich muss heute Nachmittag noch einmal nach Arizona.«

»Ziemlich abrupter Themenwechsel, aber okay«, sagte Vann.

»Es ist kein Themenwechsel«, sagte ich. »Johnny Sani ließ eine Datenkarte für seine Schwester und seine Großmutter zurück. Darauf hatte der Ninja es abgesehen. Die Karte enthält Daten, aber sie ist passwortgeschützt.«

»Eigentlich dürfte es nicht allzu schwer sein, darauf zu kommen, welches Passwort Johnny Sani sich ausgedacht hat.«

»Wahrscheinlich nicht, aber es dürfte trotzdem einfacher sein, zuerst seine Familie zu fragen. Ich bin mir ziemlich sicher, dass die Karte für sie bestimmt war. Ich habe eine Kopie der Daten gemacht. Mit der Kopie muss ich zu ihnen gehen und schauen, ob sie etwas damit anfangen können.«

»Werden Sie sie auch fragen, ob sie wissen, warum Johnny unter einem anderen Namen gelebt hat?«

»Das werde ich, aber ich rechne nicht damit, dass sie es wissen«, antwortete ich und dachte kurz darüber nach. »Genauso seltsam ist, dass auch Oliver Green keinen Identitätsnachweis zu haben scheint.«

»Wie meinen Sie das?«, fragte Vann.

»Als ich mit der Postangestellten sprach, sagte sie, dass Sani ein Postfach mieten wollte. Aber als sie ihm erklärte, dass er dazu zwei Ausweisdokumente benötigt, verlor er das Interesse. Und die Wohnung wurde nicht von ihm, sondern von Filament Digital angemietet. Auch da musste er keinen Ausweis vorlegen.«

»Was ist Filament Digital?«

»Eine Firma, die Komponenten für neuronale Netzwerke herstellt«, sagte ich. »Ein chinesisches Unternehmen. Ich habe dort angerufen, aber niemanden erreicht. Da drüben ist es jetzt mitten in der Nacht.«

»Hat die Firma keine Niederlassung in den USA?«, fragte Vann.

»Soweit ich feststellen konnte, war dieses Apartment die amerikanische Niederlassung. Auch das lasse ich von unseren Leuten in L. A. untersuchen.«

»Beim FBI von L. A. scheinen Sie sich sehr beliebt gemacht zu haben.«

»Das glaube ich auch. Womit haben Sie Ihren Tag verbracht?«

»Nun, ich habe ein paar weitere Hadens aus den Arrestzellen der Metro Police geholt«, sagte Vann. »Die meisten entschieden sich für die ›Verschwinden Sie aus D. C.‹-Option, aber es gab ein paar, die das nicht getan haben, und ein Paar, das nicht ungestraft davonkommen kann, sodass sie alle jetzt für die nächsten Tage Gäste der Bundesregierung sind. Wir werden uns nach der Demonstration um sie kümmern. Die Polizisten sagten mir, dass es da draußen immer angespannter wird. Ach ja, und ich habe diese Integratorin aus der Reserve gelockt.«

»Welche?«, fragte ich. »Brenda Rees?«

»Ja, genau«, bestätigte Vann. »Ich habe sie angerufen und mich identifiziert und gesagt, dass ich mich gern mit ihr treffen würde, um ihr ein paar Fragen zu stellen. Sie fragte, warum, und ich sagte, dass wir Ermittlungen zum Bombenanschlag auf Loudoun Pharma anstellen. Dann fragte sie, warum ich mit ihr darüber reden will, worauf ich sagte, dass wir lediglich einem anonymen Hinweis nachgehen.«

»Soweit mir bekannt ist, haben wir keinen anonymen Hinweis bekommen.«

»Richtig, aber sie wurde nervös, als ich das sagte, was ich sehr interessant fand.«

»Jeder würde nervös werden, wenn Sie um ein Gespräch bitten und erwähnen, dass Sie einem anonymen Hinweis zu einem Bombenschlag nachgehen«, gab ich zu bedenken.

»Es geht darum, auf welche Weise jemand nervös wird. Rees wurde plötzlich ganz ruhig und erklärte sich mit einem Treffen heute Abend einverstanden.«

»Kommt sie zu uns?«, fragte ich.

»Ich habe ihr die Adresse eines Cafés in Georgetown gegeben, das ich gern besuche«, sagte Vann. »So fühlt es sich nicht so offiziell an, und sie kann sich entspannen und öffnen.«

»Das heißt, zuerst jagen Sie ihr Angst ein, und dann wollen Sie, dass sie sich entspannt«, sagte ich. »Sie brauchen mich gar nicht für das ›Guter Bulle, böser Bulle‹-Spiel. Das schaffen Sie ganz allein.«

»Das ist eine von meinen Eigenarten, die Trinh als ›schludrig‹ bezeichnet.«

»Ich bin mir nicht sicher, ob sie damit falschliegt.«

»Wenn es funktioniert, liegt sie damit falsch.«

»Das ist eine gefährliche Philosophie«, sagte ich.

Vann zuckte nur mit den Schultern.

Ein Anruf wurde in meinem Sichtfeld angezeigt. Es war Tony.

»Du hast mir nicht gesagt, dass ich in einer *realen* Leichenhalle an einem *realen* Gehirn arbeiten würde, wenn ich diesen Auftrag übernehme«, sagte er, nachdem wir die Begrüßungsfloskeln hinter uns gebracht hatten.

»Ich musste vorsichtig sein, bis man dich als unbedenklich eingestuft hat. Tut mir leid.«

»Schon gut«, sagte Tony. »Es ist nur so, dass ich noch nie ein echtes, reales Gehirn gesehen habe. Außerdem musste ich meine Geruchsempfindlichkeit praktisch auf null runterstufen.«

»Hast du irgendetwas herausgefunden?«, fragte ich.

»Ich habe eine Menge rausgefunden. Ich glaube, wir sollten uns demnächst darüber unterhalten. Vielleicht zusammen mit deiner Partnerin.«

»Dann sollten wir uns treffen«, sagte ich.

»Aber nicht in der Leichenhalle«, sagte Tony. »Es wird Zeit, dass ich von all dem Fleisch wegkomme.«

»Okay, hier wäre die erste Sache«, sagte Tony und rief eine Darstellung von Johnny Sanis Gehirn auf. Es lag noch im Schädel und lugte durch den Schleier aus Lametta, der das neuronale Netzwerk war. Wir befanden uns in einem riesigen Labor: ich, Vann, Tony und Ramon Diaz, der Tony mit sichtlicher Belustigung seine Imaging-Kontrollen überlassen hatte.

»Das ist ein Gehirn«, sagte Vann. »Und?«

»Es ist nicht das Gehirn, das Sie sich ansehen sollten, sondern das neuronale Netzwerk.«

»Okay. Was ist damit?«

»Es ist absolut einzigartig«, sagte Tony.

»Ich dachte, jedes neuronale Netzwerk wäre einzigartig«, sagte ich. »Es passt sich dem Gehirn an, in das es eingesetzt wurde.«

»Richtig, aber vor der Installation sind alle Modelle gleich.« Tony zeigte auf meinen Kopf. »Der Raytheon in deinem Kopf ist genauso wie jede andere Version dieses Modells. Sobald es in deinem Kopf ist, ordnen sich die Kabel und Rezeptoren auf eine Weise an, die für dein Gehirn einzigartig ist. Aber es ist immer noch die gleiche Hardware und die gleiche Ausgangssoftware.«

Vann deutete auf das Netzwerk, das der Bildschirm zeigte. »Und Sie sagen, dass dieses Ding keins der handelsüblichen Modelle ist, die es auf dem Markt gibt?«

»Ich gehe sogar noch weiter«, entgegnete Tony. »Es passt zu keinem Modell, das jemals entwickelt wurde. Alle neuronalen Netzwerke müssen von der Gesundheitsbehörde zugelassen werden oder von den entsprechenden Institutionen in anderen Ländern. Sämtliche vorgelegten Modelle werden in eine globale Datenbank eingegeben, die von diesen Behörden und von Leuten wie mir benutzt werden können. Ich habe nachgesehen, und dieses Modell ist in der Datenbank nicht verzeichnet.«

»Also ist es ein Prototyp«, sagte Vann.

»Prototypen werden keinen lebenden Personen eingepflanzt. Weil es Prototypen sind und sie den Träger töten können, wenn sie nicht richtig funktionieren. Wir modellieren sie extensiv auf Computern und testen sie an Tieren und speziell kultiviertem Gehirngewebe, bevor sie genehmigt werden. Wenn es sich im Gehirn von jemandem befindet, ist es definitionsgemäß ein endgültiges Modell.« Er zeigte auf das Netzwerk. »Also ist auch dies hier eins. Aber es ist nicht in der Datenbank.«

»Können wir uns das Netzwerk ohne das blutige Drumherum ansehen?«, fragte ich.

Tony nickte. Das Bild von Sanis Kopf verschwand und wurde durch ein Drahtgittermodell des Netzwerks ersetzt. »Ich hatte noch keine Zeit, das Modell aufzuhübschen«, sagte Tony.

»Kein Problem, für mich sieht es jetzt wie ein Haufen Spaghetti aus«, sagte ich.

»Und warum wolltest du es dann sehen?«

»Damit ich mir nicht anschauen muss, wie ein realer Kopf seziert wurde.«

»Ach so«, sagte Tony. »Entschuldigung.«

»Sie erwähnten, eine solche Version hätten Sie noch nie zuvor gesehen«, sagte Vann.

»Richtig«, bestätigte Tony.

»Sieht dieses Netzwerk vielleicht einem anderen *ähnlich*, das Sie schon einmal gesehen haben?«, fragte Vann. »Jede Automarke, die ich kenne, hat so etwas wie einen allgemeinen Charakter. Das könnte auch bei neuronalen Netzwerken der Fall sein.«

»Darüber habe ich auch schon nachgedacht«, sagte Tony. »Und was ich hier sehe, ist eine Mischung aus Designs verschiedener existierender Modelle. Das Ausgangsfasernetz sieht zum Beispiel sehr nach dem aus, was Santa Ana macht. Aber die Verbindungsarchitektur ist praktisch ein Imitat von Lucturn. Das ist die Accelerant-Tochterfirma, von der ich dir heute früh erzählt habe, Chris.« Er sah mich an, bis ich nickte. »Und es gibt viele andere Elemente, die von anderen aktuellen und ehemaligen Herstellern stammen. Was uns vielleicht einen Hinweis gibt.«

»Welchen?«, fragte Vann.

»Ich glaube nicht, dass das hier als kommerzielles Netzwerkmodell gedacht ist. Es ist ein richtig *gutes* neuronales Netzwerk. Es ist sehr effizient und elegant, und wenn ich mir den Aufbau ansehe, vermute ich, dass das Gehirn-Netzwerk-Interface saubere Arbeit ist.«

»Aber«, sagte ich.

»Das *Aber* hat damit zu tun, dass dieses System eine Kombination der besten Elemente vieler anderer bereits existierender Modelle ist, die felsenfest patentiert sind«, sagte Tony und deutete auf die Darstellung. »Wenn jemand versuchen würde, dieses Ding auf den Markt zu bringen, würde er von allen anderen Netzwerkherstellern verklagt werden. Es würde zu einem jahrelangen Rechtsstreit kommen. Es wäre schlicht unmöglich, dass es jemals auf den Markt kommt. Niemals. Völlig ausgeschlossen.«

»Spielt das eine Rolle, wenn es ein Netzwerk für einen Integrator ist?«, fragte ich. »Es ist ein winziger Markt, verglichen mit dem Haden-Markt. Man könnte damit argumentieren, dass so etwas keine kommerzielle Bedrohung wäre.«

»Nicht unbedingt«, erwiderte Tony. »Der Unterschied zwischen der Architektur eines Haden-Netzwerks und eines Integrator-Netzwerks ist nicht besonders groß. Die entscheidende Abweichung besteht darin, wie sie im Gehirn angeordnet werden, weil sich die Gehirnstrukturen von Hadens und Integratoren unterscheiden, und in der Software, mit der das Netzwerk betrieben wird.«

»Warum also macht jemand so etwas?«, fragte Vann. »Warum baut jemand ein Netzwerk, das man nicht verkaufen kann?«

»Das ist eine gute Frage«, sagte Tony. »Denn die Konstruktion eines neuronalen Netzwerks ist etwas, das man nicht zu Hause nach Feierabend machen kann. Das erste funktionierende Netzwerk, das jemals gebaut wurde, hat einhundert Milliarden Dollar an Forschungs- und Entwicklungskosten verschlungen. Seitdem sind die Kosten erheblich gesunken, aber nur relativ. Man muss für Simulationen und Tests, die Modellierung und Herstellung und alles andere bezahlen.« Wieder zeigte er auf das Netzwerk. »Also dürfte dieses Ding immer noch so um die eine Milliarde Dollar gekostet haben.«

»Eine Milliarde Dollar, einfach so zum Fenster rausgeworfen«, bemerkte Diaz.

»Richtig«, sagte Tony. Er schien leicht überrascht zu sein, dass Diaz immer noch da war. »Und genau das ist der Punkt. Man gibt nicht eine Milliarde Dollar für ein Netzwerk aus, das man nicht verkaufen kann. Vor allem gibt man *jetzt* nicht mehr so viel Geld aus, weil die Forschungskosten für Haden-Technik seit Abrams-Kettering nicht mehr kräftig vom Staat subventioniert werden. In den USA gibt es etwas weniger als viereinhalb Millionen Hadens, von denen schon fast alle irgendein Netzwerk im Kopf haben. Selbst wenn diese Architektur kein Patentrecht verletzen würde, wäre es trotzdem Unsinn, so viel Geld zu investieren, weil der Markt praktisch gesättigt ist und man mit den neuen Haden-Fällen, die jedes Jahr in den USA dazukommen, niemals schwarze Zahlen schreiben könnte. Selbst eine weltweite Vermarktung würde nicht viel mehr einbringen.«

»Die reinste Geldverschwendung«, sagte ich.

»Das ist es«, bestätigte Tony. »Zumindest, soweit ich es einschätzen kann. Aber vielleicht übersehe ich etwas.«

»Schauen wir es uns einmal von der anderen Seite an«, sagte Vann.

»Wie meinen Sie das?«, fragte ich.

»Vergessen wir für den Moment, *warum* jemand so etwas konstruieren sollte«, sagte sie. »Fragen wir uns stattdessen, *wer* es machen könnte. Wenn wir eine ungefähre Vorstellung haben, wer dahinterstecken könnte, kommen wir vielleicht darauf, warum er es getan hat. Also – wer könnte es tun?«

»Lucas Hubbard könnte es tun«, sagte ich. »Eine Milliarde ist für ihn kein Pappenstiel, aber er müsste schon mehrere Milliarden verlieren, bevor er es spüren würde.«

»Ja, aber das trifft so ziemlich auf jeden Inhaber einer Firma zu, die Haden-Technik produziert«, sagte Tony. »Wir haben die Hadens mit Unmengen an Geld überhäuft, weil die First Lady davon betroffen war. Verdammt, Chris, das alte Foto von dir mit dem Papst hat wahrscheinlich die Förderung der Hadens für weitere ein oder zwei Jahre garantiert. Ich bin kein großer Fan von Abrams-Kettering, aber ein Punkt, in dem sie recht hatten, war die Befürchtung, dass die Haden-Subventionierung zu einem langen Futtertrog wird, aus dem sehr viele Schweinchen fressen können. Hubbard ist eins von ihnen. Genauso wie Kai Lee, der Santa Ana leitet. Und etwa zwanzig weitere Leute in den Vorstandsetagen dieser Unternehmen. Jeder von ihnen hätte so etwas finanzieren können, ohne dass es allzu sehr wehtut.«

»Ja, aber Hubbard stand in Verbindung mit Sani«, gab ich zu bedenken.

»Der Tote«, sagte Tony, und ich nickte. »In was für einer Verbindung?«

»Accelerant besitzt die Firma, die das Monopol auf die gesundheitliche Versorgung der Navajo-Nation hat«, sagte Vann. »Und Sani war ein Navajo.«

»Das ist keine allzu starke Verbindung«, sagte Tony nach einer Weile.

»Wir arbeiten dran«, sagte ich.

»Außerdem würde Hubbard im Moment nicht gern eine Milliarde Dollar aus dem Fenster werfen«, sagte Tony. »Accelerant bemüht sich um eine Fusion von Metro und Sebring-Warner, und vielleicht versucht man sogar, den Laden einfach aufzukaufen. Wenn Hubbard das wirklich macht, dürfte eine Bargeldzahlung Teil des Deals sein.«

»Sie kennen sich ungewöhnlich gut mit der geschäftlichen Situation von Accelerant aus«, bemerkte Vann.

»Ich halte mich über alle Firmen, für die ich arbeite, auf dem Laufenden«, sagte Tony und sah sie an. »Dadurch weiß ich, welche Kunden Arbeit für mich haben könnten. Und im Moment weiß ich, dass sich alle Unternehmen auf dem Haden-Sektor für den großen Zusammenbruch wappnen. Entweder fusionieren sie, oder sie kaufen sich gegenseitig auf oder versuchen, ihre Geschäfte auszuweiten. Abrams-Kettering hat den Futtertrog umgeworfen. Aus dieser Richtung kommt nichts mehr.«

»Das heißt also, selbst wenn Hubbard oder Lee oder jemand anderer so etwas finanzieren *könnte*, würde er es trotzdem nicht tun«, fasste ich zusammen.

»Zumindest nicht jetzt«, sagte Tony. »So schätze ich es ein. Aber ich bin kein FBI-Agent oder etwas in der Art.«

»Wen gäbe es sonst noch?«, fragte Vann und sah mich an. Anscheinend wurde es Zeit für eine neue Prüfung.

Ich dachte etwa eine Minute lang darüber nach. »Nun ja, da gäbe es noch *uns*, nicht wahr?«, sagte ich dann.

»Das FBI?«, hakte Diaz erstaunt nach.

»Nicht das FBI, aber die US-Regierung«, sagte ich. »Für Uncle Sam würde eine Milliarde Dollar keine allzu große Rolle spielen, und es wäre durchaus möglich, dass er etwas bauen lässt, das sich kommerziell nicht verwerten lässt, entweder zu reinen Forschungszwecken oder weil irgendein Kongresspolitiker ein Interesse daran hat.«

»Also könnte es in irgendeinem Institut der Gesundheitsbehörde als Beschäftigungsmaßnahme entwickelt worden sein«, sagte Vann.

»Die US-Regierung ist dafür bekannt, Farmern Geld zu geben, damit sie kein Gemüse anbauen«, sagte ich. »Es gibt keinen Grund, warum dieses Prinzip nicht auch für Hightech gelten sollte.« Ich wandte mich an Tony. »Vielleicht ist das der Grund, warum dieses Modell nicht registriert ist, weil es nie für die kommerzielle Verwertung gedacht war.«

»Gut möglich«, sagte Tony. »Aber das erklärt immer noch nicht, warum jemand dieses Ding im Kopf hatte.«

»Wir arbeiten daran«, wiederholte ich.

»Arbeitet härter«, schlug Tony vor.

»Was ist mit der Software?«, fragte ich.

»Ich habe sie mir nur flüchtig angesehen«, sagte Tony. »Darum wollte ich mich als Nächstes kümmern, aber ich dachte mir, dass ihr vielleicht nicht so lange auf den Hardware-Bericht warten wollt. Soweit ich erkennen kann, wurde sie in Chomsky programmiert, was sinnvoll ist, weil das die Sprache ist, die speziell für neuronale Netzwerke entwickelt wurde. Die Software hat deutlich weniger Befehlszeilen als die meisten Programme für Integratoren, die ich kenne. Was bedeutet, dass sie entweder sehr effizient ist oder nur für ganz bestimmte Zwecke geschrieben wurde.«

»Wann werden Sie uns sagen können, was der Fall ist?«, fragte Vann.

»Ich müsste Ihnen noch heute Abend einen ersten Bericht geben können«, sagte Tony. »Wenn Sie genauere Angaben möchten, sollten Sie mir erlauben, das Programm über Nacht nach Hause mitzunehmen.«

»Das geht in Ordnung«, sagte Vann.

»Äh, ich sollte noch erwähnen, dass ich den anderthalbfachen Satz berechne, wenn ich nachts arbeite.«

»Selbstverständlich«, sagte Vann. »Hauptsache, Sie können uns um sieben Uhr einen vorläufigen Bericht geben.«

»Das lässt sich machen«, sagte Tony.

»Und Sie«, sagte Vann und sah mich an. »Glauben Sie, dass Sie bis dahin aus Arizona zurück sind?«

»Ich denke schon«, sagte ich.

»Dann fliegen Sie, Shane, fliegen Sie.« Vann ging hinaus und zog dabei ihre E-Zigarette aus der Jackentasche.

17

In der Dienststelle der Polizei von Window Rock gibt es einen Konferenzraum mit einem großen Bildschirm. Heute war darauf eine passwortgeschützte Videodatei zu sehen, die darauf wartete, geöffnet zu werden.

Ich befand mich ebenfalls im Raum. Genauso wie May und Janis Sani. Klah Redhouse und sein Chef Alex Laughing saßen den zwei Frauen gegenüber. Im Hintergrund des Raumes standen Gloria Roanhorse, die Sprecherin der Navajo-Nation, und Raymond Becenti, ihr Präsident.

Es waren diese beiden Letztgenannten gewesen, die Redhouse nervös gemacht hatten, als er mich angerufen hatte. Es ist eine Sache, wenn einem der eigene Chef bei der Arbeit an einem Fall auf die Finger schaut. Aber es ist etwas ganz anderes, wenn die zwei mächtigsten Leute der Navajo-Nation dasselbe tun.

Ich warf einen Blick zu Redhouse. Er schien sich auch jetzt nicht ganz wohl in seiner Haut zu fühlen.

»Ich kenne kein Passwort«, sagte May Sani zu Redhouse. »Janis auch nicht. Johnny hat uns nie irgendwelche Passwörter genannt.«

»Das glauben wir auch«, sagte Redhouse. »Wir vermuten, dass er Ihnen diese Daten geben wollte, doch dann starb er, bevor er es tun konnte. Aber wir wissen, dass die Nachricht für Sie beide bestimmt war. Also ist das Passwort vielleicht eine Sache, die Ihnen etwas sagt oder vielleicht nur Sie beide wissen.«

Janis schaute zu mir. »Sie können das Passwort nicht einfach knacken?«, fragte sie.

»Das wollten wir nicht tun«, sagte ich. »Es wäre respektlos gegenüber Johnny und Ihnen beiden. Wenn Sie es möchten, können wir es versuchen. Aber das könnte einige Zeit dauern. Ich stimme mit Officer Redhouse überein, dass Sie vorher ein paarmal raten sollten.«

»Wenn Leute ein Passwort aussuchen, benutzen sie häufig Namen von Familienmitgliedern oder Haustieren«, sagte Redhouse und wandte sich der Tastatur zu, die drahtlos mit dem Bildschirm verbunden war. »Zum Beispiel ›May‹.« Er tippte das Wort ein. Fehlanzeige. »Oder ›Janis‹.« Auch dieser Versuch schlug fehl. »Irgendwelche Haustiere?«

»Wir hatten einen Hund, als Johnny ein kleiner Junge war«, sagte Janis. »Sein Name war Bentley. Unsere Mutter hat ihn auf diesen Namen getauft.« Redhouse probierte es damit. Wieder nichts. Genauso war es mit verschiedenen Kombinationen dieser drei Namen.

»Wir haben nicht den ganzen Tag Zeit«, wandte sich Roanhorse flüsternd an Becenti, der dazu nickte.

»Konnte Johnny Navajo?«, fragte ich. »Konnte er es sprechen oder schreiben?«

»Ein bisschen«, sagte Janis. »Wir haben es in der Schule gelernt, aber er war nie besonders gut im Unterricht.«

»Er liebte die Geschichten über die Codesprecher«, sagte May. »Die aus dem Zweiten Weltkrieg. Über sie gibt es einen alten Film, den er als Kind gern gesehen hat.«

»*Windtalkers*?«, fragte Redhouse.

»Ich glaube, ja«, sagte May. »Mir hat er nicht gefallen. Zu viel Blut. Irgendwann habe ich ihm ein Wörterbuch der Codesprecher zum Geburtstag geschenkt. Darin hat er oft gelesen.«

Ich rief online ein Wörterbuch der Navajo-Codesprecher auf. Es enthielt mehrere Hundert Wörter, außerdem verschiedene Kategorien, einschließlich der Bezeichnungen für Flugzeuge, Schiffe, militärische Einheiten und Monate.

»*Tah Tsosie*«, sagte ich.

Alle Anwesenden sahen mich verwundert an. »Was haben Sie gerade gesagt?«, hakte Redhouse nach.

»*Tah Tsosie*«, wiederholte ich. »Ich habe mir dieses Wörterbuch angesehen. Der Monat Mai heißt *Tah Tsosie*. Mir ist klar, dass meine Aussprache furchtbar ist.«

»In der Tat«, sagte Redhouse lächelnd.

»Johnny hat mich eine Zeit lang so genannt, nachdem ich ihm das Buch geschenkt hatte«, sagte May.

»Es wäre einen Versuch wert«, sagte ich zu Redhouse.

Er tippte es ein.

Die Datei wurde geöffnet.

»May, Janis«, sagte Präsident Becenti. »Möchten Sie es sich zuerst allein ansehen?«

»Nein«, sagte May. Sie hielt ihrer Enkelin eine Hand hin, und Janis griff danach. »Bleiben Sie.«

Redhouse drückte eine weitere Taste, um die Videodatei zu starten.

Auf dem Bildschirm erschien Johnny Sani, den ich nun zum ersten Mal lebend sah.

»Hallo, Großmutter. Hallo, Janis«, sagte er und starrte in die Linse, die er sich sehr nahe vor das Gesicht hielt, sodass der Hintergrund größtenteils verdeckt war. »Vielleicht können sie hören, was ich mit dem Telefon mache, also habe ich mir diese Kamera gekauft. Ich werde das hier erst mal verstecken, damit ihr es findet, falls mir etwas zustößt.

Ich glaube, mit mir stimmt etwas nicht. Ich glaube, etwas, das sie mit mir gemacht haben, macht mich krank.

Ihr erinnert euch, wie ich mich um einen Job als Hausmeister beworben habe. Danach bekam ich einen Anruf von jemandem, der sagte, er würde jemanden für einen anderen Job suchen. Der ziemlich gut bezahlt wird. Er sagte, ich soll noch mal zum Computerzentrum gehen, wo ein selbstfahrendes Auto auf mich warten wird. Ich sollte nicht mehr tun, als ihm meinen Namen nennen, dann würde es mich zum Vorstellungsgespräch bringen. Ich ging hin, das Auto war da, und ich sagte meinen Namen.

Der Wagen fuhr mich nach Gallup, zu einem Gebäude, wo ein Threep auf mich wartete. Er sagte, dass er Bob Gray heißt. Beim Job ging es darum, als persönlicher Assistent für einen bedeutenden Mann zu arbeiten. Ich fragte ihn, was das genau heißt, und er sagte, hauptsächlich sollte ich Botengänge machen und ihn zu Terminen bringen. Er sagte, ich würde viel reisen und die Welt sehen und gutes Geld verdienen, und das alles klang für mich sehr gut.

Ich fragte Bob: Warum ich? Und er sagte, weil ich spezielle Begabungen hätte, von denen ich selbst gar nichts weiß. Dann gab er mir zweitausend Dollar in bar und sagte, das wäre das erste Wochengehalt im Voraus, und ich könnte es behalten, auch wenn ich ablehne. Er sagte, ich würde meinen Lohn in bar bekommen, sodass ich nicht mal Steuern oder so zahlen muss.

Jedenfalls nahm ich den Job sofort an. Bob sagte, dass der Geschäftsführer großen Wert auf Verschwiegenheit legt, also sollte ich anderen Leuten nur sagen, dass ich einen Job hatte. Das tat ich auch.

Und nachdem ich mich von euch verabschiedet hatte, fuhr das Auto mich nach Kalifornien. Dort traf sich Bob mit mir und zeigte mir mein Apartment und sagte, dass es jetzt meins ist. Dann gab er mir noch mehr Geld.

Am nächsten Tag brachte Bob mich zu meinem Chef, der Ted Brown heißt und auch in einem Threep war. Er sagte, dass ich als sein Assistent zu einem Integrator werden muss, was jemand ist, der andere Leute in seinem Kopf aufnimmt. Damit ich das tun kann, müssen sie mir einen Computer ins Gehirn einpflanzen. Zuerst hatte ich Angst, aber dann sagten sie, dass es nicht wehtut und dass Ted mich nur ab und zu brauchen würde, und die übrige Zeit kann ich dann tun, was ich will. Aber weil mein Job geheim war, sollte ich einen Decknamen benutzen, Oliver Green.

Sie brachten mich zu einer Arztpraxis, und ich schlief ein, und als ich wieder aufwachte, hatten sie mir mein ganzes Haar abgeschnitten und sagten, dass ich nun einen Computer im Gehirn hatte. In den nächsten paar Tagen hatte ich Kopfschmerzen. Sie sagten, das wäre der Computer, der sich an mein Gehirn gewöhnt. Sie sagten, es würde ein paar Wochen dauern, bis er sich an mich angepasst hat.

Als es so weit war, kamen Ted und Bob herüber und sagten, es würde Zeit, eine Integration zu probieren. Ted sagte, er würde in mein Gehirn kommen und meinen Körper bewegen. Ich war einverstanden, und dann wurde mir ein wenig übel, und dann bewegte sich mein Arm von ganz allein. Das machte mir Angst, aber Bob sagte mir, ich sollte mich entspannen und mir keine Sorgen machen. Dann spazierte Ted eine Weile mit meinem Körper in meiner Wohnung herum.

Danach benutzte Ted meinen Körper jeden Tag ein bisschen. Wir gingen in ein Geschäft oder in die Bibliothek, und einmal hat er bei der Post sogar eine Geldanweisung für euch aufgegeben. Und ich dachte, das ist gar nicht so schlimm, ich muss nur daran denken, ganz entspannt zu bleiben.

Das machten wir drei Monate lang. Ich fragte ihn, wann wir auf Reisen gehen, und er sagte, bald.

Und dann fing es an.

Eines Tages schaute ich Fernsehen, und ich blinzelte, und die Sendung war vorbei, und es lief eine andere Sendung. Ich dachte, dass ich anscheinend eingeschlafen war, ohne es zu merken. Und am nächsten Tag legte ich einen Burrito in die Mikrowelle und drückte den Knopf, um ihn aufzuwärmen. Dann blinzelte ich wieder, und draußen war es dunkel, und der Burrito war kalt. Er war warm gewesen, weil etwas Füllung ausgelaufen war. Aber es war schon so lange her, dass er wieder abgekühlt war.

Es wurde immer schlimmer. Ich tat irgendwas, und dann war ich woanders und tat etwas ganz anderes. Ich zog mir ein Hemd an, und dann trug ich ein zweites. Irgendwann schaltete ich den Fernseher ein, um mir eine Sendung anzusehen, die montags läuft, und dann war es Dienstag, und es war morgens und nicht abends.

Ich sagte Ted nichts davon, weil ich Angst hatte, er würde mich feuern, wenn er weiß, dass ich Probleme habe. Aber irgendwann machte es mir so große Sorgen, dass ich es ihm sagen musste. Er schickte mich zum Arzt, und der Arzt sagte, mit mir wäre alles in Ordnung. Leute, die Integratoren sind, haben manchmal etwas, das er ›Aussetzer‹ nannte. Er sagte, es würde irgendwann aufhören, und dann würde ich mich auch wieder an alles erinnern können. Ich versuchte, mir keine Sorgen mehr zu machen, aber es passierte trotzdem immer wieder.

Dann blickte ich eines Tages auf, und eine Gruppe von Männern stand um mich herum. Ich kannte keinen, und einer sprach zu mir, und ich hatte keine Ahnung, wovon er redete. Dann sagte er etwas über den Mord an jemandem. Ich kann mich nicht an den Namen erinnern. Er stellte mir eine Frage, und ich wusste nicht, wovon er sprach, also hielt ich den Mund und tat gar nichts. Dann sagte einer von ihnen: ›Er hat die Verbindung verloren.‹ Und ein anderer sagte: ›Mist.‹ Dann fragte wieder ein anderer, ob das bedeutet, dass nun der andere anwesend ist. Ich war mir ziemlich sicher, dass er damit mich meinte. Ich blieb weiter ruhig und tat nichts, und dann war es plötzlich am nächsten Tag. Bob kam vorbei und fragte mich, wie es mir geht. Ich log und sagte, dass alles bestens ist.

Ich glaube, ich habe es jetzt verstanden. Ich dachte, ich hätte Aussetzer, weil sie mir den Computer in den Kopf eingepflanzt hatten. Aber ich glaube, in Wirklichkeit sind es Bob und Ted, die den Computer in meinem Kopf benutzen, sodass ich diese Aussetzer habe.

Die Sache ist die, dass die Aussetzer jetzt immer länger

werden. Beim letzten Mal habe ich drei ganze Tage verloren. Ich weiß nicht, ob ich irgendetwas dagegen tun kann. Ich habe überlegt, ob ich abhauen sollte, aber ich habe ja jetzt den Computer im Kopf. Ich weiß, dass sie mich wiederfinden würden. Und sie können mich jederzeit nach Belieben ausknipsen. Und ich glaube, wenn ich die Aussetzer habe, benutzen sie mich, um schlimme Dinge zu tun. Oder sie werden mich dazu bringen, schlimme Dinge zu tun.

Ich weiß nicht, was ich jetzt tun soll. Ich erzähle hier alles, damit ihr Bescheid wisst. Wenn ihr erfahrt, dass ich etwas Schlimmes getan habe, wisst ihr, dass ich es eigentlich gar nicht war. Ihr wisst, dass ich so etwas nie tun würde. Ich weiß nicht, ob ich sie daran hindern kann, mich für etwas Schlimmes zu benutzen. Aber ich verspreche euch, dass ich es versuchen werde.

Eigentlich wollte ich nur einen Job haben. Ich wollte dir die Möglichkeit verschaffen, in einem schönen Haus zu wohnen, Großmutter. Und dir auch, Janis. Es tut mir leid. Ich liebe euch.«

Das Bild schwenkte von Johnny Sanis Gesicht weg und zeigte sein Schlafzimmer in Duarte. Dann wurde es schwarz.

»Wer in der gottverdammten Hölle tut so etwas?«, fragte Becenti. Man konnte mit Fug und Recht sagen, dass er vor Wut kochte.

Inzwischen hatten May und Janis Sani bestürzt den Konferenzraum verlassen. Captain Laughing hatte sie nach draußen begleitet und Redhouse zu verstehen gegeben, dass das Gespräch während seiner Abwesenheit fortgesetzt werden sollte. Präsident Becenti hätte keine gesonderte Aufforderung benötigt.

»Ist so etwas überhaupt möglich?«, wollte Redhouse von mir wissen.

»Jemanden geistig ausschalten und seinen Körper übernehmen?«, fragte ich. Redhouse nickte. »Davon habe ich noch nie gehört.«

»Was nicht heißen muss, dass es nicht möglich wäre«, sagte Sprecherin Roanhorse.

»Nein, das heißt es nicht. Aber wenn so etwas möglich wäre, ist es überraschend, dass es noch nie zuvor gemacht wurde. Neuronale Netze sind so konstruiert, dass sie nicht komplett übernommen werden können«, sagte ich und wartete ab.

»Was?«, fragte Redhouse.

Ich überlegte kurz, was ich ihnen erzählen sollte, aber dann dachte ich, scheiß drauf, es ist die politische Führung der Navajo-Nation. Es waren nicht irgendwelche Leute. »Das neuronale Netzwerk in Johnny Sanis Kopf ist ein Unikat«, erklärte ich. »Es ist durchaus möglich, dass es speziell für einen solchen Zweck angefertigt wurde. Das würde ihn zu einem einzigartigen Fall machen.«

»Warum er?«, fragte Becenti. »Warum hat man so etwas mit Johnny Sani gemacht?«

»Jeder andere hätte eine Spur hinterlassen«, sagte ich. »Johnny Sani hat sich nie zuvor außerhalb der Navajo-Nation aufgehalten. All seine medizinischen Daten sind hier gespeichert. Er hat keine Ausweisdokumente außer seiner Sozialversicherungsnummer, und die hat er nie für irgendetwas benutzt. Er scheint nie einen Job gehabt zu haben, bei dem er nicht in bar ausgezahlt wurde, unter dem Tisch, wie auch bei diesem Job. Er hat nicht allzu viele Freunde und nur wenige Familienangehörige.«

»Mit anderen Worten, wenn man jemanden für ein medizinisches Experiment braucht, wäre er perfekt geeignet«, fasste Redhouse zusammen.

»So in etwa«, sagte ich.

Becenti kochte immer noch. »Ich kannte Johnny Sani«, sagte er zu mir.

»Ja, Sir. Davon habe ich gehört.« Was ich tatsächlich von Klah Redhouse gehört hatte, war, dass Becenti in jüngeren Jahren ein Auge auf Johnnys und Janis' Mutter June geworfen hatte. Wie es schien, wurden seine Gefühle nie erwidert, aber damit war die Sache für den Präsidenten der Navajo-Nation nicht aus der Welt. Alte Liebe rostet nicht.

Becenti zeigte auf den Bildschirm, der wieder den Anfang des Videos mit Johnny Sanis Gesicht zeigte. »Ich will herausfinden, wer das getan hat«, sagte er. »Und dann will ich ihm den Kopf abreißen.«

»Ich werde tun, was ich kann, Mr. President.« Ich war mir nicht ganz sicher, ob diese Anrede protokollgemäß war, aber ich dachte mir, dass sie auch nicht völlig falsch sein konnte.

»Wenn wir Ihnen irgendwie helfen können, lassen Sie es uns wissen«, sagte er.

»Officer Redhouse war uns bereits eine große Hilfe«, sagte ich. »Wenn ich noch irgendetwas brauche, gebe ich ihm Bescheid.«

Becenti nickte und verließ den Raum.

»Wann werden Sie die Leiche der Familie überlassen?«, fragte Roanhorse, nachdem Becenti fort war.

»Bald«, versprach ich ihr. »Unser Spezialist ist mit der Untersuchung des Netzwerks in Sanis Kopf fast fertig. Danach spricht eigentlich nichts mehr dagegen, die Leiche freizugeben.«

»Wie ich es verstanden habe, wollen Sie den Sanis helfen, Johnny hierher zurückzubringen«, sagte sie.

Bei dieser Bemerkung warf ich einen Blick zu Redhouse. Seine Miene war ausdruckslos. »Die nötigen Vorkehrungen werden getroffen, ja«, sagte ich. »Die Person, die ihre Unterstützung zugesagt hat, hat darum gebeten, anonym zu bleiben, um jeglichen Wirbel zu vermeiden.«

»Ich frage mich, warum diese anonyme Person ihre Hilfe zugesagt hat«, bemerkte Roanhorse.

»Weil jemand den Sanis helfen sollte und diese Person dazu in der Lage ist«, sagte ich.

»Sie verstehen, was ›anonym‹ bedeutet?«, sagte ich zu Redhouse, nachdem auch Roanhorse den Raum verlassen hatte.

Redhouse zeigte auf die Tür, durch die sie hinausgegangen war. »Das ist die Sprecherin der Navajo-Nation und obendrein eine gute Freundin meiner Mutter. Wer könnte etwas vor ihr geheim halten?«

»Lassen Sie es nicht zu den Sanis durchsickern.«

»Schon klar«, sagte Redhouse. »Und jetzt sollten Sie mir lieber etwas geben, womit ich Ihnen helfen kann, weil Sie mich für den Präsidenten zur Zielscheibe gemacht haben.«

»Ich wollte Sie damit über den grünen Klee loben!«, protestierte ich.

»Das weiß ich zu schätzen«, sagte Redhouse. »Aber jetzt wird er nicht Sie anrufen, um sich zu erkundigen, was es Neues gibt.«

»Es gibt tatsächlich etwas, das Sie für mich tun können. Gehen Sie die medizinischen Datenbanken der Nation durch. Schauen Sie nach, ob es andere Leute wie Johnny Sani gibt. Die an Haden erkrankt sind, die Meningitis hatten und sich davon erholt haben.«

»Was soll ich tun, wenn ich diese Leute gefunden habe?«

»Sagen Sie ihnen, dass sie keine Jobangebote von Fremden annehmen sollen.«

Redhouse lächelte und ging hinaus. Ich rief Tony an.

»Im Moment bin ich dabei, den Bericht fertigzustellen«, sagte er, sobald die Verbindung stand.

»Ich will dich nicht daran hindern«, sagte ich. »Aber ich möchte, dass du für mich außerdem eine bestimmte Sache überprüfst.«

»Kann ich das extra berechnen?«, fragte Tony.

»Meinetwegen gern, klar.«

»Dann sag mir, was es ist.«

»Schau bitte mal nach, ob es im Code irgendetwas gibt, das den Integrator ausschalten könnte.«

»Du meinst etwas, das ihn bewusstlos macht oder so?«

»Ja«, sagte ich. »Der Integrator ist bewusstlos, aber der Körper bleibt funktionsfähig.«

»Das geht nicht«, sagte Tony. »Integratoren sind nicht nur passive Behältnisse für ihre Klienten. Sie müssen bei Bewusstsein sein, um ihnen assistieren zu können.«

»Das glaube ich dir gern«, sagte ich. »Überprüf es trotzdem.«

»Und ich vermute, dass du es zum Sieben-Uhr-Termin wissen möchtest.«

»Das wäre nett.«

»Ich werde dir den Feiertagstarif berechnen.«

»Kein Problem für mich«, sagte ich. »Mach dich an die Arbeit.«

»Schon dabei«, sagte er und trennte die Verbindung.

Ich blickte auf und sah Johnny Sani, der mich ansah. Stumm erwiderte ich seinen Blick.

18

»Also gut, ihr werdet nicht glauben, was jetzt kommt«, sagte Tony, als er sich unserem Stehtisch im Alexander's Café im Cady's Alley in Georgetown näherte. Vann hatte bestimmt, dass an diesem Ort das Gespräch mit Brenda Rees in entspannter Atmosphäre stattfinden sollte. Wir standen an einem Stehtisch, weil es in Cafés nicht gern gesehen wurde, wenn Threeps Stühle besetzten, eine kleine technologische Borniertheit, die mir letztlich ziemlich egal war.

»Wer sind Sie?«, fragte Vann den anderen Threep, der mit Tony hereinkam.

»Tayla Givens«, antwortete sie, bevor ich es für sie tun konnte. »Eine Mitbewohnerin von Tony und Chris. Tony sagte mir, dass wir kurz in diesem Café haltmachen, bevor wir ins Kino gehen.«

Vann sah mich mit der unausgesprochenen Frage an, ob es in Ordnung war, wenn Tayla mithörte, was wir zu besprechen hatten. Ich reagierte mit einer kleinen Geste, die so viel wie *Was soll's?* bedeutete. Vann wandte sich wieder Tayla zu. »Wir reden hier über vertrauliche Angelegenheiten, also erzählen Sie bitte nichts weiter.«

»Wenn Sie möchten, kann ich mein Gehör ausschalten«, sagte Tayla. »Ich mache es sowieso öfter, wenn Tony in der Nähe ist.«

»He!«, sagte Tony.

Vann lächelte. »Nicht nötig. Hauptsache, es dringt nichts nach außen.«

»Tony ist streng genommen ein Patient von mir«, sagte Tayla. »Also werde ich das Ganze unter ärztlicher Schweigepflicht klassifizieren.«

Vann wandte sich wieder an Tony. »Was werden wir Ihnen nicht glauben?«

»Chris, du hast mich gebeten, in der Software nach etwas zu suchen, das den Integrator bewusstlos macht«, sagte Tony.

»Ja. Hast du so etwas gefunden?«

»Nein«, antwortete Tony. »Ich hatte dir erklärt, dass der Integrator bei Bewusstsein sein muss, um dem Klienten assistieren zu können, und dieser Punkt ist weiterhin gültig. Was die Software tatsächlich tut – oder tun kann – ist *viel* verrückter. Sie raubt dem Integrator den freien Willen. Und dann löscht sie alle Erinnerungen aus.«

»Erklären Sie das«, sagte Vann, die plötzlich sehr aufmerksam geworden war.

»Integratoren bleiben aus zwei Gründen bei Bewusstsein«, sagte Tony. »Erstens: Es ist ihr Körper, und sie müssen das Vetorecht behalten, wenn ein Klient irgendeine Dummheit begehen will, zum Beispiel eine Prügelei anfangen oder ohne Fallschirm aus einem Flugzeug springen. Zweitens: Weil eine Integration niemals absolut sauber ist, nicht wahr? Das neuronale Netzwerk übermittelt die Wünsche des Klienten an das Gehirn des Integrators. Das Gehirn empfängt sie und bewegt den Körper entsprechend und lässt ihn tun, was der Klient möchte. Aber manchmal ist das

Signal nicht stark genug, sodass der Integrator eingreifen und nachhelfen muss, damit das Gewünschte passiert.«

»Der Integrator muss Absichten erkennen und assistieren«, sagte Vann. Mit einem Mal wurde mir klar, dass Tony keine Ahnung von Vanns Vorgeschichte als Integratorin hatte.

»Genau«, sagte Tony. »Einen Integrator auszuschalten ist also nicht nur moralisch falsch, es widerspricht außerdem dem eigentlichen Zweck einer Integration, der darin besteht, dem Klienten die Illusion eines voll funktionsfähigen Körpers zu geben. Ein Körper mit bewusstlosem Integrator hätte große Schwierigkeiten, zu gehen oder sonst irgendetwas mit halbwegs normaler Geschicklichkeit zu tun.«

»Aber jemand hat eine Möglichkeit gefunden, das zu umgehen«, sagte Vann.

»Es scheint so.«

»Wie?«

»Der Code, den ich mir angesehen habe, spielt mit der Propriozeption des Integrators«, sagte Tony. »Er gibt ihm das Gefühl, den eigenen Körper nicht mehr wahrnehmen zu können.«

»Er wird gelähmt«, sagte Tayla, die ihr Gehör offenbar nicht ausgeschaltet hatte.

»Nein«, widersprach Tony. »Das ist nämlich der hinterlistige Teil. Man kann den Integrator nicht lähmen, weil der Klient dann den Körper nicht mehr benutzen kann. Hier wird dem Integrator einfach nur die eigene Körperempfindung genommen, während der Körper weiterhin auf alle Reize reagiert. Der Integrator hat die Kontrolle über den Körper verloren, aber der Körper ist bereit, benutzt zu werden.«

»Der Integrator erlebt ein Lock-in«, sagte ich.

»Genau«, bestätigte Tony. »Der Integrator wird zum Haden. Aber im Gegensatz zu uns …« Tony zeigte auf uns drei, Vann nicht eingeschlossen. »… bleibt der Körper funktionsfähig.«

»Aber wenn der Integrator isoliert ist, ist der Körper eben nicht funktionsfähig«, warf ich ein. »Du hast es selbst gesagt. Er muss da sein, um zu assistieren.«

»Das ist der zweite hinterlistige Teil«, sagte Tony. »Der Integrator wird nicht nur isoliert, sondern der Code täuscht das Gehirn, sodass es glaubt, das Signal vom Klienten wäre in Wirklichkeit das Signal vom Integrator. Wenn der Klient also ›Heb den Arm‹ sagt, hört der Körper, dass der Klient und der Integrator dasselbe sagen. Und er hebt den Arm. Oder bewegt ein Bein. Oder kaut das Essen.«

»Oder springt ohne Fallschirm aus einem Flugzeug«, sagte Vann.

»Oder das«, stimmte Tony zu.

»Sie erwähnten, dass gleichzeitig die Erinnerungen gelöscht werden«, sagte Vann.

»Ja«, sagte Tony. »Obwohl es vielleicht nicht ganz richtig ist, den Begriff Löschung zu verwenden. Allerdings wird das Gehirn des Integrators daran gehindert, das, was der Klient tut, ins Langzeitgedächtnis aufzunehmen. Alles existiert nur im Kurzzeitgedächtnis. Sobald der Klient die Verbindung trennt, wird alles, was der Klient mit dem Körper des Integrators getan hat, aus dem Gehirn gespült.«

»Und es fühlt sich wie eine verlorene Zeitspanne an«, sagte ich.

»Aber nicht für den Klienten«, sagte Vann.

»Wahrscheinlich nicht«, sagte Tony. »Sofern das Gehirn des Klienten normal funktioniert, dürften auch seine Erinnerungen gespeichert werden.«

»Also kann der Klient alles tun, was er möchte, und der Integrator erinnert sich später an nichts mehr«, sagte Tayla.

»Richtig«, sagte Tony. »Aber jetzt kommt das *wirklich* Verrückte daran. Der Integrator wird sich an nichts erinnern, aber was ist mit der Zeit, in der es passiert? Der Integrator erlebt alles mit. Der Code unterdrückt nicht sein Bewusstsein. Das ist auch gar nicht nötig, weil er die Propriozeption ausgeschaltet und das Bewusstsein in den Pufferspeicher des Kurzzeitgedächtnisses abgeschoben hat. Die Entwicklung eines Codes, der das Bewusstsein des Integrators unterdrückt, wäre reine Zeitverschwendung. Während der Klient den Integrator isoliert hat, erlebt er also jede Sekunde, als ...«

»Als würde der Integrator ertrinken«, sagte Vann.

»Ja«, sagte Tony. »Oder es ist wie dieses Gefühl, wenn man träumt und sich nicht rühren kann. Oder wie es ist, ein Haden zu sein.«

»Wie verträgt sich das mit der Hardware?«, fragte Vann.

»Sehr gut«, antwortete Tony. »Die Hardware ist für die Software optimiert, nicht andersherum. Das Netzwerk hat zum Beispiel eine hohe Konzentration von Filamenten, die auf den dorsalen Kleinhirnseitenstrang zugreifen. Das ist der Teil des Gehirns, der für die bewusste Propriozeption zuständig ist. Wenn man weiß, was die Software macht, ergibt plötzlich auch das Hardware-Design Sinn. Es ist ein speziell konstruiertes Netzwerk.«

»Mit dem Zweck, das Gehirn des Integrators zu übernehmen«, sagte Vann.

»So in etwa«, sagte Tony.

Auf der Straße sah ich ein vertrautes Gesicht. »Ich glaube, da ist Brenda Rees.« Ich winkte, bis sie mich bemerkte. Sie lächelte, winkte zurück und lief in unsere Richtung.

»Und wir müssen jetzt losgehen, wenn wir den Film sehen wollen«, sagte Tayla zu Tony.

»Letzte Frage«, sagte Vann. »Besteht die Möglichkeit, dass diese Software auch auf einer anderen Hardware läuft?«

»Sie meinen, bei einem anderen Integrator?«, fragte Tony.

»Genau.«

»Die lange oder die kurze Antwort?«, erkundigte sich Tony. Tayla stöhnte.

»Die kurze.«

»Eher unwahrscheinlich«, sagte Tony.

Brenda Rees griff in ihre Handtasche, zog eine Pistole heraus und richtete sie auf Vann.

Ich schrie »Waffe!« und riss Vann gleichzeitig zu Boden, während ich sie mit meinem Threep deckte. Eine Kugel schlug in meine Rückenplatte, und eine zweite prallte von meinem Arm ab. An beiden Stellen spürte ich furchtbare Schmerzen und schaltete sofort meine Schmerzwahrnehmung aus. Auf der Terrasse des Alexander's brach Geschrei und Panik aus. Ich packte meinen Stunner und fuhr herum, um das Feuer zu erwidern. Rees entfernte sich mit der panischen Menge über die Seitenstraße.

»Verdammte Scheiße!«, sagte Vann. Ich schaute auf sie herab und sah, dass sie an der Schulter blutete. Tayla war bereits bei ihr und drückte die Blutung ab.

Vann blickte zu mir auf. »Worauf zum Teufel warten Sie, Shane? Schnappen Sie sie!«

»Tayla?«, sagte ich.

»Alles im Griff«, sagte sie, ohne von Vanns Schulter aufzuschauen.

Ich rannte Rees hinterher.

Rees war nach links auf die Thirty-third Street abgebogen. Auf der Straße sah ich, dass sie noch einmal nach links abbog, auf die M. Ein weiterer Schuss war zu hören, gefolgt von Schreien. Ich kam um die Ecke und wurde fast von den flüchtenden Passanten umgeworfen. Ich wich ihnen aus und lief auf die Straße. Dann sah ich Rees einen halben Block weiter, wie sie sich nach mir umschaute.

Ich konnte nicht auf sie schießen. Dazu waren zu viele Leute in der Nähe. Stattdessen rannte ich genau auf sie zu.

Sie sah mich, als ich keine zehn Meter mehr von ihr entfernt war, und es gelang ihr, die Waffe zu heben und einen Schuss auf mich abzufeuern. Entweder verfehlte er mich oder streifte mich nur flüchtig, sodass ich in diesem Moment nichts davon bemerkte. Ich rammte sie und warf sie gegen eine Wand, wobei ihr ein Stück Fleisch aus dem Bein gerissen wurde, als sie gegen eine Feuerlöschkupplung stieß. Ihre Pistole flog in hohem Bogen davon.

Mein Schwung ließ mich einen Sekundenbruchteil später gegen die Wand krachen. Ich ließ Rees los. Sie kroch zur Seite, humpelte auf die Straße und griff nach etwas anderem in ihrer Handtasche. Ich richtete meinen Stunner auf sie und machte mich bereit abzudrücken.

Doch dann hielt ich mich zurück, als ich die Granate in ihrer Hand und den gezogenen Stift sah.

»Verdammte Scheiße, das kann doch nicht Ihr Ernst sein!«, rief ich.

Rees lächelte, humpelte weiter auf die Straße hinaus und ließ den Hebel los.

Dann veränderte sich ihr Gesichtsausdruck.

Eine Sekunde lang wirkte sie völlig verwirrt, dann sah sie, was sie in der Hand hielt.

Sie schrie, ließ die Granate fallen und rannte davor weg. Ich zog den Kopf zwischen die Schultern und duckte mich vor der Wand. Dann wartete ich auf die Detonation.

Sie schlug mich gegen die Wand.

Die Granatsplitter bohrten sich in die Wand über mir und ließen sämtliche Schaufenster in der Umgebung bersten.

Ich blickte auf und schaute nach, ob es Verletzte gab. Doch die einzigen Leute, die ich sah, rannten viel zu schnell davon, um verwundet sein zu können.

Ich blickte zu Rees.

Die Granate hatte ihr die Beine abgerissen.

Ich ging zu ihr hinüber und stellte erstaunt fest, dass sie noch am Leben war. Sie starrte auf ihren Körper. Ihr linker Arm war zerfetzt. Ihr rechter Arm betastete ihr Bein.

Sie bemerkte mich. »Ich kann nichts hören«, sagte sie zitternd zu mir. »Ich kann nichts mehr hören. Helfen Sie mir.«

»Ich bin bei Ihnen«, sagte ich, obwohl sie es nicht verstehen konnte. Ich nahm ihre rechte Hand und hielt sie.

Sie brach in Tränen aus. »Ich wollte nicht, dass das passiert«, sagte sie. »Es war nicht mein Wille.«

»Alles gut«, sagte ich. Mit meiner inneren Stimme wählte ich den Notruf.

Sie wandte den Blick von ihren blutigen Beinen ab und sah mich an. »Sie«, sagte sie. »Ich erinnere mich an Sie. Das Abendessen. Ich erinnere mich.«

Ich nickte, um ihr zu sagen, dass auch ich mich an sie erinnerte.

»Er war nicht die ganze Zeit da«, sagte sie. »Aber ich war die ganze Zeit da. Das war ich. Aber nicht er. Er nicht. Er war nicht immer da. Er.«

Sie verstummte. Ich hielt sie, bis sie starb.

Fünf Minuten später blickte ich auf und sah Detective Trinh über mir stehen, mit gezogener Waffe, hinter ihr zwei weitere Polizisten, die beide auf meinen Kopf zielten.

»Na so was«, sagte ich.

»Wollen Sie mir erklären, was hier los ist, Agent Shane?«, sagte Trinh.

»Es ist kompliziert«, sagte ich.

»Ich habe Zeit.«

»Aber ich bin mir nicht sicher, ob ich so viel Zeit habe.«

Sie deutete mit ihrer Waffe auf Rees. »Wer ist das?«, fragte sie.

»Was Sie betrifft, lautet ihr Name ›Eigentum des FBI‹«, sagte ich.

Ich kehrte zum Alexander's zurück, wo Vann auf einer Trage lag. Sie hatte eine Sauerstoffmaske auf dem Gesicht, und die Sanitäter machten sie transportfertig. »Mir geht es gut«, sagte sie.

Ich warf einen Blick zu Tayla, die mit einem Handtuch, das ein Sanitäter ihr gegeben hatte, das Blut von ihrem Threep wischte. »Es geht ihr nicht gut«, sagte Tayla. »Sie hat eine Kugel in der Schulter. Wie es aussieht, wurde nichts Lebenswichtiges verletzt, aber sie wird trotzdem unverzüglich in die Klinik gebracht. Ich würde sie ins Howard bringen lassen, damit ich mich selbst um sie kümmern kann, aber Georgetown ist näher. Ich werde sie begleiten. Ich kenne da ein paar Leute. Sie wird dort bestens versorgt sein.«

»Vielen Dank, Tayla«, sagte ich.

»Eigentlich wollte ich diesen Film sowieso nicht sehen«, sagte sie.

»Was soll ich jetzt tun?«, fragte Tony.

»Du könntest dir diese Software noch einmal etwas genauer ansehen.«

»Warum?«

»Erinnerst du dich, wie du gesagt hast, dass du nicht glaubst, die Software könnte auf einem anderen neuronalen Netzwerk laufen?«

»Klar.«

»Ich habe das dumme Gefühl, dass du dich in diesem Punkt getäuscht hast«, sagte ich. »Geh noch einmal in die Leichenhalle. Ich werde dir etwas schicken.«

»Das ist nicht dein Ernst«, sagte Tony, als ihm klar wurde, was ich meinte.

»Ich wünschte, du hättest recht.«

»Shane«, sagte Vann.

Ich drehte mich zu meiner Partnerin um.

Sie zeigte auf mich. »Ihr Rücken hat einen Riss.«

»Damit habe ich eine Kugel aufgehalten. Mit mir ist alles in Ordnung. Ich lasse die Platte morgen ersetzen.«

»Danke.«

»Dafür habe ich bei Ihnen was gut.«

Darüber musste Vann lächeln. »Rees«, sagte sie.

»Tot.«

»Wie?«

»Handgranate.«

»Verdammt«, sagte Vann.

»Ich glaube, sie war nicht sie selbst«, sagte ich.

»Meinen Sie, wie bei Sani?«

»Ja. Genau so. Und da war noch eine Sache. Bevor sie starb, wollte sie mir anscheinend sagen, dass sie während des Abendessens bei meinem Vater, als Loudoun Pharma in die Luft flog, nicht die ganze Zeit mit Samuel Schwartz integriert war. Sie war sein Alibi, während er zwischendurch etwas anderes getan hat.«

»Loudoun Pharma«, sagte Vann.

»Vielleicht.«

»Damit stellen Sie sich gegen einen mächtigen Firmenanwalt«, sagte Vann. »Viel Glück.«

»Ich arbeite daran.«

»Ihre Mitbewohner.«

»Was ist mit ihnen?«, fragte ich.

»Wenn Rees integriert war ...«

»Dann hat die Person, die Rees benutzt hat, sie gesehen.«

»Ich werde Ihre Adresse durchgeben«, sagte Vann. »Wir werden ein paar Agenten rüberschicken.«

»Fordern Sie selbst auch ein paar an. Sie waren es, auf die sie es abgesehen hatte.«

»Ich war die Einzige, auf die *sie* es abgesehen hatte«, sagte Vann.

Ich brauchte etwa eine Sekunde, um zu verstehen, was sie gerade gesagt hatte. »Ach du Scheiße«, sagte ich und klinkte mich aus.

»Mann!«, rief Jerry Riggs erschrocken, als ich mich im Kamen Zephyr aufsetzte. »Verdammt noch mal! Du musst mich vorwarnen, wenn du so etwas tust. Dieser Threep hat sich die ganze Zeit nicht gerührt, seit ich hier bin.«

»Jerry«, sagte ich. »Du musst von hier verschwinden. Sofort.«

»Was ist los?«

»Ich bin mir ziemlich sicher, dass jemand kommen wird, um mich zu töten.«

Jerry lachte darüber, dann verstummte er abrupt. »Du meinst es wirklich ernst.«

»Jerry«, sagte ich. »Bitte. Mach dich vom Acker, und zwar ganz schnell.«

Jerry starrte mich an, legte das Buch weg, in dem er gelesen hatte, und ging mit zügigen Schritten zur Tür.

Ich betrachtete mich selbst, wie ich friedlich in der Wiege lag. Dann verließ ich selbst das Zimmer.

Meine Eltern saßen in der Küche und gönnten sich ein privates Abendessen, nachdem ihre Angestellten Feierabend hatten. Beide blickten auf, als sie mich sahen.

»Chris«, sagte Dad.

»Was ist mit deinem 660 passiert?«, fragte Mom und sah meinen Threep an.

Das Licht ging aus.

»Verlasst das Haus«, flüsterte ich ihnen zu. »Sofort.« Der Zephyr war nachtsichtfähig. Ich schaltete das System ein und schaute mich um. Ich zog ein Messer aus dem Messerblock. Kurz danach nahm ich auch noch eine schwere Stahlpfanne vom Haken – um auf alles vorbereitet zu sein.

Ich kehrte in mein Zimmer zurück, während jemand die

Schiebetür öffnete, die auf die Veranda vor dem Zimmer führte. Der Mann war klein und stämmig, und er trat mit einer nach unten gerichteten Pistole in der Hand ein. Er bemerkte die Konstellation der Lämpchen, die meine Wiege umgaben, gespeist von Notbatterien, die zwölf Stunden lang hielten. Mehr Beleuchtung würde er nicht benötigen, um mir eine Kugel ins Gehirn zu jagen. Er ging weiter, wobei er mir den Rücken zukehrte, und hob die Pistole. Er machte einen äußerst professionellen Eindruck.

Nur dass er seinen toten Winkel ignorierte.

Denn aus genau dieser Richtung näherte ich mich, während ich die Bratpfanne gegen seinen Kopf schlug.

Er ging zu Boden und feuerte zwei Schüsse ab. Die erste Kugel stanzte ein Loch in meine Wiege. Ich spürte einen brennenden Schmerz in der Seite, als kleine Stücke der Wiege in meinen Körper getrieben wurden. Der zweite Schuss ging weit daneben, über die Wiege hinweg, und traf die gläserne Schiebetür, durch die er hereingekommen war. Sie zersplitterte.

Ich hatte den Eindringling mit der Pfanne erwischt, aber nicht so gründlich, wie ich es mir gewünscht hatte. Er trat mit einem Bein aus und traf mein Knie. Wäre ich in einem menschlichen Körper gewesen, wäre ich schreiend zusammengebrochen. Doch so verlor ich nur das Gleichgewicht und stürzte, wobei mir die Pfanne aus der Hand flog.

Ich fiel, und er stand wieder auf. Er hob die Waffe zu einem weiteren Schuss. Ich nahm das Messer, das ich immer noch in der Hand hielt, und stieß es in seinen Stiefel. Er schrie und hüpfte zurück, während er nach dem Messer griff, um es herauszuziehen.

Ich sprang auf, um ihn weiter aus dem Gleichgewicht zu bringen, und er riss die Waffe herum und feuerte auf mich.

Ich spürte, wie die Kugel an der linken Hüfte in meinen Threep eindrang und sich tief ins Bein grub. Im nächsten Moment erschien ein Schadensalarm in meinem Blickfeld und verriet mir, dass ich keine Kontrolle über mein linkes Bein mehr hatte. Doch es war mir auch so klar, weil ich mit dem Gesicht voran auf die Bodenfliesen stürzte und dabei die Gesichtsplatte des Zephyr zerbrach.

Ich rollte mich ab und blickte auf. Der Mann lehnte sich gegen den Rahmen der Zimmertür und schonte seinen verletzten Fuß, während er wieder die Pistole hob. Das Messer steckte immer noch in seinem Fuß, und die Pfanne lag irgendwo hinter mir. Diesmal würde es mir nicht gelingen, ihn rechtzeitig aufzuhalten.

»He!«, rief mein Vater. Der Mann drehte sich um, und im nächsten Moment traf ihn eine Schrotladung in die Seite.

Der Schuss überraschte mich, aber vermutlich nicht so sehr wie den Attentäter. Er flog aus dem Türrahmen, drehte sich in der Luft und landete mit dem Gesicht nach unten genau neben mir. Er gab nicht einmal ein Stöhnen von sich.

Er war tot.

»Chris!« Die Stimme meines Vaters.

»Alles okay«, rief ich zurück. »Mit mir und mit mir. Mit einem mehr als mit dem anderen.« Ich zog mein unbrauchbares Bein an und setzte mich auf.

Meine Mutter kam herbeigerannt, mit einer Taschenlampe in der Hand, die sie auf mich richtete und mich blendete. Ich regulierte meine Augen auf den Normalmodus herunter. »Wirf mir die Taschenlampe zu«, sagte ich.

Sie tat es. Ich richtete den Lichtstrahl auf den Attentäter. Sein Körper wies ein klaffendes Loch auf, wo sich zuvor einige Rippen befunden hatten. Dad hatte ihn aus unmittelbarer Nähe erwischt.

»Ist er tot?«, fragte Mom.

»Er ist tot«, sagte ich.

»Bist du dir sicher?«

»Ziemlich sicher.«

»Verdammt«, sagte Dad. »Ich habe gerade jemanden erschossen.«

»Ja, das hast du«, sagte ich und zielte mit der Taschenlampe auf meinen Vater. »Versteh mich bitte nicht falsch, aber ich glaube, du hast soeben deine Kandidatur für den Senat beendet.«

Dazu hatte mein Vater nichts zu sagen. Ich glaube, er stand ein wenig unter Schock.

Ich griff nach der Leiche und drehte sie herum. Wer auch immer das war, er war jung und hatte dunkles Haar und dunkle Augen.

»Wer ist er?«, fragte Dad.

»Ich weiß es nicht«, sagte ich.

»Warum sollte dich jemand töten wollen?«, fragte Mom.

»Ich bin FBI-Agent«, sagte ich.

»Es ist erst dein dritter Arbeitstag!«

»Mein vierter«, erwiderte ich, während ich meine tiefe Erschöpfung spürte. Es war ein langer Tag gewesen. »Mom. Dad. Ich möchte, dass ihr etwas für mich tut. Wenn die Polizei kommt, erzählen wir, dass dies ein Einbruch und Raubüberfall war, der schiefgegangen ist. Sagt es Jerry, damit er die gleiche Geschichte erzählt.«

»Er ist in deinem Zimmer«, sagte Dad. »Der Mann hat auf deinen Threep geschossen.«

»Ich bin nach Hause gekommen, um mit euch zu Abend zu essen«, sagte ich. »Dann hörten wir Geräusche. Ich bestand darauf, mich darum zu kümmern, weil ich FBI-Agent bin.«

Dad sah mich skeptisch an.

»Na los, Dad«, sagte ich. »Du bist einer der gewieftesten Männer auf diesem verdammten Planeten. Ich denke, du kannst diese Story problemlos verkaufen.«

»Warum willst du, dass wir etwas anderes sagen?«, fragte Mom.

Ich blickte mich zu dem Toten um. »Weil ich möchte, dass die Person, die das getan hat, glaubt, ich wüsste nicht, was sie damit beabsichtigt hat.«

»Chris«, sagte Mom. »Der Mann, der das getan hat, ist tot.«

»Und genau das soll er denken«, sagte ich.

Mom sah mich an, als hätte ich den Verstand verloren.

In meinem Blickfeld leuchtete etwas auf, das kein Schadensalarm war. Es war Klah Redhouse. Ich sagte meinen Eltern, dass sie einen Moment warten sollten, und nahm den Anruf an.

»Alles in Ordnung bei Ihnen?«, fragte Klah besorgt. Anscheinend konnte man meiner Stimme anhören, wie erschöpft ich war.

»Fragen Sie mich morgen noch mal danach.«

»Ich habe getan, worum Sie mich gebeten haben, und die medizinische Datenbank der Nation durchsucht«, sagte Redhouse. »Präsident Becenti hat mir die Genehmigung dazu erteilt.«

»Was haben Sie gefunden?«

»Zwei Personen, die zu Ihren Kriterien passen«, sagte Redhouse. »Die eine war eine Frau namens Annie Brigmann. Sie starb vor drei Jahren. Der Mann, mit dem sie im Auto unterwegs war, schlief neben ihr ein, und der Wagen kam von der Straße ab. Sie war nicht angeschnallt. Sie wurde vom Auto überrollt.«

»Und die zweite Person?«

»Sein Name ist Bruce Skow«, sagte Redhouse. »Ich habe versucht, ihn ausfindig zu machen. Vor etwa drei Monaten wurde er als vermisst gemeldet.«

»Einen Moment.« Ich ging zu meinem Attentäter zurück, machte ein Foto von seinem Gesicht und schickte es Redhouse. »Sagen Sie mir, ob er das ist.«

»Es sieht ganz danach aus«, sagte Redhouse. »Sie kennen ihn?«

»Er ist hier im Haus meiner Eltern«, sagte ich. »Tot.«

»Das kann kein Zufall sein«, sagte Redhouse.

»Nein«, stimmte ich ihm zu. »Auf gar keinen Fall.«

»Was soll ich jetzt machen?«, fragte Redhouse.

»Ich möchte, dass Sie auf mich warten. Es wird nicht lange dauern. Ich brauche nur ein wenig Zeit, um ein paar Sachen zu erledigen.«

»Sie haben bei mir was gut«, sagte Redhouse. »Nehmen Sie sich die Zeit, die Sie brauchen.«

»Danke«, sagte ich und trennte die Verbindung. Ich konnte bereits die Sirenen der Einsatzfahrzeuge hören, die sich über die Auffahrt näherten.

19

Ich verbrachte eine Stunde mit den Sheriffs von Loudoun County, die anscheinend völlig mit dem »Einbruch und Raubüberfall, der schiefgegangen ist«, zufrieden waren. Als die Medien und Dads Medienleute eintrafen, verabschiedete ich mich. Damit würden sie allein zurechtkommen. Irgendwann musste ich das FBI losschicken, damit Skows Leiche beschlagnahmt wurde, weil ich eine Bestätigung brauchte, was sich in seinem Kopf befand. Doch darüber konnte ich mir später Gedanken machen.

Mein Threep in D.C. war immer noch dort, wo ich ihn zurückgelassen hatte, und er wurde von einem Polizisten bewacht. Allerdings war in den ersten paar Minuten nicht ganz klar, ob es eine Wache oder ein Polizist war, der darauf wartete, mich verhaften zu können. Eine Selbstdiagnose ergab, dass der Schaden, den der Threep durch die Kugel im Rücken erlitten hatte, schlimmer war, als ich anfangs gedacht hatte, und mir blieben nur noch ein paar Stunden, bis die Systeme endgültig versagen würden. Ich dachte kurz über die Tatsache nach, dass ich es an nur einem einzigen Tag geschafft hatte, drei verschiedene Threeps schwer zu beschädigen.

Eine weitere Stunde dauerte die Diskussion mit Trinh und der Metro Police über die Forderung, Rees' Leiche dem FBI zu überlassen. Das Argument, dass Rees ein Attentat auf FBI-Agenten begangen hatte, schien Trinh nicht sehr zu überzeugen. Schließlich musste das FBI über meinen Kopf hinweg die Metro Police über ihren Kopf hinweg überzeugen. Als ich damit fertig war, wollte Trinh nicht mehr mit mir befreundet sein, nie mehr. Damit konnte ich leben.

Eine weitere Stunde nahm meine Aussage beim FBI über den Mordversuch durch Rees in Anspruch. Dabei baute ich eine passende Lüge ein, dass ich den Tatort verlassen hatte, um mich mit meinen Eltern zu treffen und meine Mitarbeiter über die Ereignisse des Tages zu informieren. Ich konzentrierte mich auf den Rees-Fall und ging nicht weiter auf den ganzen Tag ein. Ich machte keine freiwilligen Angaben über das mögliche Tatmotiv, und niemand forderte mich dazu auf. Vorläufig wurde Rees' Angriff als Einzelfall betrachtet, der nichts mit dem zu tun hatte, womit Vann und ich ansonsten beschäftigt waren. Auch damit konnte ich leben.

Ich war kaum damit fertig, als mein Threep den Geist aufgab. Ich schaffte es gerade noch an meinen Schreibtisch im Büro. Ich musste den örtlichen Vertreter von Sebring-Warner kontaktieren, damit er morgen zur Reparatur abgeholt wurde. In der Zwischenzeit schaute ich nach, welche Threeps für Besucher zur Verfügung standen.

Es gab keine. Für die Demonstration hatten wir Verstärkung angefordert. Agenten von außerhalb benutzten die fünf Threeps, die wir in Reserve hatten. Gut, dachte ich mir und suchte nach Threeps, die zu mieten waren.

Es gab keine. Wegen der Demonstration war jeder Miet-

Threep im District, in Maryland und im Norden von Virginia bis Montag vermietet. Der nächste verfügbare Miet-Threep befand sich in Richmond. Es war ein Metro Junior Courier.

»Zum Teufel damit«, sagte ich und nutzte schließlich doch meine Privilegien als Angehöriger der Hautevolee aus. Ich rief meinen Sebring-Warner-Vertreter unter seiner Privatnummer an und erklärte ihm, wenn er in seinen Laden ging und in fünfundvierzig Minuten einen Threep für mich beschaffte, würde ich ihm den vollen Preis plus zusätzlich fünftausend als Trinkgeld zahlen, weil ich ihn aus einer Single-Bar in Adams-Morgan gezerrt hatte oder wo auch immer er sich gerade herumtreiben mochte.

Eine Stunde später verließ ich die Vertretung von Sebring-Warner in D.C. in einem 325K – nicht so gut wie der 660XS, aber in meiner derzeitigen Situation war es recht wahrscheinlich, dass ich ihn nur für ungefähr einen Tag benutzen würde, bevor er in Ausübung meiner Pflichten zu Bruch ging. Dann nahm ich ein Taxi zum Georgetown Hospital und rief Vann an, um ihr Bescheid zu sagen, dass ich auf dem Weg war und einen neuen Threep hatte.

Ich fand sie in der Notaufnahme. Sie hatte den Arm in einer Schlinge und stritt sich mit einem Krankenpfleger.

»Sie müssen im Rollstuhl sitzen, bis Sie das Gebäude verlassen haben«, sagte er zu ihr.

»Mir wurde in die Schulter geschossen, nicht ins Bein«, erwiderte sie.

»Aber so ist es hier Vorschrift.«

»Ich kann diesen Arm nicht bewegen, aber der Rest von mir ist völlig in Ordnung. Wenn Sie mich also aufhalten wollen, schauen wir mal, wie weit Sie damit kommen. Das Gute daran ist, dass Sie danach nicht mehr ins Krankenhaus eingeliefert werden müssen, weil Sie schon da sind.« Dann ging sie und ließ den verärgerten Pfleger einfach stehen.

»Vann«, sagte ich.

Sie blickte sich zu mir um und musterte den neuen Threep. »Shane?«

»Ja«, sagte ich.

»Beweisen Sie es.«

»Ich bin Trinh heute Abend so richtig auf den Schlips getreten. Ich glaube, jetzt hasst sie mich mehr als Sie.«

»Oh, das bezweifle ich. Aber wenn sie auch nur halb so sauer auf Sie ist wie auf mich, gebe ich Ihnen einen aus.«

»Ich trinke nicht.«

»Gut«, sagte Vann. »Dann geben *Sie mir* einen aus. Kommen Sie. Ich kenne eine Bar in der Nähe.«

»Ich finde, Sie sollten heute Nacht keinen Zug um die Häuser machen. Sie haben ein Loch in der Schulter.«

»Es ist nur ein Kratzer«, sagte Vann.

»Ein Loch von einer *Kugel*«, sagte ich.

»Es war nur eine kleine Kugel.«

»Die von jemandem abgefeuert wurde, der Sie töten wollte.«

»Das ist erst recht ein Grund, etwas zu trinken.«

»Keine Bars«, sagte ich.

Vann sah mich mit säuerlicher Miene an.

»Also gehen wir zu mir«, sagte ich.

»Warum sollte ich das tun?«, fragte Vann.

»Weil wir uns gegenseitig auf den neuesten Stand bringen müssen. Und weil dort überall Agenten Wache halten, damit es keinen weiteren Mordanschlag auf Sie gibt. Ich habe eine Couch, auf der Sie schlafen können.«

Vann wirkte immer noch nicht überzeugt.

»Und wir kaufen unterwegs eine Flasche«, sagte ich.

»Schon besser«, sagte sie.

Ich betrat mein Stadthaus mit projizierter öffentlicher ID, damit meine Mitbewohner nicht in Panik gerieten, wenn sie mich sahen. Tayla kam herüber und stutzte, als sie Vann sah.

»Man hat Sie entlassen«, sagte sie.

»Es war eher so, dass ich nicht wollte, dass sie mich dabehalten«, sagte Vann.

Auch ohne entsprechende Mimik spürte ich die Missbilligung, die Tayla ausstrahlte, aber dann ließ sie die Sache auf sich beruhen. »Ihr beide solltet euch die Nachrichten ansehen«, sagte sie.

»Da bin ich mir nicht so sicher«, sagte ich.

»Es gibt eine Videonachricht von Brenda Rees«, sagte sie. »Sie wurde ins Netz gestellt, kurz bevor sie auf Agentin Vann schoss.« Sie zeigte in Richtung Wohnzimmer. »Wir haben dort einen Monitor für Gäste.«

»Ich habe meine Brille dabei«, sagte Vann, aber wir gingen trotzdem ins Wohnzimmer, schalteten den Nachrichtenkanal ein und sahen uns Rees' Video an. Darin sprach sie über die Ungerechtigkeit des Abrams-Kettering-Gesetzes, wie es so vielen ihrer Klienten Leid brachte und dass alle die Schuld daran trugen. »Es gibt keine Unschuldigen unter den Nicht-Hadens«, sagte sie. »Denn sie haben zugelassen, dass es so kommt. Cassandra Bell hat es ausgesprochen, und auch ich glaube daran: Dies ist ein Krieg gegen eine behinderte Minderheit. Gut, dann bin ich jetzt eine Soldatin in diesem Krieg. Und für mich beginnt die Schlacht heute Nacht.«

»Glauben Sie das alles?«, fragte Vann mich, als wir uns das Video ein zweites Mal anschauten.

»Verdammt, nein«, sagte ich.

»Sie haben den Verweis auf Cassandra Bell gehört.«

»Ja. Eine weitere Gewalttat, die angeblich ihretwegen begangen wurde.«

»Wurde heute Nacht jemand getötet?«, fragte Vann.

»Abgesehen von Rees?«, fragte ich, worauf Vann nickte. »Nein. Es gab einige Verletzte durch die Massenpanik und Sachbeschädigungen durch die Granate. Aber die einzige Person, auf die geschossen wurde, waren Sie.«

»Und Sie«, sagte Vann.

»Ich wurde getroffen«, räumte ich ein. »Aber nur, weil ich versucht habe, Sie zu schützen.«

»Was ohnehin Rees' Geschichte widersprechen würde«, sagte Vann. »Also wissen wir beide, dass Sie es auf mich abgesehen hatte, aber ihre Geschichte wird für Verwirrung sorgen. Wenn das Thema morgen früh von den Nachrichtensendungen aufgegriffen wird, werden sie es mit dem Anschlag auf Loudoun Pharma in Verbindung bringen.«

»Das wäre für mich völlig in Ordnung«, sagte ich.

Dazu sagte Vann nichts, aber sie bediente die Kontrollen, um die jüngsten Nachrichten aufzurufen. Die Hauptschlagzeile neben Rees' Attentat war die Schießerei im Haus meiner Eltern. Vann ließ den Bericht laufen und sah ihn sich schweigend an.

»Ein Einbrecher«, bemerkte Vann anschließend.

»Ich habe meinen Eltern gesagt, dass sie es so darstellen sollen.«

»Glauben Sie, dass die Leute es einfach so schlucken werden?«

»Es gibt keinen Grund, warum sie es nicht tun sollten.«

»Wie geht es Ihren Eltern?«, fragte Vann.

»Nachdem Ihre Leute bei ihnen sind und sie ihre Aussagen gemacht haben, wird es ihnen besser gehen. Mein Vater steht ein wenig unter Schock. Nach der Tötung eines Mannes kann er jeden Gedanken an eine Kandidatur für den Senat vergessen.«

»Jemand, der sein Haus verteidigt, kommt in den meisten Teilen von Virginia gar nicht so schlecht an«, sagte Vann.

»Nein, aber dagegen steht das Bild eines sehr großen wütenden Schwarzen mit einer Schrotflinte. Auch die Tatsache, dass die Vorfahren meiner Mutter für die Konföderierten Waffen geschmuggelt haben, wird das nicht ausgleichen. Also bin ich mir ziemlich sicher, dass morgen ein Vertreter der Partei vorbeikommt und ihm sagt, dass man sich freuen würde, wenn er die Kandidatur von jemand anderem unterstützt.«

»Das tut mir leid.«

»Es wird schon gehen«, sagte ich. »Dad wird sich vermutlich eine Woche lang Kommentare über ihn und die Schießerei anhören müssen, bevor er wieder irgendetwas anderes tun kann. Ein normaler Mensch wäre in der Lage, so etwas im stillen Kämmerlein zu verarbeiten. Mein Vater muss sich Sorgen machen, was das für sein *Vermächtnis* bedeutet.«

»Und was es mit dem ›Einbrecher‹ auf sich hat«, sagte Vann.

»Ein Navajo namens Bruce Skow.«

»Und er ist ein ähnlicher Fall wie Johnny Sani.«

»Wie es im Moment aussieht, ja«, sagte ich. »Wir müssen uns sein Gehirn ansehen, um es zu bestätigen.«

»Ein weiterer ferngesteuerter Integrator«, mutmaßte Vann.

»Scheint so.«

Vann seufzte und zeigte dann auf den Einkaufsbeutel, den ich immer noch in der Hand hielt und in dem sich eine Flasche Bourbon von Maker's Mark und ein paar Pappbecher befanden. »Schenken Sie mir was davon ein«, sagte sie. »Seien Sie großzügig.«

»Wie großzügig?«, fragte ich.

»Machen Sie mich nicht betrunken. Aber kurz darunter wäre in Ordnung.«

Ich nickte. »Gehen Sie schon mal in mein Zimmer. Ich bringe Ihnen gleich den Drink.« Ich zeigte in die Richtung und ging dann in die Küche, die eine typische schlichte Haden-Küche war, abgesehen von der Palette mit Nährflüssigkeit.

Tayla, deren Zimmer im ersten Stock lag, sah mich und folgte mir. »Du machst ihr einen Drink«, sagte sie.

»Die Alternative wäre gewesen, mit ihr in eine Bar zu gehen. Hier kann ich sie wenigstens zurückpfeifen, wenn sie schludrig wird.«

»Was sie jetzt wirklich braucht, wäre etwas Schlaf und kein Bourbon«, erklärte sie und zeigte auf die Flasche.

»Da will ich dir nicht widersprechen«, sagte ich und öffnete die Flasche. »Aber im Moment wird sie sich kaum dazu überreden lassen. Und dann kann ich es ihr genauso gut gemütlich machen, weil wir noch ein bisschen Arbeit erledigen müssen.«

»Und wie geht es dir?«, fragte Tayla.

»Ach, weißt du …«, sagte ich und nahm einen Pappbecher aus der Verpackung. »Heute habe ich gegen einen Ninja-Threep gekämpft und zwei Frauen beobachtet, während sie sich das letzte Video von einem verstorbenen Verwandten ansahen. Dann habe ich gesehen, wie ein paar Meter von mir entfernt eine Frau explodiert und wie mein Vater einen Einbrecher mit einer Schrotflinte erschießt.« Ich goss Bourbon in den Becher. »Eigentlich sollte ich zu meiner Wiege gehen und den Infusionsbeutel gegen diese Flasche austauschen.«

»Ich habe Leute erlebt, die tatsächlich genau das gemacht haben«, sagte Tayla.

»Aha? Und wie war es für sie?«

»Ungefähr so, wie man es erwarten würde. Haden-Körper sind inaktiv und haben generell eine geringe Alkoholverträglichkeit. Unser Verdauungssystem ist daran gewöhnt, Nährflüssigkeit aufzunehmen und keine echten Lebensmittel und Getränke. Außerdem ist zu berücksichtigen, dass die Krankheit unsere Gehirnstruktur verändert hat, was bei vielen Hadens die Neigung zu Abhängigkeiten verstärkt.«

»Das heißt also, dass es für uns ziemlich schlimm aussieht.«

»Das heißt eher, dass es kaum etwas Schlimmeres gibt als einen Haden-Alkoholiker.«

»Das werde ich im Hinterkopf behalten«, sagte ich.

»Auch du solltest schlafen«, sagte Tayla. »Mein professioneller Rat.«

»Auch in diesem Punkt werde ich dir nicht widersprechen. Aber aus all den Gründen, die ich eben aufgezählt habe, bin ich im Moment noch ziemlich aufgedreht.«

»Ist das immer so?«, fragte Tayla.

»Mein Job?«

»Ja.«

»Es ist meine erste Woche in diesem Job«, sagte ich. »Bis jetzt war es immer so, ja.«

»Wie fühlst du dich damit?«

»Allmählich wünsche ich mir, ich hätte mich wie das typische reiche Kind verhalten und meinen Eltern auf der Tasche gelegen.«

»Das meinst du doch bestimmt nicht ernst.«

»Nein«, sagte ich. »Aber im Moment fühle ich mich so.«

Tayla kam herüber und legte eine Hand auf meinen Arm. »Ich bin die Hausärztin«, sagte sie. »Wenn du Hilfe brauchst, weißt du, wo ich bin.«

»Okay.«

»Versprich mir, dass du versuchst, heute noch ein wenig zu schlafen.«

»Ich werde es versuchen.«

»Gut.« Sie wandte sich zum Gehen.

»Tayla«, sagte ich. »Danke für alles. Es bedeutet mir sehr viel, dass du meiner Partnerin geholfen hast.«

»Das ist mein Job«, sagte Tayla. »Ich meine, du hast gesehen, wie ich einem Mann helfen wollte, der mir zwei Minuten davor mit einem Knüppel den Schädel einschlagen wollte. Ich würde nicht weniger für jemanden tun, der dir etwas bedeutet.«

20

»Sie haben sich Zeit gelassen«, sagte Vann, als ich ins Zimmer trat.

»Tayla wollte noch mit mir reden«, sagte ich und brachte ihr den Bourbon. »Sie macht sich Sorgen um uns beide.«

»Kann ich verstehen«, sagte Vann, als sie den Pappbecher entgegennahm. »Wir haben heute einen Mordanschlag überlebt. Auch ich mache mir Sorgen um uns.« Sie nippte vom Bourbon. »Und jetzt«, sagte sie, »werde ich Ihnen eine Geschichte erzählen.«

»Ich dachte, wir hätten das Geschichtenerzählen auf die Zeit nach der Demonstration verschoben.«

»Das hatten wir. Aber dann kam Ihr Freund Tony mit seiner Entdeckung, und jemand hat versucht, mir eine Kugel in den Kopf zu jagen. Also habe ich beschlossen, die Sache lieber vorzuziehen.«

»Gut.«

»Dazu muss ich allerdings etwas ausholen«, warnte Vann mich vor.

»Damit kann ich leben.«

»Ich bin jetzt vierzig«, sagte Vann. »Ich war sechzehn, als ich erkrankte. Es war während der ersten Infektionswelle, als noch niemand so richtig wusste, was eigentlich los war. Ich lebte in Silver Spring, und in Rockville sollte eine Party mit Freunden steigen, aber Rockville stand wegen eines Haden-Ausbruchs unter Quarantäne. Mir war es egal, weil ich sechzehn und dumm war.«

»Wie wir alle mit sechzehn.«

»Genau. Also stiegen meine Freunde und ich in ein Auto, suchten eine Straße, die nicht abgesperrt war, und fuhren zur Party. Von den Leuten dort sah niemand krank aus, also dachte ich mir, dass alles in Ordnung ist. Schließlich kam ich gegen drei nach Hause, wo mein Vater auf mich wartete. Er dachte, ich wäre betrunken, und forderte mich auf, ihn anzuhauchen. Aber dann hustete ich ihn wie verrückt an, und danach ging ich schlafen.«

Vann hielt inne, um einen weiteren Schluck aus dem Becher zu nehmen. Ich wartete auf das, was als Nächstes kommen musste.

»Drei Tage später fühlte es sich an, als wäre mein ganzer Körper angeschwollen. Ich hatte erhöhte Temperatur, ich konnte nur noch krächzen, und mir tat der Kopf weh. Meinem Vater ging es genauso. Meiner Mutter und meiner Schwester ging es gut, also sagte mein Vater zu ihnen, dass sie zu Mutters Schwester fahren sollten, damit sie sich nicht anstecken.«

»Keine gute Idee«, sagte ich. Wahrscheinlich waren sie längst infiziert, auch wenn sie noch keine Symptome hatten. Auf diese Weise konnte sich Haden überhaupt so weit verbreiten.

»Richtig«, stimmte Vann mir zu. »Aber es war in den Anfangstagen, als man vieles noch nicht verstanden hatte. Die beiden fuhren zu meiner Tante, und mein Vater und ich sahen fern und tranken Kaffee und warteten darauf, dass es uns wieder besser ging. Nach ein paar Tagen dachten wir beide, dass wir das Schlimmste überstanden hatten.«

»Und dann kam die Meningitis«, sagte ich.

»Und dann kam die Meningitis. Ich dachte, mein Kopf würde explodieren. Mein Vater wählte den Notruf und erklärte, was los war. Sie kamen in Schutzanzügen zu unserem Haus, packten uns und brachten uns zum Walter Reed, wohin alle Haden-Opfer im zweiten Stadium geschickt wurden. Ich war zwei Wochen lang in der Klinik. Fast wäre ich gleich zu Anfang gestorben. Sie verabreichten mir irgendein experimentelles Serum, von dem ich einen Krampfanfall bekam. Ich verkrampfte mich so heftig, dass ich mir dabei schließlich den Unterkiefer brach.«

»Oh, Mann«, sagte ich. »Was passierte mit Ihrem Vater?«

»Bei ihm wurde es nicht besser. Das Meningitis-Stadium fraß ihm das Gehirn auf. Ein paar Tage nach unserer Ankunft im Walter Reed fiel er ins Koma, und einen Monat später starb er. Ich war dabei, als sie die Maschinen ausschalteten.«

»Das tut mir leid.«

»Danke«, sagte Vann und nahm einen weiteren Schluck. »Das Ärgerliche daran war, dass mein Vater zu den Leuten gehörte, die großen Wert darauf legten, nach ihrem Tod ihre Organe zu spenden. Aber als er starb, wurde eine Organspende kategorisch abgelehnt. Sie wollten nicht, dass jemand seine Nieren und als Zugabe das Haden-Virus bekam. Wir fragten das Krankenhaus, ob man seinen Körper zu Forschungszwecken nutzen wollte, aber sie sagten uns, dass sie dafür bereits mehr Leichen hatten, als sie gebrauchen konnten. Also mussten wir ihn schließlich einäschern lassen. Alles von ihm. Das hätte ihm gar nicht gefallen.«

»Was wurde aus Ihrer Mutter und Ihrer Schwester?«, fragte ich. »Wurden sie ebenfalls krank?«

»Gwen hatte drei Tage lang leichtes Fieber und wurde dann wieder gesund. Mom wurde überhaupt nicht krank.«

»Das ist gut.«

»Ja«, sagte Vann. »Also verbrachte ich dann die nächsten drei Jahre damit, mich autodestruktiv zu verhalten und mich therapieren zu lassen, weil ich mich schuldig fühlte, meinen Vater getötet zu haben.«

»Sie haben Ihren Vater nicht getötet …«, begann ich.

Vann hob sofort eine Hand. »Glauben Sie mir, Shane. Alles, was Sie zu dem Thema sagen können, habe ich bereits tausendmal gehört. Sie würden mich nur auf die Palme bringen.«

»Gut«, sagte ich. »Entschuldigung.«

»Kein Problem. Lassen Sie mich einfach weitererzählen.« Wieder nahm sie einen Schluck. »Jedenfalls entdeckte man mitten in diesem ganzen Chaos, dass einige der Leute, die das zweite Haden-Stadium überlebten, ohne isoliert zu werden, sich integrieren können. Dass sie ihre Gehirne benutzen können, um darin das Bewusstsein einer anderen Person herumzutragen. Walter Reed hatte meine Daten, sodass man Kontakt mit mir aufnahm und mich bat, zu einem Test vorbeizukommen. Ich machte es. Anschließend erzählten sie mir, dass mein Gehirn mit den Worten eines Testers ›absolut verdammt großartig‹ ist.«

»Das klingt nicht schlecht«, sagte ich.

»Richtig«, stimmte Vann mir zu. »Und dann fragten sie

mich, ob ich eine Integratorin werden wollte. Zu jener Zeit war ich an der American University, wo ich angeblich Biologie im Hauptfach studierte, aber in Wirklichkeit die meiste Zeit auf Drogen war und rumvögelte. Und ich dachte mir: warum nicht? Erstens, wenn ich Integratorin werde, wird die Gesundheitsbehörde mir den Rest des Studiums finanzieren und die Hälfte meines Studentendarlehens bezahlen. Zweitens, wenn ich die Ausbildung abschließe, werde ich einen Job haben, was damals immer schwieriger wurde, sogar für Leute mit College-Abschluss, und es ist ein Job mit Zukunft. Und drittens dachte ich mir, dass ich dann jemand sein würde, auf den mein Vater stolz wäre, und da ich ihn getötet habe, fand ich, dass ich es ihm schuldig war.«

Sie sah mich an und wartete, ob ich etwas dazu sagen wollte. Aber ich tat es nicht.

»Also machte ich meinen Abschluss an der American, und während ich dabei war, wurde mir das neuronale Netzwerk in den Kopf eingepflanzt. Davon bekam ich eine Panikattacke, weil ich in den ersten paar Tagen diese brutalen Kopfschmerzen hatte. Genauso wie die von der Meningitis.« Sie deutete mit einer kreisenden Fingerbewegung auf ihren Kopf. »Das kommt von den Drähten, die langsam die richtige Position einnehmen.«

»Ich weiß«, sagte ich. »Daran kann ich mich gut erinnern. Wenn man es als kleines Kind eingepflanzt bekommt, spürt man außerdem, wie sich die Drähte ständig verschieben, während man wächst.«

»Das klingt nach einem Albtraum«, sagte Vann. »Als sie mich operierten, erklärten sie mir, es gäbe keine Nervenenden im Gehirn, und ich sagte ihnen, dass sie spinnen, weil das Gehirn schließlich eine riesige Nervenballung ist.«

»Wohl wahr.«

»Doch dann verschwanden die Kopfschmerzen, und mir ging es wieder gut. Alle paar Wochenenden kehrte ich zum Walter Reed zurück, wo sie mich testeten und mein Netzwerk konditionierten und mir immer wieder Komplimente für meine Gehirnstruktur machten, die angeblich perfekt geeignet ist, um das Bewusstsein von jemand anderem aufzunehmen. Was gut ist, wie ich fand, wenn ich auf diesem Gebiet arbeiten will. Nach meinem Abschluss kam ich sofort ins Integratoren-Programm, wo man wieder getestet wird und mehr über die Funktionen des Gehirns während einer Integration lernt. Sie sind der Meinung, dass man umso besser als Integrator arbeiten kann, je mehr man davon versteht. Dann ist es für einen kein mysteriöser oder magischer Vorgang. Sondern nur ein Prozess.«

»Stimmt das?«

»Klar«, sagte Vann. »Bis zu einem gewissen Punkt. Weil es wie mit allen anderen Dingen ist. Zunächst gibt es die Theorie, und dann kommt die praktische Erfahrung in der wirklichen Welt. In der Theorie hat mich die Integration nie besonders interessiert. Ich habe die Gedankenkartierung und die Übertragungsprotokolle verstanden, auch die Sorgen wegen Rückkopplungsinterferenzen zwischen den Gehirnen und warum es für unsere Klienten leichter wird, unser Gehirn zu übernehmen, wenn wir Meditationstechniken erlernen. Und vieles andere. Alles klang völlig vernünftig, und ich war nicht dumm und hatte obendrein dieses großartige Gehirn zur Verfügung.«

Wieder nahm sie einen Schluck.

»Aber dann hatte ich meine erste tatsächliche Integrationssession, und dabei habe ich mir buchstäblich in die Hosen gemacht.«

»Moment … was?«, sagte ich.

Vann nickte. »Bei der ersten Integrationssession wird man mit einem Haden aus ihrem Personal integriert. Dr. Harper. Es ist ihr Job, sich mit neuen Integratoren zu integrieren und sie durch den Vorgang zu führen. Alles, was sie tut, erklärt sie vorher, damit es keine Überraschungen gibt, nichts Ungestümes. Nur ganz einfache Sachen wie einen Arm heben, um einen Tisch herumgehen oder ein Glas hochheben, um etwas Wasser zu trinken. Also treffen wir uns, wir schütteln die Hände, und sie erzählt mir ein bisschen über das, was mich erwartet, und sie sagt, dass sie weiß, dass ich wahrscheinlich ein wenig nervös bin und dass das völlig normal ist. Und ich denke: Ich bin überhaupt nicht nervös, lassen Sie uns einfach anfangen.

Also setzt sie sich, und ich setze mich, dann öffne ich die Verbindung und spüre ihr Signal, mit dem sie um Erlaubnis für den Download bittet. Ich gebe die Erlaubnis und *Verdammte Scheiße, in meinem Kopf ist eine andere Person!* Und ich kann sie *spüren*. Aber nicht nur das. Ich spüre, was sie denkt und was sie will. Keine Telepathie, als könnte ich ihre Gedanken lesen, sondern alles, was sie will. Zum Beispiel spüre ich, dass sie in Wirklichkeit möchte, dass die Session bald vorbei ist, weil sie Hunger hat. Ich weiß nicht, was sie essen will, aber ich weiß, *dass* sie essen will. Ich kann ihre Gedanken nicht lesen, aber ich kann jeden einzelnen *spüren*. Und es fühlt sich an, als würde ich ersticken. Oder ertrinken.«

»Haben Sie es ihnen gesagt?«, fragte ich.

»Nein, weil mir bewusst war, dass es irrational war«, antwortete Vann. »Ich wusste, dass das alles nur eine Überreaktion sein konnte. Also versuchte ich es mit all den Entspannungs- und Meditationstechniken, die man uns beigebracht hatte. Ich setze sie ein, und es scheint zu funktionieren. Ich werde etwas ruhiger. Und während ich mich beruhige, erkenne ich, dass sich all die Empfindungen innerhalb von zehn Sekunden abgespielt haben. Aber gut, egal, ich komme damit klar.

Dann versucht sie meinen Arm zu bewegen, und ich flippe völlig aus, und mein Schließmuskel entspannt sich.«

»Weil sich Ihr Arm bewegt hat, ohne dass Sie es wollten.«

»*Exakt*«, sagte Vann. »Exakt.« Sie nahm einen weiteren Schluck. »Denn es ging um etwas, das ich an diesem Tag über mich selbst gelernt habe: Mein Körper ist *mein Körper*. Ich will niemand anderen darin haben. Ich will nicht, dass jemand ihn kontrolliert oder es auch nur versucht. Es ist mein eigener kleiner Raum in der Welt, und es ist der einzige Raum, den ich habe. Und wenn jemand anderer darin eindringt, irgendetwas damit *macht*, gerate ich in Panik.«

»Was passierte dann?«

»Sie unterbrach sofort die Verbindung, kam zu mir herüber und versuchte mich zu beruhigen. Sie sagte mir, dass ich mich nicht schämen soll, weil meine Reaktion völlig normal ist. Währenddessen sitze ich da in meiner eigenen Scheiße und bemühe mich, ihr nicht den kleinen mechanischen Kopf abzureißen. Nichts für ungut.«

»Kein Problem.«

»Sie sagte, dass wir jetzt eine Pause machen, damit ich mich säubern und etwas essen kann, und dann werden wir es noch einmal probieren. Gut, ich mache mich sauber, aber ich besorge mir nichts zu essen. Stattdessen gehe ich im geborgten Krankenhauskittel in die nächste Bar und lasse mir fünf Shots Tequila hinstellen. Und dann kippe ich sie nacheinander innerhalb eines Zeitraums von etwa neunzig Sekunden hinunter. Und dann gehe ich zurück, und beim zweiten Versuch kriege ich es hin.«

»Niemand hat bemerkt, dass Sie sich mit Tequila die Kante gegeben haben?«, fragte ich.

»Ich habe Ihnen erzählt, dass ich ein paar Jahre lang autodestruktiv war. Es war nicht gut für meine Leber, aber ich war richtig gut darin, zu saufen und immer noch zu funktionieren.«

»Also mussten Sie betrunken sein, um sich integrieren zu können.«

»Nicht betrunken«, sagte Vann. »Nicht zu Anfang. Ich brauchte nur so viel, um nicht in Panik zu geraten, wenn jemand in mich eindringt. Ich fand heraus, dass ich nur die ersten fünf Minuten überstehen musste, um auch den Rest der Session zu schaffen. Ich war nie glücklich damit, aber ich konnte den Eindringling ertragen. Und wenn es dann vorbei war, zog ich los und genehmigte mir noch ein paar Drinks, um wieder runterzukommen.«

»Sie haben nicht daran gedacht, dass Sie vielleicht doch keine Integratorin sein wollten?«

»Nein. Man muss mindestens eine gewisse Zeit als professioneller Integrator arbeiten, weil man sonst alles zurückzahlen muss, was sie in die Ausbildung und das Training investiert haben. Und das konnte ich mir nicht leisten.

Außerdem *wollte* ich eine Integratorin sein. Ich wollte den Job haben. Aber ich konnte es einfach nicht stocknüchtern machen.«

»Verstanden.«

»Zuerst spielte das auch gar keine Rolle«, sagte Vann. »Bald war ich sehr gut darin, genau abzuschätzen, wie viel Alkohol ich brauchte, um eine Session zu überstehen. Ich war nie richtig betrunken, und meine Klienten haben nie etwas bemerkt. Ich bekam gute Beurteilungen, und ich wurde gern gebucht, und niemand kam je dahinter, was ich machte.«

»Aber irgendwann ging es so nicht mehr weiter.«

»Genau«, sagte Vann. Wieder nahm sie einen Schluck. »Die Panik ging nie ganz weg. Es wurde nie erträglicher. Es wurde eher schlimmer, und am Ende wurde es unerträglich. Also erhöhte ich meine therapeutische Dosis, wie ich es genannt habe.«

»Und sie haben es bemerkt.«

»Sie haben nichts bemerkt«, erwiderte Vann. »Zu dieser Zeit war ich sehr gut in meinem Job. Alles Körperliche bei einer Integration konnte ich größtenteils auf Autopilot machen. Nicht so gut war ich darin, auf die Bremsen zu treten. Manchmal möchte ein Klient etwas tun, womit man sich im Vertrag nicht einverstanden erklärt hat. Wenn das passiert, muss man ihn zurückhalten. Wenn er sich dagegen wehrt, beendet man die Session und meldet den Vorfall. Wenn es zu schlimm ist oder wenn jemand diese Nummer bei zu vielen Integratoren durchzieht, landet dieser Klient auf der schwarzen Liste und bekommt ein Integrationsverbot. Das passiert nicht allzu oft, weil es so wenige Integratoren gibt und die meisten Hadens nicht riskieren wollen, vielleicht keinen mehr benutzen zu dürfen.«

Vann trank den Becher aus.

»Ihnen ist so etwas passiert«, sagte ich.

»Ja.«

»Was genau ist geschehen?«

»Ich hatte eine jugendliche Klientin, die wissen wollte, wie es sich anfühlt zu sterben«, sagte Vann. »Allerdings wollte sie keinen Selbstmord begehen. Sie wollte nicht tot sein. Aber sie wollte wissen, wie sich das Sterben anfühlt. Diese Sekunde kurz vor dem Ende, wenn man erkennt, dass es kein Zurück mehr gibt, und das war es dann. Ihr wurde klar, dass sie im Gegensatz zu den meisten Menschen in einer Position war, diese Fantasie in die Wirklichkeit umsetzen zu können. Dazu musste sie nur einen Integrator bis an die Grenze treiben. Dann würde sie ihren Moment erleben, und da jeder weiß, dass Integratoren ihre Klienten daran hindern können, etwas Dummes zu tun, würde es so aussehen, als hätte der Integrator es getan, als wäre in diesem Fall die Klientin das Opfer. Sie musste nur dafür sorgen, dass der Integrator lange genug unaufmerksam ist.«

»Woher wusste sie es?«

»Dass ich die ideale Integratorin für ihr Vorhaben war?«, fragte Vann, worauf ich nickte. »Sie wusste es nicht. Sie hatte keinen langfristigen Vertrag, also beteiligte sie sich einfach an der Integratoren-Lotterie und bekam irgendjemanden zugeteilt. Und zufällig war ich es.

Aber alles andere? Sie hat es gründlich geplant, Shane. Sie wusste genau, was sie tun wollte und wie sie es tun wollte, und sie hatte alles so gut drauf, dass ich während der Integration nicht gespürt habe, was sie mit mir vorhatte. Ich wusste nur, dass sie wegen irgendetwas sehr aufgeregt war. Andererseits waren die meisten meiner Klienten aufgeregt, wenn sie mit mir zusammenkamen. Denn genau darum geht es bei einer Integration. Die meisten wollen etwas Aufregendes mit einem tatsächlichen menschlichen Körper machen.«

»Wie wollte das Mädchen Sie umbringen?«, fragte sie.

»Sie behauptete, dass sie einen Integrator wollte, weil ihre Eltern ihr den Zugang zu einer Sonderveranstaltung im National Zoo ermöglicht hatten. Dabei ging es um die Gelegenheit, mit einem Tigerbaby zu spielen. Das Ganze war ein Geburtstagsgeschenk. Doch bevor sie das tat, wollte sie über die Mall spazieren, um sich einige der Denkmäler anzusehen. Also integrierten wir uns, liefen auf der Mall herum, und schließlich gingen wir in den U-Bahnhof Smithsonian, um zum Zoo zu fahren. Wir standen am Rand des Bahnsteigs und beobachteten, wie der Zug einfuhr. Und im allerletzten Moment sprang sie.

Ich spürte, wie sie sich anspannte, ich spürte, was sie vorhatte, aber mir blieb zu wenig Reaktionszeit. Vor der Integration hatte ich vier Tequila getrunken. Als ich etwas hätte tun können, waren wir bereits in der Luft. Also konnte ich nichts mehr tun. Ich würde sterben, weil eine Klientin mich töten wollte.

Dann wurde ich zurückgerissen und legte eine harte Landung auf dem Bahnsteig hin, während die U-Bahn vorbeisauste. Ich blickte auf und sah diesen Obdachlosen, der auf mich herabschaute. Später erzählte er mir, er hätte mich beobachtet, wie ich auf und ab ging und über die Gleise nach dem Zug schaute. Er sagte, er hätte mein Verhalten wiedererkannt, weil er irgendwann selbst daran gedacht hatte, sich vor einen Zug zu werfen. *Er* hat es erkannt, Shane. Aber *ich* nicht.«

»Was passierte mit dem Mädchen?«

»Ich habe sie sofort rausgeworfen«, sagte Vann. »Dann zeigte ich sie wegen Mordversuch an. Sie behauptete, ich wäre es gewesen, die springen wollte, aber wir erwirkten eine gerichtliche Anordnung. Ihre Sachen und Daten wurden durchsucht, und darunter fand sich auch ein Tagebuch, in dem sie ihren Plan beschrieb. Sie wurde angeklagt, und wir einigten uns darauf, dass sie Bewährung bekommt, eine Therapie macht und für immer auf der schwarzen Liste steht.«

»Sie waren sehr nachsichtig.«

»Vielleicht. Aber ich wollte nur, dass ich nie wieder etwas mit ihr zu tun habe. Ich wollte mit *allem* nichts mehr zu tun haben. Ich wäre fast gestorben, weil jemand mich benutzt hat, um den Moment des Sterbens zu erleben. Es war genau das geschehen, was mir während meiner Panikattacken durch den Kopf gegangen war. Also kündigte ich.«

»Hat die Gesundheitsbehörde versucht, das Geld für Ihre Ausbildung zurückzubekommen?«

»Nein«, sagte Vann. »Sie war es gewesen, die mir diese Klientin zugeteilt hatte. Sie wussten nicht, dass ich fast gestorben wäre, weil meine Reaktionszeit durch den Alkohol beeinträchtigt war, worauf ich sie allerdings nicht hingewiesen habe. Für alle anderen bestand das Problem darin, dass beim Auswahlprozess nicht auf weniger auffällige Psychopathen geachtet wurde. Was allerdings stimmt. Ich versprach, sie nicht zu verklagen, sodass sie mich ohne Streit gehen ließen, und der Auswahlprozess wurde geändert, um die Integratoren vor gefährlichen Hadens zu schützen. Also habe ich am Ende sogar etwas Gutes bewirkt. Und dann wurde das FBI auf mich aufmerksam und sagte mir, dass sie eine Abteilung für Fälle mit Haden-Bezug aufbauen wollten und sich dachten, dass ich eine gute Wahl sein könnte. Okay. Außerdem brauchte ich einen neuen Job.«

»Und so haben wir uns kennengelernt«, sagte ich.

»Genau«, sagte Vann. »Und jetzt wissen Sie, warum ich nicht mehr als Integratorin arbeite. Und warum ich trinke und rauche und rumvögele. Weil ich Jahre damit zugebracht habe, im Zustand alkoholisch gedämpfter Panik zu arbeiten und weil dann jemand versucht hat, mich mit meinem eigenen Körper umzubringen. Ich trinke nicht mehr so viel wie früher. Aber ich rauche mehr. Ich vögele noch etwa genauso viel. Ich finde, ich habe mir das alles verdient.«

»Darüber werde ich mich nicht mit Ihnen streiten.«

»Danke«, sagte Vann. »Und jetzt haben wir es mit diesem *verdammten* Fall zu tun. Plötzlich wird wieder alles zum Leben erweckt, vor dem mein Gehirn panische Angst hat. Als ich fast gestorben wäre, war es meine Schuld. Ich hatte nicht aufgepasst, und jemand nutzte meine Unaufmerksamkeit aus, um mich etwas tun zu lassen, das ich sonst nie tun würde. Wäre ich gestorben, wäre es am Ende wegen der Entscheidungen gewesen, die ich getroffen hatte. Für den Alkohol und für den Verbleib im Integratorenkorps.

Aber jetzt *das*. Hier geht es darum, dass jemand den Integratoren die Entscheidungsmöglichkeit nimmt. Sie werden in ihrem eigenen Körper isoliert, und sie werden gezwungen, Dinge zu tun, die sie nicht tun wollen. Die sie niemals tun würden. Um sie dann einfach wegzuwerfen.« Sie zeigte auf mich. »Brenda Rees. Sie hat sich nicht selbst getötet.«

»Nein«, sagte ich. »Ich habe ihr Gesicht gesehen, als ihr Klient sich von ihr löste. Sie versuchte noch, von der Granate wegzukommen. Die ganze Zeit davor hatte sie keinen Einfluss.«

»Sie war im Lock-in«, sagte Vann. »In ihrem eigenen Körper eingeschlossen, sodass sie nichts gegen das tun konnte, was geschehen würde. Wir müssen herausfinden, wie es dazu kommen kann. *Warum* es geschieht. Wir müssen es verhindern.«

»Wir wissen, wer dahintersteckt.«

»Nein, wir *glauben* zu wissen, wer dahintersteckt. Das ist nicht dasselbe.«

»Wir werden es herausfinden.«

»Ich würde Ihren Optimismus gern teilen, Shane«, sagte Vann und hielt ihren Pappbecher hoch. »Ich bin mir nicht sicher, ob ich schon genug von dem hier hatte, um dazu in der Lage zu sein.«

»Es könnte sein, dass Sie schon genug hatten«, sagte ich vorsichtig.

»Noch nicht«, erwiderte Vann. »Aber bald. Ich glaube, mit einem Schuss mehr könnte es klappen.«

Ich nahm ihr den Becher ab und ging durch den Korridor zur Treppe. Unterwegs blieb ich vor Tonys Zimmer stehen. Sein Körper lag reglos da und schien zu schlafen. Sein Threep war nicht hier. Ich fragte mich, ob jemand daran gedacht hatte, Tony heute zu füttern, doch dann sah ich, dass der Behälter mit der Nährflüssigkeit fast voll war.

Das war Tayla, dachte ich. *Es ist gut, Freunde zu haben.*

Ich ging zur Küche, goss noch etwas Bourbon in den Becher und kehrte zu meinem Zimmer zurück. Vann war inzwischen eingeschlafen und schnarchte leise.

21

Um halb zehn wachte ich auf und geriet für einen Moment in Panik, weil ich dachte, ich würde zu spät zur Arbeit kommen. Doch dann erinnerte ich mich, dass man mir, nachdem zweimal auf mich geschossen worden war, gesagt hatte, ich sollte einen Tag freinehmen, wenn ich nicht mit dem Hauspsychiater sprechen wollte. Ich hatte den freien Tag vorgezogen.

Ich sah meine E-Mails durch und wartete ab, ob mein Gehirn bereit war, sich noch einmal in den Schlaf fallen zu lassen. Offenbar nicht. Also aufstehen.

Ich klinkte mich in meinen Threep in der Wohnung ein und blickte mich um. Vann war nicht mehr auf der Couch. Ich vermutete, dass sie nach Hause gegangen war. Dann hörte ich ihre Stimme von unten.

Sie saß mit Tayla und den Zwillingen im Gemeinschaftswohnzimmer und blickte auf den Monitor. Darauf war ein Aufruhr zu sehen. Das Ganze spielte sich auf der Mall ab.

»Was zum Teufel ist passiert?«, fragte ich und starrte auf den Bildschirm.

Vann blickte auf, eine Tasse Kaffee in den Händen. »Sie sind wach.«

Ich deutete auf den Monitor. »Vielleicht hätte ich lieber weiterschlafen sollen.«

»Dann wäre es noch viel schlimmer gewesen, wenn Sie schließlich aufgewacht wären.«

»Jemand hat eine Brandbombe auf eine Haden-Reisegruppe geworfen«, sagte Tayla.

»Wirklich?«

Tayla nickte. »Die Hadens hatten sich versammelt und waren im Begriff, zum Lincoln Memorial zu gehen, als irgendwelche Arschlöcher vorbeifuhren und einen Molotowcocktail aus dem Autofenster warfen.«

»Was bei Threeps längst nicht so viel Schaden anrichtet wie bei menschlichen Körpern«, sagte ich.

»Das mussten auch die Arschlöcher feststellen, als die Threeps plötzlich hinter ihnen herrannten.« Vann zeigte auf den Monitor. »Schauen Sie, jetzt wird das Video noch einmal gezeigt.«

Die Aufnahme war offenbar mit dem Telefon eines Touristen gemacht worden. Im Vordergrund beklagte sich ein kleiner Junge bei seinen Eltern wegen irgendwas. Im Hintergrund bog ein Auto in Richtung einer dicht gedrängten Gruppe Hadens ab. Ein junger Idiot drückte das Schiebedach auf, entzündete einen Molotowcocktail und warf ihn auf die Hadens.

Jetzt richtete der Tourist seine Kamera ganz auf das Feuer. Mehrere Hadens brannten, schlugen um sich oder wälzten sich am Boden, um die Flammen zu ersticken. Die übrigen Hadens liefen auf den Wagen zu. Der Fahrer – der offenbar auf manuelle Steuerung geschaltet hatte – geriet in Panik, raste los, obwohl sein Freund immer noch halb aus dem Schiebedach ragte, und rammte ein Auto, das vor ihm fuhr. Die Hadens erreichten den Wagen, zogen den jungen Mann durch das Schiebedach und zerrten den Fahrer hinter dem Lenkrad hervor.

Dann ging die Prügelei richtig los. Inzwischen war einer der Threeps, die der Cocktail getroffen hatte, beim Wagen angekommen. Er trat auf den Bombenwerfer ein, während seine Beine immer noch brannten.

»Es würde mich wundern, wenn die gesamte Mall und der Capitol Hill nicht längst abgesperrt wurden«, sagte Vann.

»Sie können nicht behaupten, die Idioten hätten es nicht verdient«, sagte ich.

»Nein, sie haben es durchaus verdient. Trotzdem ist es für alle anderen ziemlich ärgerlich.«

»Müssen wir uns die Sache ansehen?«

»Nein«, antwortete Vann. »Vorhin habe ich sogar einen Anruf bekommen. Man sagte mir, dass Sie und ich bis Montag krankgeschrieben sind. Jenkins und Zee übernehmen unsere Arbeit.«

»Wer sind Jenkins und Zee?«, fragte ich.

»Sie sind ihnen noch nicht begegnet. Die beiden sind gottverdammte Idioten.« Vann zeigte auf den Bildschirm. »Die gute Nachricht ist, dass sie sich um das hier und all den anderen Kleinkram kümmern werden, mit dem wir diese Woche zu tun hatten, sodass wir uns auf die wichtigen Sachen konzentrieren können.«

»Also werden wir doch nicht krankfeiern.«

»Sie können es gern tun«, sagte Vann. »Ich bin allerdings stinksauer, dass auf mich geschossen wurde. Ich möchte die Leute rankriegen, die für das alles verantwortlich sind, und sie an die Wand nageln. Und während Sie geschlafen haben, Shane, ist der andere Schuh heruntergefallen.«

»Was meinen Sie damit?«

Vann drehte sich zu Tayla und den Zwillingen um. »Darf ich?«, fragte sie und griff nach der Fernbedienung, um das Menü des Monitors aufzurufen. Sie suchte eine Weile, bis sie ein neues Programm aufrief. Das Titelbild des Berichts zeigte das Logo von Accelerant.

»Es geht um das Arschloch Hubbard«, sagte sie. »Er kauft der Regierung die Agora ab. Die Server, die Gebäude, alles. Der Haden-Raum kommt in private Hand.«

Ich wollte gerade etwas erwidern, als sich in meinem Sichtfeld ein Anruffenster öffnete. Es war Tony.

Ich nahm den Anruf an. »Wo bist du?«, fragte ich.

»Vor dem FBI-Gebäude«, sagte Tony. »Wo bist du?«

»Zu Hause«, sagte ich. »Krankgeschrieben.«

»Gut«, sagte Tony. »Dann komme ich zu dir.«

»Was gibt es?«

»Ich würde lieber an einem privateren Ort mit dir darüber sprechen.«

»Wie privat?«

»So privat wie irgend möglich.«

»Worum geht es?«

»Du hattest recht«, sagte Tony. »Als du meintest, ich würde unrecht haben. Aber es ist noch viel schlimmer. Viel, viel schlimmer.«

»Brille auf«, sagte ich zu Vann.

Sie setzte ihre Monitorbrille auf. »Es kann losgehen«, sagte sie.

Ich pingte sie an und gewährte ihr Zugang zu meiner Zwischenwelt. Dann trat ich selbst ein.

Ein Threep stand auf meiner Plattform. Es war Vann.

Sie streckte die Arme aus und betrachtete ihre Repräsentation. »So fühlt es sich also an«, sagte sie und blickte dann zu mir. »Und so sehen *Sie* also aus.«

»Überrascht?«

»Ich hatte bislang gar nicht daran gedacht, dass Sie ein Gesicht haben. Also nein, eigentlich nicht.«

Ich lächelte, und mir wurde bewusst, dass es das erste Mal war, dass Vann mich lächeln sah.

Sie schaute sich um. »Es ist die gottverdammte Batcave«, sagte sie.

Ich lachte.

»Was?«

»Sie haben mich gerade an jemanden erinnert«, sagte ich. »Moment, ich muss auch noch Tony hereinholen.« Ich schickte Tony ein Türsymbol.

Er trat hindurch und blickte sich um. »Geräumig«, sagte er schließlich.

»Danke.«

»Sieht ein bisschen aus wie die Bat…«

»Erzähl uns von den schlechten Nachrichten«, drängte ich ihn.

»Richtig.« Über unseren Köpfen wurde ein Geflecht sichtbar. »Das ist das neuronale Netzwerk von Brenda Rees«, sagte er. »Es ist ein Modell von Lucturn, der Ovid 6.4., um genau zu sein. Vor acht Jahren war es ein recht weit verbreitetes Modell, und es läuft – beziehungsweise es lief – mit der aktuellsten Softwareversion für dieses Modell. Ein paarmal habe ich Patches für dieses Netzwerk programmiert, also bin ich ziemlich gut mit der Struktur und den Eigenschaften vertraut.«

Tony zeigte auf Vann. »Sie haben mich gefragt, ob ich es für möglich halte, einen Integrator mit einem kommerziellen Netzwerk zu isolieren.«

»Das haben Sie verneint«, sagte Vann.

»Ich sagte, dass ich nicht glaube, dass es geht«, stellte Tony richtig. »Weil der Code, der dies in Sanis Gehirn ermöglicht hat, für ein Netzwerk optimiert war, das wiederum darauf optimiert war, den Integrator zu isolieren, während der Klient die volle Kontrolle übernimmt. Spezialgefertigte Software für spezialgefertigte Hardware.«

»Aber du hast dich geirrt«, sagte ich.

»Ich habe mich geirrt.«

»Warum das?«

»Weil ich mir eine falsche Vorstellung von Johnny Sanis Netzwerk gemacht hatte«, sagte Tony. »Ich habe dir gesagt, dass es kein Prototyp ist. Dass es ein endgültiges Modell ist. Das ist es auch. Aber es ist auch ein Machbarkeitsbeweis, dass – wenn man die Hardware und die Software richtig gut kennt – ein Klient die völlige Kontrolle über den Körper eines Integrators übernehmen könnte. Das ist nichts, was irgendjemand tatsächlich ausprobiert hat – zumindest nicht, soweit wir wissen. Aber es könnte durchaus irgendein idiotisches Programm der NSA geben, bei dem es genau darum geht.«

»Kommen Sie auf den Punkt«, forderte Vann ihn auf.

»Entschuldigung«, sagte Tony. »Sani hat bewiesen, dass es gemacht werden kann. Jetzt müsste nur noch jemand diesen Machbarkeitsbeweis für gewöhnliche existierende Netzwerke umsetzen. Und dazu müsste man verschiedene Dinge tun. Erstens müsste man ein tiefes Verständnis des Netzwerks haben, das man benutzt. Zweitens müsste man ein absolutes Programmiergenie sein.«

»Hubbard«, sagte ich.

Tony legte einen Finger an die Nase. »Lucturn ist der zweitgrößte Hersteller von neuronalen Netzwerken für Hadens, gleich nach Santa Ana, und Hubbard ist dafür berühmt, sich am Entwicklungsprozess zu beteiligen. Die Foren der Programmierer sind voller Horrorgeschichten, wie er hereinstapft und die ersten Entwürfe seiner Ingenieure in der Luft zerreißt, weil sie nicht elegant genug sind.«

»Und wie ist er als Programmierer?«, fragte Vann.

»So ist er überhaupt erst ins Geschäft gekommen«, sagte Tony. »Er gründete Hubbard Systems, um veraltete Computersysteme zu verwalten, und nachdem er Haden bekam, konzentrierte er sich auf Programme für Threeps und Netzwerke, die nicht mehr weiterentwickelt wurden, weil die Herstellerfirmen aus dem Geschäft ausgestiegen waren. Damals programmierte er selbst sehr viel. Das Programmiersystem, das für Netzwerke benutzt wird, heißt Chomsky. Hubbard hat es nicht erfunden, aber er hat den größten Teil der Version 2.0 geschrieben, und er sitzt im Vorstand des Haden-Konsortiums, das neue Versionen des Codes genehmigt.«

»Das Haden-Konsortium«, sagte ich.

»Was ist damit?«, fragte Tony.

»Einen Moment.« Ich durchsuchte meine E-Mails und holte eine hervor, damit Tony und Vann sie sich ansehen konnten. »L. A. hat sich endlich wegen des Ninja-Threeps bei mir zurückgemeldet.«

»Ninja-Threep?« Tony sah mich verwirrt an.

»Ich erkläre es dir später«, sagte ich. »Der Punkt ist, dass dieser Threep kein kommerzielles Modell war – er war eine kostengünstige Lizenzversion, die das Haden-Konsortium potenziellen Herstellern in Entwicklungsländern anbietet, um in ihren Ländern damit zu arbeiten. Sie dürfen in Nordamerika, Europa und den entwickelten Ländern Asiens nicht verkauft oder gekauft werden.«

»Also wurden Sie von einem importierten Threep angegriffen«, sagte Vann.

»Er könnte hier als Unikat hergestellt worden sein«, sagte ich. »Dazu benötigt man nur einen industriellen 3-D-Drucker und einen Montageroboter.«

»Wer verfügt über die nötige Technik?«, fragte Vann.

»So ziemlich jede Entwicklungsabteilung oder Produktionsfirma, die Modelle in voller Lebensgröße herstellt. L. A. hat versprochen, der Sache nachzugehen, aber es könnte einige Zeit dauern. Ich will darauf hinaus, dass Hubbard sowohl mit Chomsky zu tun hat, als auch mit dem Threep-Modell, mit dem ich mich geprügelt habe.«

»Was ein Zufall sein könnte«, sagte Vann.

Ich wollte etwas darauf erwidern, aber Tony kam mir zuvor. »Merk dir, was du sagen wolltest. Ich kann euch bestätigen, dass Hubbard euer Mann ist, aber vorher muss ich noch ein paar andere Dinge mit euch durchgehen.«

»Also gut«, sagte Vann. »Nächster Punkt.«

Tony sah mich an. »Du erinnerst dich, wie ich dir erzählt habe, dass die Netzwerkhersteller in der Anfangszeit Probleme mit Leuten hatten, die sich in die Netzwerke gehackt haben.«

Ich nickte.

»Also haben sie dafür gesorgt, dass so etwas schwieriger wird«, fuhr Tony fort. Zum einen haben sie die Netzwerk-Architektur komplizierter gemacht. Dadurch war es nicht mehr so einfach, Programme dafür zu schreiben oder sich mal schnell einzuhacken. Aber das ist eine Maßnahme auf unterster Ebene. Ehrgeizige Hacker sind meistens ausgezeichnete Programmierer. Also hat man es so eingerichtet, dass jedes Software-Update und jeder Patch von offiziellen Verkäufern kommen muss, die über einen Hash im Header des Patches identifiziert werden. Beim Download eines Patches wird der Hash überprüft. Wenn der Patch verifiziert werden kann, beginnt der Download und die Installation. Wenn nicht, wird der Patch gelöscht und eine Meldung abgeschickt.«

»Und dieses System ist unmöglich zu knacken?«, fragte Vann.

»Nicht unmöglich«, sagte Tony. »Aber es ist sehr schwierig. Dazu müsste man einen Hash stehlen, der außerdem weiterhin aktiv ist. Wenn ich einen White-Hat-Hack dieser Programme mache, besteht die Hälfte der Arbeit darin, einen verifizierbaren Code zu bekommen. Das geht nur mit viel psychologischer Vortäuschung. Ich müsste Leuten vorgaukeln, ich sei ihr Chef und würde ihren Hash brauchen. Oder ich schaffe es irgendwie, ihnen über die Schulter zu schauen, während sie programmieren. Oder mit ähnlichen Tricks.«

»Wie würdest du es machen?«, fragte ich.

»Da gibt es viele verschiedene Möglichkeiten. Mein Lieblingstrick bestand darin, dass ich einen Korb auf eine ferngesteuerte Drohne montierte, ihn mit Süßigkeiten füllte und das Ding dann durch den Programmiererflügel der Hauptniederlassung von Santa Ana fliegen ließ. Die Drohne steuerte eine Kabine nach der nächsten an, und während die Programmierer sich Süßigkeiten aus dem Korb nahmen, machte ich Schnappschüsse von ihren Bildschirmen. An diesem Tag konnte ich acht Programmierer-Hashes erwischen.«

»Nett«, sagte ich.

»Jeder mag Süßigkeiten«, stellte Tony fest.

»Also könnte jemand einen Hash stehlen und sich in ein fremdes Netzwerk einhacken«, brachte Vann uns wieder auf den Punkt.

»Genau«, bestätigte Tony. »Das Problem für den Hacker ist, dass er, auch wenn er den Hash hat, trotzdem durch die Vordertür hereinkommt. Alle suchen nach dem gestohlenen oder erschwindelten Hash und dem bösartigen Code. Deshalb wird jeder Patch zunächst entpackt und in einer Sandbox ausgeführt – einer gesicherten virtuellen Maschine. Wenn der Code irgendetwas Übles enthält, wird es dort ausgeführt und bemerkt. Und es gibt noch andere Sicherheitsmaßnahmen.

Zusammengefasst heißt das, dass es sehr schwierig ist, auf dem üblichen Weg irgendeinen verdächtigen Code in ein Netzwerk einzuschleusen. Selbst für einen genialen Hacker ist es ein langer Weg zu einer Sickergrube.« Er wandte sich Vann zu. »Weshalb ich zu Ihnen gesagt habe, dass es sehr unwahrscheinlich ist.«

»Doch dann hat Rees versucht, mich zu töten«, sagte Vann.

»Genau genommen ist das gar nicht der Teil, der mich überzeugt hat, dass ich falschliege«, schränkte Tony ein. »Es war der Teil, als Chris sagte, Rees hätte versucht, von der Granate wegzukommen, nachdem sie den Splint gezogen hatte, um nicht erwischt zu werden. Es wäre möglich, dass die Kontrolle durch die Vordertür übernommen wurde, aber dann müsste es entsprechend dokumentiert sein – Patches, die installiert wurden, obwohl es sie eigentlich nicht hätte geben dürfen, der Test dieser Patches in der Sandbox, die Verifikation des Patches und der Hashes des Programmierers und der Firma, die sie geschickt hat. Aber es war nichts Außergewöhnliches vorhanden.«

»Also gibt es einen anderen Weg hinein«, sagte ich.

»Den gibt es«, sagte Tony. »Denk mal darüber nach.«

Es war Vann, die als Erste darauf kam. »Der Drecksack hat es getan, als er sich integrierte.«

»*Genau*«, sagte Tony. »Wenn ein Klient mit dem Integrator in Verbindung tritt, werden mit einem Handshake Informationen ausgetauscht, und dann öffnet sich ein wechselseitiger Datenstream. Dieser Aspekt des Netzwerks ist als Prozess gedacht, der völlig unabhängig von den internen Abläufen des Netzwerks ist, und das ist er auch ... aber der Code ist nicht perfekt. Wenn man weiß, wo man suchen muss, kann man Stellen finden, an denen man auf die Software des Netzwerks zugreifen kann. Und genau das ist passiert.«

Tony zoomte in das Netzwerk und konzentrierte sich auf den Knotenpunkt, der den Empfänger für den Datenstream vom Klienten enthielt. Er zeigte auf eine Struktur. »Das ist der Interpolator. Wenn es zu einer kurzen Unterbrechung des Datenstreams kommt, eine Millisekunde oder weniger, sieht sich der Interpolator die Daten vor und nach der Lücke an und füllt sie mit statistischen Mittelwerten aus. Aber dazu muss der Interpolator auf die Datenverarbeitung des Netzwerks zugreifen können. Das ist ein Loch in der Firewall. Und genau das hat Hubbard ausgenutzt.«

Das Bild wechselte zu einer schematischen Darstellung. »Hier kann ich euch zeigen, was er meiner Einschätzung nach getan hat«, sagte Tony. »Zuerst kommt ein Handshake zwischen einem Datenfeed und dem Integrator. Dann fügt er *absichtlich* Lücken in den Datenstream ein, die lang genug sind, um den Interpolator zu aktivieren. Dann nutzt er den Zugang des Interpolators zum Prozessor aus, um eine ausführbare Datei einzuschleusen. Das macht er so lange, wie der Download der Datei dauert. Dann wird das Programm entpackt, das dann die Software des Netzwerks überschreibt.

Es geht direkt in den Prozessor, also ohne Sandbox. Damit wird der Verifikationsprozess umgangen, sodass auch kein Hash nötig ist. Es ist eine kleine Datei, also muss das Netzwerk des Integrators die Session nicht beenden, um sie auszuführen. Der Integrator bemerkt überhaupt nicht, dass er gehackt wurde.«

»Warum wurde dieses Problem nicht längst aus der Welt geschafft?«, fragte Vann. Ich erkannte, dass Tonys Enthüllungen ihr eine Heidenangst einjagten.

»Denken Sie darüber nach«, sagte Tony. »Es ist ein verdammt großer Bug, aber das Loch ist im Grunde winzig klein. Zuerst muss jemand überhaupt wissen, dass der Bug existiert. Dann braucht er die technischen Fähigkeiten, um ihn nutzen zu können. Dann braucht er die technischen *Mittel*, um dies zu tun. Damit meine ich die Fähigkeit, absichtliche Unterbrechungen in den Datenstream einzuschleusen, was ein durchschnittlicher Haden nicht im eigenen Kopf machen kann. Dazu ist ein spezialisiertes Instrument *zwischen* dem Klienten und dem Integrator nötig. Und mit ›spezialisiert‹ meine ich, dass es bislang gar nicht existiert, soweit wir wissen. Es müsste erst konstruiert werden.

Niemand hat einen Patch für diesen Bug programmiert, weil es bis jetzt eigentlich gar kein Bug war. Es war bestenfalls eine harmlose Macke. Letztlich muss man schon jemand wie Lucas Hubbard sein, um sich diesen Programmfehler zunutze zu machen.«

»Aber Brenda Rees war nie mit Hubbard integriert«, sagte ich. »Sie war die Integratorin für Sam Schwartz.«

»Hubbard hat das Verfahren und das nötige Werkzeug entwickelt«, sagte Tony. »Sobald alles Nötige vorhanden war, konnte es auch von jemand anderem benutzt werden.«

»Sam Schwartz ist Hubbards Anwalt«, sagte Vann. »Die perfekte Ausgangsposition, um ihm zu assistieren.«

»Kein besonders anständiger Anwalt«, sagte Tony. »Aber es wäre durchaus denkbar, dass Schwartz von Hubbard an die Maschine angeschlossen wurde, um es auf einen Versuch ankommen zu lassen.«

»Du scheinst dir ziemlich sicher zu sein, dass es Hubbard war«, sagte ich.

»Auch du scheinst dir ziemlich sicher zu sein, Chris.«

»Ich weiß, aber ich möchte gern wissen, ob du das glaubst, weil *ich* es tue, oder ob es dafür noch einen anderen Grund gibt.«

»Ich glaube es, weil du es glaubst«, antwortete Tony. »Außerdem glaube ich es, weil für all das, wovon wir hier sprechen – sowohl in diesem Fall als auch bei dem, was mit Johnny Sani passiert ist –, Ressourcen nötig sind, die zumindest ein kleines Land oder eine sehr reiche Person zur Verfügung hat. Aber hauptsächlich glaube ich es wegen des Codes.«

»Wegen des Codes?«, sagte Vann.

»Ja«, sagte Tony. Das Schema verschwand und wurde durch Programmierzeilen ersetzt. »Wie viel wissen Sie über Chomsky? Die Programmiersprache, nicht den Sprachwissenschaftler.«

»Gar nichts – in beiden Fällen«, sagte Vann.

»Chris?«

»Auch nichts.«

Tony nickte. »Die Programmiersprache wurde Chomsky genannt, weil sie zur Kommunikation mit den Tiefenstrukturen des Gehirns entwickelt wurde. Das ist sozusagen eine ›tiefensprachliche‹ Anspielung. Das Tolle an Chomsky als Programmiersprache ist, dass sie unglaublich flexibel ist. Wenn man sich damit auskennt – sich *wirklich* damit auskennt –, stellt man fest, dass es viele verschiedene Möglichkeiten gibt, ein Problem oder eine Aufgabe zu lösen. Das ist unerlässlich für neuronale Netzwerke. Sie müssen flexibel sein, weil jedes Gehirn anders ist. Also benötigt die Sprache, in der man sie programmiert, die gleiche Flexibilität. Könnt ihr mir so weit folgen?«

»Das klingt ein bisschen esoterisch«, sagte ich.

»Genau darauf will ich hinaus«, sagte Tony. »Chomsky ist eine Sprache, die esoterisch sein muss, weil sie das direkte Interface zum Gehirn ist. Aber weil Chomsky so viele Möglichkeiten bietet, ein ganz bestimmtes Problem anzugehen, gibt es den Nebeneffekt, dass Programmierer, die

Chomsky wirklich fließend beherrschen, ihre eigene Stimme entwickeln. Damit meine ich, dass sie Aufgaben und Parameter auf eine Art und Weise bewältigen, die typisch für sie ist. Wenn man sich den Code sehr genau ansieht, kann man irgendwann sagen, wer ihn geschrieben hat.«

»So etwas wie der Stil eines Romanautors?«

»Ja, genau«, sagte Tony. »Der eine Autor baut sehr viele Beschreibungen ein, während ein anderer fast nur mit Dialogen arbeitet. Das ist genau das Gleiche. Und wie Romanautoren sind auch einige Chomsky-Programmierer gut, andere sind kompetent, und wieder andere taugen nichts. Und wenn man ihren Code schon einmal gesehen hat, kann man bereits an der ersten Zeile erkennen, wer der Programmierer ist.«

Er zeigte auf den dargestellten Code. »Das hier ist der Teil des Programms in Brenda Rees' Gehirn, der von der letzten Update-Version von Ovid 6.4. abweicht.« Dann rief er ein zweites Fenster mit Programmzeilen auf. »Und hier ist der Code der Software in Johnny Sanis Kopf. Die Zeilen sind identisch. Sanis und Rees' Codes wurden vom selben Programmierer geschrieben.«

Er rief eine dritte Darstellung auf. »Das ist ein Code, den Hubbard zu der Zeit geschrieben hat, als er noch Patches und Updates für Hubbard Systems entwickelt hat. Glaubt mir, wenn ich sage, dass man das hier nur mit einem Analyseprogramm untersuchen muss, das auf der Chomsky-Sprachebene semantische und grammatikalische Vergleiche anstellt, um jede Menge Volltreffer zu erhalten. All diese Codes wurden von derselben Person geschrieben. Alles wurde von Lucas Hubbard geschrieben.«

»Ist das etwas, das wir vor Gericht verwenden können?«, fragte Vann.

»Da müssten Sie einen Juristen fragen. Aber wenn Sie mich in den Zeugenstand rufen, würde ich Ihnen sagen: Verdammt, ja, das ist absolut die gleiche Handschrift.«

»Reicht das aus?«, fragte ich Vann.

»Um ihn ranzukriegen?«, fragte Vann. Ich nickte. »Wofür?«

»Für den Mord an Brenda Rees«, sagte ich. »Und an Johnny Sani.«

»Wir glauben nicht, dass er Rees getötet hat«, sagte Vann. »Wir glauben, dass Schwartz es getan hat. Wir haben immer noch nichts Beweiskräftiges, um ihn mit Sani in Verbindung bringen zu können.«

»Kommen Sie schon, Vann. Wir wissen, dass er unser Mann ist.«

»Wenn wir mit dem, was wir haben, vor Gericht gehen, werden Hubbards Anwälte von Schwartz angefangen uns in der Luft zerreißen. Und ich weiß, dass Sie diesen Job nicht unbedingt brauchen, Shane, aber ich schon. Also ja. Hubbard ist unser Mann. Deshalb wollen wir *absolut* sichergehen, dass wir ihn rankriegen.« Sie wandte sich wieder an Tony. »Was haben Sie sonst noch herausgefunden?«

»Zwei weitere Punkte. Beim ersten geht es um Rees' Code.«

»Was ist damit?«, fragte Vann.

»Er umgeht nicht ihr Langzeitgedächtnis«, sagte Tony. »Entweder hat Hubbard keine Möglichkeit gefunden, es zu verwirklichen, was durchaus möglich ist, weil das neuronale Netzwerk ein ganz anderes Layout hat. Oder er hat beschlossen, keine Zeit damit zu verschwenden, weil …« Er hielt inne.

»Weil er sie nicht mehr brauchen würde, nachdem er oder Schwartz mit ihr fertig ist«, mutmaßte ich.

»Ja«, sagte Tony. »Und jetzt wisst ihr auch, warum sie eine Granate mit sich herumgetragen hat.«

»Also war sie die ganze Zeit bei Bewusstsein«, sagte Vann. »Bei vollem Bewusstsein und ohne Einfluss auf das, was ihr Körper tut.«

»Richtig«, bestätigte Tony. »Und nicht dazu in der Lage, den Klienten aus ihrem Kopf zu vertreiben.«

»Scheiße«, sagte Vann und wandte sich für einen Moment ab. Tony sah mich verwirrt an. *Später*, formte ich mit den Lippen.

»Alles in Ordnung?«, fragte ich Vann.

»Wenn wir losgehen, um Hubbards Körper abzuholen, nachdem das alles erledigt ist, müssen Sie sehr genau auf mich aufpassen. Ansonsten könnte es passieren, dass ich diesem Arschloch kräftig in die Eier trete.«

Ich grinste breit. »Versprochen.«

Vann wandte sich wieder Tony zu. »Was ist der zweite Punkt?«

»Nachdem ich herausgefunden hatte, wie sich Hubbard in Rees' Gehirn gehackt hat, habe ich mir noch einmal Sanis Gehirn angeschaut, um zu checken, was ich übersehen hatte, als mir noch der Kontext fehlte. Und dabei bin ich auf das hier gestoßen.« Er scrollte sehr schnell durch den Code, bis die Darstellung bei einem längeren Abschnitt anhielt.

»Was ist das?«, fragte ich.

»Zuerst wusste ich es auch nicht. Weil es überhaupt keinen Sinn ergab. Jetzt glaube ich, dass es einen Teil des neuronalen Netzwerks zu einem Relais umfunktioniert.«

»Einem was?«, fragte Vann.

»Das ist ein Sender«, erklärte Tony. »Er sendet die Datensignale des Integrators, aber nicht *ins* Netzwerk. Stattdessen imitiert er das Netzwerk.«

»Müssen es unbedingt die Datensignale des Integrators sein?«, fragte Vann.

»Was wollen Sie damit …« Tony verstummte abrupt, als er es offenbar verstand. »Ach sooooo …«

»Was?«, fragte ich. Plötzlich fühlte ich mich in meiner eigenen Zwischenwelt ausgeschlossen.

»Dieser verdammte Hubbard«, sagte Vann. »Wir haben uns gefragt, warum Johnny Sani versucht hat, sich mit Nicholas Bell zu integrieren. Aber er hat es gar nicht getan. Er war nur eine gottverdammte Relaisstation für Hubbard.«

Eine Weile dachte ich darüber nach. »Das bedeutet also, als Sie Bell befragt haben …«

»… war es überhaupt nicht Bell!«, sagte Vann. »Es war Hubbard. Es war die ganze Zeit Hubbard! Der Mistkerl hat uns von Anfang an etwas vorgespielt.«

»Um möglichst nahe an Cassandra Bell heranzukommen«, sagte ich.

»Genau.«

»Zu welchem Zweck?«, fragte ich.

»Haben Sie in letzter Zeit gelegentlich die Nachrichten gesehen?«, fragte Vann sarkastisch. »Gerüchten zufolge soll am Sonntag eine Demonstration stattfinden. Stellen Sie sich vor, was mit dieser Kundgebung passiert, wenn Cassandra Bell von ihrem eigenen Bruder getötet wird, der dann irgendwelchen Anti-Haden-Blödsinn von sich gibt. Die Leute werden D.C. bis auf die Grundmauern niederbrennen.«

»Stimmt. Aber welchem Zweck soll das dienen? Warum soll ein Aufruhr angezettelt werden?«

»Um den Markt zusammenbrechen zu lassen«, sagte Tony.

Vann und ich sahen ihn an.

»Ich habe euch gesagt, dass ich die geschäftlichen Entwicklungen sehr genau im Auge behalte«, sagte Tony. »So schaffe ich es, weiterhin mit Aufträgen versorgt zu werden. Die Unternehmen auf dem Haden-Markt sind wegen Abrams-Kettering bereits dabei, zu fusionieren oder aus diesem Segment auszusteigen. Die Investoren stoßen bereits ihre Aktien ab. Ein gewalttätiger Aufruhr in D.C. würde diesen Firmen und ihren Investoren mächtig Angst machen. Sie würden panisch die Flucht ergreifen. Und dann könnte Accelerant sich in Ruhe aussuchen, welche Unternehmen man schlucken und welche man sterben lassen will. Alle werden Accelerant loben, weil die Firma den Markt stabilisiert, obwohl man in Wirklichkeit alle Konkurrenten mit einem Kopfschuss erledigt hat. Allein bei der Fusion mit Sebring-Warner wird man Milliarden sparen.«

»Aber was soll das Ganze?«, hakte ich nach. »Abrams-Kettering wird bei allen diesen Unternehmen den Gewinn einbrechen lassen. Die goldenen Zeiten sind vorbei. Das hast du selbst gesagt.«

»Wisst ihr, was AOL ist?«, fragte Tony.

Vann sah ihn verständnislos an. »Was?«

»AOL«, wiederholte Tony. »Ein IT-Dienstleister um die Jahrhundertwende. Er hat Milliarden verdient, indem er die

Leute über Telefon mit dem Internet verband. Ein ›Einwähldienst‹. Es war eins der größten Unternehmen der Welt. Dann hörten die Leute auf, über ihr Telefon online zu gehen, und AOL schrumpfte zusammen. Aber es machte noch viele Jahre lang Profit, weil es immer noch Millionen von Kunden gab, die den Einwähldienst behielten, obwohl dieses Marktsegment abgestorben war. Einige waren alte Leute, die nicht mehr wechseln wollten. Andere waren Leute, die den Dienst zur Sicherheit behielten. Andere haben wahrscheinlich einfach vergessen, dass sie einen Vertrag hatten, und als sie sich daran erinnerten, machte AOL es ihnen so schwer, aus dem Vertrag auszusteigen, dass sie es schließlich gar nicht mehr versuchten.«

»Nette Geschichte«, sagte Vann. »Und?«

»Und letztlich will ich damit sagen, dass es in den USA immer noch mehr Hadens gibt als Einwohner im Staat Kentucky. Durchschnittlich kommen pro Jahr weitere dreißigtausend Menschen hinzu, die erkranken und in Lock-in verfallen. Sie werden nicht verschwinden. Selbst auf einem schrumpfenden Markt kann man eine Menge Geld verdienen, wenn man ihn schröpft. Und genau das wird Hubbard tun.«

»Weil er selbst ein Haden ist«, sagte ich. »Er ist einer von uns.«

»Richtig«, bestätigte Tony. »Deshalb hat er die Agora übernommen und gerettet. Um sich bei den Hadens beliebt zu machen.«

»Sobald ihm das gelungen ist, kann er jede andere Firma überrollen, weil er bereits jeden Haden als Kunden hat. Er wird die Hebelkraft der Agora ausnutzen.«

»Ebenfalls richtig«, sagte Tony. »Und dann wird Accelerant zwei Dinge tun. Die Firma wird das Geld, das sie mit den Hadens verdient, in die Ausweitung der Geschäfte investieren. Bereits jetzt macht der Haden-Markt nur einen kleineren Teil des Geschäftsbereichs aus. Damit bereitet sich das Unternehmen auf den Tag vor, an dem die Gesundheitsbehörde sagt, dass neuronale Netzwerke und Threeps nicht mehr ausschließlich der medizinischen Versorgung der Hadens dienen. Denn *das* wird das eigentliche Endspiel sein. Hubbard wartet auf den Tag, an dem *jeder* einen Threep hat und jeder in der Agora ist, wenn sich niemand mehr alt fühlen muss.«

»Deshalb konnte Hubbard eine Milliarde Dollar für etwas ausgeben, das er nie auf den Markt bringen wird«, sagte ich.

»Und deshalb gibt er jetzt eine Menge Geld für Firmen aus, die anscheinend keinen Pfifferling wert sind«, sagte Tony. »Er schielt keineswegs auf den schrumpfenden Haden-Markt. Er schielt auf den Markt, der sich jetzt entwickeln wird – den Markt, den er übernehmen wird. Den Markt, in den er sich gerade einklinkt.«

»Sie glauben wirklich, dass genau das passiert?«, fragte Vann.

»Lassen Sie es mich so ausdrücken, Agent Vann«, sagte Tony. »Wenn Sie beide ihn an diesem Wochenende nicht verhaften, werde ich am Montag meine gesamten Ersparnisse in Accelerant-Aktien investieren.«

Vann stand eine Weile nachdenklich da. Dann wandte sie sich an mich. »Optionen?«

»Ernsthaft?«, fragte ich. »Wollen wir das jetzt wirklich durchziehen?«

»Es ist immer noch Ihre erste Woche«, sagte Vann.

»Eine Woche, in der sehr viel los war.«

»Und ich möchte wissen, was Sie darüber denken. Es geht hier nicht nur darum, dass ich als Mentorin Ihr Wissen abfrage. Das alles betrifft Sie persönlich. Hier geht es um *Sie*. Und um Leute wie Sie. Sagen Sie mir, was *Sie* tun möchten, Chris.«

»Ich will dieses Arschloch erledigen«, antwortete ich. »Sowohl Hubbard als auch Schwartz.«

»Sie wollen sie verhaften.«

»Ja. Aber jetzt noch nicht.«

»Erklären Sie das«, sagte Vann.

Aber ich sah sie nur mit einem Lächeln an und blickte zu Tony. »Hubbards Code.«

»Was ist damit?«, fragte Tony.

»Kannst du ihn patchen?«

»Du meinst, ob ich das Loch im Interpolator schließen kann?«

»Ja.«

»Klar«, sagte Tony. »Nachdem ich weiß, dass es da ist, kann ich es ohne Schwierigkeiten schließen.«

»Könntest du auch noch mehr tun?«

»Bezahlst du mich dafür, wenn ich mehr tue?«

Ich grinste. »Ja, Tony. Die Bezahlung wird kein Problem sein.«

»Dann kann ich tun, was auch immer du von mir brauchst. Hubbard ist gut, aber ich bin auch nicht so schlecht.«

»Was haben Sie vor?«, wollte Vann von mir wissen.

»Bislang lagen wir bei allem immer einen Schritt hinter Hubbard zurück.«

»Das ist eine zutreffende Einschätzung«, sagte Vann. »Wollen wir versuchen, ihm einen Schritt voraus zu sein?«

»Das ist gar nicht nötig. Ich möchte nur, dass wir gleichzeitig ankommen.«

»Und wie wollen Sie das anstellen?«, fragte Vann.

»Nun ja«, sagte ich. »Dazu könnte es erforderlich sein, dass Sie, um es mit den Worten unserer Freundin Trinh auszudrücken, ein bisschen schludern.«

22

Um Viertel nach elf rief ich Klah Redhouse an und bat ihn um ein Treffen mit ihm, seinem Chef, der Sprecherin und dem Präsidenten der Navajo-Nation, um sie über unsere neuesten Erkenntnisse zu Johnny Sani und Bruce Skow zu informieren. Das Treffen fand um Mittag statt.

Sie waren nicht erfreut über meinen Bericht. Nicht wie ich meine Arbeit gemacht hatte, was nicht zur Debatte stand, sondern dass man zwei Angehörige ihres Volks zu Opfern gemacht hatte.

»Sie arbeiten an der Sache«, sagte Präsident Becenti. Sein Tonfall verriet, dass es keine Frage war.

»Ja«, sagte ich. »Johnny Sani und Bruce Skow wird Gerechtigkeit widerfahren. Darauf gebe ich Ihnen mein Wort.« Ich wartete.

»Was ist?«, fragte Becenti.

»Gestern haben Sie gesagt, wenn Sie mir auf irgendeine Weise helfen können, würden Sie es tun.«

»Ja«, bestätigte Becenti.

»Meinten Sie das nur innerhalb des Rahmens der Ermittlungen, oder würden Sie auch darüber hinausgehen?«

Becenti sah mich skeptisch an. »Was meinen Sie damit?«

»Es gibt Gerechtigkeit, aber es gibt auch die Möglichkeit, jemandem ein Messer zwischen die Rippen zu stoßen«, erklärte ich. »Am Ende läuft beides auf Gerechtigkeit hinaus. Wie ich bereits sagte, haben Sie darauf mein Wort. Aber der Messerstich könnte der Navajo-Nation einen zusätzlichen Vorteil bieten.«

Becenti sah die Sprecherin und den Captain an, dann wieder mich. »Erzählen Sie uns mehr darüber.«

Ich warf einen Blick zu Redhouse, während ich loslegte. Er lächelte.

Um halb zwei war ich in meinem Elternhaus und saß mit meinem Vater im Trophäenzimmer. Er trug einen Bademantel und hielt ein Glas Scotch in der Hand.

»Wie geht es dir, Dad?«, fragte ich.

Er lächelte. »Bestens. Letzte Nacht brach jemand in mein Haus ein, um mein Kind zu töten. Also habe ich ihn mit einer Schrotflinte erschossen, und nun verstecke ich mich im Trophäenzimmer, weil es so ziemlich der einzige Raum im Haus ist, den die Fotografen von außen nicht einsehen können. Es geht mir wunderbar.«

»Was hat die Polizei zu dem Fall gesagt?«

»Heute früh kam der Sheriff vorbei und versicherte mir, dass der tödliche Schuss, so weit es ihn und seine Dienststelle betrifft, gerechtfertigt war und dass keine Anklage erhoben wird und ich noch heute die Schrotflinte zurückbekommen werde.«

»Das freut mich zu hören.«

»Das habe ich auch gesagt. Dann hieß es, das FBI würde an diesem Vormittag die Leiche übernehmen. Hat das etwas mit dir zu tun?«

»Ja«, antwortete ich. »Wenn jemand fragt – die Tatsache,

dass du für den Senat kandidieren wolltest, bedeutet, dass wir ermitteln, ob der Attentäter irgendwelche Verbindungen zu bekannten extremistischen oder terroristischen Gruppen hatte.«

»Aber darum geht es in Wirklichkeit gar nicht, oder?«

»Ich werde dir eine Antwort auf diese Frage geben, Dad, aber du musst mir sagen, dass du bereit bist, sie zu hören.«

»Verdammt noch mal, Chris!«, sagte er. »Gestern hat jemand versucht, dich in unserem Haus zu töten. Wenn du mir nicht sagst, warum, werde ich dich höchstpersönlich strangulieren.«

Also erzählte ich meinem Vater die gesamte Geschichte, bis zu meinem letzten Besuch bei der Navajo-Nation an diesem Vormittag.

Als ich damit fertig war, sagte Dad zunächst gar nichts. Dann trank er den Scotch aus und erklärte: »Ich muss noch einmal nachschenken.« Er ging zur Waffenkammer hinüber, und als er zurückkam, hatte er deutlich mehr als zwei Finger Scotch im Glas.

»Vielleicht solltest du dich ein bisschen zurückhalten«, sagte ich.

»Chris, es ist ein Wunder, dass ich nicht gleich die ganze Flasche und einen Strohhalm mitgenommen habe«, sagte er und nahm einen Schluck. »Der Drecksack war vor drei Tagen in meinem Haus.« Damit meinte er natürlich Hubbard. »In *diesem* Zimmer. Und er hat einen auf Kumpel gemacht.«

»Fairerweise muss ich sagen, dass er vor drei Tagen wahrscheinlich noch nicht geplant hat, mich töten zu lassen. Ich bin mir ziemlich sicher, dass das erst später kam.«

Diese Bemerkung ließ meinen Vater fast an seinem Scotch

ersticken. Ich klopfte ihm auf den Rücken, bis er zu husten aufhörte.

»Alles okay?«

»Alles bestens«, sagte Dad und winkte ab. Er stellte das Glas ab und sah mich an.

»Was ist?«, fragte ich.

»Sag mir, was ich tun soll.«

»Wie meinst du das?«

»Ich meine, dieser Drecksack hat versucht, dich zu töten«, sagte Dad emphatisch. »Mein einziges Kind. Mein Fleisch und Blut. Sag mir, was ich tun soll, Chris. Wenn du mir sagst, dass ich ihn erschießen soll, würde ich sofort losgehen und es tun.«

»Bitte nicht.«

»Oder ihn erstechen. Ihn ertränken. Ihn mit meinem Lastwagen überfahren.«

»Klingt alles sehr verlockend. Aber nichts davon ist wirklich eine gute Idee.«

»Dann sag es mir. Sag mir, was ich tun kann.«

»Bevor ich das tue«, erwiderte ich, »muss ich dir eine Frage stellen. Willst du in den Senat?«

»Oh. Ach so. *Das* meinst du«, sagte Dad und griff nach dem Scotch. Ich war schneller und entfernte das Glas aus seiner Reichweite. Er sah mich verdutzt an, aber dann akzeptierte er es und lehnte sich zurück. »William kam gleich heute früh zu mir herüber.« Damit meinte er den Parteivorsitzenden des Bundesstaats. »Er machte auf sehr besorgt und mitfühlend und sagte mir, wie sehr er es bewundert, dass ich für mein Heim und meine Familie eingetreten bin. Und irgendwie endete die ganze Lobhudelei damit, dass es hieß, es gäbe keine Möglichkeit, dass die Partei mich in dieser Wahlperiode unterstützt. Und vielleicht war es nur mein Eindruck, aber ich glaube, damit war auch gemeint, dass ich auch in künftigen Wahlperioden auf keinen Fall mit Unterstützung rechnen kann.«

»Das tut mir leid«, sagte ich.

Dad zuckte mit den Schultern. »Es ist, wie es ist, mein Junge. Das erspart mir den Ärger, nett zu einem Haufen Arschlöcher sein zu müssen, die ich noch nie gemocht habe.«

»Also gut«, sagte ich. »Dad, ich möchte, dass du etwas für mich tust.«

»Aha? Und was wäre das, Chris?«

»Du musst ein Geschäft abschließen«, sagte ich.

Dad sah mich mit gerunzelter Stirn an. »Wie sind wir plötzlich auf Geschäfte gekommen? Ich dachte, wir reden hier über Rache und Politik.«

»Das tun wir immer noch«, sagte ich. »Und durch einen Geschäftsabschluss werden wir dieses Ziel erreichen.«

»Mit wem?«, fragte Dad.

»Mit den Navajo, Dad«, sagte ich.

Dad setzte sich unbehaglich auf. »Ich weiß, dass du viel um die Ohren hattest. Aber ich habe erst gestern Nacht einen aus ihrem Volk *erschossen*. Ich glaube kaum, dass sie *heute* Geschäfte mit mir machen möchten.«

»Niemand macht es dir zum Vorwurf.«

»Aber *ich* mache es mir zum Vorwurf«, sagte Dad.

»Du hast ihn nicht erschossen, weil er ein Navajo war. Du hast ihn erschossen, weil er mich erschießen wollte. Er war nicht hier, weil er ein schlechter Mensch war. Er war hier, weil er von schlechten Menschen benutzt wurde.«

»Was bedeutet, dass ich einen Unschuldigen erschossen habe«, sagte Dad.

»Schon richtig. Und das tut mir furchtbar leid, Dad. Aber du hast ihn nicht getötet. Das hat Lucas Hubbard getan. Er hat dich nur dazu benutzt, es zu tun. Und wenn du es nicht getan hättest, wäre ich erschossen worden.«

Dad legte die Hände an den Kopf. Ich ließ ihm diesen Moment.

»Bruce Skow war unschuldig«, sagte ich. »Johnny Sani war unschuldig. Keiner von beiden wird zurückkommen. Aber ich habe eine Idee, wie du denjenigen bestrafen kannst, der beide Männer auf dem Gewissen hat. Gleichzeitig kannst du mit diesem Geschäft vielen Menschen der Navajo-Nation helfen. Daraus kann etwas richtig Gutes entstehen. Du musst nur etwas tun, worin du bereits besser als die meisten anderen bist. Schließ ein Geschäft ab.«

»Über welche Art von Geschäft reden wir hier?«

»Immobilien«, antwortete ich. »Sozusagen.«

Um halb vier saß ich mit Jim Buchold in seinem häuslichen Arbeitszimmer. »Wir reißen beide Gebäude auf dem Firmengelände ab«, sagte er. »Das heißt, wir reißen das Bürogebäude ab, nachdem die Prüfer von Loudoun County mir gesagt haben, dass es schwere Risse im Fundament aufweist. Die Labors sind bereits dem Erdboden gleichgemacht. Dort müssen wir nur noch die Trümmer wegräumen.«

»Was wird mit Loudoun Pharma geschehen?«, fragte ich.

»Zunächst werde ich morgen zu einer Gedenkfeier für unsere Haustechniker gehen«, sagte Buchold. »Für alle sechs gleichzeitig. Alle waren miteinander befreundet. Ich finde es gut, es so zu machen. Und am Montag werde ich alle Mitarbeiter entlassen und auf Kaufangebote warten.«

Ich sah ihn mit schief gelegtem Kopf an. »Jemand will Loudoun Pharma kaufen?«

»Wir haben etliche wertvolle Patente, und wir konnten einen beträchtlichen Anteil unserer Forschungsdaten aus der letzten Zeit bergen. Mit Sicherheit lässt sich noch etwas mehr rekonstruieren. Und wenn ein Käufer unsere Forscher einstellt, besteht die Chance, dass es mit der Rekonstruktion deutlich schneller geht. Und wir haben immer noch unsere staatlichen Verträge, obwohl ich sie gerade von meinen Anwälten durchsehen lasse, um zu gewährleisten, dass sie nicht wegen Terrorismus annulliert werden können.«

»Warum wollen Sie alles verkaufen?«, fragte ich.

»Weil ich genug habe«, sagte Buchold. »Zwanzig Jahre habe ich in diese Firma investiert, und dann fliegt alles in einer einzigen Nacht in die Luft. Können Sie sich vorstellen, wie sich das anfühlt?«

»Nein«, sagte ich. »Das kann ich nicht.«

»Natürlich können Sie das nicht«, sagte Buchold. »So etwas kann man sich nicht vorstellen. Mir wurde es erst klar, als jemand zwanzig Jahre meines Lebens in einen Trümmerhaufen verwandelt hat. Wenn ich überlege, ob ich versuchen sollte, alles noch einmal aus dem Nichts aufzubauen, verspüre ich nur tiefe Erschöpfung. Also nicht. Es wird Zeit, dass Rick und ich uns auf die Outer Banks zurückziehen, uns ein Haus am Strand kaufen und unsere Corgis durch den Sand hetzen, bis sie zusammenbrechen.«

»Das klingt gar nicht so schlecht.«

»Es wird wunderbar sein«, sagte Buchold. »Während der

ersten Woche. Danach muss ich mir überlegen, was ich mit mir anfangen soll.«

»An dem Abend, als Sie bei der Party meines Vaters waren, haben Sie über die Therapien gesprochen, mit denen Sie die Hadens aus dem Lock-in holen wollen.«

»Ich habe Sie in ein Streitgespräch hineingezogen. Rick hat mich gestern deswegen zusammengestaucht, als er sich daran erinnert hat. Tut mir leid.«

»Kein Problem. An diesem Abend erwähnten Sie auch das Medikament, das Sie entwickeln.«

»Neurostim.«

»Richtig«, sagte ich. »Wie weit waren Sie damit?«

»Sie meinen, wie lange es noch gedauert hätte, Neurostim auf den Markt zu bringen?«

»Ja.«

»Wir waren optimistisch, dass wir mit dem Mittel genug Fortschritte gemacht hatten, um es noch in diesem Jahr für die ersten klinischen Studien anzumelden. Und wenn sie vielversprechend ausgefallen wären, hätte die Gesundheitsbehörde bestimmt grünes Licht für ein beschleunigtes Prüfverfahren gegeben. Es gibt viereinhalb Millionen Menschen, die unter Lock-in leiden. Je früher wir sie herausholen können, desto besser – vor allem jetzt, wo Abrams-Kettering ansteht.«

»Und wie sieht es jetzt aus?«, fragte ich.

»Nun ja, einer unserer wichtigsten Forscher hat den Laden gesprengt – und damit auch einen großen Teil unserer Daten und der Dokumentation. Dann hat er Selbstmord begangen, und ganz gleich, wie sich *das* im Moment für mich anfühlt, wäre er derjenige gewesen, der die verlorenen Daten am ehesten hätte rekonstruieren können. Mit dem, was wir jetzt haben, würde es fünf bis sieben Jahre dauern, bis wir wieder für die klinischen Studien bereit sind. Optimistisch geschätzt.«

»War sonst jemand so nahe dran wie Sie?«, fragte ich.

»Ich weiß, dass Roche an einer Kombination aus Medikamenten und Hirnstimulation gearbeitet hat. Aber sie waren damit noch längst nicht so weit wie wir. Ansonsten tummelt sich niemand auf diesem Spielfeld.« Buchold sah mich mit säuerlichem Ausdruck an. »Möchten Sie etwas Komisches hören?«

»Klar.«

»Dieser Mistkerl Hubbard«, sagte er. »Auf der Party bei Ihrem Vater ging er auf mich los, wegen der Haden-Kultur und dass sie gar nicht von ihrer Krankheit befreit werden wollen. Er stand kurz davor, mir vorzuwerfen, ich würde einen Genozid planen.«

»Ich erinnere mich.«

»Und gestern ruft mich der Mistkerl an und macht mir ein Angebot für Loudoun Pharma!«

»Für wie viel?«

»Für viel zu wenig!«, antwortete Buchold. »Was ich ihm gesagt habe. Er meinte dazu, das Angebot ist flexibel, aber er will schnell handeln. Dann sagte ich zu ihm, dass er mir noch vor ein paar Tagen erklärt hat, wie furchtbar unsere Arbeit angeblich ist, und jetzt will er meine Firma kaufen. Wissen Sie, was er darauf erwiderte?«

»Keine Ahnung«, sagte ich, obwohl ich eine ungefähre Vorstellung hatte.

»Er sagte: ›Geschäft ist Geschäft‹!«, rief Buchold aus. »Meine Fresse! Ich hätte fast die Verbindung unterbrochen.«

»Aber Sie haben es nicht getan.«

»Nein«, sagte Buchold. »Weil er recht hat. Geschäft ist Geschäft. Ich habe sechshundert Angestellte, die in drei Tagen arbeitslos sein werden, und auch wenn Rick findet, dass ich mit ihnen keinen *gesellschaftlichen Umgang* haben sollte …« Buchold verdrehte die Augen und schaute sich um, ob sein Ehemann in der Nähe war. »… fühle ich mich dennoch für sie verantwortlich. Ich wäre damit zufrieden, wenn einige von ihnen ihre Jobs behalten können und die übrigen eine bessere Abfindung erhalten, als wir sie jetzt zahlen könnten.«

»Also würden Sie gern an ihn verkaufen?«

»Falls niemand mit einem besseren Angebot kommt, durchaus möglich«, sagte Buchold. »Warum? Finden Sie, dass ich das Angebot ablehnen sollte?«

»Ich würde Ihnen niemals erklären, wie Sie Ihr Unternehmen führen sollten, Mr. Buchold.«

»Zumindest das, was noch davon übrig ist«, sagte er. »Aber ich kann Ihnen eins versprechen, Agent Shane. Wenn Ihnen ein guter Grund einfällt, warum ich meine Optionen offenhalten sollte, werde ich vielleicht genau das tun.«

»Verstanden. Ich werde sehen, was ich tun kann.«

Um fünf Uhr war ich in der Zwischenwelt von Cassandra Bell.

Sie war leer. Und mit ›leer‹ meine ich, dass sich buchstäblich nichts darin befand.

Es war nicht die unendliche Weite des endlosen Raums. Es war das genaue Gegenteil, eine beengende Finsternis. Als wäre man am Grund eines Ozeans aus schwarzer Tinte. Zum ersten Mal verstand ich, was Klaustrophobie ist.

»Die meisten Leute fühlen sich in meiner Zwischenwelt nicht wohl, Agent Shane«, sagte Bell. Eine Stimme, die ich nicht sehen konnte und die von überall kam, obwohl sie recht leise war. Es war, als würde man sich im Kopf einer sehr verschlossenen Person befinden. Was vermutlich sogar den Tatsachen entsprach.

»Das kann ich verstehen«, sagte ich.

»Stört es Sie?«

»Ich versuche, mich nicht davon stören zu lassen.«

»Ich empfinde den Raum als beruhigend«, sagte sie. »Er erinnert mich an den Mutterleib. Es heißt, wir können uns nicht erinnern, wie es dort war, aber daran glaube ich nicht. Ich bin davon überzeugt, dass wir es tief drinnen immer wissen. Deshalb verkriechen sich Kinder unter Decken, und Katzen drücken ihren Kopf in den Ellbogen eines Menschen, wenn sie neben einem sitzen. Ich selbst hatte solche Erfahrungen nie, aber ich weiß, warum es dazu kommt. Man sagte zu mir, in meiner Zwischenwelt wäre es dunkel wie im Grab. Aber für mich ist es die Dunkelheit am anderen Ende des Lebens. Die Dunkelheit vor allem anderen, nicht nach allem.«

»Es gefällt mir, wie Sie es ausdrücken. Und ich werde versuchen, es mir so vorzustellen.«

»So ist es richtig. Es ist besser, eine Kerze zu entzünden, als die Dunkelheit zu verfluchen, Agent Shane.«

Und dann stand sie vor mir, sehr nahe, das Gesicht von einer Kerze erleuchtet, und das Licht drängte die Dunkelheit auf eine atembare Distanz zurück.

»Danke«, sagte ich und erschauderte vor Erleichterung.

»Keine Ursache«, sagte sie und lächelte. Sie sah jünger als

zwanzig aus, obwohl sie hier natürlich in jedem gewünschten Alter erscheinen konnte.

»Und danke, dass Sie sich so kurzfristig mit mir treffen konnten. Ich weiß, dass Sie viel zu tun haben.«

»Ich habe immer viel zu tun.« Sie sagte es, ohne zu prahlen, ohne Stolz, einfach nur eine Feststellung. Sie lächelte mich wieder an. »Aber natürlich kenne ich Sie, Agent Shane. Chris Shane. Das Haden-Kind. Sehr seltsam, dass wir uns nie zuvor begegnet sind, nicht wahr?«

»Neulich hatte ich dasselbe gedacht.«

»Und was glauben Sie, warum wir uns erst jetzt begegnen?«, fragte sie.

»Wir waren in unterschiedlichen Kreisen unterwegs.«

»In unterschiedlichen Kreisen«, wiederholte sie. »Nun sehe ich ein Bild, wie Sie und ich uns auf unterschiedlichen Umlaufbahnen um verschiedene Sterne bewegen.«

»Die gleiche Metapher«, sagte ich. »Nur anders umschrieben.«

»Ja!«, sagte Bell und lachte leise. »Und welcher Stern war Ihrer? Um welchen sind Sie gekreist?«

»Um meinen Vater, vermute ich.«

»Er ist ein guter Mann«, sagte Bell. Es war keine Frage.

»Ja«, bestätigte ich und dachte daran, wie er an diesem Morgen in seinem Bademantel mit einem Scotch in der Hand um Bruce Skow getrauert hatte.

»Ich weiß, was geschehen ist. Mit Ihrem Vater. Es tut mir leid.«

»Danke.« Ich fühle mich seltsam berührt von ihrer Sprechweise. Förmlich und gleichzeitig vertraulich. »Welcher war Ihr Stern, falls ich Sie danach fragen darf?«

»Ich weiß es nicht«, sagte Bell. »Ich weiß es immer noch nicht. Allmählich kommt mir der Verdacht, dass es keine Person, sondern eine Idee ist. Und das ist der Grund, warum ich fremdartig bin, was mir gleichzeitig Macht gibt.«

»Vielleicht«, erwiderte ich so diplomatisch wie möglich.

Sie bemerkte es, grinste und lachte dann über mich. »Ich möchte keineswegs als dumm oder bemüht exzentrisch erscheinen, Agent Shane, wirklich nicht. Es ist nur so, dass ich gar nicht gut in Small Talk bin. Je länger ich mir damit Mühe gebe, desto mehr klingt es, als wäre ich aus einer Kommune geflüchtet.«

»Schon gut«, winkte ich ab. »Ich selbst lebe in einer Zweckwohngemeinschaft.«

»Es ist nett von Ihnen, sich in mich hineinzufühlen«, sagte Cassandra Bell. »Sie beherrschen den Small Talk besser als ich. Das ist nicht immer ein Kompliment. Aber diesmal schon.«

»Danke.«

»Aber Sie sind nicht gekommen, um Small Talk mit mir zu machen. Obwohl Sie sehr gut darin sind.«

»Nein. Ich bin gekommen, um mit Ihnen über Ihren Bruder zu reden.«

»Tatsächlich«, sagte sie. »Ich würde Ihnen gern eine Geschichte über meinen Bruder erzählen, falls Sie sie hören möchten.«

»Aber sicher«, sagte ich.

»Er war ein kleiner Junge, als ich geboren wurde, und er wusste, dass ich in mir selbst gefangen war. Also kam er oft zu mir, küsste mich auf die Stirn und sang mir stundenlang Lieder vor. Könnten Sie sich das vorstellen? Welcher andere siebenjährige Junge würde so etwas tun? Sie haben keine Geschwister.«

»Nein.«

»Fehlen sie Ihnen?«

»Mir kann nichts fehlen, was ich nie hatte.«

»Was nicht stimmt«, sagte Bell. »Aber ich habe mich unklar ausgedrückt. Ich meinte, ob Sie das Gefühl haben, Ihnen würde etwas fehlen, weil Sie nie Geschwister hatten.«

»Ich denke, es wäre interessant gewesen, Geschwister zu haben.«

»Nach Ihnen hatten Ihre Eltern keine weiteren Kinder.«

»Ich glaube, sie haben sich Sorgen gemacht, sie könnten eins ihrer Kinder vernachlässigen, um sich mehr um ein anderes kümmern zu können. Und dass das vernachlässigte Kind schließlich verbittert werden könnte. Es ist hart, ein Kind zu haben, das ein Haden ist, und ein anderes, das es nicht ist. Das kann ich mir zumindest vorstellen.« Ich verstummte.

»Sie haben eine Frage zu mir und meinem Bruder«, sagte Bell.

»Ich würde gern wissen, ob Sie sich jemals mit ihm integriert haben.«

»O nein«, sagte Bell. »Das wäre viel zu intim gewesen. Ich liebe meinen Bruder, und er liebt mich. Aber ich verspürte nicht den Wunsch, in seinem Kopf zu sein, und ich glaube, dass er mich auch nicht in seinem Kopf haben möchte. Wir beide gleichzeitig im selben Kopf! Wir würden zu unseren eigenen Eltern werden.«

»Ein interessantes Bild«, sagte ich.

»Ich habe mich niemals integriert. Es genügt mir, in meinem Kopf zu sein. Ich möchte nicht auch noch im Kopf einer anderen Person sein.«

Darüber musste ich lächeln. »Sie sollten meine Partnerin kennenlernen. Sie war eine Integratorin, die es nicht ausstehen konnte, andere Leute in ihrem Kopf zu haben.«

»Wir wären wie Magnete«, sagte Bell. »Wir würden uns entweder anziehen oder abstoßen.«

»Auch ein interessantes Bild.«

»Erzählen Sie mir von meinem Bruder.«

»Wann haben Sie das letzte Mal mit ihm gesprochen?«

»Das ist kein Erzählen von meinem Bruder, aber ich werde es zulassen«, sagte Bell. »Wir haben vor ein paar Tagen miteinander gesprochen. Er möchte sich am Sonntagnachmittag mit mir treffen.«

»Werden Sie es tun?«

»Würden Sie sich nicht gern etwas Zeit für Ihre Familie nehmen?«, fragte Bell. »Ich weiß, wie Sie darauf antworten werden, also müssen Sie es nicht tun.«

»Ich würde mir gern Zeit für meine Familie nehmen«, antwortete ich trotzdem. »Werden Sie sich hier mit ihm treffen?«

»Ja, und er wird gleichzeitig bei meinem Körper sein. Er singt mir immer noch gern etwas vor, meinen Ohren.«

»Wird sonst noch jemand dabei sein?«

»Er ist meine Familie.«

»Also nicht.«

»Agent Shane, jetzt wäre ein hervorragender Augenblick, mit dem Small Talk aufzuhören.«

»Wir glauben, dass ein Klient den Körper Ihres Bruders übernommen hat«, sagte ich. »Dieser Klient verfügt über beachtliches technisches Geschick und war deshalb in der Lage, die Programmierung des neuronalen Netzwerks Ihres Bruders zu verändern, um ihn einzusperren und den Körper für seine eigenen Zwecke zu benutzen. Wir glauben, dass er mithilfe des Körpers Ihres Bruders zuerst Sie und dann auch Ihren Bruder töten will. Es wird nach einem Mord mit anschließendem Selbstmord aussehen.«

»Und warum glauben Sie das?«

»Weil er bereits andere Körper übernommen hat«, sagte ich. »Auf die gleiche Weise. Sowohl er als auch ein Komplize haben es getan. Das Endergebnis waren drei tote Integratoren.«

Cassandra Bell wirkte plötzlich sehr ernst, und das Licht von der Kerze flackerte hektisch, bevor es wieder einen ruhigen Schein annahm. »Also glauben Sie, dass er bereits besessen ist.«

»Besessen«, sagte ich und erkannte, dass mir noch gar nicht in den Sinn gekommen war, das, was mit Johnny Sani oder Bruce Skow oder Brenda Rees geschehen war, auf diese Weise zu betrachten. »Ja. Er ist bereits besessen.«

»Seit wann?«

»Wir glauben, mindestens seit letzten Dienstagvormittag.«

»Warum haben Sie so lange gebraucht, bis Sie mir davon erzählen?«

»Bis gestern wussten wir noch gar nicht, dass so etwas überhaupt möglich ist«, sagte ich. »Und bis heute gingen wir nicht davon aus, dass auch Ihr Bruder davon betroffen sein könnte. Eigentlich dürfte es gar nicht möglich sein. Und deshalb sind wir dieser Spur erst jetzt nachgegangen.«

»Ist er tot?«

»Ihr Bruder? Nein.«

»Ich weiß, dass sein Körper lebt«, sagte Bell. »Ich meine *ihn*. Die Seele meines Bruders.«

»Wir glauben, dass er lebt, aber eingeschlossen ist. Ohne sprechen oder sonst wie mit der Außenwelt kommunizieren zu können. Wie … nun ja … wie wir. Aber ohne einen Threep oder eine Zwischenwelt oder eine Agora. Und sein Körper gehorcht dem Willen eines Fremden und tut Dinge, die er selbst nie tun würde.«

»Er würde mich niemals ermorden wollen«, pflichtete Bell mir bei. »Sie sagten, Sie glauben, dass er noch lebt.«

»Ja.«

»Erklären Sie mir, wie stark Ihr Glaube ist.«

»Stark wie Eisen«, sagte ich. »Stark wie Eichenholz.«

»Eisen rostet. Eichenholz verbrennt.«

»Wir können uns nicht absolut sicher sein. Aber soweit wir wissen, existiert der Betreffende noch. Eine der Personen, die ebenfalls besessen waren, war noch am Leben, nachdem ihr Klient sie verließ.«

»Sie sagten, alle wären gestorben.«

»Sie starb«, sagte ich. »Ihr Klient zog den Stift einer Granate, bevor er sich aus ihr zurückzog.«

»Wer sind diese Leute?«, fragte Bell.

»Das möchten wir lieber nicht sagen«, erwiderte ich. »Zu Ihrem eigenen Schutz.«

Cassandra Bells Kerze wurde beträchtlich heller, während sich gleichzeitig die Dunkelheit immer enger um mich zusammenzog. »Agent Shane«, sagte sie. »Verwechseln Sie mich nicht mit einem Kind. Ich bin weder behindert noch unfähig. Ich bringe Hunderttausende von uns dazu, der Welt unser Anliegen vorzutragen. Das könnte ich nicht tun, wenn ich ein verhätscheltes *Ding* wäre. Ich brauche keinen *Schutz*. Ich brauche Informationen.«

»Es ist Lucas Hubbard.«

»Oh«, sagte Bell. Die Kerze nahm wieder ihre vorherige Helligkeit an. »Er.«

»Sie kennen ihn.«

»Sie ausgenommen, Agent Shane, kenne ich fast jede bedeutende Persönlichkeit.« Keine Prahlerei, einfach nur eine Tatsache.

»Wie schätzen Sie ihn ein?«

»Jetzt oder bevor ich erfahren habe, dass er meinen eigenen Bruder versklavt?«

Darüber musste ich lächeln. »Davor.«

»Intelligent. Ehrgeizig. In der Lage, leidenschaftlich über Hadens zu sprechen, wenn es ihm zum Vorteil gereicht, aber wenn nicht, dann nicht.«

»Der typische Milliardär«, sagte ich.

Bell starrte mich für einen Moment an. »Ich kann mir vorstellen, dass gerade Sie wissen, dass nicht alle Milliardäre armselige Menschen sind.«

»Nach meiner Erfahrung gibt es nur wenige, die wie mein Vater sind.«

»Schade«, sagte Bell. »Wann werden Sie meinen Bruder retten?«

»Bald.«

»Hinter dieser einen Silbe lauern noch viele Absätze«, sagte Bell. »Oder Sie wollten vielleicht nur ›bald, aber jetzt noch nicht‹ sagen.«

»Es gibt da einige Komplikationen.«

»Ich möchte Sie nicht dazu auffordern, sich vorzustellen, wie schrecklich es ist, eingeschlossen zu sein, Agent Shane. Ich weiß, dass Sie es nur zu gut kennen. Doch ich möchte Sie fragen, warum Sie bereit sind, jemanden auch nur eine Sekunde länger diesem Schicksal zu überlassen, als nötig wäre.«

»Weil ich andere vor dem gleichen Schicksal bewahren will«, sagte ich. »Und um Hubbard gründlicher zu bestrafen als durch eine bloße Verhaftung. Und weil ich möchte, dass Ihrem Bruder nichts zustößt.«

Bell sah mich mit versteinerter Miene an.

»Wenn wir in dieser Sekunde gegen ihn vorgehen würden, hätten wir genug in der Hand, um ihn anzuklagen und zu bestrafen«, sagte ich. »Aber er ist keineswegs dumm. Zweifellos hat er für den Fall einer Verhaftung vorgesorgt. Er ist reich und hat mehr Anwälte als manche Länder Einwohner. Das Verfahren würde sich über Jahre hinziehen, er würde außergerichtliche Vereinbarungen vorschlagen und Zweifel säen. Und als Erstes würde er alles tun, um seine Spuren so gut wie möglich zu verwischen. Unter anderem die Beseitigung der einzigen Person, die detaillierte Angaben zu Hubbards Taten während der letzten Woche machen könnte.«

»Mein Bruder«, sagte Bell.

»Ihr Bruder«, bestätigte ich. »Hubbard ist clever, aber seine Intelligenz und sein Ehrgeiz sind gleichzeitig sein blinder Fleck. Er glaubt, er hätte jede Eventualität berücksichtigt. Aber wir gehen davon aus, dass er einige Dinge übersieht.«

»Weil sie innerhalb seines blinden Flecks liegen.«

»Ja.«

»Versprechen Sie mir, meinen Bruder zu retten«, sagte Bell.

»Ich verspreche, dass ich alles tun werde, um ihn zu retten. Ich verspreche, dass wir alles Menschenmögliche tun werden.«

»Und jetzt sagen Sie mir, wie Sie Hubbard das Handwerk legen wollen.«

»Er beabsichtigt, Sie zu töten.«

»Das sagten Sie bereits.«

»Ich schlage vor, wir lassen zu, dass er es versucht«, sagte ich.

23

Samuel Schwartz war alles andere als erfreut, sich an einem Samstagvormittag mit uns zu treffen, aber er lud uns dennoch zu sich ein. Er ließ uns in seinem Arbeitszimmer Platz nehmen, vor einem Schreibtisch, auf dem Fotos zweier kleiner Kinder standen. »Ihre?«, fragte Vann.

»Ja«, antwortete Schwartz, während er sich hinter seinen Schreibtisch setzte.

»Bezaubernd«, sagte Vann.

»Danke«, sagte Schwartz. »Um Ihren nächsten Fragen zuvorzukommen: Sie heißen Anna und Kendra, sieben und fünf Jahre alt, gezeugt durch Spermienextraktion und In-vitro-Befruchtung. Die Mütter sind ein verheiratetes Paar aus meinem Bekanntenkreis, und mit einer von ihnen war ich zusammen auf der juristischen Fakultät. Ja, die Kinder wissen, wer ich bin, und ja, ich bin ein aktiver Teil ihres Lebens. Außerdem bedeutet es, dass ich in Kürze bei einem Fußballspiel zugegen sein muss. Ich vermute, Sie sind wegen Nicholas Bell hier.«

»Eigentlich sind wir wegen Jay Kearney hier«, erwiderte Vann.

»Ich habe bereits mit Ihren FBI-Kollegen über Jay gesprochen«, sagte Schwartz. »Ich kann Ihnen nur erzählen, was ich Ihren Kollegen erzählt habe, und zwar, dass Jay zu keinem Zeitpunkt während unserer professionellen oder persönlichen Bekanntschaft auch nur andeutungsweise etwas von seinen Plänen oder seiner Verbindung zu Dr. Baer erwähnt hat. Und was mein Alibi für den Abend betrifft …« Schwartz nickte mir zu. »… so kann Ihr Partner bestätigen, dass ich die ganze Zeit in Marcus Shanes Haus anwesend war, als sich der Anschlag auf Loudoun Pharma ereignete.«

»Unser Labor hat uns mitgeteilt, dass Kearney – oder Baer – eine Autobombe voller Ammoniumnitrat verwendet hat«, sagte Vann.

»Ich verstehe«, sagte Schwartz. »Und?«

»Es hat vermutlich nichts zu bedeuten, aber mir ist aufgefallen, dass Agrariot eine Tochterfirma von Accelerant ist. Sie stellt dehydrierte und gefrorene Lebensmittel, Viehfutter und Düngemittel her.«

»Accelerant ist ein multinationaler Mischkonzern, der fast zweihundert verschiedene Unternehmen gänzlich oder teilweise besitzt, Agent Vann. Sie haben korrekt festgestellt, dass das vermutlich nichts zu bedeuten hat.«

»Agrariot besitzt ein Lagerhaus in Warrenton«, stellte Vann fest. »Über die Route 15 ist das von Leesburg nur wenige Meilen entfernt. Und seit Kurzem fehlen im Lagerbestand mehrere Paletten Düngemittel. Ich habe das gestern überprüft.«

»Dann hoffe ich, dass Sie Ihre Kollegen darüber informiert haben, die sich direkter mit den entsprechenden Ermittlungen befassen.«

»Das haben wir«, sagte Vann.

»Wie ich hörte, hat Accelerant Loudoun Pharma ein Übernahmeangebot gemacht«, sagte ich.

Schwartz wandte sich mir zu. »Das ist das erste Mal, dass ich davon höre. Vielleicht sollten Sie Gerüchten nicht zu viel Glauben schenken.«

»Ich weiß nicht, ob es ein Gerücht ist, da die Information direkt vom Geschäftsführer stammt«, gab ich zu bedenken. »Gestern Nachmittag habe ich mit Mr. Buchold gesprochen.«

»Das war indiskret von Mr. Buchold«, sagte Schwartz. »Es gab Gespräche, aber noch keine ernsthaften Verhandlungen.«

»Ich erinnere mich auch, dass Lucas Hubbard sich beim Abendessen sehr negativ über die Arbeit von Loudoun Pharma geäußert hat. Interessant, dass er überlegt, das Unternehmen jetzt zu kaufen, vor allem, nachdem das Firmengelände nur noch ein großer Krater ist.«

»Lucas ist daran interessiert, Arbeitsplätze in Loudoun County zu erhalten«, sagte Schwartz. »Loudoun Pharmas Produktpalette passt gut in unser Portfolio.«

»Sicher«, sagte Vann. »Vor allem ein Produkt, das Sie wahrscheinlich gern vom Markt fernhalten möchten.«

»Neurostim«, warf ich hilfsbereit ein.

»Genau das«, sagte Vann. »Es wäre gar nicht gut, wenn viele Hadens aus dem Lock-in kommen. Das würde den Gewinn sehr vieler Unternehmen der Accelerant-Gruppe schmälern. Aber für Sie ist es wichtig, dass sie mindestens noch einige Jahre lang profitabel wirtschaften.«

»Ich fürchte, ich weiß nicht allzu viel über Neurostim«, sagte Schwartz und erhob sich von seinem Platz. »Und jetzt habe ich, wie gesagt, ein Fußballspiel …«

»Wissen Sie auch nicht allzu viel über Salvatore Odell, Michael Crow, Gregory Bufford, James Martinez, Steve Gaitten oder Cesar Burke?«, fragte Vann.

»Ich kenne diese Männer nicht«, sagte Schwartz.

»Das sind die Haustechniker, die ums Leben kamen, als Loudoun Pharma hochging. Sie konnten erst vor Kurzem ausgegraben werden. Heute findet die Gedenkfeier für sie statt.«

»Ungefähr jetzt, um etwas genauer zu sein«, fügte ich hinzu.

»Tatsächlich«, sagte Vann zu mir und wandte sich dann wieder Schwartz zu. »Laut Bericht unserer Mediziner starben einige von ihnen, als das Gebäude in die Luft flog, aber der Rest überlebte die Explosion. Sie starben, als sie unter vier Stockwerken Beton begraben wurden. Platt gedrückt. Zerquetscht.«

»Bei der Gedenkfeier bleiben die Särge geschlossen«, sagte ich.

»Selbstverständlich«, sagte Vann.

»Es tut mir leid, das zu hören«, sagte Schwartz.

»Tatsächlich«, sagte Vann.

»Ich glaube, jetzt habe ich wirklich keine Zeit mehr«, sagte Schwartz.

»Wie nahe stehen Sie Lucas Hubbard?«, fragte ich.

»Wie meinen Sie das?«, fragte Schwartz zurück.

»Ich meine, ich erinnere mich an ein Abendessen, bei dem Hubbard Ihnen eine Frage stellte und Sie keine Antwort geben konnten. Hubbard kam zu Ihnen, um Sie zu beruhigen, nachdem Sie kurz weggetreten waren, und tätschelte Ihre Hand. Ich halte nichts davon, Geschlechtsrollen sklavisch zu befolgen, aber das kam mir ziemlich ›nicht-männlich‹

vor. Ich habe nicht den Eindruck, dass Sie beruhigend getätschelt werden müssen, und Hubbard schätze ich nicht als jemanden ein, der meint, Ihnen auf diese Weise helfen zu müssen. Sie sind der Chefanwalt seines Unternehmens, nicht seine Freundin.«

»Ich glaube, Sie interpretieren da zu viel hinein«, sagte Schwartz.

»Und dann kam der Moment, als ich mit Ihnen über Ihren Threep sprach, worauf Sie mich angesehen haben, als hätten Sie keine Ahnung, wovon ich rede. Auch da hat Hubbard für Sie geantwortet. Ich weiß noch, wie Sie uns die Leviten gelesen haben, als wir mit Bell im Verhörzimmer waren. Ich finde, es sieht Ihnen einfach nicht ähnlich, jemand anderen für Sie sprechen zu lassen.«

»Vielleicht war es gar nicht er, der nicht gesprochen hat«, sagte Vann.

»Gut möglich«, sagte ich und sah Schwartz an.

»Sie und ich haben miteinander gesprochen«, sagte Schwartz. »Ich erinnere mich sehr deutlich daran, wie wir uns im Trophäenzimmer Ihres Vaters darüber unterhalten haben, dass ich eine Integratorin benutzt habe.«

»Brenda Rees«, sagte ich.

»Die jetzt tot ist«, sagte Vann.

»Ja.«

»Sie eröffnete in einem Café das Feuer und sprengte sich dann selbst mit einer Granate in die Luft.«

»Ich war dabei«, sagte ich.

»Ich ebenfalls«, sagte Vann und zeigte auf ihren Arm, den sie in einer Schlinge trug. »Sie hat auf mich geschossen.«

»Auf mich auch«, sagte ich.

»Das ist seltsam«, sagte Vann.

»Wenn auf einen geschossen wird?«, fragte ich.

»Das auch«, sagte Vann und zeigte auf Schwartz. »Aber ich hatte eher daran gedacht, dass Mr. Schwartz zwei Integratoren hatte, die sich in derselben Woche in die Luft gesprengt haben.«

»Das ist wirklich seltsam«, sagte ich.

»Ich meine, wie hoch ist die Wahrscheinlichkeit?«, fragte Vann mich.

»Ziemlich gering, würde ich sagen.«

»Ich würde sie genauso einschätzen«, sagte Vann. »Vielleicht nicht so gering wie die Wahrscheinlichkeit, dass diese beiden Integratoren von Bären gefressen werden oder in einen Mähdrescher fallen. Trotzdem ist es insgesamt ein bemerkenswerter Zufall.«

»Agent Vann«, sagte Schwartz. »Agent Shane. Meine Zeit ist …«

»Sie sagte, Sie wären nicht da gewesen«, sagte ich.

»Was?«, fragte Schwartz irritiert.

»Brenda Rees«, antwortete ich. »Sie erzählte mir, Sie wären gar nicht beim Abendessen gewesen, sondern woanders.«

»Genau zu dem Zeitpunkt, als Jay Kearney den Anschlag verübte«, sagte Vann.

»Jay Kearney war mit Dr. Baer integriert«, sagte Schwartz. »Das hat Baer selbst in seiner Videobotschaft gesagt.«

»Nicht ganz«, erwiderte ich. »Kearneys *Mund* hat es gesagt, und wir gehen davon aus, dass Baer damit gesprochen hat, weil Baer sich im Hintergrund befand. Aber wir haben eine andere Theorie.«

»Und sie lautet folgendermaßen«, sagte Vann. »Sie integrieren sich mit Kearney und gehen in Baers Wohnung. Er rechnet mit Kearney. Sie geben Baer etwas, worauf er das Bewusstsein verliert, zeichnen das Video auf, rammen ihm ein Messer in die Schläfe, positionieren den Threep so, dass alles nach einem Selbstmord aussieht, und machen dann mit Kearney einen kurzen Besuch bei Loudoun Pharma.«

»Und sind rechtzeitig zum Dessert wieder bei uns«, sagte ich. »Falls es ein Dessert gab. Zu diesem Zeitpunkt war ich nicht mehr dabei.«

»Nein, weil Loudoun Pharma in die Luft geflogen ist«, sagte Vann.

»Sie haben mir gerade vorgeworfen, Baer ermordet zu haben«, sagte Schwartz.

»Ja«, bestätigte ich.

»Und die sechs Haustechniker«, fügte Vann hinzu.

»Und Jay Kearney«, sagte ich.

»Insgesamt acht«, fasste Vann zusammen.

»Das Gespräch mit Ihnen ist beendet«, sagte Schwartz. »Ohne einen Anwalt werde ich nichts mehr sagen. Wenn Sie beabsichtigen, mich zu verhaften, tun Sie es jetzt. Andernfalls verschwinden Sie aus meinem Haus.«

»Mr. Schwartz, nur noch ein Wort«, sagte Vann.

Schwartz sah sie an, so ausdruckslos, wie es nur ein Threep konnte.

»›Interpolator‹«, sagte Vann.

»Was haben Sie gesagt?«, fragte Schwartz.

»Oh, ich glaube, Sie haben mich genau verstanden«, sagte Vann.

»Ich weiß nicht, was dieses Wort bedeutet«, sagte Schwartz.

»Wir sind längst über diesen Punkt hinaus, meinen Sie nicht auch, Mr. Schwartz?«, sagte Vann. »Sie wissen ganz genau, was dieses Wort bedeutet. Und Sie wissen, was es bedeutet, dass *wir* es wissen. Es bedeutet, dass Sie erledigt sind, Sir. *Restlos* erledigt.«

Schwartz schwieg wieder.

»Jetzt gibt es folgende Optionen«, sagte Vann und zählte sie an den Fingern ab. »Tür Nummer eins. Sie berufen sich auf Ihr Recht, zu schweigen und sich einen Anwalt zu nehmen. Gut für Sie. Ich bewundere Ihre Haltung. Wir verhaften Sie für die acht Morde, die wir erwähnten, plus die an Bruce Skow und Brenda Rees. Wir werden Sie auch wegen Kidnappings von Kearney und Skow und Rees anklagen. Nicht zu vergessen die zwei Mordversuche an mir und Agent Shane. Plus diverser anderer Anklagepunkte, auf die ich jetzt nicht weiter eingehen will, von denen Sie aber zweifellos bereits eine Liste im Kopf erstellen, weil Sie Anwalt sind. Wir gehen vor Gericht, Sie verlieren, Ihr Körper wandert in eine Haden-Strafanstalt, und Sie dürfen in Zukunft nur noch eine Stunde pro Woche mit anderen Menschen sprechen.«

»Mit dieser Option hätten wir übrigens nicht das geringste Problem«, warf ich ein.

»Genau«, bestätigte Vann und rückte einen Finger weiter. »Tür Nummer zwei. Sie *reden.*«

Sie ließ die Hände sinken. »Treffen Sie Ihre Entscheidung. Sie haben fünf Sekunden. Danach gehen wir davon aus, dass Sie durch Tür Nummer eins gehen wollen.«

»Womit wir kein Problem hätten«, wiederholte ich.

»Absolut richtig«, bestätigte Vann.

Schwartz setzte sich und wartete, bis vier Sekunden verstrichen waren, vielleicht auch viereinhalb. »Ich will einen Deal«, sagte er dann.

»Natürlich wollen Sie das«, sagte Vann.

»Völlige Straffreiheit«, begann er.

»Nein«, unterbrach ich ihn. »Kommt nicht infrage.«

»Sie werden ins Gefängnis wandern, Schwartz«, sagte Vann. »An diesen Gedanken sollten Sie sich gewöhnen. Wir diskutieren jetzt nur noch darüber, wo, wie lange und wie schlimm es für Sie sein wird.«

»Völlige Straffreiheit oder gar nichts«, sagte Schwartz.

»Mit ›gar nichts‹ können wir leben«, sagte ich.

»Mr. Schwartz, ich glaube, Sie haben noch nicht in vollem Umfang verstanden, was ich meinte, als ich sagte, dass Sie restlos erledigt sind«, erklärte Vann. »Es bedeutet, dass wir mehr als genug in der Hand haben, um Sie zu begraben. Für immer. Und das werden wir tun. Für immer. Aber die Sache ist die, dass Sie gar nicht derjenige sind, den wir eigentlich dingfest machen wollen. Sie sind nicht die Hauptattraktion. Ich bin mir ziemlich sicher, dass Sie wissen, über wen wir hier sprechen.«

»Aber wenn wir ihn nicht drankriegen können, würden wir uns auch mit Ihnen zufriedengeben«, warf ich ein.

»Stimmt«, sagte Vann. »Und wir wollen ganz ehrlich sein, Schwartz. *Er* wäre sehr glücklich, wenn wir uns mit Ihnen zufriedengeben. Sie wissen am besten, wie viele Anwälte er hat und wie gut sie sind. Sobald er erfährt, dass wir Sie zur Strecke gebracht haben, wird er noch in derselben Sekunde dafür sorgen, dass Ihnen alles – und damit meine ich wirklich *alles* – in die Schuhe geschoben wird. Ich sehe schon die Nachrichtenschlagzeilen vor mir …«

»Er wird schockiert und bestürzt auf die Anschuldigungen reagieren und anbieten, uneingeschränkt mit den Behörden zu kooperieren, womit wir gemeint sind«, sagte ich.

»Und wissen Sie was?«, sagte Vann. »An diesem Punkt könnten wir einfach beschließen, unsere Verluste zu minimieren und mit dem zu arbeiten, was wir haben. Wir würden immer noch gut dastehen, und ehrlich gesagt, wäre es ein nettes Lehrbeispiel für Sie, zum Thema blinde Loyalität gegenüber einem Mann, der keinen Moment zögern wird, Sie vor die Hunde gehen zu lassen.«

Schwartz schwieg wieder. Dann fragte er: »Was erwarten Sie von mir?«

»Natürlich alles«, sagte Vann. »Daten. Pläne. Wie Sie die verschiedenen Tochterfirmen von Accelerant benutzt haben, um Ihre Ziele zu erreichen. Wer sonst noch darin verwickelt ist. Wie das Endspiel aussehen sollte. Was sowohl Sie als auch Hubbard sich davon erhofft haben.«

»Warum Sie sich Sani und Skow ausgesucht haben«, fügte ich hinzu.

»Richtig«, sagte Vann. »Die höchsten Regierungskreise der Navajo-Nation sind bereit, Sie mit dem Auto zu überfahren. Sie haben sich das falsche Opfer ausgesucht, als Sie sich für Sani entschieden haben. Vielleicht wäre es sogar besser für Sie, wenn Sie eine Weile von der Bildfläche verschwinden.«

»Wie lange?«, fragte Schwartz. Nun war er ein geschlagener Mann. »Über welchen Zeitraum reden wir hier?«

»Fragen Sie nach einer bestimmten Anzahl von Jahren?«, erkundigte ich mich.

Schwartz sah mich an. »Ich habe Kinder, Agent Shane.«

»Sie verpassen das Fußballspiel, Mr. Schwartz«, sagte Vann erstaunlich sanft. »Sie werden auch den Highschool-Abschluss verpassen. Je nachdem, was wir jetzt von Ihnen bekommen, können wir daran arbeiten, dass Sie die Gelegenheit erhalten, zumindest eins Ihrer Kinder zum Traualtar zu begleiten.«

24

Nicholas Bell betrat Cassandra Bells Apartment im zweiten Stock und ging ins Wohnzimmer, was tatsächlich das Zimmer war, in dem seine Schwester wohnte. Das Schlafzimmer des Apartments wurde als Lager- und Aufenthaltsraum für ihre Pfleger genutzt. Die Vormittagsschicht war bereits gegangen. Die Nachmittagsschicht würde erst in einer Stunde in das Apartment kommen. Nicholas näherte sich dem Haupteinrichtungsgegenstand im Wohnzimmer, einer Wiege, in der eine junge Frau lag. Wie alle Hadens sah sie aus, als würde sie schlafen.

»Es freut mich, dass du mich besuchen kommst, Bruder«, sagte Cassandra. »Ich habe dich die ganze letzte Woche nicht gesehen.« Ihre Stimme kam aus einem Lautsprecher neben ihrer Wiege, in die außerdem eine kleine Kamera eingebaut war, mit der sie sehen konnte, was in ihrem Apartment vor sich ging. Cassandra zog eine einfache reale Repräsentation vor. Was der Grund sein mochte, warum Nicholas kurz stutzte, als er die unvertraute Gestalt im Wohnzimmer sah. Einen Threep.

»Ein Geschenk von einem Bewunderer«, sagte Cassandra, die Nicholas' Blick bemerkte. »Auch wenn er mich nicht genug bewundert, um zu wissen, dass ich noch nie einen Personentransporter benutzt habe und auch nie einen benutzen werde. Aber einer meiner Pfleger kennt eine Haden, die einen braucht. Jetzt wartet er nur darauf, dass sie ihn abholt.«

Nicholas nickte und lächelte, dann nahm er seinen kleinen Rucksack ab. Er zog den Reißverschluss auf und griff hinein.

»Was ist, Bruder?«, sagte Cassandra Bell. »Hast du mir ein Geschenk mitgebracht?«

»Ja«, sagte Nicholas. Er zog ein langes Küchenmesser aus dem Rucksack und stieß es in den Körper der Frau, die in der Wiege lag. Er trieb es tief in ihren Unterleib.

Zwei weitere harte Stöße in den Bauch, dann zog er die Klinge hoch. Ein grober Stich nach unten drang in den linken Oberschenkel – auf der Suche nach der Schlagader.

Das Fleisch öffnete sich blass.

Drei Stöße bildeten ein unregelmäßiges Dreieck aus Schnitten knapp unter dem Brustbein. Mit einem brutalen Hieb schlitzte er die linke Seite des Halses auf, dann auch die rechte, um die Arterien zu öffnen, die das Gehirn mit Blut versorgten, und die Venen, durch die es abfloss.

Nicholas Bell ließ das Messer zu Boden fallen und trat schwer atmend zurück. Er starrte auf den übel zugerichteten Körper, als würde ihn etwas daran irritieren.

Zum Beispiel: Aus dem Körper, auf den er nun achtmal eingestochen hatte, kam kein einziger Tropfen Blut.

»Bruder«, flüsterte Cassandra Bell. »Es hat nicht funktioniert.«

Ich erhob mich vom Stuhl, auf dem ich gesessen hatte, und griff Nicholas Bell an, der zu Boden ging und sich wand.

Es gelang ihm, sich aus meinem Griff zu befreien, dann

kroch er zu seinem Rucksack. Ich kam hoch und sah ihn. Die Waffe in seiner Hand zielte auf mich.

»Ich bitte Sie!«, sprach ich ihn an. »Ich habe nur diesen einen Threep.«

Es krachte hinter uns, als FBI-Agenten durch die Tür brachen, um sich auf Nicholas zu stürzen. Der Lärm lenkte ihn lange genug ab, dass ich ihn erneut angreifen konnte, aber nicht lange genug, um seine Waffe unschädlich zu machen. Er schoss, die Kugel traf mich in die Schulter und riss mich herum.

Nicholas drehte sich um und gab drei Schüsse auf die gläserne Schiebetür ab, die das Wohnzimmer vom Balkon trennte, dann rannte er durch das zersplitterte Glas, die Hände erhoben, um sein Gesicht zu schützen. Das Glas wurde aus dem Rahmen gebrochen, dann war Nicholas hindurch und stolperte auf den Balkon hinaus.

»Scheiße«, sagte ich und folgte ihm.

Das war der Moment, in dem ich bemerkte, dass der Schuss, den Bell auf mich abgegeben hatte, die Beweglichkeit meines rechten Arms beeinträchtigte. Ich stürzte über das Balkongeländer und krachte auf den Betongehweg darunter. Wäre ich in einem menschlichen Körper gewesen, wäre ich mit ziemlicher Sicherheit tot oder gelähmt gewesen.

Aber das war ich nicht.

Ich stand auf, blickte mich um und sah Bell dreißig Meter voraus. Er humpelte, bewegte sich aber erstaunlich schnell. Er hielt immer noch die Waffe in der rechten Hand.

»Was zum Teufel ist gerade passiert?«, fragte Vann in meinem Kopf.

»Er ist vom Balkon gesprungen«, antwortete ich. »Er rennt über die Ninth Street in Richtung Welburn Square. Ich folge ihm.«

»Verlieren Sie ihn nicht noch einmal«, sagte Vann.

»Noch einmal?«, erwiderte ich und lief los.

Bell humpelte stärker, als ich ihn kurz vor dem Welburn Square einholte. Ich stürzte mich auf ihn, und wir beide gingen auf dem Gehweg aus Backsteinen zu Boden. Ich packte ihn mit meinem funktionsfähigen Arm. Er schüttelte mich ab und schlug mit dem Pistolengriff nach mir.

Doch das funktionierte nicht so gut, wie er es sich vorgestellt hatte. Ich hatte meine Schmerzempfindlichkeit heruntergedreht. Er richtete die Waffe auf mich, und ich rollte mich weg. Bell sprang wieder auf, humpelte weiter, quer über die kreisförmige Grasfläche des Platzes. Passanten ergriffen die Flucht, als sie seine Pistole sahen.

Erneut nahm ich die Verfolgung auf und brachte ihn kurz vor der Taylor Street ins Straucheln. Er drehte sich im Fallen und schoss auf mich. Die Kugel schlug in meine Hüfte. Mein linkes Bein knickte unter mir ein. Ich blickte auf und sah, wie Bell triumphierend grinste und dann auf die Taylor Street rannte …

… auf der er im nächsten Moment von einem Auto gerammt wurde. Bell flog in hohem Bogen über die Motorhaube und stürzte dann auf die Straße, wo er sich das Bein hielt.

Vann stieg auf der Fahrerseite aus, ging zu Bell, vergewisserte sich, dass er nicht in unmittelbarer Lebensgefahr schwebte, und legte ihm Handschellen an.

Zwei Minuten später hatten alle anderen FBI-Agenten uns eingeholt. Vann kam zu mir, wo ich immer noch auf dem Gehweg lag. Sie hockte sich neben mich und zog ihre E-Zigarette aus der Jackentasche.

»Das ist schon der dritte Threep, den Sie innerhalb von zwei Tagen ruiniert haben«, sagte sie.

»Der vierte«, korrigierte ich sie.

»Ich will Ihnen nicht erklären, wie Sie Ihren Job machen sollen«, sagte sie. »Aber wenn ich Ihre Versicherungsgesellschaft wäre, würde ich Ihnen kündigen.«

»Sie haben unseren Tatverdächtigen mit dem Auto angefahren«, sagte ich.

»Ach je.« Vann zog an der Zigarette.

»Sie hätten ihn töten können.«

»Ich bin nur fünf Meilen pro Stunde gefahren«, sagte Vann. »Außerdem war es ein Unfall.«

»Eigentlich sollten solche Unfälle heutzutage nicht mehr möglich sein«, erwiderte ich.

»Es ist erstaunlich, was man alles machen kann, wenn man die Selbstfahrfunktion ausschaltet.«

»Wir haben Cassandra Bell versprochen, ihrem Bruder keinen Schaden zuzufügen.«

»Ich weiß«, sagte Vann. »Es war ein gewisses Risiko. Andererseits hat dieses Arschloch soeben auf meinen Partner geschossen. Zweimal.«

»Es war nicht Bell, der auf mich geschossen hat.«

»Er ist auch nicht das Arschloch, das ich gemeint habe.« Sie steckte die Zigarette wieder ein.

»Es gibt mehrere Dinge, die ich gern wissen würde«, sagte Vann zu Bell. Sie saßen sich an einem Tisch gegenüber, in einem der Verhörzimmer des FBI. Vor Vann lag eine Aktenmappe. »Aber ich sage Ihnen, was mich genau in dieser Sekunde am meisten interessieren würde. Sie befinden sich hier in einem Verhörzimmer des FBI, nachdem Sie verhaftet wurden, und Sie haben sich weder ausdrücklich auf Ihr Recht zu schweigen berufen noch einen Anwalt verlangt. Aber das sollten Sie. Sie sollten beides tun.«

»Ja«, stimmte ich zu. Ich stand hinter Vann. Inzwischen hatte ich einen der Threeps übernommen, den das FBI für Agenten auf Besuch bereithielt. Die Agentin, die ihn bis vor anderthalb Stunden benutzt hatte, wartete nun stinksauer in Chicago, weil ich ihre Arbeit unterbrochen hatte. Sie konnte noch eine Weile stinksauer sein. »Auch wenn ich an Ihrer Stelle nicht versuchen würde, Sam Schwartz anzurufen.«

»Warum nicht?«, fragte Bell und blickte zu mir auf.

»Weil wir ihn heute früh wegen Mord und Verschwörung im Zusammenhang mit dem Bombenanschlag auf Loudoun Pharma verhaftet haben. Was seinen Chef sicherlich sehr überraschen wird.«

»Hubbard ist aus dem Schneider«, sagte Vann. »Alle Verdachtsmomente richten sich ausschließlich auf Schwartz. Was trotzdem nicht unbedingt die beste Empfehlung ist.« Sie wandte sich wieder Bell zu. »Also – möchten Sie das Aussageverweigerungsrecht in Anspruch nehmen? Wenn Sie antworten, bedenken Sie bitte, dass wir in der Minute, als Sie Ihr Apartment verließen und sich auf den Weg machten, einen Durchsuchungsbefehl für Ihre Wohnung und Ihren persönlichen Besitz erwirkt hatten. Was heißen soll, dass wir das Video bereits gefunden haben, in dem Sie den Mord gestehen und außerdem Ihren Selbstmord ankündigen.«

»Was die Waffe erklärt«, sagte ich. »Das Messer genügte

für Ihre Schwester, aber Sie wollten sich selbst ein schnelles und möglichst schmerzloses Ende bereiten. Aber ich vermute, es hat Ihre Pläne ein wenig durcheinandergebracht, als ich Sie durch die Gegend gehetzt habe.«

»Also«, wiederholte Vann. »Wollen Sie die Aussage verweigern? Wollen Sie einen Anwalt?«

»Sie haben das Video«, sagte Bell zu Vann und zeigte auf mich. »Ihr Partner hat den Angriff gesehen. Welchen Sinn hätte es?«

»Um das klarzustellen: Sie verzichten auf das Recht zu schweigen und auf einen Anwalt«, sagte Vann. »In diesem Fall müssen Sie ›Ja‹ sagen, wenn es wirklich das ist, was Sie wollen.«

»Ja«, erklärte Bell. »Ich will es so. Ich hatte die Absicht, meine Schwester Cassandra Bell zu töten. Das war mein Ziel.«

»Gut, damit machen Sie uns das Leben erheblich einfacher«, sagte Vann. »Vielen Dank.«

»Ich tue es nicht für Sie«, sagte Bell. »Ich wollte, dass die Leute wissen, dass mein Schwester gefährlich ist.«

»Haben Sie das in Ihrer Videobotschaft gesagt?«, fragte Vann. »Weil wir in diesem Fall einfach zum nächsten Punkt übergehen können. Wenn das geklärt ist, können wir Sie einfach ins Untersuchungsgefängnis bringen, wo Sie auf Ihr Urteil warten können.«

»Da wäre noch diese eine Sache«, sagte ich.

Vann schnippte mit den Fingern ihrer linken Hand. »Richtig! Ich hätte doch noch eine weitere Frage an Sie, Nicholas.«

»Welche?«

»Wie lange wollen Sie das noch durchziehen?«

Bell sah sie unsicher an. »Ich weiß nicht, was Sie damit meinen.«

»Ich meine, wie lange wollen Sie noch vortäuschen, Nicholas Bell zu sein, Mr. Hubbard? Ich frage nur, weil Shane und ich eine Wette abgeschlossen haben. Shane glaubt, Sie werden es nur so lange machen, bis wir sie ins Gefängnis gesteckt haben. Schließlich haben Sie noch ein Leben und einen multinationalen Konzern zu führen, und nachdem Sie nun als Bell ein Geständnis abgelegt und sich schuldig bekannt haben, wäre der schwierigste Teil erledigt.«

»Richtig«, pflichtete ich bei. »Wenn der echte Bell wieder an die Oberfläche kommt und im Gefängnis alles widerruft, wird ihm niemand glauben. Man wird denken, er hätte seine Entscheidung bereut und würde vielleicht auf irgendeine psychiatrische Anweisung hoffen.«

»Gut möglich«, sagte Vann. »Aber ich habe meinem Kollegen widersprochen. Sie haben es schon zu lange durchgezogen, um es jetzt halbherzig abbrechen zu können. Ich glaube, Sie wollen bis zur endgültigen Verurteilung damit weitermachen. Erst wenn die Zellentür hinter Bell zuschlägt, können Sie sich ganz sicher sein, dass Sie damit durchgekommen sind. Also müssen Sie dranbleiben, so wie Sie schon diese ganze Woche drangeblieben sind. Ja, das bedeutet, dass Sie im Moment nicht in der Lage sind, Accelerant zu führen. Aber vielleicht können Sie sich davonstehlen, wenn Bell schläft, und eine Nachricht hinterlassen, dass Sie für ein paar Wochen im Urlaub sind. Die anderen können auch ohne Sie weitermachen.«

»Für die Rechtsabteilung könnte es jedoch problematisch werden«, warf ich ein.

»Die Rechtsabteilung hat jede Menge Anwälte«, sagte Vann. »Alles lässt sich irgendwie hinbiegen.«

»Ich habe keine Ahnung, wovon Sie beide reden«, sagte Bell.

»Er zieht es weiter durch«, sagte ich.

»Schon klar, jetzt bleibt ihm keine andere Wahl«, sagte Vann. »Aber jetzt wollen wir die Dinge etwas durcheinanderbringen. Mr. Bell, ich habe hier ein Foto für Sie.« Vann öffnete die Aktenmappe, zog ein Foto heraus und schob es zu Nicholas Bell hinüber.

»Darf ich vorstellen: Camille Hammond«, sagte sie zu ihm. »Dreiundzwanzig Jahre alt und Insassin der Lady Bird Johnson Haden Care Facility in Occoquan, wo das Gesundheitsministerium Hadens mit schweren Hirnschädigungen unterbringt, die keine Familie oder sonstige Betreuungsmöglichkeit haben. Genauer gesagt *war* Camille eine Insassin, und zwar bis Mittwochabend, als sie an einer hartnäckigen Lungenentzündung starb. Bedauerlicherweise geschieht das bei Menschen in ihrer Situation recht häufig.«

Bell betrachtete das Foto, sagte aber nichts.

»Das Gesundheitsministerium war nicht gerade begeistert, als wir anfragten, ob wir sie für die Feierlichkeiten des heutigen Tages ausleihen dürfen«, fuhr Vann fort. »Doch andererseits wollte man auch nicht, dass Cassandra Bell am Vorabend der größten Demonstration in D. C. seit einem Jahrzehnt brutal von ihrem eigenen Bruder ermordet wird. Also war man schließlich bereit, uns auszuhelfen.«

Sie beugte sich über den Tisch vor und sah Bell an. »Damit komme ich jetzt zu der Frage, die ich Ihnen stellen möchte. Sie betraten den Raum, um Ihre Schwester zu ermorden.

Einen Menschen, den Sie Ihr ganzes Leben lang gekannt haben. Es verwirrt mich ein bisschen, wie Sie es geschafft haben, *nicht* zu erkennen, dass die Frau, auf die Sie achtmal eingestochen haben, nicht die Frau ist, die Ihnen seit zwanzig Jahren sehr vertraut sein müsste.«

Bell blickte auf und schwieg weiter.

»Aber eigentlich müssen Sie die Frage gar nicht beantworten.« Vann drehte sich zu mir um. »Sagen Sie ihnen, dass sie Tony hereinbringen sollen.«

Vanns Bitte leitete ich mit meiner inneren Stimme weiter. Eine Minute später war Tony bei uns im Verhörraum.

»Tony Wilton, Lucas Hubbard«, stellte ich sie einander vor. »Lucas Hubbard, Tony Wilton.«

»Noch vor einer Woche hätte ich gesagt, dass es mir eine Ehre ist, Sie kennenzulernen«, sagte Tony zu Bell. »Andererseits kann ich auch jetzt noch zugeben, dass ich Sie für Ihr Geschick als Programmierer bewundere.«

»Tony«, sagte Vann, »wenn Sie so freundlich wären, Mr. Hubbard über Ihre letzten Abenteuer auf den neuesten Stand zu bringen.«

»Also, der Trick, mit dem Sie ein Programm über den Interpolator in den Prozessor geladen haben, war wirklich eine geniale Arbeit. Aber gleichzeitig ist es auch *sehr* gefährlich, weil, nun ja …« Tony zeigte auf Bell. »Aus offensichtlichen Gründen. Also habe ich gestern Nacht einen Patch geschrieben, der diesen Zugang blockiert, und die Gesundheitsbehörde, die immer noch obligatorische Patches vorschreiben kann, hat ihn sofort auf die Prioritätenliste gesetzt. Zu dem Zeitpunkt, als Sie Cassandra Bells Apartment betraten, wurde der Patch an jeden Integrator in den USA geschickt.

Und nachdem sie alle versorgt sind, geht er in die allgemeine Warteschlange für die Hadens. Ich meine, es gibt keine Möglichkeit, wie man diese Sicherheitslücke bei einem Haden ausnutzen könnte, wie Sie es mit den Integratoren getan haben. Aber schließlich haben wir auch *diese* Möglichkeit erst erkannt, als Sie sie ausgenutzt haben. Böse, aber brillant. Also beschlossen wir, lieber auf Nummer sicher zu gehen.«

»Ich verstehe nichts von dem, was Sie mir erzählen«, sagte Bell. »Was ist ein Interpolator?«

Tony warf mir einen Blick zu. »Er will das wirklich durchziehen, was?«

»Ihm bleibt kaum eine andere Wahl«, sagte ich. »Wenn er sich jetzt zurückzieht, übernimmt der wirkliche Nicholas Bell den Körper und plaudert alles aus.«

»Apropos«, sagte Tony und wandte sich wieder Bell zu. »Ich bin mir sicher, dass gerade Sie wissen, dass Patches für neuronale Netzwerke allgemein programmiert oder auf einen sehr spezifischen Zweck zugeschnitten sein können. Zum Beispiel als Patch für ein ganz bestimmtes neuronales Netzwerk.«

Bell sah ihn mit verständnisloser Miene an.

»Okay, da Sie so tun, als würden Sie nichts verstehen, werde ich es ganz einfach erklären«, sagte Tony. »Gestern Nacht habe ich nicht nur einen sehr allgemeinen Patch programmiert, sondern auch einen *sehr* spezifischen Patch, und zwar für genau dieses neuronale Netzwerk.« Tony tippte Bell leicht an den Kopf. »Er hat zwei Funktionen. Eine betrifft die Kontrolle des Datenstreams.«

»Hören Sie gut zu«, sagte Vann zu Bell. »Das ist wirklich gut.«

»Während einer Integration ist der Integrator oder der Klient normalerweise in der Lage, den Datenfluss zu stoppen – wenn der Klient die Session beendet oder der Integrator genug vom Klienten hat. Im Augenblick haben Sie Bells Fähigkeit ausgeschaltet, Sie aus seinem Kopf zu werfen.«

»Was nicht besonders fair ist«, sagte Vann.

»Richtig«, sagte Tony. »Also schaltet der Patch, den ich gerade automatisch an Bells Netzwerk überspielt habe, Ihre Fähigkeit aus, den Datenstream zu unterbrechen. Sie haben Bell in seinem eigenen Kopf eingesperrt. Und jetzt habe ich *Sie* am gleichen Ort eingesperrt. Nur zu, versuchen Sie, den Datenfluss zu stoppen.«

»Nein, *das* wird er auf keinen Fall tun«, sagte Vann. »Sie bluffen nur, um ihn dazu zu verleiten, Bells Kopf zu verlassen.«

»Hm«, sagte Tony. »Daran hatte ich nicht gedacht. Stimmt.«

»Er wird es früh genug herausfinden«, sagte ich. »Er hat Nicholas Bell zum Mord an seiner Schwester angestiftet.« Ich tippte mir gegen den Kopf. »Hier drinnen ist alles aufgezeichnet. Wenn die Zellentür hinter ihm zuschlägt, wird er zusammen mit Bell eingesperrt sein.«

»Aber das ist nur der eine Aspekt dieses Patches«, sagte Tony. »Der zweite ist etwas, von dem ich glaube, dass es Ihnen *wirklich* gefallen wird.«

»Einen Moment noch«, sagte Vann. Tony schwieg, und Vann wandte sich an Bell. »Haben Sie vielleicht schon jetzt etwas zu sagen, Mr. Hubbard?«

»Ich weiß wirklich nicht, worüber Sie die ganze Zeit reden«, sagte Bell in flehendem Tonfall. »Ich bin sehr verwirrt.«

»Dann wollen wir für etwas mehr Klarheit sorgen«, sagte Vann und nickte mir zu. »Unsere nächsten Gäste, bitte.«

Kurz darauf betraten May und Janis Sani den Raum. Vann erhob sich von ihrem Platz, um ihn May zu überlassen. Janis stand hinter ihrer Großmutter, eine Hand auf ihre Schulter gelegt.

»Ist er das?«, fragte May und sah Vann an.

»Ja«, sagte Vann. »Zumindest ist er in ihm.«

»Ich kenne diese beiden Damen nicht«, sagte Bell.

»Und das ist die erste Wahrheit, die Sie an diesem Nachmittag ausgesprochen haben«, sagte Vann.

»Lucas Hubbard, May und Janis Sani«, sagte ich. »Ihr Nachname dürfte Ihnen vertraut sein, weil Sie Johnny Sani benutzt haben, ihren Enkel beziehungsweise Bruder.«

»Das ist völlig absurd«, sagte Bell.

»Ich denke, wir haben genug herumgealbert«, sagte Vann. »Außerdem habe ich genug von dem Blödsinn. Also kommen wir jetzt auf den Punkt.« Sie stellte einen Fuß auf Bells Stuhl und drehte ihn vom Tisch weg.

»Wir haben Sie angelogen, was Schwartz betrifft«, sagte sie zu ihm. »Wir haben ihn wegen Mord und Verschwörung verhaftet, aber er hat eine Vereinbarung mit uns getroffen. Er hat uns die gesamte Geschichte erzählt, wie Sie geplant haben, den Haden-Markt zu übernehmen. Seine Version der Geschichte sieht gar nicht gut für Sie aus. Wir sind bereit, ein Bataillon von Spurensicherungsexperten auf Accelerant loszulassen. Und vor Ihrem Haus warten zwanzig weitere darauf, dass ich ihnen sage, dass sie loslegen sollen. Wir haben fast mehr richterliche Anordnungen gegen Sie und Ihre Firmen, als wir Leute haben, um sie auszuführen. Fast.«

Vann trat leicht gegen Bells Stuhl. Er und Bell wippten ein kleines Stück auf und ab.

»Aber Sie sitzen immer noch hier und ziehen Ihr idiotisches Spiel ›Ich bin nicht Hubbard‹ durch. Es wird Zeit, dass Sie mit dieser Schmierenkomödie aufhören. Also werden wir jetzt Folgendes tun. Sie hören auf, sich als Bell auszugeben.« Sie zeigte auf May und Janis Sani. »Sie können damit anfangen, dass Sie diesen beiden erzählen, was wirklich mit Johnny Sani passiert ist. Sie haben es verdient, die Wahrheit zu erfahren.

Oder Sie können weiterhin so tun, als wären Sie Bell, und in diesem Fall wird Tony Ihnen erklären, was als Nächstes geschieht.« Sie warf einen Blick zu Tony. »Erklären Sie ihm von der anderen Sache, die Ihr Patch bewirkt.«

»Eine Umkehrung des Skripts«, sagte Tony.

»Etwas konkreter, bitte«, sagte Vann und sah Bell an. »Ich glaube, er wird Ihnen folgen können.«

»Wenn ein Klient einen Integrator benutzt, zieht sich der Integrator in den Hintergrund zurück und überlässt die Kontrolle des Körpers dem Bewusstsein des Klienten. Der Integrator assistiert ihm, aber im Großen und Ganzen soll er sich zurückhalten.« Tony deutete auf Bell. »In Ihrer Variante wird das Bewusstsein des Integrators völlig in den Hintergrund gedrängt und hat überhaupt keine Kontrolle über den Körper mehr. Der Patch, den ich in Bells Netzwerk geladen habe, kehrt das um. Er gibt dem Integrator die völlige körperliche Kontrolle, während der Klient zurückgedrängt wird und nichts mehr tun kann außer zuzuschauen.«

»Der Klient erlebt ein Lock-in«, sagte ich.

»Richtig«, bestätigte Tony. »Ganz offensichtlich ergibt es keinen Sinn, so etwas bei einem normalen Verhältnis zwischen Klient und Integrator zu machen. Allerdings …« Er blickte auf Bell herab. »… handelt es sich hier auch nicht um das übliche Verhältnis.«

»Bell bekommt seinen Körper zurück, und Hubbard ist für immer in ihm gefangen«, sagte ich.

»Und das ist noch nicht einmal das Beste daran«, sagte Vann und ging ganz nahe an Bell heran. »Der richtig gute Teil kommt jetzt. Bell ist inzwischen als Integrator für Hubbard bekannt. Also könnte er doch einfach … diese Rolle weiterspielen!«

»Er soll behaupten, er sei Hubbard?«, fragte ich.

»Er soll Hubbard sein«, erwiderte Vann und blickte zu Tony und mir auf. »Wir ziehen alle richterlichen Anordnungen und Haftbefehle zurück, lassen Schwartz vor die Hunde gehen und übergeben Bell die Führung von Accelerant. Und dann macht er sich daran, den Konzern zu veräußern. Er verkauft die Bestandteile Stück für Stück. Und den Erlös investiert er in die Haden-Gemeinschaft. Angefangen mit dem neuen Plan Ihres Vaters, Chris.«

»Ach ja«, sagte ich und beugte mich über den Tisch zu Bell herab. »Mein Vater hat soeben eine Vereinbarung mit der Navajo-Nation getroffen, eine nichtkommerzielle Konkurrenz zur Agora zu finanzieren. Die Navajo besitzen einen riesigen Serverpark mit unschlagbaren Vorteilen. Mehr als genug Platz für die gesamte Haden-Gemeinschaft. Betreut von Technikern der Navajo. Erschwinglich und problemlos zugänglich. Und streng genommen außerhalb des

Territoriums der USA. Wir werden es morgen auf der Demonstration bekannt geben. Wir weisen darauf hin, dass die Haden-Gemeinschaft noch eine andere Möglichkeit hat, als sich von jemandem ausbeuten zu lassen, der den gesamten Markt aufkaufen will.«

»Stellen Sie sich vor«, sagte Vann. »Cassandra Bell gibt es bekannt, und neben ihr stehen Marcus Shane auf der einen Seite und Lucas Hubbard auf der anderen. Gemeinsam setzen sie sich für alle Hadens ein. Und dann liquidiert Hubbard sein Unternehmen, Stück für Stück, um dieses Ziel zu finanzieren. Bis nichts mehr übrig ist.«

»Ein Traum«, sagte ich und trat vom Tisch zurück.

»Ja«, sagte Vann.

»Ein mehr als nur leicht unmoralischer Traum.«

»Unmoralischer als Bombenanschläge auf Konkurrenten, Angriffe auf FBI-Agenten und ein versuchter Mord an einer Haden-Aktivistin?«, fragte Vann.

»Nun ja, das nicht«, räumte ich ein.

»Dann kann ich gut damit leben«, sagte Vann. »Und die einzigen Menschen, die je davon erfahren werden, befinden sich in diesem Zimmer. Hätte irgendjemand ein Problem damit?«

Niemand sagte etwas.

»Dann haben Sie nun folgende Optionen, Hubbard«, sagte Vann und wandte sich wieder Bell zu. »Geben Sie zu, wer Sie sind, und erzählen Sie May und Janis, was mit Johnny Sani geschehen ist. Sie werden verurteilt, aber Ihr Unternehmen wird überleben. Machen Sie hingegen weiter wie bisher, kehren wir das Skript um. Bell übernimmt wieder seinen Körper und dann Ihr Leben. Und Sie schauen tatenlos zu, wie alles, was Sie aufgebaut haben, auseinanderbricht. Treffen Sie Ihre Entscheidung.«

Bell saß länger als eine Minute schweigend da.

Dann …

»Zuerst war es mehr ein Gedankenexperiment als alles andere«, sagte Hubbard. Und es war definitiv Hubbard. Obwohl er mit Handschellen an den Stuhl gefesselt war, schimmerte seine charakteristische Arroganz durch. »Ich hatte den Code geschrieben und das Netzwerk modelliert, sodass es die Möglichkeit gab, einen Klienten dauerhaft zu integrieren. Dahinter steckte nichts anderes als Neugier.

Doch dann kam Abrams-Kettering, und das Geschäftsmodell, mit dem ich bisher gearbeitet hatte, änderte sich. Viele Produzenten gerieten in Panik, aber ich wusste, dass es noch andere Möglichkeiten gab. Sie mussten nur in die richtige Richtung gelenkt werden. Auf wirksame Weise, aber so, dass es sich nicht zurückverfolgen lässt und nicht reproduzierbar ist. Wenn ich das von mir entwickelte Netzwerk benutzte, konnte ich Menschen und Ereignisse auf eine Weise manipulieren, wie es anderen Unternehmen nicht möglich war. Und so, dass sich nichts davon auf mich zurückführen lässt.

Es war Sam, der mich darauf hinwies, dass Medichord Zugang zu den medizinischen Daten der Navajo-Nation hatte und dass diese Daten nicht in der Datenbank der US-Gesundheitsbehörde erfasst waren. Dort konnten wir nach einer Versuchsperson fahnden, die ansonsten unsichtbar wäre – über die es sonst nirgendwo Daten gab, die sich nirgendwohin zurückverfolgen ließ. So fanden wir zwei Kandidaten. Johnny und Bruce. Wir machten es zuerst mit Johnny. Er war …«

Hubbard verstummte, als ihm klar wurde, wie das, was er sagen wollte, für Johnny Sanis Familie klingen musste.

»Sagen Sie es«, forderte Vann ihn auf.

»Er war geistig behindert«, sagte Hubbard. »Leicht zu täuschen. Leicht zu beeinflussen. Über eine chinesische Firma, an der Accelerant eine Minderheitsbeteiligung hat, lockten wir ihn nach Kalifornien. Unsere Kontaktpersonen benutzten immer wieder andere Threeps, sodass nichts zurückverfolgt werden konnte, auch wenn Johnny nicht clever genug war, um dahinterzukommen. Wir waren übervorsichtig. Wir hielten den Rahmen so klein wie möglich. Nur Sam und ich wussten über alles Bescheid.

Als das Netzwerk installiert war, testeten wir es zunächst immer nur für ein paar Minuten, dann für ein oder zwei Stunden. Wir gewöhnten uns daran, Johnny für weitere Dinge zu benutzen. Einfache Aufgaben. Ein bisschen Firmenspionage. Kleine Sabotageakte. Nichts wirklich Bedeutendes. Wir testeten lediglich das Potenzial.

Wir stellten fest, dass Johnnys Möglichkeiten begrenzt waren. Nicht wegen seines Gehirns – das spielte keine Rolle, wenn ich ihn benutzte. Aber was ihn für uns interessant gemacht hatte, war die Tatsache, dass er keine richtige Identität besaß. Und genau das schränkte seine Möglichkeiten ein. Keine Identität zu haben macht es schwieriger, sich in unserer Gesellschaft zu bewegen, nicht leichter.

Mit dem, was wir durch Johnny lernten, setzten wir die Arbeit nun an kommerziellen Netzwerkmodellen fort. Wir besitzen Lucturn, und wir hatten die Datenbank der Netzwerke, die wir nutzen konnten. Ich kam darauf, mich über den Interpolator in die Netzwerke zu hacken und eine Tür offen stehen zu lassen. Jetzt mussten wir nur noch auf die richtige Gelegenheit warten.

Dann wurde Abrams-Kettering verabschiedet, und der Streik und die Demonstration wurden geplant. Das war die richtige Gelegenheit, den Markt zu destabilisieren und uns die Unternehmen herauszupicken, die wir haben wollten.

Ich wusste, dass Nicholas Bell ein Integrator war. Ich kannte Leute, die ihn benutzt hatten. Und ich wusste, dass er nach Abrams-Kettering an einem langfristigen Vertrag interessiert sein würde. Aber ich wollte nicht direkt an ihn herantreten. Ich hatte noch eine letzte Aufgabe für Johnny Sani. Ich fuhr mit ihm nach D. C. und benutzte ihn, um Kontakt mit Bell aufzunehmen, indem ich mich als Tourist ausgab. Ich benutzte ihn, um in Bells Kopf zu gelangen.

Als ich drinnen war, sollte Sam sich gleich danach einklinken und Johnny übernehmen. Aber Sam war für ein paar Minuten abgelenkt. Johnny kam zu sich, blickte sich um, griff sich ein Sofa, stieß es durch das Fenster und ließ es auf die Straße stürzen. Dann kam er zurück, schnappte sich ein Glas und schlug es gegen die Tischkante. Ich dachte, er wollte mich damit verletzen, und hob die Hände.

Er brüllte mich an, sagte mir, dass jetzt jemand kommen würde, um nachzusehen, was los war. Er wollte nicht mehr benutzt werden. Er wollte wissen, wofür er benutzt wurde. Er sagte, dass er nach Hause will.«

Wieder hielt Hubbard inne.

»Reden Sie weiter«, sagte Vann. »Wenn Sie es nicht tun, wird Bell es tun. Es wird sowieso alles herauskommen, Hubbard.«

»Ich habe ihn ausgelacht«, sagte Hubbard. »Ich wusste,

dass Sam ihn bald übernehmen würde, und dann wäre es sowieso vorbei. Also sagte ich ihm, dass er dafür benutzt wird, mich sehr reich zu machen. Er wollte wissen, ob er jemals dazu gezwungen worden war, Menschen Schaden zuzufügen. Ich antwortete, dass er sich sowieso nicht daran erinnern würde, also müsste er sich deswegen auch keine Sorgen machen. Dann sagte er zu mir: ›Ich weiß, dass Sie ein böser Mann sind, und ich weiß, dass Sie mich nicht nach Hause gehen lassen, also werde ich Ihnen jetzt großen Ärger machen.‹ Und dann schlitzte er sich die Kehle auf.«

May und Janis starrten Hubbard wie versteinert an. Ich erinnerte mich daran, wie Klah Redhouse erklärt hatte, warum sie versuchten, nicht zu viel Trauer zu zeigen.

»Es tut mir leid …«, sagte Hubbard und sah May und Janis an.

»Unterstehen Sie sich!«, spuckte Janis aus. »Es tut Ihnen nicht leid, dass Johnny tot ist. Sie wollten heute jemanden töten. Es tut Ihnen leid, dass Sie erwischt wurden. Aber Sie wurden erwischt. Sie wurden erwischt, weil Johnny dafür gesorgt hat, dass Sie nicht weiter ungeschoren davonkommen. Er hat Ihnen Ärger gemacht, genau wie er gesagt hat. Mein Bruder war zwar langsam, aber er hat viele Dinge verstanden, wenn er sich genug Zeit nahm. Er hat verstanden, was Sie tun. Und schauen Sie, wo Sie jetzt stehen. Mein Bruder ist zehnmal so viel wert wie Sie.«

Janis half May, sich vom Stuhl zu erheben. Die beiden verließen den Raum, ohne sich noch einmal umzublicken.

»Sie haben gesehen, wie er sich die Kehle aufschlitzte, doch dann sind Sie in Panik geraten, nicht wahr?«, sagte Vann, nachdem die beiden gegangen waren. »Sie haben

Bells Körper tatsächlich mindestens ein paar Minuten lang verlassen.«

»Ja«, bestätigte Hubbard. »Ich verließ ihn, aber Sam sagte mir, dass ich zurückkehren soll. Er sagte, falls Bell irgendjemandem erzählte, was mit ihm los war, würde man schließlich darauf kommen, was wir getan hatten, und früher oder später würden wir uns dafür rechtfertigen müssen. Ich musste bei Bell bleiben, bis alles vorbei war.« Er schnaufte. »Er sagte, er hätte ein Alibi konstruiert, das uns bis Samstag Rückendeckung geben würde, was völlig ausreichend wäre. Es würde schon klappen.«

»Sie waren gerade lange genug weg, dass Bell uns einen Hinweis geben konnte«, sagte Vann. »Er war von den Ereignissen äußerst verwirrt, aber immerhin konnte er uns erklären, dass irgendetwas ganz und gar nicht stimmte. Danke dafür.«

Hubbard grinste reumütig und blickte zu Vann auf. »Und was jetzt?«

»Jetzt ist der Moment gekommen, Sie tatsächlich zu verhaften, Mr. Hubbard. Kehren Sie in Ihren Körper zurück. Sofort.«

»Dazu müssen Sie den Patch austauschen«, sagte Hubbard.

»Nicht ganz«, sagte Tony.

»Inwiefern nicht ganz?«, fragte Hubbard.

»Wir haben Sie angelogen«, sagte Vann. »Es gibt keinen Patch.«

»Es gibt einen allgemeinen Patch, mit dem die Hintertür zum Interpolator verschlossen wurde«, sagte Tony. »Dieser Teil entspricht der Wahrheit. Wenn Sie sich zurückziehen, wären Sie nicht mehr in der Lage, noch einmal hereinzukommen.«

»Aber wir wussten, dass Sie das nicht tun würden«, sagte Vann. »Also haben wir es darauf ankommen lassen.«

»Und es gibt auch keine Umkehrung des Skripts«, sagte Hubbard.

»Wenn es so wäre, hätten wir damit gearbeitet«, sagte ich. »Und dann hätten wir Sie gezwungen, dem Untergang Ihres Konzerns zuzuschauen.«

»Jetzt gehen Sie, Hubbard«, sagte Vann. »Meine Kollegen warten auf Sie. Es gibt da eine ganze Menge, wofür Sie sich rechtfertigen müssen.«

Hubbard ging, was kaum merklich ablief.

Im Gegensatz zu Nicholas Bells Rückkehr. Er schüttelte sich, hätte dabei fast seinen Stuhl umgeworfen und sog den Atem ein. »*Mann!*«, stieß er aus.

»Nicholas Bell?«, erkundigte sich Vann.

»Ja«, sagte Bell. »Ja, ich bin es.«

»Freut mich, Sie kennenzulernen«, sagte Vann.

»Halten Sie still«, sagte ich und legte ihm behutsam eine Hand auf die Schulter. »Ich muss Sie zuerst von den Handschellen befreien.« Ich nahm sie ihm ab. Er schüttelte die Arme aus und rieb sich die Handgelenke.

»Mr. Bell«, sagte Vann.

»Ja«, sagte er.

»Was Hubbard über Johnny Sani sagte …«

Bell nickte. »Genauso war es.«

»Es tut mir leid, dass Sie alles mit ansehen mussten«, sagte Vann.

Bell lachte zitternd. »Es war eine lange Woche.«

»Ja«, bestätigte Vann. »Das war es.«

»Ich sage es nur ungern«, wandte ich mich an Bell. »Aber Sie müssen uns ein paar Fragen beantworten. Sie müssen uns alles erzählen, was Sie gesehen oder gehört haben, während Hubbard Ihren Körper unter Kontrolle hatte.«

»Glauben Sie mir, ich habe die Absicht, Ihnen alles zu sagen, was ich über diesen Drecksack weiß«, versprach Bell. »Aber es gibt da etwas, das ich vorher unbedingt tun möchte. Wenn es möglich ist. Wenn Sie nichts dagegen haben.«

»Natürlich«, sagte Vann. »Verraten Sie uns, was Sie gern tun würden.«

»Ich würde jetzt wirklich sehr gern meine Schwester sehen«, sagte Bell.

25

Vann zeigte auf das Podium vor dem Lincoln Memorial, wo die Sprecher der Haden-Demonstration standen. »Ihr Vater macht da oben einen ziemlich guten Eindruck«, sagte sie.

Dad stand neben Präsident Becenti und Cassandra Bell, die in einer tragbaren Wiege lag.

»Er sieht wie eine Ameise aus«, sagte ich. »Was für meinen Vater ziemlich beeindruckend ist.«

»Wir können näher ans Podium herangehen, wenn Sie möchten«, sagte sie. »Gerüchten zufolge haben Sie gute Kontakte.«

»Stimmt. Aber ich glaube, hier stehen wir auch ganz gut.«

Vann und ich hielten uns am Rand der Menge auf, weit entfernt vom Podium und den Sprechern am anderen Ende der Mall.

»Kein Aufruhr«, sagte Vann. »Gestern Vormittag hätte ich darauf noch keinen Cent verwettet.«

»Ich glaube, die Hubbard-Sache hat für starke Abkühlung gesorgt.« Die Nachricht von Hubbards und Schwartz' Verhaftung war bedeutend genug, um selbst während der Medienflaute an einem späten Samstagnachmittag für Wirbel zu sorgen. Wir hatten dafür gesorgt, dass sich jeder mit allen nötigen Informationen versorgen konnte. Der Samstagabend in D.C. war kaum ereignisreicher als die meisten Samstagabende. Und Sonntag war Sonntag.

»Wir konnten einer abgefeuerten Kugel ausweichen«, stimmte Vann mir zu. »Allgemein gesprochen. Sie mussten mehrere einstecken.«

»Ja«, sagte ich. »Wenn ich etwas aus dieser Woche gelernt habe, dann die Empfehlung, in kostengünstige Threeps zu investieren. Einen solchen Verschleiß kann ich mir nicht leisten.«

»Sie könnten es schon.«

»Ja, sicher. Ich könnte es. Aber ich will es nicht.«

Wir gingen über die Mall, sie mit ihrer Armschlinge und ich in einem geliehenen Threep. Sie blickte noch einmal zum Podium zurück. »Auch Sie hätten da oben stehen können«, sagte sie. »An der Seite Ihres Vaters. Sie sind immer noch berühmt genug, um seinem Deal mit der Navajo-Nation noch mehr Glaubwürdigkeit zu verleihen.«

»Nein«, widersprach ich. »Mein Vater genießt reichlich Glaubwürdigkeit, selbst nach dieser Woche. Und ich will ein solches Leben nicht mehr führen. Es gibt einen Grund, warum ich FBI-Agent geworden bin, Vann. Ich möchte mich nützlich machen und nicht nur ein Aushängeschild sein.«

»Die Hadens könnten immer noch ein Aushängeschild gebrauchen. Abrams-Kettering wird um Mitternacht in Kraft treten. Ab dann wird vieles schwieriger werden – erheblich schwieriger.«

»Jemand anderer kann diesen Job übernehmen«, sagte ich. »In meinem jetzigen Job bin ich besser, würde ich meinen.«

»Das sind Sie«, bestätigte Vann. »Zumindest während dieser Woche.«

»Nicht alle sind so, oder?«, fragte ich. »Die Wochen, meine ich.«

»Wäre es wirklich so schlimm, wenn es so wäre?«, fragte Vann zurück.

»Ja«, sagte ich. »Ja, das wäre es.«

»Ich habe Sie vorgewarnt, dass ich eine ganze Menge von Ihnen verlangen werde«, sagte Vann. »An unserem ersten Tag. Sie erinnern sich?«

»Ich erinnere mich. Aber ich will Sie nicht belügen. Ich hatte eigentlich gedacht, dass Sie mir nur ein bisschen Angst machen wollten.«

Vann lächelte und klopfte mir auf die Schulter. »Entspannen Sie sich, Shane. Von nun an wird es besser.«

»Das hoffe ich.«

»Entschuldigen Sie bitte«, sagte jemand. Wir drehten uns um und sahen einen Threep, der neben ein paar anderen Leuten stand. Er zeigte auf Vann. »Sie sind diese FBI-Agentin, die Lucas Hubbard verhaftet hat.«

»Ja«, sagte Vann. »Zumindest eine davon.«

»Cool!«, sagte der Threep und deutete dann auf die Gruppe. »Hätten Sie etwas dagegen, wenn wir ein Foto machen?«

»Nein«, sagte Vann. »Sehr gern.«

»Toll!«, sagte der Threep. Dann scharten er und die anderen sich um Vann.

Eine Frau aus der Gruppe reichte mir eine Kamera. »Würde es Ihnen etwas ausmachen?«

»Ganz und gar nicht«, sagte ich. »Alle zusammenrücken.« Sie rückten zusammen.

»Das gefällt Ihnen, nicht wahr?«, neckte mich Vann.

»Nur ein bisschen«, sagte ich. »Und jetzt alle freundlich lächeln!«

Danksagung

Wie immer halte ich es für wichtig, den Leuten zu danken, die bei meinem Verlag Tor Books im Hintergrund arbeiten und sich so große Mühe geben, Ihnen meine Bücher zugänglich zu machen. Diesmal sind es unter anderem mein Redakteur Patrick Nielsen Hayden, seine Assistentin Miriam Weinberg, die Buchdesignerin Irene Gallo, der Titelbildkünstler Peter Lutjen, die Layouterin Heather Saunders und die Korrektorin Christina MacDonald. Außerdem danke ich meiner Presseagentin Alexis Saarela und natürlich Tom Doherty, dem Verlagsleiter von Tor.

Genauso wichtig ist es, meinem Agenten Ethan Ellenberg zu danken sowie Evan Gregory, der sich um die Auslandsverkäufe kümmert. Sie leisten wirklich großartige Arbeit für mich, und ich bin froh, sie zu haben.

Außerdem danke ich Steve Feldberg von Audible und Gillian Redfearn bei Gollancz.

Vielen Dank meinen Freunden und Lesern, die mich angefeuert haben und/oder für willkommene Ablenkung sorgten, wenn ich Ablenkung brauchte. Diese Liste ist sehr lang, sodass ich sie nicht aufführe. Alle können davon ausgehen, dass sie darauf stehen. Besten Dank!

Doch am meisten möchte ich meiner Frau Kristine Blauser Scalzi danken. Ich habe dieses Buch im Jahr 2013 geschrieben, das in vielerlei Hinsicht ein sehr bedeutendes und erstaunliches Jahr war. So habe ich mit *Redshirts* den Hugo in der Kategorie Bester Roman gewonnen, um ein herausragendes Beispiel zu nennen. Aber es war auch ein sehr, sehr stressreiches Jahr. Ganz einfach gesagt, war es meine Frau, die mich ertragen musste. Und dass sie es voller Liebe und Geduld und Ermunterung getan hat, statt mich zu erwürgen, meine Überreste in einen Häcksler zu werfen und so zu tun, als wäre sie niemals mit mir verheiratet gewesen, ist ein unumstößlicher Beweis für die Tatsache, dass sie mit Abstand der beste Mensch ist, den ich kenne. Ich liebe sie mehr, als ich mit Worten ausdrücken kann – was für einen Autor etwas Ironisches hat –, und ich bin jeden Tag aufs Neue zutiefst erstaunt, dass ich mein Leben mit ihr verbringen darf.

Ich bemühe mich, ihr so oft wie möglich zu sagen, wie sehr ich sie schätze. Und nun sage ich es auch Ihnen. Sie ist der Grund, warum Sie jetzt dieses Buch in den Händen halten.